BETTINA REIMANN

Aller-Wolf

DIE SPUR DES WOLFES Im Jahr 2013 ist Vivian Harms beim Joggen verschwunden, ein Jahr später ist Corinna Stadler von einer Reise nicht zurückgekehrt. Helene Blume zog 2015, nach ihrer Scheidung, in den Süden – ohne Nachsendeadresse. Während ihrer Schulzeit waren Vivian, Corinna und Helene beste Freundinnen, doch der Kontakt brach ab. Jahre später fehlt von den drei Frauen noch immer jede Spur, aber niemand erkennt einen Zusammenhang, bis Katrin Harms einen letzten Versuch unternimmt, ihre Mutter zu finden. Sind die ehemaligen Freundinnen zusammen weggegangen? Hegt jemand einen Groll gegen sie? Die Antwort liegt in der Vergangenheit. Was geschah 1983 und welches Geheimnis birgt ein Klassentreffen, das dreißig Jahre später stattfand? Carsten Blume, Kriminalhauptkommissar im Ruhestand, seine Tochter Anna, Psychologin, und Enkelin Flora, Bloggerin mit Recherchetalent, ermitteln im Aller-Leine-Tal, wo die Dörfer malerisch sind und die Flüsse still mäandern. Doch inmitten der friedlichen Gegend verbergen sich menschliche Abgründe, denen die drei näher kommen, als ihnen lieb ist.

© Bernd Winter

Bettina Reimann arbeitet seit mehr als 30 Jahren als Magazinjournalistin und Autorin für Krimis und Sachbücher in der Region Hannover. Ihre Neigung zu Kriminalgeschichten lebt sie auch bei den von ihr initiierten live gespielten Krimifestspielen »Krimina-La« aus, die bereits dreimal stattfanden. Ihren Protagonist:innen gibt sie gern ihre eigenen Hobbys weiter: Ahnenforschung, das Erkunden von Lost Places und Geocaching. Mit Mann und Hund streift sie oft durch die Wälder auf der Suche nach neuen Krimischauplätzen. Im Gmeiner-Verlag erschien 2022 ihr erster Kriminalroman mit der Drei-Generationen-Ermittlerfamilie Blume-Kamphusen, die zwischen Hannover und der Heide im weiten Niedersächsischen Flachland ermittelt.

BETTINA REIMANN

Aller-Wolf

KRIMINALROMAN

GMEINER

Bei Fragen zur Produktsicherheit gemäß der Verordnung über die allgemeine Produktsicherheit (GPSR) wenden Sie sich bitte an den Verlag.

Immer informiert

Spannung pur – mit unserem Newsletter informieren wir Sie regelmäßig über Wissenswertes aus unserer Bücherwelt.

Gefällt mir!

Facebook: @Gmeiner.Verlag
Instagram: @gmeinerverlag

Besuchen Sie uns im Internet:
www.gmeiner-verlag.de

© 2022 – Gmeiner-Verlag GmbH
Im Ehnried 5, 88605 Meßkirch
Telefon 0 75 75 / 20 95 - 0
info@gmeiner-verlag.de
Alle Rechte vorbehalten
2. Auflage 2025

Lektorat: Claudia Senghaas, Kirchardt
Herstellung: Mirjam Hecht
Umschlaggestaltung: U.O.R.G. Lutz Eberle, Stuttgart
unter Verwendung eines Fotos von: © Bettina Reimann
und Andreas Röhr / Pixabay
Druck: Custom Printing Warschau
Printed in Poland
ISBN 978-3-8392-0226-5

PROLOG

»Hast du die Schlagzeile gelesen? Der Wolf ist zurück im Aller-Leine-Tal!«

Sie lehnte sich an seinen Wagen, wandte das Gesicht der Sonne zu und fuhr sich mit den Fingern durch die glänzenden Haare. Sie breitete die Arme aus und atmete tief ein.

»Ist das ruhig hier! Allein würde ich niemals so weit in den Wald fahren. Du würdest doch einen Wolf für mich töten, oder?«

Ihr Lachen erklang und übertönte das Singen der Waldvögel. Mit geöffneten Lippen sah sie ihn an.

»Ich bin gern mit dir unterwegs«, sagte sie. »Wir haben so viel Spaß zusammen.« Dann schloss sie die Augen und genoss die Sonnenstrahlen auf der Haut.

Wie schön sie war, wie wunderschön.

Schon immer. Schon damals.

Als sie über ihn gelacht hatte, nicht mit ihm. Es dröhnte in seinen Ohren, dieses Lachen. Jedes Lachen. Immer.

Er glitt ab, tief hinunter in die Wut, die seither in ihm lauerte. Rasch griff er in die Jackentasche. Der kühle glatte Draht war ein Anker, der ihn wieder auftauchen ließ in die Gegenwart eines warmen Frühlingstages. Wie lange war er versunken in der Vergangenheit? Das Dröhnen wurde leiser.

Er musterte ihren schlanken Hals.

Er umklammerte die Drahtschlinge in seiner Hand.

»Du hast recht«, murmelte er. »Der Wolf ist zurück. Ich bin wieder da.«

1.

Flora Kamphusen saß mit dem Laptop auf den Knien im Gras an der Aller. Die Sonne schien durch das rascheltrockene Blätterdach der alten Eiche am Ufer. Doch Flora fand keine Ruhe, den Spätsommernachmittag zu genießen.

Die Sache mit der Selbstständigkeit im Onlinejournalismus hatte sie sich leichter vorgestellt.

Ihr Newsblog www.aller-lei-online.de für das ländliche Aller-Leine-Tal bekam nicht genügend Zugriffe. Zahlende Werbekunden gab es nur drei, Joes Tankstelle, Fredy Levins Antiquariat und das Restaurant ihrer eigenen Eltern – die buchten mehr aus Gutmütigkeit, fürchtete sie.

Das entscheidende Problem war eines, zu dem Flora partout keine Lösung einfiel: In der weitläufigen Landschaft zwischen Schwarmstedt, Nienburg, Walsrode und den südlichen Ausläufern der Lüneburger Heide passierte nichts, das spektakulär genug war, den Blog überregional zu pushen.

Der Maileingang zeigte 20-fach gähnende Langeweile. Ein neues Löschfahrzeug für die *Freiwillige Feuerwehr Rethem*. Der *Sozialverband Hodenhagen* bat um Anmeldungen für das jährliche Grünkohlessen im November. Und im Dörfchen Büchten gab es die Einweihung neuer Ortseingangstafeln – wie in jedem Ort der Umgebung im letzten Jahr. Na klasse. Da war nichts dabei, um mehr Klicks zu generieren.

Seit drei Wochen mied Flora ihre Studenten-WG in Hannover-Linden. Sie hatte sich komplett auf den Gutshof zurückgezogen. Sören, mit dem es ein halbes Jahr so gut gelaufen war, dass Flora schon darüber nachdachte, wie es wäre, zusammen zu wohnen, nahm sich eine Auszeit und meldete sich nicht mehr. Sie sah online auf seinen Profilen, dass er feiern ging. Freunde von Flora trafen ihn in Klubs. Sie fragte ein paar Mal per Message, wie es ihm gehe, und erhielt keine Antwort. Dann sah sie ihn knutschend mit einer anderen auf dem Foto. Hier draußen auf dem Gutshof war sie weit weg davon. Wirkliche Ablenkung bot die geruhsame Landschaft nicht.

»Wenn doch wenigstens mal irgendwas Spannendes passieren würde in der Gegend«, murmelte Flora und klappte den Rechner zu. Sie kehrte durch den Hintereingang zurück in das alte Gutshofgebäude, in dem *Blumes Rittersaal*, das Restaurant ihrer Eltern, lag. Ihre Mutter Anna Blume-Kamphusen nahm gerade ein Telefonat entgegen und winkte ihr zu. Flora schritt zielstrebig am Gastraum vorbei in den ersten Stock, wo sie zwei Zimmer bewohnte.

Der Blog würde jetzt erst einmal pausieren, bis ihr etwas einfiel, das mehr war als nur Vereinsmitteilungen und Baustellenankündigungen. Mit dem Studium und ihrer Arbeit als freie Mitarbeiterin der *Hannoverschen Allgemeinen Zeitung* hatte sie genug um die Ohren. Sie donnerte den Rechner in die Ecke ihres Sofas. In was für eine Gegend war sie hier geraten? Malerische Dörfchen und dazwischen nur Friede, Freude, Spargelbauern.

※

»Guten Tag, könnte ich bitte Helene Blume sprechen?« Eine junge Stimme, kräftig und konsequent.

Anna Blume-Kamphusen bedauerte: »Nein, Helene Blume lebt nicht mehr hier. Tut mir leid.«

»Was heißt das – ist sie weggezogen? Können Sie mir ihre Telefonnummer geben?«

Anna hatte keine Lust, sich näher mit der Anruferin zu befassen. Die Stimme klang so jung wie die ihrer Tochter, die in diesem Moment winkend durch das Treppenhaus huschte. Das Restaurant war voll, die Gäste erwarteten eine persönliche Begrüßung. Ein paar freundliche Worte, eine Empfehlung des Hauses …

»Wir haben keine aktuelle Adresse. Meine Tante ist schon vor vielen Jahren weggezogen. Und ich habe zu tun. Ich kann Ihnen wirklich nicht helfen.«

»Warten Sie, was heißt das? Ist sie auch verschwunden?« Das Mädchen ließ sich nicht abwimmeln.

»Verschwunden? Nein, wie kommen Sie darauf? Mein Onkel hat uns berichtet, sie sei nach Marokko gezogen nach der Scheidung. Arbeitet da in einer Hotel-Boutique. Viel mehr weiß ich nicht. Aber warum erzähle ich Ihnen das überhaupt?«

Anna setzte an, das Gespräch mit einem knappen Gruß zu beenden, doch die Unbekannte hakte nach.

»Und dieser Onkel, Helenes Mann, kann ich mit dem sprechen?«

Anna atmete tief durch. Was immer diesem Mädchen so wichtig war: Sie hatte keine Zeit dafür.

»Nein, das können Sie nicht. Mein Onkel ist tot. Meine Tante ist fort. Und jetzt werde ich auflegen.«

Konsequent drückte Anna das Gespräch weg und wandte sich den Gästen zu.

»Nach Helene hat in den letzten drei Jahren noch nie jemand gefragt«, stellte sie fest, bevor das Abendgeschäft sie voll in Beschlag nahm.

An einem Tisch nahe dem Küchendurchgang saß ihr Vater Carsten Blume und stöberte in historischen Büchern. Nach dem Genuss von Schellfisch in Senfsoße mit Petersilienkartoffeln aus der Restaurantküche hatte er eine Verdauungsrunde durch den Gutspark gedreht. Jetzt vertiefte er sich angenehm gesättigt in seine »Fahndungs-Unterlagen« zur Ahnenforschung. Dabei vergaß er alles um sich herum.

»Anna, zweimal der Schweinebraten, einmal das Stroganoff.« Michael Kamphusen schob Teller und Beilagenschüsseln aus der Küche in die Durchreiche. Die neue Bedienung kam mit dem Servieren nicht nach, und Anna sprang ein, um das Essen heiß an die Tische zu bringen.

Flora schlenderte missmutig in die Gaststube und setzte sich zu ihrem Großvater. Sie griff zu ihrem Smartphone und scrollte durch *Instagram*.

Jeder hing seinen Gedanken nach. Ein normaler Abend im Gutshof *Blume*. Der letzte Abend dieser Art für lange Zeit. Helene Blume, die ehemalige Gutsherrin, die der Familie den Rücken gekehrt hatte, würde sie zum ersten Mal ernsthaft beschäftigen. Auf eine Art, mit der niemand gerechnet hatte.

ER - 1983

Seine Hände zitterten. Er fuhr mit den Fingern durch das störrische Haar, damit es besser lag. Er ging die letzten Schritte bis zum vereinbarten Treffpunkt, die feuchten Handflächen an der Hose abwischend.

Ob sie schon auf ihn wartete?

Er freute sich so. Helene, die Schöne. Das Mädchen, das von allen Jungen angestarrt wurde. Gleich würde er sie treffen.

Er nestelte an seinem neuen T-Shirt mit dem Breakdancer-Motiv, das er extra für diesen Tag gekauft hatte. Wie vor dem Flurspiegel eingeübt, steckte er eine Hand in die Hosentasche seiner Jeans. Vor dem Spiegel hatte das lässig ausgesehen. Die Begrüßungsworte, immer wieder geübt, fielen ihm nicht mehr ein. Dabei hatte er die Situation so oft durchgespielt.

Er stand am verabredeten Platz, auf die Minute pünktlich.

»Helene! Bist du hier irgendwo?« Es knackte im Gebüsch. Er drehte sich um, lächelnd.

2.

Der erste Gast am Nachmittag war eine junge Frau. War sie überhaupt ein Gast? Sie sah in Hoodie, alten Turnschuhen und Löcherjeans nicht nach der üblichen Zielgruppe für einen Restaurantbesuch mit gehobener deutscher Küche aus.

Anna kam ihr zur Begrüßung entgegen und hörte schon bei den ersten Worten, wen sie vor sich hatte. Sie erkannte die Stimme: die Anruferin von gestern.

»Bitte, Sie müssen mich anhören. Ich suche nach Informationen über meine Mutter, und Helene könnte dabei helfen.«

Die kleine schlanke Frau mit dem sportlichen blonden Strubbelhaarschnitt sah nicht aus, als wäre sie leicht abzuwimmeln. Anna Blume-Kamphusen hatte fast 15 Jahre als Therapeutin gearbeitet, bevor sie ihr eigenes Hotel-Restaurant eröffnete. Diese Berufserfahrung erwies sich auch bei Restaurantgästen als nützlich. In diesem Fall spürte sie, dass es nicht nur um Helenes Telefonnummer ging. Annas Neugier war geweckt.

»Dann setzen Sie sich doch erst mal. Möchten Sie einen Kaffee? Oder ein Wasser?«

»Danke, eine Cola wär schön. Wenn's nicht zu teuer ist. Das sieht hier nicht gerade billig aus.« Mit ihren großen grauen Augen musterte das Mädchen die historische Einrichtung des Gastraums.

»Die Cola spendiere ich Ihnen. Ich glaube kaum, dass ich Ihnen sonst irgendwie weiterhelfen kann.«

Anna setzte ihren Gast an den Tisch in einer Nische nahe dem Kücheneingang, den die Familie Blume-Kamphusen für den eigenen Bedarf nutzte. Hier war es zugig, und die Bedienungen rauschten laufend mit Tellern vorbei. Kein geeigneter Platz für entspannungssuchende Gäste, aber die Familie hatte sich daran gewöhnt. Alle anderen Tische waren für den Abend reserviert. In einer Stunde würde es voll sein, denn das Geschäft brummte. *Blumes Rittersaal* hatte sich in den letzten drei Jahren zu einer angesagten Adresse in der Region entwickelt.

»Nun fangen wir mal ganz von vorne an. Ich bin Anna Blume-Kamphusen. Und darf ich fragen, wer Sie sind?«

»Ach je, ich bin so in Gedanken. Ich wollte nicht unhöflich sein. Tut mir leid. Ich bin Katrin Harms, die Tochter von Vivian Harms.« Sie machte eine Pause und schaute bedeutungsvoll, als ob der Name Anna etwas sagen müsste. Doch so war es nicht.

»Meine Mutter ist verschwunden, schon vor sechs Jahren. Stand in allen Zeitungen. Haben Sie wohl nicht gelesen. Jetzt mache ich den letzten Versuch zu erfahren, was mit ihr passiert ist.«

»Das tut mir leid und ich wünschte, wir könnten Ihnen helfen. Wann und wie ist Ihre Mutter denn verschwunden?« Katrin Harms redete leiser und schaute ins Leere. Die Arme hielt sie fest vor dem Körper verschränkt. »Mama ist von einer Joggingrunde nicht zurückgekommen. Sie ist ihre übliche Strecke gelaufen, und an einer kleinen Straße, die sie sonst immer überquert hat, endeten die Fußspuren. Als ob sie sich auf der Straße in Luft aufgelöst hat.«

Eine Geschichte, wie man sie häufig in den Medien sah oder las. Jedes Mal stieg Wut in Anna hoch, dass Frauen auch im 21. Jahrhundert nicht sicher waren, wenn sie ihr Recht wahrnahmen, in einsamen Wäldern Sport zu treiben oder die Natur zu genießen. Anna joggte häufig, als sie in Hannover wohnte. In der Eilenriede, dem großen Stadtwald, war sie dabei selten allein. Ganz anders in der weiten Landschaft nördlich der Großstadtregion. Hier lief sie eine Stunde lang geradeaus und begegnete niemandem, streifte nicht einmal eine Ortschaft. Anna joggte seltener, seit sie auf dem Gutshof lebte und den *Rittersaal* betrieb. Angst empfand sie nie, wenn sie doch mal wieder die Laufschuhe anzog und – direkt vom eigenen Grundstück aus – nach einer Minute im Grünen war.

Katrin Harms kramte in ihrem Rucksack. Die schlanken Finger nestelten nach etwas. Sie ließ Anna nicht aus den Augen. »Nur einen kleinen Moment, ich hab's gleich.«

Der Computerausdruck eines Fotos landete auf dem Tisch. Ein schlichtes Blatt Kopierpapier, von Katrin Harms rasch auseinandergefaltet.

Drei Frauen waren darauf zu sehen. Links saß eine Frau mit schon ergrautem Haar, wachen großen Augen hinter einer modischen randlosen Brille und klassischer Perlenkette zur weißen Bluse. Sie saß aufrecht am Tisch und schaute skeptisch in die Kamera. In der Mitte eine zierliche Person mit kurzen Haaren, ihr Mund war weit geöffnet und die Augen strahlten. Mit der linken Hand hielt sie ein Weinglas in die Höhe, als wolle sie dem Fotografen zuprosten. Rechts davon posierte eine Frau mit wallendem langem Haar, kräftig geschminkt, den Kopf leicht geneigt mit geöffneten Lippen. Sie war die Einzige, die sich für das Bild in Pose gesetzt hatte. Das Foto war in einem Restaurant entstanden: Im Hintergrund sah man einen Mann beim Bierzapfen und einen anderen Gast, der, den Rücken zum Bild gewandt, am Tresen auf das Getränk wartete. Ein dicker Aktenkoffer stand neben ihm auf dem nächsten Barhocker. Anna erkannte das Restaurant. Sie hatte dort, in der Nachbargemeinde Schwarmstedt, selbst schon mehrfach gegessen.

Eine der Frauen auf dem Foto war Anna bekannt: Helene Blume, die ehemalige Gutsherrin, ihre geschiedene Tante.

»Smarty, Sporty und Beauty – die Ladies nach 30 Jahren wieder vereint!«, stand in schnörkeliger Computerschrift unter dem Bild. Die Frau in der Mitte der Fotografie war Vivian Harms, erläuterte deren Tochter. Die Ähnlichkeit war unverkennbar.

Das Bild war mit einem Datum versehen: 20. Juni 2013.

»Auf den Tag genau zwei Wochen später war Mama weg.«

Katrin Harms sah Anna wieder fest in die Augen. »Die Polizei hat uns damals gesagt, dass Mama ihr letztes Telefonat, bevor sie verschwand, mit Helene führte. Das war morgens bevor sie joggen ging.«

Die Beamten hielten das Gespräch nach einer Befragung von Helene Blume nicht für wichtig, erfuhr Anna. Doch Katrin fragte sich, um was es in den wenigen Minuten gegangen war, in denen die alten Freundinnen sich unterhielten.

»Vielleicht hat die Polizei etwas übersehen. Kann doch auch passieren. Ich hab jedenfalls Mamas Laptop aufgeladen und in den gespeicherten Mails dieses Bild gefunden. Die Mail kam morgens an, also an dem Tag …« Katrin verstummte.

Anna verstand, warum die junge Frau bei Helene Antworten suchte.

»Gibt es einen speziellen Grund für Sie, gerade jetzt wieder auf Spurensuche zu gehen?«

»Wir sind dabei, ihre Sachen auf den Dachboden zu räumen. Wird auch Zeit nach sechs Jahren.« Der letzte Satz war nur ein leises Murmeln, und einen Moment lang schaute Katrin wieder schweigend auf das Bild, das ihre Mutter so lebensfroh zeigte.

»Ich will mir in Hannover ein Zimmer nehmen, und die neue Freundin meines Vaters zieht bei uns in Nienburg ein«, fuhr sie fort. »Papa will meine Mutter für tot erklären lassen. Ich meine, keiner von uns glaubt wirklich, dass sie noch lebt. Das ist also okay, und mein Vater soll ja nicht allein bleiben. Die Neue ist in Ordnung. Aber je mehr ich in Mamas alten Sachen krame, umso mehr glaube ich, dass ich nochmal nach ihr suchen muss. Nur noch einmal und dann einen Schlussstrich ziehen.«

Anna schaute auf die Pendelstanduhr, die eines der historischen Dekorationsstücke des Gastraumes war: eine halbe Stunde bis zum Eintreffen der ersten angemeldeten Gäste. Zeit, die sie gern genutzt hätte, um den Tresen auf Hochglanz zu wienern, die Reservierungen durchzugehen und in Ruhe eine Rhabarberschorle zu trinken.

Katrin Harms machte keine Anstalten aufzubrechen. Sie hielt das Blatt Papier mit dem Foto fest in den Händen und betrachtete es stumm. Anna sah ein, dass sie zumindest die halbe Stunde opfern und weiter zuhören musste.

»Und wie haben Sie uns gefunden? Kennen Sie meine Tante von früher?«

»Nein, aber die Mail, an der das Dokument hing, hatte eine Signatur mit Namen und Adresse. Helene war ›Beauty‹. Diese albernen Spitznamen, die hatten sie in der Schulzeit. Kurz bevor sie verschwunden ist, war Mama auf einem Klassentreffen, 30 Jahre nach dem Realschulabschluss.«

Beauty als Spitzname für Helene, da war der Name Programm. Wenn sie sich an Treffen mit der jungen Tante erinnerte, dann fielen ihr elegante Kleider ein, glänzende Haare und Schönheitstipps, die Helene immer parat hatte, die an Anna jedoch abprallten.

Das erzählte sie und schaute dabei auf ihre Finger mit den kurzen Nägeln, die seit vielen Jahren keinen Nagellack mehr gesehen hatten. Katrin Harms berichtete, warum ihre Mutter in der Jugend »Sporty« genannt wurde.

»Mama war Klassenbeste im Sport. Darum hat sie eine Ausbildung als Gymnastiklehrerin gemacht und bei uns im Sportverein und in der Volkshochschule unterrichtet.«

Vivian Harms schwärmte ihrer Familie 2013 von einem herrlichen Abend mit alten Schulfreundinnen vor, die sich nach diesem Treffen schworen, wieder regelmäßig Kontakt zu pflegen. Helene mailte zwei Wochen später das gemeinsame Bild in die Runde. Und dann verschwand Vivian.

»Ich hatte gehofft, Helene könnte mir was darüber erzählen, wie Mama damals war, also in der Schulzeit. Worüber sie beim Klassentreffen geredet haben und bei diesem letzten Telefonat. Es ist doch komisch. Sie kriegt morgens ein Foto von Helene, ruft an – und kurz danach verschwindet sie.«

War es nicht eher ein Zufall? Anna stellte sich vor, dass Vivian sich am Telefon rasch für das gemailte Bild bedankt hatte, bevor sie zur Joggingrunde aufbrach. Ein Zusammenhang mit Vivians Verschwinden war unwahrscheinlich, und so hatte es die Polizei ebenfalls eingeschätzt. Anna verstand Katrins Spurensuche. Aber sie war auf dem Gutshof in einer Sackgasse gelandet.

»Helene und mein Onkel Friedrich haben sich 2014 getrennt. Dann hat sie ein Jahr lang hier auf dem Hof in einem Nebengebäude gelebt, und schließlich ist sie weggezogen. Onkel Friedrich meinte, sie wäre wohl nach Marokko gegangen, um in einer Hotel-Boutique zu arbeiten.«

Anna überlegte und beschloss, nichts zu beschönigen.

»Mein Onkel war damals schon Alkoholiker, und als Helene fort war, hat er sich regelrecht zu Tode getrunken. Das war Anfang 2016. Helene und Friedrich hatten keine Kinder. Mein Vater war Erbe des Gutshofes seiner Familie, und wir haben ihn zum Hotel umgebaut. Das ist unsere Geschichte.«

Katrin Harms gab nicht so schnell auf.

»Haben Sie denn irgendeine Adresse oder Telefonnummer von Helene? Ich würde wenigstens gern mal mit ihr reden.«

Anna schüttelte den Kopf.

»Als Onkel Friedrich starb, haben wir ihr auf *Facebook* eine Nachricht zukommen lassen. Sie hat nur knapp geantwortet, dass es ihr leid täte und sie nicht zur Beerdigung käme. Ihre Sachen sollten wir einlagern, sie würde sich wieder melden. Naja, es gab dann auch keinen Grund, wieder Kontakt aufzunehmen.«

Wann hatte sie das letzte Mal ein Posting von Helene bei *Facebook* gesehen? Anna überlegte. Das war schon Jahre her.

»Ich sollte es also mal bei *Facebook* probieren?«, fragte Katrin, die erwähnte, dort gar keinen Account zu haben. »*Facebook* ist ja nur noch was für Alte.«

Anna wandte sich ihrem Vater zu, der mit einem Stapel Kopien aus dem Wohntrakt in das Restaurant kam, in einer Outdoorjacke, auf dem Weg nach draußen.

»Papa, komm doch mal. Wir haben Besuch von einer jungen Frau, die Helene sucht.« An Katrin gewandt fügte sie hinzu: »Mein Vater war Kriminalhauptkommissar in Hannover. Vielleicht hat er sogar vom Verschwinden Ihrer Mutter gehört.«

In Gedanken und nicht erfreut bei der Erwähnung seines ehemaligen Berufes, begrüßte Carsten Blume die junge Frau.

Nein, die Fallakte Vivian Harms hatte nicht auf seinem Schreibtisch gelegen. »Nienburg, sagen Sie? Bedaure, da war ich nie zuständig.«

Carsten Blume wollte sich schon abwenden, als sein Blick auf das Foto fiel.

»Haben Sie das mitgebracht?« Katrin nickte.

Er zog eine Brille aus der Brusttasche seiner Jacke, nahm den Ausdruck und betrachtete das Bild lange und nachdenklich. Dann setzte er sich.

»Ich glaube, ich möchte doch hören, was Sie uns zu erzählen haben.«

Anna stutzte. Was sah ihr Vater auf diesem Bild? Er starrte reglos darauf. Jetzt schüttelte er langsam den Kopf. Egal, die Arbeit rief. Sie nutzte die Chance, sich zu verabschieden. Die Gäste kamen, bestellten, hatten Sonderwünsche. Jemand fand, die Bratkartoffeln seien ein wenig zu kross geraten. Eine Ausnahme: Die meisten Gäste waren hochzufrieden mit den Gerichten aus Michaels Küche, orderten Desserts, Obstbrände zur Verdauung und sorgten dafür, dass Anna keine stille Minute bekam.

Als der Abend im Restaurant sich dem Ende zuneigte, der letzte Kaffee serviert, der letzte »Deckel« am Tresen abgerechnet war, sehnte sich Anna danach, die Beine hochzulegen. Die Gedanken an den Besuch von Katrin Harms kamen zurück. Lange hatte die junge Frau auf Carsten Blume eingeredet, der geduldig zuhörte und dabei Notizen in ein Büchlein schrieb. Irgendwann war sie offenbar gegangen. Anna hatte es, vertieft in ihre Arbeit, nicht bemerkt. Katrin Harms, deren Augen das Restaurant so erstaunt und fast ehrfürchtig musterten: Sie hatte eine Frage aufgeworfen. Wie Helene wohl heute lebte? Ob es sinnvoll war, ihr eine Nachricht zu schicken? Die Tante hatte so viel länger auf dem Gutshof gewohnt als Anna selbst. Füreinander interessiert hatten sie sich nie.

Sie lehnte sich auf dem Massagesessel zurück, der spätabends nach dem Dienst ihre Flucht aus dem Alltag war, und öffnete *Facebook* am Smartphone. Das Massageprogramm des Sessels schnurrte leise, und Anna genoss die Wärme im Rücken. Sie betrachtete Helenes *Facebook*-Profil: Keine neuen Bilder der Tante seit zwei Jahren. Ob sie das Profil überhaupt noch nutzte? 2017 war Helene auf Mittelmeerkreuzfahrt, von einer solchen Reise stammten die letzten Einträge. Anna rief den Messenger für persönliche Mitteilungen auf und las ihren privaten Chat von 2016 durch.

Die Tante hatte alles Familiäre abgeblockt. Sie zeigte kein Interesse an Friedrichs Beerdigung, antwortete mit großen Pausen und in desinteressiert klingenden Worten. Nicht einmal persönliche Erinnerungsstücke an ihre Eltern wollte sie nachgesandt bekommen. Anna hatte mehrfach nach einer Adresse oder Telefonnummer gefragt – Helene war nicht darauf eingegangen. Die letzte Nachricht stammte vom 26. November 2016, 0.30 Uhr: »Anna, sorry. Bin wirklich dauernd unterwegs. Wenn ihr alles eingelagert habt, ist es doch gut. Viel Glück bei dem Umbau. Wenn ich etwas von meinen Sachen brauche, melde ich mich. Liebe Grüße von Helene.«

Anna hatte gleich morgens geantwortet: »Na, wenn du meinst, wenn dir alles so egal ist … Alles Gute weiterhin.«

Nach dem Lesen der schriftlichen Konversation war ihr die Lust vergangen, mal ein »Hallo, wie geht's dir?« zu senden. Wenn sie jetzt die fast drei Jahre alten Nachrichten las, war Helenes Abwehrhaltung unverkennbar. Die Tante wünschte damals keinen Kontakt zu ihrer nur wenig jüngeren Nichte.

Warum sollte sie heute bereit dazu sein oder sich über ein Lebenszeichen freuen? Anna erinnerte sich an ihren Ärger, als sie sich 2016 von Helene im Chat rüde abgewiesen fühlte. Sie schloss den Messenger. Schade für Katrin Harms – aber Helene Blume würde ihr sicher keine Hilfe sein.

Ein paar Zimmer weiter saß Carsten Blume an seinem Schreibtisch und haderte mit sich. Damals, als junge Kommissare, hatten sie gescherzt über die Kollegen in Pension, die nicht loslassen konnten von der Arbeit. Manchmal riefen die Pensionäre an, um ihre Meinung zu einem Fall kundzutun oder sogar »nur für einen Kaffee« in das Kommissariat zu kommen. Kollegen, die den Ausstieg verpassten aus diesem Beruf, der gleichzeitig belastend und fesselnd war: Sie wurden von den jüngeren Kommissaren belächelt.

Carsten Blume schwor sich, nicht zu diesen traurigen Gestalten zu gehören. Die ersten Wochen im Ruhestand waren schwer. Er entschied sich, den Lebensmittelpunkt auf das Gut zu verlegen, um weit fort zu sein von seinem alten Wirkungskreis. In der Jugend hatte er den einsam gelegenen Gutshof mit der über 400 Jahre währenden Familiengeschichte verlassen. »Nur raus aus der Einöde«, hatte er gesagt. Im Alter kam er zurück, weil er nach einem Leben in der trubeligen Stadt die Ruhe suchte. Er fand eine neue Passion, in die er alle Gedankenkraft steckte, die jahrzehntelang in die Lösung von Kriminalfällen geflossen war. Seine »Ermittlungen« drehten sich künftig um die eigenen Vorfahren. Die Ahnenforschung packte ihn und unterschied sich manchmal gar nicht so sehr von seiner Arbeit. Er wühlte in alten Akten, fuhr dorthin, wo vor Jahrhunderten Verwandte lebten, und suchte nach ihren Spuren in der Ortsgeschichte.

Es war eine anregende Beschäftigung, die ihn zeitlich ausfüllte, und darum vermisste er seine Berufsarbeit kaum. Das tiefe Loch, in das manche Kollegen im Ruhestand fielen, umging er. Auf dem Gutshof war er bei Gästen und Nachbarn »der Seniorchef« und »der Ahnenforscher«. Aus Hannover auf das Gut zu ziehen, war der richtige Schritt, denn in seiner alten Nachbarschaft in Hannover-Kirchrode nannten sie ihn nur »den Kommissar«.

Doch es war eine Erinnerung aus dieser hannoverschen Zeit, die ihn jetzt umtrieb.

2014 war er mit einem Fall betraut, der ihm rätselhaft schien und wochenlang keine Ruhe ließ. Ein vermeintlicher Suizid, ein Fall ohne Leiche. Die Akte wurde geschlossen, obwohl viele Fragen offen waren. Damals zweifelte er, ob es richtig war, die Ermittlungen einzustellen.

Seit heute zweifelte er umso mehr. Er hatte ein Gesicht gesehen, das er kannte. Persönlich, von vielen Einkäufen in ihrer Buchhandlung und als Fall aus den Akten. Ein merkwürdiger Zufall?

Er fuhr seinen Laptop hoch – ausnahmsweise nicht, um die Daten eines Vorfahren im Ahnenforschungsportal *myheritage* einzutragen. Stattdessen schloss er eine externe Archivfestplatte an und öffnete ein passwortgeschütztes Dokument mit einer Fülle gesammelter Stichworte und Vernehmungsprotokolle: Indizien zum Verschwinden von Corinna Stadler, der dritten Frau auf dem Bild von Katrin Harms. Der Frau, die sie in ihrer Jugend »Smarty« nannten.

Nicht nur die Mutter von Katrin Harms war von einem Tag auf den anderen verschwunden, auch von Corinna Stadler fehlte jede Spur – seit fünf Jahren.

Ihre Buchhandlung, in der er früher Stammkunde war, hatte er nicht mehr besucht, seit er im Aller-Leine-Tal lebte.

Er googelte rasch, ob es das Geschäft noch gab, und überlegte, es in den nächsten Tagen wieder einmal aufzusuchen.

Der Gedanke allein ärgerte ihn. Er hatte Corinna Stadler auf einem Bild mit einer Frau gesehen, die ein Jahr vor der Buchhändlerin verschwunden war. Mehr nicht. Kein Grund, an weitergehende Ermittlungen zu denken.

Er klappte sein Notebook zu und öffnete das Fenster, um Frischluft in sein verrauchtes Arbeitszimmer zu lassen. Hier draußen auf dem Land war es spätabends totenstill. Kein Laut, der von den eigenen Gedanken ablenkte. Die Luft roch schon nach Herbst. Aus seinem Wohnzimmer sah er auf den Parkplatz des Restaurants und auf die hohen Bäume, die den Platz säumten. Carsten Blume atmete tief ein und versuchte, die Stille zu genießen. Es gab solche Zufälle. Die Mutter von Katrin Harms war vermutlich einem Verbrechen zum Opfer gefallen. Corinna Stadler hatte sich umgebracht. Doch nach allem, was die Familie Blume wusste, war Helene, die auf dem alten Foto so verführerisch lächelte, weder tot noch verschwunden, sondern aus freiem Willen weggezogen. Ohne Nachsendeadresse.

Er setzte sich wieder an den Schreibtisch aus massiver Eiche, an dem schon sein Großvater gearbeitet hatte und der den Raum dominierte. Der Ruf eines Käuzchens im gutseigenen Park schenkte Carsten Blume normalerweise ein Lächeln. Doch Freude über die ländliche Ruhe, die nur vom Ruf eines Vogels unterbrochen wurde, stellte sich nicht ein. Stattdessen war das innere Kribbeln zurück – die Unruhe, wenn ein neuer Fall voller ungelöster Fragen vor ihm lag.

An diesem kühlen Septemberabend stieg Anna Blume-Kamphusen mit schmerzenden Füßen und dem Gedanken ins Bett, dass sie eine weitere Bedienung für den Abendbetrieb bräuchte.

Das kann so nicht weitergehen, dachte sie und massierte sich mit der linken Hand die rechte Schulter. Aber ordentliches Personal war nicht leicht zu finden. Michael Kamphusen schnarchte ausdauernd. Anna stand wieder auf und nahm eine Schlaftablette. Besser so, als sich stundenlang hin und her zu wälzen. Wenig später siegte die Erschöpfung, und sie schlief tief und fest.

Flora Kamphusen saß ahnungslos von dem, was in der Gaststube besprochen wurde, lange wach und grübelte, mit welcher Kracherstory sie ihrem Blog aller-lei-online.de zum dringend benötigten Durchbruch verhelfen könnte. Ihr fiel nichts ein. Sie scrollte ziellos durch *Instagram* und landete, obwohl sie sich geschworen hatte, nicht nachzuschauen, auf dem Profil von Sören. Neue Party-Fotos. Und wieder diese Langhaarige an seiner Seite, um deren Taille er lässig den Arm gelegt hatte. Flora klickte *Instagram* hastig weg. Verdammt, warum tat das immer noch so weh? Sie legte sich schlafen, ohne eine sinnvolle Idee entwickelt zu haben.

Katrin Harms fuhr mit dem Gefühl nach Hause, dass etwas in Bewegung kam. Ihre Mutter war verschwunden, deren Freundin Helene unbekannt verzogen, gab es da einen Zusammenhang? Ein anstrengender Tag lag hinter ihr, sie schlich im Haus leise über den Flur, um ihren Vater und seine Neue nicht zu wecken. Bald darauf schlief sie ein, ohne sich lange mit düsteren Gedanken herumzuwälzen.

Carsten Blume hingegen fand keinen Schlaf. Das Argument mit dem Zufall glaubte er doch selbst nicht. Er haderte mit seiner Neugier. Es gab keinen Fall, mit dem man ihn beauftragt hatte. Es gab nur dieses vage Gefühl, dass es an ihm war, etwas zu unternehmen und einem Geheimnis auf die Spur zu kommen, das sich heute unvorhergesehen in seine Gedanken geschlichen hatte.

Die Fragen stellten sich ein und ließen sich nicht verscheuchen: Was ist mit euch geschehen, Helene Blume, Vivian Harms und Corinna Stadler? Lebt ihr alle drei noch irgendwo da draußen? Und wenn ja: Wovor seid ihr weggelaufen?

SIE - 1983

»Lass uns damit aufhören. Ich finde das albern.« Corinna Stadler stand auf. »Ich fahr nach Haus.«

»Oh Mann, Smarty, wer hat sich das Ganze denn ausgedacht? Du! Und jetzt willst du kneifen!«

Vivian Dageförde hatte alles mitgebracht, was sie brauchten, und war zum Einsatz bereit.

»Wir sind echt gemein. Und es ist auch nicht schön, wenn sie uns alle aus dem Weg gehen.«

»Aber du hattest doch total recht! Keiner hat gepetzt, weil sie sich alle geschämt haben.« Helene Hafermann kicherte. »Ich finde, die letzten beiden kriegen wir jetzt auch noch dran. Dann ist die Schule vorbei, und wir sehen die eh nie wieder.«

Corinna schaute Helene in die großen blaugrünen Augen. Ihr war klar, warum sie Beauty nichts abschlagen konnte. Helene durfte es nie erfahren. Sie hätte so gern die glänzenden Haare ihrer Freundin berührt, die rotgolden schimmerten. Sie hoffte, dass sie ihre Gefühle gut genug verbarg, weil es viel zu peinlich war … dass sie sich in ein Mädchen verliebt hatte.

Vivian griff sich den Eimer und die Flaschen und marschierte los. »Nun kommt schon, ich hab da heute richtig Bock drauf.«

Helene lief hinterher. Corinna folgte bedrückt mit einigen Schritten Abstand. Was für eine Scheißaktion. Und es war tatsächlich ihre Idee gewesen.

3.

Der heiße Kaffee duftete, schnell goss sie ihre Tasse voll und nahm einen großen Schluck. Flora saß morgens schweigend am Tisch, bis das Koffein Wirkung zeigte. Ihrem Großvater ging es ebenso, weshalb die beiden gern gemeinsam frühstückten, jeder vor sich hinstarrend und manchmal herzhaft gähnend.

Anna brachte Reste vom Frühstücksbüfett an den Tisch und setzte sich dazu. Großvater und Enkeltochter hatten sich erst vor Kurzem aus dem Bett gequält, doch sie war schon mehr als zwei Stunden auf den Beinen und brauchte dringend eine Pause.

»Was sagst du zu der Geschichte gestern Abend?«, fragte Anna ihren Vater. Der antwortete nicht, schaute stattdessen auf ein halbes Kürbiskernbrötchen.

Er sieht müde aus, dachte Anna. Die sportliche Statur, die er mit Liegestützen und Yogaübungen im Gutspark stärkte, war ihm nach der Pension geblieben. Seine Haare waren früh ergraut, aber der Dreitagebart, verbunden mit der schlanken Figur, machte aus ihrem Vater einen Typen, den kaum jemand für Mitte 60 hielt. Doch an diesem Morgen sah er alt aus.

»Wer war eigentlich das Mädchen, mit dem ihr gestern im *Rittersaal* gesessen habt?«, fragte Flora und unterbrach die Stille. »Sah nett aus – die neue Bedienung?«

Anna guckte von ihrer Tochter zum Vater und dann zur Uhr. »Erzähl ich dir nachher. Ich mach mich mal 'ne Stunde lang, bevor ich zur *Metro* fahre. Und Papa, wenn du das Brötchen weiter anstarrst, zerbröckelt es vor lauter Aufmerksamkeit.«

Anna lachte und war schon auf dem Weg in ihre Privaträume. Ihr Vater rief ihr nach: »Besser, du setzt dich noch mal wieder. Es gibt da was. Hängt mit unserem gestrigen Besuch zusammen.«

Seine Tochter wandte sich erstaunt um und kam zum Tisch zurück. »Na, da bin ich ja mal gespannt.«

»Ich kannte die Frau, die sie damals Smarty genannt haben.«

»Und was ist mit ihr? Du sagst ›kannte‹, ist sie tot?« Anna setzte sich und griff zur Kaffeekanne.

»Smarty? Von wem redet ihr?« Flora runzelte ahnungslos die Stirn.

»Eines nach dem anderen. Ich weiß nicht, ob Corinna Stadler, so heißt die Frau, die sich Smarty nannte, tot ist. Ihr Fall lief über meinen Schreibtisch. Verschwunden ist sie jedenfalls. Ziemlich genau ein Jahr später als Katrin Harms Mutter übrigens.«

Nach einem weiteren großen Schluck Kaffee, Anna füllte ihrem Vater ungefragt erneut die Tasse, setzte er Flora über alles ins Bild.

»Nun weißt du Bescheid. Die junge Frau gestern war keine neue Bedienung.«

Flora, die zuvor müde mit der Gabel in einem Schälchen Obstsalat herumgestochert hatte, war jetzt hellwach. »Was für eine Story«, sagte sie beeindruckt. Und sie sah die Schlagzeile schon vor sich auf ihrem Blog. So eine Geschichte, das roch nach Recherchepotenzial. Und es war eine Exklusivstory! Eine Chance für den Durchbruch. Endlich.

✢

Anna Blume-Kamphusen arbeitete den ganzen Tag unkonzentriert. War das alles nur Zufall mit der Buchhändlerin? Die Frage, ob und wie man Katrin Harms einbeziehen solle, ob es wichtig war, ihr von Corinna Stadler zu erzählen, beschäftigte Anna. Als Psychologin sah sie die Gefahr, Katrin zu triggern. Würde sich die junge Frau einen »Fall« konstruieren, obwohl ein unheimlicher Zufall die wahrscheinlichste Variante der kuriosen Geschichte war?

Sie hatte Katrin im Lauf des Gesprächs immer sympathischer gefunden. Das Mädchen war erfrischend offen und forsch – im Kontrast zu ihrem manchmal schüchternen Blick, der stets ein wenig erstaunt wirkte.

Sie waren am Abend auf Annas ursprünglichen Beruf als Familientherapeutin zu sprechen gekommen, und Anna schilderte, dass ein eigenes Hotel trotzdem immer ihr Wunsch war.

»Ach, das hier ist so 'n Selbstverwirklichungsding«, platzte es dabei aus Katrin heraus. Dann wurde sie rot, eine Entschuldigung murmelnd. Doch Anna beruhigte sie: »Recht haben Sie, genau das ist es.«

Sie schmunzelte bei der Erinnerung – der *Rittersaal*, ihr Selbstverwirklichungsding. Das war auf den Punkt formuliert.

Katrins nächster Plan war, den Namen der dritten Frau in Erfahrung zu bringen. Carsten hatte ihr verschwiegen, warum sie sein Interesse geweckt hatte, und dass er diese Frau kannte. Anna empfahl in ihren Therapiegruppen stets, mit offenen Karten zu spielen. Geheimnisse, besonders Familiengeheimnisse, waren niemals förderlich. Sie entschied sich für Offenheit, ohne das Einverständnis ihres Vaters einzuholen. Der würde sauer sein. Doch es war unfair, Katrin Harms nach etwas suchen zu lassen, das die Familie Blume-Kamphusen längst gefunden hatte. Die junge Frau würde bei einer solchen Nachricht schnell wieder im Gutshof auf der Matte stehen, ob man Zeit für sie hatte oder nicht. Egal, da mussten sie jetzt durch.

*

Katrins kräftige Stimme klang durch das Restaurant.
»Wir sollten leise reden, solang noch Gäste da sind«, raunte

Carsten Blume ihr zu, der widerwillig zusammen mit Flora und Katrin Platz genommen und von Corinna Stadler erzählt hatte.

»Da stimmt doch was nicht. Halten Sie das echt für Zufall?« Mit roten Wangen und Fingern, die unablässig an der Kordel ihres Hoodies spielten, lauschte Katrin Harms und zog ihre eigenen Schlussfolgerungen. »Alle drei sind fort, jedes Jahr eine. Erst Mama, dann diese Corinna und noch ein Jahr später Helene. Klingt doch fast, als wären sie zusammen ausgerissen. Obwohl, warum sollte Mama vor uns weglaufen?«

Wenn Anna im laufenden Gästebetrieb kurz Zeit fand, sich mit an den Tisch zu setzen, sah sie Hoffnung in Katrins Augen. Es gefiel ihr gar nicht, welche Richtung die Gespräche im Lauf des Abends nahmen. Hoffnung zu wecken, die nur zu neuer Enttäuschung und Trauer führte: Das war grundfalsch.

Katrin und Flora verstanden sich auf Anhieb, und Anna amüsierte sich erneut über Katrins Art, geradeheraus ihre Meinung zu sagen.

Flora hatte sich nur mit ihrem Rufnamen vorgestellt, und Katrin kommentierte:

»Flora Blume, im Ernst?«

»Nein, Flora Kamphusen, ich heiße genau wie meine Mutter, nur mit anderen Bindestrichen und etwas Latein. Anna-Flora Kamphusen. Das bin ich. Anna Blume-Kamphusen, das ist Mama. Meine Eltern fanden das originell.«

Anna intervenierte: »Komm, das ist doch wirklich ein schöner Name, und so konnten wir auch den *Schwitters*-Bezug aus meinem Namen noch unterbringen.«

Katrin schaute fragend. »*Schwitters*-Bezug?«

Okay, mit Hannovers *Dadaismus*-Tradition waren die jungen Menschen dieser Tage nicht mehr vertraut. Den Künstler Kurt Schwitters kannten sie nicht, sein Gedicht an Anna Blume noch weniger. Ihrer heutigen Namensbase blieb nur ein lächelndes Abwinken: »Nicht wichtig.«

Das Geplänkel über die Namen lockerte die Stimmung, auf Außenstehende wirkte die Runde, als habe Flora eine Freundin mit zum Essen in das Restaurant gebracht.

Der Abend verging schnell.

Anna verabschiedete die Krauses, eine fünfköpfige Familie, Vater, Mutter und drei halbwüchsige Kinder, die regelmäßig kamen, meist nach einem Geocaching-Tag, bei dem sie irgendwelche Schätze gesucht hatten. Anna kannte sich damit nicht aus, aber die Krauses schienen Spaß daran zu haben und brachten von ihren Touren einen gesunden Appetit mit. Schließlich zahlte der Geschäftsmann Joachim Remmers, der zwei Gäste bewirtet hatte und einen Beleg für die Steuer benötigte.

Nur ein Tisch war noch besetzt – der Stammtisch. Die fünf Männer, die dort gemütlich beisammensaßen, bestellten eine letzte Runde.

»Das sind die einsamen Fremden, so nennen wir die Stammtischrunde«, erklärte Flora leise, »die haben alle keine Frauen, und bis auf Jörg, den in Feuerwehruniform, sind das Zugezogene.«

Katrin grinste: »Ein Stammtisch der einsamen Herzen – aber wenigstens haben sie genug Kohle, um sich euer Essen leisten zu können.«

»Ja, zwei davon sind sogar meine Werbekunden. Joe Gade, der ganz links mit dem Pferdeschwanz und dem Hipsterbart, hat die Tankstelle am Ortseingang von Rethem. Fredy Levin, der Dicke mit der Halbglatze, hat ein Antiquariat. Beide werben bei aller-lei-online.de«, verkündete Flora, nicht ohne Stolz.

»Und das sind alles eiserne Junggesellen? Oder sind die schwul?«

Carsten Blume signalisierte Katrin mit dem Zeigefinger an den Lippen erneut, etwas leiser zu reden.

»Nee, schwul sind die, glaub ich, nicht. Jörg Helberg, der ist Ortsbrandmeister in Ahlden und geschieden. Dem gehört der Hund, der mitten im Weg liegt.«

Helbergs mürrischer Weimaraner Isegrim hatte die Angewohnheit, quer vor dem Tisch im Gang den Abend zu verschlafen. Flora fuhr tuschelnd fort, die Stammgäste zu beschreiben.

»Fredy ist Witwer. Und Markus Ernsting soll schon mal was mit einer Schülerin gehabt haben. Er ist Lehrer an der KGS Schwarmstedt und wohnt in dem Haus, das hinten an der Leine steht. War mal das Kutscherhaus meiner Vorfahren«, flüsterte Flora Katrin zu. »Der fünfte, der mit dem altmodischen Schnäuzer, ist Arnd Vogelsang. Der ist noch nicht lange dabei, ein Kollege vom Markus, also auch ein Lehrer. Von dem weiß ich kaum was. Also könnte der theoretisch schwul sein.«

Wie emsig Flora und Katrin tratschten, während seine Gedanken um die verschwundenen Frauen kreisten! Carsten Blume beneidete sie darum. Ein Privileg der Jugend, so rasch Thema und Stimmung wechseln zu können?

»Den Tankstellenmann kenn ich«, sagte Katrin, die Joe Gade zuwinkte, der zu ihnen herüberschaute. »Bei dem hab ich gestern Abend getankt. Der hat mir auch gezeigt, wo ich zu euch abbiegen muss.«

Carsten Blume räusperte sich und fuhr mit gedämpfter Stimme fort: »Machen Sie den besser nicht auf uns aufmerksam. Joe ist einer, der immer alles genau wissen will. Und ich glaube nicht, dass wir noch jemanden mithören lassen sollten. Die Tankstelle ist so was wie früher der Tante-Emma-Laden. Es gibt morgens frische Brötchen und die neuesten Gerüchte aus den Dörfern.«

»Aber Joe kennt doch jeden hier, vielleicht können wir ihn bei der Recherche noch gut gebrauchen?«, wandte Flora ein.

»Recherche? Was meinst du damit?«

»Guck nicht so entgeistert, Opa. Ich hab mir überlegt, dass diese Geschichte ideal ist, um meinen Blog voranzubringen. Und vielleicht meldet sich sogar jemand, der uns was zu den drei Frauen sagen kann.«

Katrin nickte: »Ich hatte sofort ein gutes Gefühl, als ich zum ersten Mal bei euch anrief. Und die Blogstory ist sogar genial! Das kann doch alles kein Zufall sein.«

Der Hauptkommissar formulierte schon eine Ablehnung. »Beim derzeitigen Stand der Ermittlungen können wir Ihnen keine weiteren Informationen zu diesem Fall mitteilen.« So ähnlich hatte er sie immer abgewehrt, die lästigen Journalisten. Doch er war außer Dienst, sah Carsten Blume ein, und es lag keine neue Fallakte auf seinem Schreibtisch in Hannover. Die verschwundenen Frauen – nur eine irritierende Koinzidenz. Er konnte seiner erwachsenen Enkelin schwerlich verbieten zu recherchieren. Es war ja ihr Beruf.

Er überlegte, bevor er einen Vorschlag unterbreitete: »Gut, dann leg los mit deinen Recherchen. Aber versuch vorher noch einmal, Helene zu erreichen. Wenn du Kontakt mit ihr bekommst, klärt sich vielleicht schon auf, dass ihr Umzug und das Verschwinden der anderen Frauen nichts miteinander zu tun haben. Und zeigst du mir bitte den Bericht, bevor er online geht? Ich weiß, du musst das nicht. Ich will mich nicht in deinen Beruf einmischen, aber es wäre mir wichtig.«

Begeisterung sah anders aus. »Bist du jetzt mein Chefredakteur, der den Artikel absegnet?«

Das Störrische hatte Flora von ihm geerbt, Carsten Blume erkannte sich darin wieder. »Dann schreib erst mal, und wir reden weiter, wenn der Artikel steht, okay?«, lenkte er ein.

Die Männer am Stammtisch erhoben sich. Jörg Helberg kam an den Tisch.

»Ihr guckt den ganzen Abend so verschwörerisch, als würdet ihr was aushecken«, sagte der Ortsbrandmeister breit grinsend – und leicht angetrunken.

»Dann wollen wir euch mal damit allein lassen. Komm, Isegrim.«

Der Hund erhob sich, gähnte und zuckelte hinter Herrchen zum Tresen.

Carsten Blume wünschte den letzten Gästen eine sichere Heimfahrt. Katrin lächelte nur, und Anna stand auf, um mit Jörg Helberg den Deckel abzurechnen, auf dem zahlreiche Striche vom Bierdurst der Männer zeugten.

Flora aber klappte den Laptop auf und loggte sich mit dem *Facebook*-Profil ihrer Mutter ein, die widerstrebend ihr Passwort preisgegeben hatte. Sie selbst war mit Helene bei *Facebook* nicht befreundet und sah nur, dass 2017 das Profilfoto zuletzt geändert worden war. Mit Annas Account waren deutlich mehr Postings sichtbar. Helene postete Bilder von sonnigen Landschaften an Meeresküsten. Manchmal strahlte sie selbst von den Fotos, an einer Reling lehnend, die Haare im Wind flatternd oder mit der Hand an der Sonnenbrille, über die sie neckisch hinwegschaute. Alles alte Beiträge, der letzte von 2017, wie das Profilfoto.

Ob sie überhaupt antworten würde, wenn Flora ihr jetzt schrieb? Es sah aus, als habe sie vor zwei Jahren das Interesse an *Facebook* verloren. Das war nicht ungewöhnlich. In allen sozialen Netzwerken fand man massenhaft solcher toten Profile. War sie mittlerweile bei *Instagram* aktiv, unter einem anderen Nickname? Helenes Art, sich selbst auf ihren Fotos in Szene zu setzen, passte besser zu *Instagram*, stellte Flora fest. Mit gekonnten Selbstdarstellungsbildern war es immer möglich, eine Menge Follower zu generieren, selbst in Helenes Alter. Sie dort zu suchen, war wie die Nadel im Heuhaufen. Also *Facebook* – eine andere Kontaktmöglichkeit gab es nicht.

»Hallo, Helene! Hier schreibt dir Flora – erinnerst du dich an mich? Ich hoffe, es geht dir gut. Bitte melde dich doch mal bei uns, es ist etwas dringend. Ich soll dich von Katrin Harms grüßen. Du hast ihre Mutter Vivian gekannt.«

Flora schrieb ihre Mobilnummer dazu und sandte die Nachricht ab. Das Warten auf Antwort begann.

ER - 2019

Die Schöne hatte wieder Besuch. Er schaute nicht mehr täglich, ob jemand zu ihr gegangen war. Die Gäste wurden weniger. Jeder kam nur einmal.

Bald würde er selbst wieder zu ihr gehen, um nach dem Rechten zu sehen. Wenn die Besucher nur wüssten, wie schön sie damals war. Und wie grausam.

In Gedanken bei ihr summte er automatisch dieses Lied. Ihr Lieblingslied: *Hallelujah* von Leonard Cohen. Ein Lied über eine verwirrende Liebe: Ein Text wie sein eigenes Leben.

4.

Flora war nicht sicher, ob sie hoffte, dass Helene sich melden würde. Insgeheim spann sie schon an der Story der drei verschwundenen Frauen.

Mit Katrin stand sie über *WhatsApp* in Kontakt und besaß mittlerweile ein paar alte Bilder, auf denen Helene, Vivian und Corinna zu sehen waren. Ein Gruppenfoto vom Schulabschluss war darunter, mit allen Klassenkameraden.

Wie die Leute damals aussahen, diese Frisuren – Dauerwellen, als wäre der Föhn explodiert. Und die Klamotten – wie aus Videos der *Neue-Deutsche-Welle*-Songs entsprungen, die Flora nur von *Youtube* kannte.

Seit sie über das Leben von Helene, Vivian und Corinna recherchierte, lebte sie auf. Sie versuchte, sich in das Jahr 1983 hineinzudenken, in dem sich die Wege der drei Freundinnen nach dem Schulabschluss trennten. Bilder des untreuen Sören, die zwischendurch in ihrem Kopf aufblitzten und ein flaues Gefühl hinterließen, verdarben ihr nicht mehr den ganzen Nachmittag. Flora vertiefte sich in ihre Story, und die trüben Gedanken verschwanden.

Seit über einer Woche hatte Helene die Nachricht im Postfach nicht gelesen. Flora war sicher, dass keine Rückmeldung mehr kam. Und »no news« von Helene hieß: »good news« für sie und den Blog. Wenn sich die Geschichte jetzt in Luft auflöste, hätte sie eine Menge Zeit umsonst investiert.

Sie ärgerte sich, dass ihre Familie das Geheimnis der drei Frauen schon abgehakt hatte. Carsten Blume blockte komplett mit Details über den Fall Corinna Stadler, sodass Flora auf wenige Pressemeldungen angewiesen war und einen Versuch wagte, mit der Frau zu reden, die Corinnas ehemalige

Buchhandlung leitete. Sonja von Zerst machte sich Vorwürfe, überhaupt nicht gemerkt zu haben, wie schlecht es Corinna ging. Die Buchhändlerin war fest vom Suizid ihrer Kollegin überzeugt, obwohl nie eine Leiche gefunden wurde. Es gab Andeutungen in Corinna Stadlers Mails an sie. Eine zurückgelassene Tasche mit Handy, Portemonnaie und Ausweis am Fuß einer norwegischen Klippe war die letzte Spur.

Vivians Geschichte schmückte Flora mehr aus, denn Katrin sparte nicht an detailreichen Auskünften. Sport war Vivians große Leidenschaft, sie hatte eine Trainerausbildung absolviert und *Pilates* in Sportvereinen und Fitnessstudios unterrichtet, Kinder beim Turnen angeleitet, bei der Volkshochschule Kurse angeboten. »Sporty eben«, erklärte ihre Tochter, »der Name passte wirklich.«

Dass sie beim Laufen verschwand und nie wieder auftauchte, formulierte Flora mit Freude dramatisch: »Sport war ihre Leidenschaft – und das Letzte, was Wolfgang Harms von seiner Frau sah, war ihr federnder schneller Schritt, mit dem sie zu ihrer Joggingrunde aufbrach.«

Zwei Kinder hatte die kleine schlanke Vivian großgezogen: Einen Sohn, der 2013 bereits erwachsen war, und die deutlich jüngere Katrin, die ihr in Statur und Charakter so ähnelte. »Wenn sie noch lebt, wäre sie glücklich zu erfahren, dass sie einen Enkel hat. Mein Bruder ist mittlerweile selbst Vater«, wurde Katrin zitiert und segnete den Satz ab. »Ja, das kannst du so schreiben, lass bloß den Namen von meinem Bruder raus. Der möchte endlich Ruhe haben vor dem Thema.«

Vivians Bild stand in Onlineportalen, die von vermissten Personen handelten. Die Familie nutzte alle möglichen Kanäle, um Informationen zu erhalten. Sechs Jahre Unsicherheit, zwischendurch immer wieder Hoffnung, wenn jemand sich meldete, der Vivian gesehen haben wollte. Spuren, die ins Leere führten. Und fünf Jahre später eine neue Liebe für Wolfgang

Harms: nicht leicht zu ertragen für Katrin, der klar wurde, dass es ihre Familie der Kinderzeit nie wieder geben würde, selbst wenn die Mutter noch lebte. Ihr Vater hatte damit abgeschlossen. Von seinem neuen Leben schrieb Flora nichts, ein Satz von Katrin bildete den Schluss des Absatzes über Vivian: »Dies ist mein letzter Versuch, noch etwas herauszubekommen. Ich möchte die Unsicherheit endlich beenden.«

Der Abschnitt über Helene war knapper gehalten. Sie kürzte den Nachnamen mit dem Anfangsbuchstaben ab. Es war journalistisch geboten, denn nach aktuellem Stand wurde Helene nicht vermisst. Es gab keinen zu rechtfertigenden Grund, ihre Identität offenzulegen. Flora schrieb nur wenige Zeilen zum Lebenslauf ihrer Großtante, die eine Verkäuferinnenlehre absolviert und in Schwarmstedt in einem Modehaus gearbeitet hatte. Sie war erst 20, als sie den deutlich älteren Friedrich Blume heiratete.

Helenes Aussehen stand im Mittelpunkt des Artikels. Flora erinnerte sich an das beeindruckende Dekolleté der Tante, die nicht an Make-up sparte. Ihre Großnichte kannte sie nur mit dichten geschwungenen Wimpern und verlängerten Fingernägeln im stilvollen French Design.

»Helene B. verließ ihr Zuhause im Sommer 2015 und zog in wärmere Gefilde. Wer heute versucht, mit ihr Kontakt aufzunehmen, trifft auf einen toten *Facebook*-Account, und wer ihre alte Mobilfunknummer wählt, wird informiert, dass die Nummer nicht vergeben ist.« Flora erwähnte das Klassentreffen, bei dem sich die drei Frauen zum letzten Mal trafen, und forderte die ehemaligen Klassenkameraden und Klassenkameradinnen auf, sich zu melden. Sie spekulierte darauf, dass die Rückmeldungen für eine Fortsetzung der Geschichte reichten.

Eine Woche nach ihrer Chatbotschaft an Helene standen ihre Zeilen noch immer ungelesen im *Facebook*-Messenger. Lange genug gewartet.

Die Story war komplett. Flora kribbelte es in den Fingern, den Artikel hinaus in die Welt zu schicken. Sie überflog das Geschriebene erneut, feilte an einem Satz, strich ein paar Füllwörter. Dann klickte sie den Button zum Freischalten der Geschichte. War jetzt der Moment gekommen, allerlei-online.de in aller Munde zu bringen?

Eine Verlinkung bei *Facebook*, dazu Postings in den *Facebook*-Gruppen von Schwarmstedt, Ahlden und Rethem zur Erhöhung der Reichweite.

Was würde passieren?

ER – 2019

»Schön, schlau, sportlich – fort: drei Freundinnen verschwinden«

Die Headline war präzise. Er las und staunte. Da hatte jemand eine Menge Informationen zusammengetragen, um die Frauen zu charakterisieren. Doch das Entscheidende war nicht dabei. Er kannte diesen Blog – man kam an den Links in sozialen Medien kaum vorbei.

Flora Kamphusen fragte sich und ihre Leserschaft, ob diese drei Frauen gemeinsam verschwunden seien – ob sie vor etwas Angst hatten.

Angst? Nein, sie hatten sich nicht gefürchtet.

»Was ist passiert bei diesem Klassentreffen 2013? Wird das Geheimnis jemals gelüftet?« Die Journalistin stellte eine Frage, auf die er allein die Antwort kannte. Wie er sich anfangs wünschte, das Geheimnis zu lüften!

Er war so froh, dass er es am liebsten in die Welt hinausgerufen hätte. Dieses Glücksgefühl! Er musste schweigen. Darum schuf er die Möglichkeit, sie zu besuchen, ein Platz zum Entdecken und Verweilen.

Mit der Zeit veränderten sich seine Gefühle, wenn er sie aufsuchte. Die Gedanken wurden milder, friedlicher. War das Vergebung, die er empfand? Dieses neue Leben kam ihm manchmal so echt vor. Er lebte jetzt. Davon erzählte er, wenn er bei ihnen war. Und lächelte Helene nicht mittlerweile zustimmend und sogar bewundernd bei seinen Berichten aus dem Alltag? Oder bildete er sich ihren Sinneswandel nur ein?

Immer seltener kamen die düsteren Gedanken, und wenn sie in ihm aufwallten, dann hatte er einen Platz, an dem er Ruhe davor fand.

Er hatte sich im Griff, wenn die finsteren Gefühle zurückkehrten.

Noch. Das war nicht leicht, denn er hatte ihr Lachen wieder gehört. Und er hatte sie gesehen: Sporty. Vivian Dageförde, verheiratete Harms. Sie hatte sich kaum verändert.

Er sah in ihrer Tochter nichts anderes als sie – die ihn laut und schallend auslachte.

5.

Steffen und Sabine Krause kamen am späten Nachmittag des nächsten Tages in den *Rittersaal* – nicht nur zum Essen, wie sich schnell herausstellte. »Ist Flora da? Wir möchten ihr was erzählen, wegen des Artikels.« Anna wunderte sich nicht. Die Geschichte der »Ladies« auf aller-lei-online.de zog Kreise. Der Blog hatte so viel Zulauf wie nie vorher.

Für Flora war es ein Erfolgserlebnis in mehrfacher Hinsicht. Sie war zum Gespräch in eine Redaktionsabteilung geladen, die sie als Mitarbeiterin im Lokalen bisher selbst nur aus der Zeitung und den Onlineseiten des Verlages kannte.

Die Redaktion eines überregionalen Redaktionsnetzwerkes war an der unheimlichen Story interessiert.

»Das ist viel besser als der Lokalteil, für den ich sonst schreibe. Das erscheint dann vielleicht deutschlandweit!« Flora war aufgeregt nach Hannover aufgebrochen.

»Was wollt ihr denn von ihr?«, fragte Anna die Krauses.

»Diese drei verschwundenen Frauen nannten sich doch Beauty, Smarty und Sporty – und das stand für schön, schlau und sportlich«, konstatierte Steffen Krause. »Naja, genau das gibt es bei euch gegenüber im Wald als Geocaches. Die Schöne, die Schlaue und die Sportliche, drei Dosen.«

Anna wusste nur grob, was es mit diesen »Dosen« auf sich hatte, weil öfter mal Gäste vom Geocachen redeten.

»Und da ist noch was komisch. Die Person, von der diese Caches stammen, nennt sich HelBlu – klingt das nicht wie eine Abkürzung von Helene Blume? Mit Helene B. ist doch offensichtlich Friedrichs Frau gemeint.«

Carsten Blume, von seiner Tochter rasch in die Gaststube geholt, überprüfte online unter Anleitung von Steffen Krause ein paar Gegebenheiten. Die Geocaches waren im Herbst 2015, nach Helenes Auszug, gelegt worden. Sabine Krause berichtete, um was es sich dabei handelte: Für den sportlichen Cache musste man auf einen Baum klettern, für den schlauen ein schweres *Sudoku* lösen. »Die Schöne« war nur eine nett anzuschauende verzierte Kiste, leicht zu finden.

»Für das Geocaching meldest du dich auf einer Website an. Dann siehst du eine Landkarte, auf der sind die Caches verzeichnet, man klickt sie im Smartphone an und wird wie mit einem Routenplaner von der App direkt dorthin gelotst.«

»Und da findet man was? Solche Schmuckkästchen wie das im Bild?« Carsten Blume wollte zumindest die Grundzüge dieser Schatzsuche verstehen.

»Oft sind es nur einfache Filmdosen. Auf jeden Fall findest du einen Behälter, das kann alles sein, worin man ein Logbuch aus Papier trocken verstauen kann. In das Logbuch trägt man sich ein als Beweis, dass man da war.« Sabine Krause erklärte mit einfachen Worten. Carsten Blume nickte zur Bestätigung, dass er verstand.

»HelBlu ist also der Name der Person, die diese sogenannten Geocaches versteckt hat? Da wird Flora staunen!« Carsten Blume hatte keine Lust, sich in das Konzept der Online-Schatzsuche tiefer einzulesen und hoffte auf den Recherche-Eifer seiner Enkelin.

Es blieb nicht beim Staunen. Flora schmiedete umgehend einen Plan, nachdem sie am Morgen darauf die neuen Informationen bekommen hatte. Dass Katrin Harms nur wenig später in die Gaststube rauschte, wunderte Anna schon nicht mehr. Die beiden jungen Frauen steckten die Köpfe zusammen und brabbelten bald in Geocacher-Fachbegriffen.

Anna verstand nur Bahnhof, obwohl das Cachen, da waren sich Flora und Katrin einig, ein »Alte-Leute-Hobby« sei. »Das wär doch was für dich, Mama. Das machen ältere Leute oft, um in Bewegung zu bleiben und nicht einzurosten.« Flora grinste.

»So langsam fängt es an zu nerven. *Facebook* – nur für Alte, also genau richtig für mich. Geocaching, ein Alte-Leute-Hobby, also genau richtig für mich. Dir ist schon klar, dass mich das beleidigt?«

Anna beschäftigte sich selten mit der Anzahl ihrer Lebensjahre. Sie schaute sich gern im Spiegel an, und das Attribut »alt« kam ihr dabei nicht in den Sinn. Klar, sie hatte ein paar Kilo zu viel auf den Rippen, aber dafür ein faltenfreies Gesicht und kein Grau in den dunkelblonden Haaren. Anna fand, dass es ein wenig zu früh war, sie mit Beschäftigungen für »alte Leute« in Verbindung zu bringen. Aber für diese beiden Studentinnen, die jetzt voll konzentriert am *iPhone* und am Laptop arbeiteten, war man schon mit Mitte 40 alt.

»Man muss den Tatsachen ins Auge sehen.« Flora kicherte, und Katrin Harms bemühte sich, ein Lachen zu unterdrücken. »Nur Spaß, Mama.«

Ihre Tochter lenkte ein, und Annas Gedanken wandten sich dem neuen Rätsel zu, den Geocaches mit den Spitznamen der drei Freundinnen.

»Diese Geschichte wird immer kurioser«, murmelte Carsten Blume, der seiner Enkelin bei der Recherche über die Schulter schaute.

Helene hingegen war jener Teil des Rätsels, der Anna nicht losließ: Diese unbekannte junge Tante, auf deren Hochzeit sie im Alter von zehn Jahren den Schleier getragen hatte und die sie später nur bei größeren Familienfeiern traf.

»Was würden wir wohl in Helenes Kisten im Keller finden?«, murmelte Anna und zog damit die Blicke der anderen auf sich. »Die Kisten!«, rief Flora. »Da gucken wir, sobald wir geocachen waren.«

Ein resignierter Blick in die Frauenrunde zeigte, was Carsten Blume davon hielt. Seine Tochter und die Enkelin benahmen sich, als erlebten sie ein Spiel mit Geheimnisfaktor. Er wusste, wie es sich anfühlte, wenn aus Vermutungen und geheimnisvollen Ereignissen echte Kriminalfälle wurden. Und er hatte überhaupt keine Lust, das hier und jetzt erneut zu erleben.

Aber Helenes Besitztümer aus dem Keller, das sah er ein, mussten mal gesichtet werden, schon um mögliche Hinweise auf ihren Verbleib zu finden.

»Warum Helene wohl nicht will, dass wir ihren neuen Wohnort kennen?«, fragte Anna, als ob sie die Gedanken des Vaters erraten hätte.

»Ich frage mich schon ernsthaft, ob die Frauen etwas auf dem Kerbholz haben. Und wer noch damit zu tun haben könnte. In wessen Wagen ist Vivian Harms damals gestiegen?« Carsten Blume grübelte. »Vielleicht sollten wir, statt in Helenes Hinterlassenschaften zu wühlen, mal nach unaufgeklärten Straftaten von 1983 schauen?«

Anna nickte überrascht. »Heißt es nicht immer, man muss der Spur des Geldes folgen? Was ist eigentlich mit Helenes Bankkonto passiert, als sie wegzog – und mit ihrer Krankenversicherung?«

Carsten Blume ärgerte sich zum ersten Mal, seit Katrin Harms den Gutshof betreten hatte, darüber, nicht mehr die Vorteile des aktiven Dienstes zu genießen. Informationen von Ämtern, Versicherungen und Banken »auf dem kleinen Dienstweg« gab es nicht mehr. Schlummerte alles, was sie wissen mussten, in den feuchten kahlen Kellerräumen des Gutshofes?

»Eines nach dem anderen«, brachte er seine Gedanken laut zu Ende. »Ihr kümmert euch jetzt mal um diese komischen

Dosen und erklärt mir dann noch mal für pensionierte Kommissare, was es damit auf sich hat.«

✳

Flora und Katrin arbeiteten sich schnell in das Thema ein, legten einen Account unter www.geocaching.com an und marschierten in den Nachmittagsstunden los, um »Die Schöne« zu suchen.

Direkt gegenüber der Zufahrt des Gutshofes schlängelte sich ein schmaler Pfad in den Forst hinein, gesäumt von niedrigen Heidelbeerbüschen. Auf einer kleinen Lichtung warf die Sonne ihre Strahlen auf eine struppige Heidefläche, die rostrosa schimmerte, obwohl die Blütezeit schon vorüber war. Spinnweben zogen sich von Ast zu Ast des Buschwerkes. Bucheckern und alte Eicheln vom Vorjahr knackten unter den Füßen der jungen Frauen, die, an dornigen Brombeerranken vorbei, immer tiefer in den Wald wanderten.

Katrin kämpfte mit der Navigation auf der Geocaching-Karte im Smartphone, denn zwischen den hohen Bäumen war der Handyempfang schwankend. Mit dem Cache als eingegebenem Ziel würde das Handy sie bei vollem Empfang direkt bis an die sogenannte Dose führen.

»Mist, jetzt sind es schon seit sicher 20 Schritten noch 30 Meter«, ärgerte sie sich.

»Dann machen wir noch zehn große Schritte und ab da suchen wir. Besser als rumzustehen und auf Empfang zu warten.« Flora plädierte stets für pragmatische Problemlösungen.

Ein Bild von der gesuchten Kiste war in der Online-Cachebeschreibung zu sehen: ein Holzkästchen mit Metallbeschlägen, verziert mit bunt bemalten ausgeschnitzten Rankenornamenten.

»Das kann hier nicht einfach so im Wald liegen, wäre längst

vergammelt«, vermutete Katrin. »Das ist sicher noch irgendwie verpackt.«

In der Kiste sollte, wie bei jedem Cache, ein Logbuch liegen. Darin notierte ein Finder seinen Spitznamen, den man sich auf dem Geocaching-Portal selbst gab, und dazu das Datum des Besuches. Online klickte man danach auf »Geocache loggen« und trug seinen Fund ein. Dadurch verwandelte sich der Fundort auf der Landkarte in einen Smiley.

Die zehn Schritte waren absolviert, sie schauten sich aufmerksam um. Flora stellte fest, dass sie an dieser Stelle wieder LTE auf dem Smartphone hatte und die Cacheentfernung mit fünf Metern angezeigt wurde.

Katrin deutete auf einen Baumstumpf, an dem kleine Holzstöckchen seitlich aufgestapelt waren. Darunter schimmerte es auffällig.

»Hier liegt sie, in einem Plastikbeutel.«

Das Kästchen war kleiner, als erwartet, das »Logbuch« ein zentimeterschmales längliches Blöckchen, in dem schon viele Namen standen. Der letzte Eintrag war einige Wochen her. »Der große Olaf« hatte sich Ende August verewigt. Flora zückte einen Bleistift und schrieb »FloKam« in das Logbuch. Den Namen hatte sie sich in Anlehnung an »HelBlu« gegeben. Katrin beschloss, einen eigenen Account anzulegen.

»Wie hast du dich genannt, Flora?«

»FloKam.«

»Flohkamm? Wie die Dinger, mit denen man Hunde bürstet?«

»Quatsch, Flora Kamphusen, FloKam, jetzt verstanden?«

Katrin lachte. »Okay, das wäre bei mir dann KatHar, klingt ja wie 'ne Hustenkrankheit! Bronchialkatarrh, hatte mein Vater kürzlich.« Das Lachen tat gut, doch sie wurde schnell wieder ernst.

»Vivians Tochter« nannte sie sich.

»Und online schreibe ich nicht nur einen Gruß«, erklärte sie, schon auf den Tasten des Smartphones tippend.

»Heute haben wir Helene gefunden, bald finden wir auch Vivian und Corinna«, schrieb sie. »So, das steht da jetzt.«

Katrin sandte ihren Text ab. »HelBlu ahnt dann jedenfalls, dass wir wissen, um was es bei den Caches geht. Dass die ›Schöne‹ für eine Frau namens Helene steht, wissen sicher nicht so viele Leute.«

»Guter Gedanke! Vielleicht schrecken wir jemanden auf. Und nun?«

Flora ließ den Blick durch das Wäldchen schweifen, das sie schon oft durchstreift hatte. Wildromantisch war es hier, und ein Stück weiter kam man in ein ausgedehntes Wiesen- und Waldgebiet, immer wieder unterbrochen von Ackerflächen und Hecken, in dem Tagesgäste gern radelten und hinterher im Gutshof einkehrten. Zwischen Rethem, Frankenfeld, Bosse, Eilte und Ahlden konnte man jenseits der Durchgangsstraße L157 lange Rad fahren oder wandern, ohne viel befahrene Straßen zu nutzen. Flora hatte all diese Wege mit ihren Eltern erkundet, um den Gästen Empfehlungen zu geben.

»Jetzt wissen wir erst mal, wie es funktioniert. Gehen wir zurück?«, schlug Katrin vor. Flora hätte gern die weiteren Caches im Wäldchen gesucht, doch die waren schwieriger zu erreichen.

»Okay, gucken wir, was wir online noch recherchieren können«, stimmte sie zu.

Dass direkt gegenüber vom Gutshof versteckte Schätze lagen, von denen sie nichts geahnt hatte, faszinierte Flora. Wenn man die Geocacher-Landkarte betrachtete, sah es aus, als wäre die Stadt Hannover förmlich übersät von Caches. Die Randkommunen der Region schienen ebenfalls reich bestückt. Je weiter man in das Tiefland an Aller und Leine vordrang, umso größer die Entfernung zwischen den Caches. Doch es gab auch hier genügend verborgene Behältnisse, um so manchen langweiligen Tag unterhaltsam zu gestalten.

HelBlu, der Account des Cachebesitzers der »Schönen«, war von 2013 bis 2015 aktiv. In den ersten beiden Jahren hatte die Person alle möglichen Schätze der Umgebung abgegrast und nette Bemerkungen dazu in den sogenannten Listings hinterlassen, einer Art Online-Gästebücher, in die man sich eintrug und für das Legen des Caches bedankte. Flora nahm sich die Zeit, ausführlich in den Einträgen zu lesen.

Lost Places hatten es HelBlu angetan. Es fanden sich schwärmerische Bemerkungen zu einem verfallenen Holzhaus mit dem Namen »Villa Eichengrund« zwischen Burgwedel und der Wedemark. In der alten Küche der offenstehenden Hütte lag sogar noch Geschirr in den Schränken, obwohl seit den 80ern niemand mehr dort wohnte. Dieser Cache war mittlerweile deaktiviert. Die Bauaufsicht hatte einen Zaun um die klapprige Hütte gezogen, erfuhr Flora aus der Beschreibung des archivierten Schatzes.

HelBlu fahndete damals nach den baulichen Hinterlassenschaften des Kalibergbaus südlich von Schwarmstedt und war im Frühjahr 2015 durch einen Tunnel gekrochen, der sich »Geisterautobahn – Beton im Wald« nannte. Flora wurde neugierig auf das Thema *Lost Places*, denn Recherchen dazu könnten etwas für ihren Blog sein: eine Autobahn, die im Zweiten Weltkrieg geplant und nie fertig gebaut wurde, mit Brückenresten im Aller-Leine-Tal! Flora begriff, dass die Punkte auf der Geocacher-Landkarte einen Fundus an Geschichten bargen.

»Da stecken richtig viele gute Recherchestorys hinter diesen Punkten auf der Landkarte«, teilte sie dem Großvater mit. »Mit dem Hobby kann man die Heimat echt neu entdecken.«

Carsten Blume verstand nach Floras Schilderungen etwas besser, was den Reiz der Suche ausmachte. Es war vergleichbar mit seiner Ahnenforschung. Menschen suchten sich Hobbys, um Spannung in ihr Leben zu bringen und Erfolgserlebnisse zu generieren.

Am Laptop vertiefte er sich in die Kommentare, die HelBlu zu den einzelnen Funden hinterlassen hatte. Ihm fiel auf, dass es sich bei HelBlu nicht nur um eine Person handelte, denn oft wurde ein Cachefund mit »wir« kommentiert: »Ein toller Cache, wir sind begeistert!«, oder: »Wir bedanken uns für das Zeigen dieser schönen Ecke.«. 2015 verzeichnete der Account im Herbst die drei selbst versteckten Caches, und dann kam nichts mehr. Kein einziger weiterer Fund. Das letzte Login fand 2017 statt, im gleichen Jahr, als Helene aufhörte, bei *Facebook* zu posten. Eine Dose im Ausland war nicht in ihrer Fundstatistik. Helene hatte, wenn es ihr Account war, nach ihrem Wegzug mit dem Geocaching aufgehört. HelBlu – Helene Blume, das klang logisch – doch mit wem war sie auf Schatzsuche gegangen? Sicher nicht mit Friedrich. Wer kümmerte sich jetzt an ihrer Stelle um die Behältnisse? Oder war Helene gar nicht im Ausland?

»Ich glaube, ich weiß, wie wir an HelBlu rankommen.«

Flora riss Carsten Blume aus seinen Gedanken. Sie hatte ebenfalls alte Einträge von Cachefindern studiert und festgestellt, dass der »Owner«, so nannte man im Spiel die Besitzer der Geocaches, immer zügig reagierte, wenn mit einem der Caches etwas nicht in Ordnung war.

Es kam gelegentlich vor, dass Dosen verschwanden, durchnässt wurden oder das Logbuch voll war, sodass sich niemand mehr eintragen konnte.

Dann wiesen Finder darauf hin, und normalerweise antwortete der Cachebesitzer, wenn er oder sie den Schatz wieder in Ordnung gebracht hatte.

»Obwohl sich HelBlu seit 2017 nicht mehr eingeloggt hat, macht sie regelmäßig Wartung. Vor zwei Monaten schrieb jemand bei der Schönen, dass kein Platz mehr im Logbuch sei. Der nächste Eintrag von einem Finder sagt was von einem nagelneuen Logbuch.« Flora sah ihren Großvater und ihre Mutter prüfend an. »Soweit gecheckt? Die Geocachingbegriffe habt ihr mittlerweile drauf?«

Anna unterdrückte ein Lachen. Ihr Vater sah tatsächlich drein, als ob Flora ihn mit dem Cacher-Vokabular überforderte.

»Alt, aber nicht blöd.« Carsten Blume zerknüllte eine Papierserviette zum Ball und warf sie der Enkelin an den Kopf. »Alt, aber nicht blöd. Soweit gecheckt?«

Flora ließ sich von der Ironie nicht ablenken.

»Prima, dann kann's ja weitergehen. Bei der Schlauen steht einmal, dass Wartung benötigt wird, weil die Dose innen nass ist. Und ein paar Tage später schreibt jemand, die Dose sei trocken und völlig in Ordnung. So kann man die Person ertappen, versteht ihr? Die kommt doch sicher aus der Nähe. Aber warum loggt die sich nicht mehr ein?«

Flora überlegte, scrollte parallel durch Einträge auf der Geocachingseite und redete, ohne vom Monitor des Laptops aufzublicken.

»Vielleicht ist das einfach jemand, der weiß, dass Helene weg ist. Jetzt achtet er darauf, dass ihre Caches erhalten bleiben. Das ist sicher die Person, mit der sie früher losgezogen ist. Wenn wir die Person finden, erfahren wir mehr.«

»Und wie willst du die Person finden?« Carsten Blume, der gerade noch sicher war, er verstehe das Geocachen langsam, hatte keine Idee.

»Wir gehen noch mal zu der Schönen und nehmen das Logbuch raus. Und das schreiben wir online in unseren Kommentar. Dann müssen wir nur noch warten. Denn dann kommt die Person, um das wieder in Ordnung zu bringen.«

Anna, die am Tisch für den Abend Servietten faltete, hatte aufmerksam zugehört. Sie meldete Zweifel an Floras Vorgehen an.

»Ihr glaubt also, dieser Jemand kommt zu dem Cache, wenn ihr ihn mit einem fehlenden Logbuch reizt.« Anna war froh, den Plan zu verstehen. Sie hätte ein weiteres »soweit gecheckt« ungern mit Nein beantwortet. Doch was ihre Tochter plante, war offensichtlich.

»Und dann? Wollt ihr abwechselnd allein im Wald darauf warten, Katrin und du? Auf jemanden, der vielleicht drei Frauen auf dem Gewissen hat, also falls sie nicht mehr leben? Denkt nicht mal dran.«

»Quatsch, Mama. Da warten wir doch nicht hinterm Busch. Das Waldstück gehört zu Joes Pachtjagd. Und der hat sicher genügend Wildkameras, um den ganzen Bereich abzudecken.«

Flora schaute in die Runde. »Irgendwelche Einwände?« Anna und Carsten schüttelten den Kopf.

»Guter Plan«, bestätigte ihr Großvater schmunzelnd. »Ich hab das soweit gecheckt.«

✳

Flora begleitete den Tankstellen- und Jagdpächter Joe Gade in den Wald und zeigte ihm »Die Schöne«. Mit seinem Ärger über die Existenz der harmlosen Dosen hatte sie nicht gerechnet.

»Dieser Platz ist auf einer Landkarte eingezeichnet, und die Leute werden hier mitten ins Gebüsch geführt?«

Der Jagdpächter war verärgert, dass in seinem Wald, ohne sein Wissen, Caches verborgen waren. Einen Trampelpfad, den er für einen Wildübertritt hielt, bezeichnete Flora als »Cacherautobahn«. Ein Terminus, den die Schatzsucher für Pfade benutzten, die durch die Schritte zahlreicher Sucher entstanden, erfuhr Joe Gade.

»Die Dinger müssen hier weg«, murmelte er. »So was gehört nicht mitten in den Wald.«

Flora schüttelte den Kopf.

»Sorry, Joe. Die Dinger werden gerade jetzt gebraucht.«

»Wie viele Leute haben diesen Kasten schon besucht?«

»Mehr als 200.« Flora war klar, die Zahl würde Joe nicht gefallen. Er fluchte leise vor sich hin.

»Und wo sind die anderen Kisten? Du hast von drei geredet.«

»Da waren wir noch nicht. Aber ich zeig sie dir sofort, wenn wir sie gefunden haben, okay?«

Flora überzeugte ihn davon, eine Wildkamera direkt auf »Die Schöne« zu richten. Die Zusammenhänge musste sie nicht lange erklären, denn ihre Blogstory hatte auch den Tankstellenpächter erreicht.

Sie entnahm dem geschnitzten Kasten das geheftete Blöckchen, in dem sich zuletzt »FloKam« und »Vivians Tochter« eingetragen hatten.

»Logbuch weg, und genau das trage ich jetzt in die Kommentare auf der Website ein. Und dann müssen wir nur noch warten.«

Joe Gade sah seine junge Begleiterin zweifelnd an. »Wenn du meinst. Ich geb dir eine Woche, aber dann hole ich diese sogenannten Dosen aus dem Wald.«

Flora stimmte zu. Das klang fair. »Und wann kriegen wir die Bilder?«

»Sobald sich was rührt. Die Bilder krieg ich direkt auf den Rechner.«

Flora konnte es kaum erwarten. Dass Helene nicht unbekannt verzogen, sondern auf mysteriöse Art verschwunden war, daran zweifelte sie nicht mehr. Etwas war geschehen.

Und es stand in Zusammenhang mit den anderen beiden Frauen. Es gab in diesem Moment nichts, das Flora wichtiger war, als herauszufinden, was es damit auf sich hatte.

Beim Blick auf das Handy kam ihr in den Sinn, dass sie schon tagelang nicht mehr in den *WhatsApp*-Status und das *Instagram*-Profil des untreuen Sören geschaut hatte. Sie grinste. »Du bist vergessen, Alter. Es gibt Spannenderes als dich«, murmelte sie zufrieden und überwand den Impuls, doch mal rasch auf *Instagram* nachzuschauen.

Das Warten auf HelBlu hingegen machte Flora kribbelig. Alle paar Minuten rief sie *WhatsApp* auf in der Hoffnung, dass Joe ein Bild weiterleitete. Bei jedem Summen, das den Eingang einer Message oder Pushnachricht anzeigte, griff sie blitzschnell zum Handy, doch von Joe Gade kam keine der Nachrichten. Flora hatte mit einer schnelleren Reaktion des »Owners« gerechnet.

Sie vertrieb sich die Zeit mit weiteren Onlinerecherchen, gab Fotos von Helene in die Google-Bildersuche ein in der Hoffnung, dass andere, später aufgenommene Bilder der Tante als passende Matches auftauchten. Zutreffende Ergebnisse fand sie nicht. Sie las die Kommentare der Leserinnen und Leser ihres Blogartikels. »Wenn die tot sind, läuft ein Serientäter frei rum«, schrieb jemand. Flora fröstelte bei diesem Gedanken. Dann endlich meldete sich Joe, und langsam luden sich drei Bilder in einer Nachricht hoch.

Aufgeregt öffnete sie das erste Foto und sah eine Frau mit zwei Hunden, die nahe am Cache stand. War das HelBlu? Helene war es nicht, die Geocacherin war klein, füllig und trug eine Basecap über kurzem Haar. Das zweite Bild zeigte die Frau mit dem Holzkästchen in der Hand – und direkt daneben hockte krumm ein blonder Mischlingshund, der sich auf dem Waldboden löste. Im dritten Bild richtete die Frau ihr Handy auf die Dose, und von den Hunden war nichts zu sehen.

Joe Gade schickte eine Bemerkung hinterher: »Noch ein Grund, warum diese Dosen weg müssen. Die Leute laufen mit ihren Hunden quer durch das Gebüsch und verscheuchen das Wild. Siehst du das dritte Bild? Die Hunde sind der Frau abgehauen und laufen irgendwo rum. Ich bin echt sauer!«

Flora rief die Geocachingseite im Internet auf. War es diese Frau, auf die sie gewartet hatten? Schnell zeigte sich, dass der Zweifel berechtigt war.

»Schöne Dose, aber leider kein Logbuch«, schrieb die Geocacherin, die sich »Doppelfrauchen« nannte. Die Ergebnisse der Wildkamera waren ein Fehlalarm. Das Warten ging weiter. Zumindest gab es eine Bestätigung, dass bisher kein neues Logbuch vor Ort war.

Um sich abzulenken, schloss sich Flora ihrem Großvater an, der gegen Abend den Kellerraum aufschloss, in dem sie Helenes Besitztümer aufbewahrten.

Carsten hoffte, in alten Unterlagen einen Hinweis auf den Aufenthaltsort seiner Schwägerin zu finden. War es nicht sein gutes Recht, nach ihr zu fahnden? Es war sein Haus, in dessen Keller sich ihr Eigentum stapelte, eine Zwischenlagerung, keine Dauerlösung.

Muffige feuchte Luft schlug ihnen entgegen. Eine nackte Glühbirne funzelte über dem kargen Kellergewölbe unter dem mehr als 200 Jahre alten Gutshaus. Diesen Kellerraum hatte niemand betreten, seit Carsten und Anna zwei kräftige polnische Saisonarbeiter engagiert hatten, um die Räume des Kutscherhauses zu leeren und alles, was einst Helene gehörte, hier zu verstauen. Spinnweben zogen sich an den Wänden entlang. Flora nieste, als sie an eine stoffbezogene Stehlampe stieß, von deren Schirm der jahrelang angesammelte Staub auf sie niederrieselte.

»Wonach suchen wir?«, fragte sie.

»Briefe, Tagebücher, Kontoauszüge. Schriftliches eben. Vielleicht auch Fotoalben.« Carsten Blume öffnete den ersten Karton. Wenn es eine Möglichkeit gab, mehr über Helenes Leben in der Zeit vor ihrem Verschwinden zu erfahren, dann hier.

Er hatte sich nie wohlgefühlt in den unverputzten gemauerten Kellerräumen, in denen er mit seinen knapp ein Meter 90 den Kopf gebeugt halten musste. Eine vielseitige Fauna war hier zu Hause. An Spinnen, Mäuse, Ratten und Fledermäuse erinnerte er sich. Es raschelte hinter einem Balken, Spinnweben versperrten den Weg – wie in seiner Jugend. Doch etwas hatte sich geändert: Carsten stand aufrecht im Keller. Er hob den Kopf langsam zur steinernen Kellerdecke knapp über seinem Scheitel. Der Raum war nicht höher als früher, er selbst war geschrumpft! Ein deutliches Zeichen, dass er in den Ruhestand gehörte. Wie viel kleiner war er mittlerweile, mehrere Zentimeter? Verdammt, das gefiel ihm gar nicht.

Eine lange Reihe Holz- und Pappkisten lehnte an einer Kellerwand.

Gegenüber war das Mobiliar gestapelt, ein schmaler Gang führte dazwischen hindurch. Flora rollte die Kistenzeile von der anderen Kellerseite auf. So konnten Carsten und sie aufeinander zu arbeiten und sich in der Mitte treffen. In großen Umzugskartons waren Kleidungsstücke sauber zusammengelegt, die Helene nicht mitgenommen hatte. *Escada, Riani, MarcCain*: Die Marken sagten Flora nichts, doch alles, was die Tante einst getragen hatte, sah teuer aus. Und war voller Löcher – die Mäuse wohnten noch immer in diesem Keller.

»Alles Luxus«, kommentierte sie, die unten kein Netz bekam und mit dem rostigen Schloss der hölzernen Außenkellertür kämpfte, um ein paar Stufen höher die Markennamen zu googeln.

»So ein *Riani*-Blazer kostet ab 150 Euro aufwärts. Jammerschade, dass das Zeug hier im Keller verrottet ist«, erzählte sie ihrem Großvater.

In einer großen Holzkiste fand sie Schuhe, viele Schuhe. Darunter rosafarbene etwas abgetragene Gummistiefel, die offenbar häufig zum Einsatz gekommen waren.

»Damit war Helene sicher geocachen.« Flora googelte erneut im Kelleraufgang. »Heilige Scheiße, die hat Gummistiefel für 200 Euro gekauft«, stellte sie fest, als sie nach der Marke *Valentino Garavani* suchte.

Carsten Blume nickte anerkennend – Floras spontane Recherchearbeit gefiel ihm. Und sie zeichnete ein deutliches Bild von Helenes Lebenswandel. Für Kleidung und Schuhe gab sie mehr aus, als ihr Verkäuferinnen-Lohn ermöglicht hätte.

2016 bei der Übernahme des Gutshofes stellten Carsten und Anna schnell fest, dass eine Menge ehemaliges Familienland nun den angrenzenden Landwirten gehörte. Friedrich und seine Frau lebten jahrzehntelang vom Bestand – und auf recht großem Fuß. Übrig war nur ein Resthof mit ein paar Wiesen, auf denen Pferde grasten. Die hatte eine junge Pferdewirtin aus Rethem übernommen, Ställe und Weiden am östlichen Ende des Gutshofgeländes dazu gepachtet und sich mit einer Pferdepension und Reitschule selbstständig gemacht. Carsten und Anna mussten sich um dieses abgelegene Areal des Gutshofes nicht mehr kümmern und waren froh darüber. Die Reitschule war zudem gewinnbringend für den Hotelbetrieb, denn manchmal kamen ganze Familien, um mit den Kids ein Reiterwochenende zu verbringen.

Carsten öffnete eine stabile Holzkiste, die aufschlussreicher zu sein schien als die Bekleidungskisten, in denen Flora wühlte. Notizbücher und Unterlagen lagen darin – von den Mäusen bisher nicht erreicht. Ein kleines Büchlein mit Telefonnummern nahm er an sich. Es wirkte alt, als ob schon viele Jahre keine neuen Nummern mehr dazugekommen waren. Wer nutzte heute noch Telefonverzeichnisse? Dafür gab es ja das Smartphone. Endlich fand Carsten Blume zwei kleine Ringordner mit Kontoauszügen. Er nahm sie an sich, um oben an seinem Schreibtisch bei hellerem Licht darin zu lesen. Wie es wohl um Helenes Finanzen bestellt war, bevor sie wegzog?

Flora blätterte in einem Bildband, der mit »Kroatien 2013« überschrieben war. Diese Fotobücher, bei denen man digitale Bilder online hochlud und die Seiten selbst gestaltete, schienen Helene zu gefallen. Es gab einen ganzen Stapel davon.

»Nee, also … ich glaub's nicht.« Flora schaute ein Foto lange an. »Das Bild kenne ich!«

Sie schnappte sich das Buch, ihr Handy und verschwand wieder durch die knarrende Holztür, um auf den schmierigen, mit feuchtem Laub belegten Stufen der Außentreppe Funkanschluss zu bekommen.

»Opa, das glaubst du nicht. Komm her.« Floras Stimme überschlug sich. »Das ist total spooky.« Carsten schlängelte sich zwischen den Kisten durch und folgte seiner Enkelin ins Freie.

Flora zeigte ihrem Großvater Helenes *Facebook*-Einträge.

»Es ist dasselbe Bild.« Sie hielt Smartphone und Fotobuch nebeneinander. Bei *Facebook* war das Foto im Frühjahr 2016 mit roten Herzchen-Emojis und dem Vermerk »… wie ich das Mittelmeer liebe!!!« eingestellt worden. Im gedruckten Bildband gehörte es zu »Normandie 2013«.

»Warum postet Helene so ein altes Foto wohl Jahre später noch einmal und lügt auch noch dabei? Die Normandie liegt nicht am Mittelmeer.«

Carsten holte den restlichen Stapel Bücher zur Sitzecke im Innenhof. Gemeinsam verglichen sie *Facebook*-Posts und Urlaubserinnerungen.

»Mit meinem Schatz auf hoher See im warmen Süden« war ein Bild aus dem Herbst 2016 beschrieben, das Helene mit wehenden Haaren, ihrem strahlenden Lachen und dem Meer im Hintergrund zeigte. Lässig lehnte sie an einer Reling, bekleidet mit einer geblümten Bluse. Neben Helene war ein Schatten zu sehen. Die Sonne hatte die Konturen des Fotografen nachgezeichnet.

»Das ist dann wohl der Liebste«, kommentierte Flora.

Genau dieses Bild fand sich ebenfalls im Fotobuch »Norwegen mit der *AIDA* 2011«, das von einer Reise zeugte, die Helene allein unternommen hatte. Außer Aufnahmen von ihr selbst gab es nur Landschaftsfotos auf den kitschig gestalteten Seiten. War der »Liebste« doch nur ein Mitreisender, den sie gebeten hatte zu fotografieren? Flora merkte, dass sie Gänsehaut auf den Armen hatte. Ein Detail irritierte sie. Sie lief in den Keller zurück, wühlte in der Kleiderkiste und zog genau jene geblümte Bluse heraus, die Helene auf dem Foto trug.

»Dieses Kleidungsstück war 2011 in Norwegen, das ist gut möglich, danach kam Helene ja wieder nach Hause. Im November 2016 war diese Bluse aber sicher nicht im warmen Süden in der Sonne. Da war Helene doch schon ausgewandert und hatte ihre Sachen hier gelassen.« Flora lehnte sich zurück und sah ihren Großvater an. »2016 lag die Bluse längst zurückgelassen in der Kiste unten im Keller.«

Vier Übereinstimmungen fanden Carsten und Flora beim schnellen Durchblättern und Gegenchecken.

Vier Übereinstimmungen von alten Fotos mit Bildern, die laut *Facebook*-Eintrag deutlich später entstanden waren. Dazu eine Bluse, die angeblich 2016 mit Helene am Meer im Wind flatterte. In Wirklichkeit war das Kleidungsstück zu dieser Zeit schon Mäusefraß im Kellergewölbe des Gutshofes.

»Warum hat sie das gemacht? Die alten Bilder genommen?« Flora starrte die Fotos kopfschüttelnd an.

»Sie hat es vielleicht gar nicht gemacht«, murmelte Carsten. »Wir sollten uns fragen, warum es keine neuen Bilder mehr gab, sondern nur noch alte Fotos mit neuen Texten.«

»Meinst du, da hatte jemand Zugriff auf ihren Handyspeicher und hat Ereignisse beschrieben, die es gar nicht gab? Dass sie schon 2016 gar nicht mehr …«

Carsten Blume nickte nur, mit den Gedanken bei seinen Schlussfolgerungen.

»Aber wer hat dann Mama bei *Facebook* geantwortet?«

*

Das Blätterdach der alten Eiche beschattete jetzt den Innenhof, und die dicken Äste versperrten der Sonne den Weg zu Carsten Blumes Sitzplatz. War seine eigene Schwägerin Opfer einer Straftat, und er, der Hauptkommissar, hatte es nicht einmal geahnt? Eine Windbö ließ ihn frösteln. Es wirkte wie die Bestätigung seiner Gedanken.

Bisher war das, was Anna und Flora längst »den Fall« nannten, für ihn nur eine erstaunliche Geschichte mit vielen Fragezeichen. Doch erst diese »Dosen« im Wald und jetzt die Fotos und die Bluse …

Es wurde Zeit, sein Wissen mit den Behörden zu teilen. Etwas mehr wollte Carsten Blume in der Hand haben, bevor er die zuständigen Kollegen informierte. Sonst würde er wie einer dieser wunderlichen Pensionäre wirken, die aus Langeweile Gespenster sahen.

»Zeig mir diese Geocaches«, sagte er zu seiner Enkeltochter, die, ein Stück von ihm entfernt, im Gras saß und ihren eigenen Gedanken nachhing. »Ich will sicher sein, das wirklich verstanden zu haben.«

Flora stand unter Hochspannung, seit sie den gefälschten *Facebook*-Einträgen auf der Spur waren. Helenes lachendes

Gesicht auf den Bildern – und dazu die Vorstellung, dass diese Frau Opfer eines Mörders war: Aus der Geschichte für den Blog wurde Ernst, und Flora war flau im Magen. Doch gleichzeitig überkam sie ein Gefühl des Triumphes für den richtigen Riecher einer großen Story.

Zitternd – und sie wusste nicht, ob die bebenden Hände durch Spannung, die Kälte im Keller oder ein wenig Angst in Bewegung geraten waren – stand Flora auf und begleitete den Großvater in das Waldstück gegenüber dem Gutshof.

*

»Hier, das ist die Schöne.« Flora hielt das Holzkästchen in die Höhe. »Da habe ich das Logbuch entnommen. Jetzt warten wir, dass der Owner ein neues reinlegt.«

Flora redete leise und sah sich immer wieder in alle Richtungen um. Es raschelte im Laub, sie sah erschreckt auf. Das laute Knacken eines Zweiges unter den Füßen ihres Großvaters ließ sie zusammenzucken.

»Wenn jetzt der Owner vorbeikommt, müssen wir uns als Cacher auf Dosensuche ausgeben«, raunte sie Carsten Blume zu.

Sie öffnete das Kästchen. Darin lag ein nagelneues Logbuch.

»Er war da. Joe muss Aufnahmen davon haben.« Flora flüsterte und hielt sich nahe an ihren Großvater. »Das ist jetzt wirklich unheimlich.« Sie streckte ihre Hand nach dem Logbuch aus.

»Nicht anfassen«, mahnte Carsten. »Fingerabdrücke!« Er zog einen Plastikbeutel aus der Jackentasche, fasste das Kästchen nur vorsichtig an den Kanten an und betrachtete es genau. Außer dem Logbuch lagen zwei Murmeln und eine *Pokémon*-Sammelkarte darin. Unter dem Deckel prangte der Aufkleber einer schwarzen Pfote mit Krallen.

»Haben die Sachen irgendeine besondere Bedeutung?«

»Glaub ich nicht. Manche Leute hinterlassen Kleinigkeiten zum Tauschen in den Caches. Und der Sticker … Weiß nicht, sieht aus wie von dieser Outdoorklamottenmarke.«

Carsten ließ das Kästchen in den Beutel mit Reißverschluss gleiten.

»Um den Inhalt können wir uns später Gedanken machen. Aber wir können den Cache nicht mehr hier lassen. Da sollte niemand mehr dran herum grabbeln und Spuren verwischen.«

Er schloss seine Jacke, hatte es sich abgekühlt? Nein, die Sonne schien und schickte wärmende Strahlen in das Wäldchen. Das war ein schlechtes Zeichen, stellte er fest. Wenn ihm die Kälte den Rücken hinunterkroch, war es schon immer ein Signal dafür, dass sein Unterbewusstsein eins und eins zusammenzählte. Flora hingegen zückte das Handy, und eine Stunde später saß sie mit ihrem Großvater und dem Jagdpächter in einem Hinterraum der Tankstelle.

✳

»Ehrlich, da ist nichts.« Joe Gade scrollte am Laptop durch die Fotos, die ihm die App der Wildkamera gesandt hatte. Carsten und Flora schauten ihm über die Schulter und suchten vergeblich nach jemandem, der sich an der Dose zu schaffen machte. Auf manchen Aufnahmen war nur der Wald zu sehen – hier hatte der Wind der Kamera eine Bewegung suggeriert. Einige Rehe hatten sich äsend auf den Bildern verewigt.

»Und genau deswegen gehören keine Dosen in den Wald. Der Wald ist bewohnt«, kommentierte Joe Gade.

»Könnte es eines von den Bildern sein?«

Einige Male war das Gelände kaum erkennbar, da die Sonne direkt in das Auge der Kamera gestrahlt hatte. Carsten meinte, auf einem Foto einen Schatten zu erkennen, der wie eine menschliche Silhouette aussah.

»Ja, natürlich. Dann muss er gestern oder vorgestern so zwischen 14 und 16 Uhr da gewesen sein. Dann steht die Sonne ungünstig für Aufnahmen.«

»Verdammt. Noch mal wird er uns nicht darauf reinfallen.« Flora ärgerte sich. Der Plan war im Grunde perfekt. Aber vom Manko der Kamera bei direktem Sonnenlicht hatte Joe nichts gesagt.

»Okay, ich gebe zu, ich hab die Sache nicht ernst genommen«, murmelte er reumütig.

»Ich wollte dir den Gefallen tun, Flora, aber ich hab das mehr so für, naja, 'ne Spinnerei gehalten.« Joe klickte erneut durch die Bilder, doch sie hatten nichts übersehen. »Sorry, echt.«

Carsten verstand den Jagdpächter. Floras Aktionismus war ihm auf die Nerven gegangen, nur widerwillig half er anfangs bei den Recherchen. Dass Joe ihr Ansinnen nicht ernst nahm – kein Wunder.

Stumm saß Carsten Blume auf dem Rückweg neben Flora im Auto. Sein abwesender Blick war für sie nicht zu deuten.

»Du gehst davon aus, dass die drei Frauen tot sind, oder?«, fragte Flora vorsichtig, nachdem sie vor dem Gutshof ausgestiegen waren.

Carsten blieb stehen. Sein Blick fixierte einen Punkt am Horizont. »Ich halte das mittlerweile für wahrscheinlich. Und darum sage ich dir ganz deutlich: ab sofort keine Alleingänge, keine spontanen Aktionen mit der jungen Frau Harms.«

Flora drehte sich abrupt um. Verhaltensvorschriften? So kannte sie ihren Großvater gar nicht. Sie atmete tief durch, bevor sie antwortete, um nicht zu empört zu klingen.

Carsten Blume war noch nicht fertig: »Und vor allem keine einzige Zeile mehr auf deinem Blog.«

»Was? Sag mal, du kannst mir doch nicht verbieten …«

»Flora, wenn die Frauen tot sind, dann befindet sich der Täter nicht weit von uns. Dann war er an einem der letzten beiden Tage vielleicht im Aller-Leine-Tal, in dem Wald, wo unsere Gäste ihren Verdauungsspaziergang machen, und hat so ein Logbuch in den Kasten gelegt. Direkt bei uns gegenüber. Und dann hat er dich schon im Visier, denn du bist die Journalistin, die diese Geschichte in die Welt gesetzt hat.«

Der Gedanke gefiel Flora überhaupt nicht. Die zittrigen Hände, das war, gestand sie sich ein, doch etwas Angst.

»Ich brauche deine Hilfe, wenn ich Ansatzpunkte für die Kollegen sammle, bevor ich sie mit dem möglichen Fall konfrontiere. Als Erstes müssen wir noch mal die Einträge zu diesen Geocaches durchgehen.«

»Nichts leichter als das und besser, als nur herumzusitzen und abzuwarten.« Flora fühlte sich gleich nicht mehr so gegängelt. »Ich bin gespannt, ob dir als Profi noch etwas auffällt.«

Carsten beschleunigte seine Schritte, eilte ins Gutshaus und die Treppenstufen zu seiner Wohnung hinauf. Flora hielt sich ran, um mitzuhalten, war schneller außer Atem als ihr Großvater.

»So sieht das also aus, wenn Kriminalhauptkommissar Carsten Blume Witterung in einem Fall aufnimmt«, rief sie ihm hinterher.

Er antwortete nicht, strebte, einen Zigarillo in der rechten Hand, in sein Wohnzimmer. Flora folgte langsam. Draußen setzte die Dämmerung ein, es war zu spät, erneut das Wäldchen aufzusuchen. Doch am nächsten Tag, das nahm sich Flora vor, waren die anderen beiden Caches der Serie dran.

6.

»Dies ist die Schöne, die dich strahlend anlächelt und wohl geschmückt ist. Doch ihr Lächeln trügt, denn innen drin ist sie hart und hölzern und nichts Besonderes. In ihrem Wald zieht sie dich zu sich.« Flora las laut vor. »So umschreibt HelBlu die Dose.«

»Wenn man das nicht auf den kleinen Kasten, sondern auf Helene bezieht, klingt es bitter und enttäuscht.« Carsten Blume stellte fest, dass er sich nach der Dosensuche im Wald am Tag zuvor besser in das Geocachen hineindenken konnte.

»Wer nicht weiß, dass die Schöne eine spezielle Frau ist, denkt wahrscheinlich, dass der Cachebesitzer sein schmuckes Kästchen einfach etwas literarisch überhöhen wollte.«

Flora bestätigte ihren Großvater.

»Normal würde ich denken, da will einer ein bisschen schwurbeln, und das nicht groß beachten. Hauptsache, gefunden.«

Carsten klickte auf weitere Caches einer Landkarte, auf der alle versteckten »Schätze« eingezeichnet waren, und fand teils kryptische, teils schlichte Textbeschreibungen vor, mal in feiner Sprache, mal mit zahlreichen Rechtschreibfehlern. Er war erst beim zweiten Kaffee und damit noch lange nicht auf Betriebstemperatur. Nachts hatte er in den Unterlagen zum Fall Stadler gelesen und nicht in den Schlaf gefunden.

Flora hingegen war munter, kurze Nächte waren kein Problem für sie, wenn eine aufregende Recherche wartete. Dann brauchte sie nicht einmal literweise Kaffee, um den Kopf einzuschalten. Sie las weiter vor.

»Dies ist die Schlaue. Sie gibt dir ein Rätsel auf. Warum tut sie das? Es sind nur Zahlen, die dich von all deinen Fragen befreien.« Unter diesem Text war ein *Sudoku* abgedruckt.

»Hammerschwer«, meinte Flora, »dabei ist das die nächste Dose, die wir suchen müssen. Und ohne die *Sudoku*-Zahlen kriegen wir die Koordinaten nicht.«

»Quatsch, das kriegen wir gelöst«, sagte Anna und zeichnete ein Quadrat auf einen Zettel, fügte horizontale und vertikale Linien dazu und trug Zahlen ein. Bald lagen die Koordinaten vor ihnen.

»Schwer?«, kommentierte sie und hob die linke Augenbraue so gönnerhaft, dass ihre Tochter lachte.

Flora betrachtete den Beschreibungstext des dritten Caches im Wald gegenüber dem Gutshof. »Hier liegt die Sportliche. Sie schaut dich von oben an. Doch oben wirst du nur eine Dose finden. An diesem Platz bist du allen dreien ganz nah, der Schönen, der Schlauen und der Sportlichen. Lass dich nieder und schau genau. Denn dann wirst du die letzte Zahl des Bonus entdecken, der die Runde vollendet, (d).«

»Was es mit diesem Bonus auf sich hat, hab ich auch schon rausgefunden.« Flora klickte auf ein Fragezeichen, das auf der Karte mitten im Ort Hodenhagen verzeichnet war.

»Ein weiterer Rätselcache. Den findet man nur, wenn man vorher die anderen drei besucht hat. Da ist jeweils eine Zahl drin, die man benötigt, um die Koordinaten auszurechnen, wo die Dose wirklich liegt.«

»Die Schande« hieß dieser Cache.

»Da steht, dass wir nicht nur drei Zahlen brauchen.«

Flora referierte erneut – diesmal aus dem Beschreibungstext der sogenannten »Schande«. »Die vierte Zahl findest du, wenn du dich niederlässt, dort, wo die Sportliche liegt. Finde die Bedeutung.«

Carsten Blume fiel es zu dieser Morgenstunde schwer, alle Informationen einzuordnen und zu deuten. Eigenartige Texte waren das. Er gähnte und griff wieder zur Kaffeekanne.

Dieser Bonus – welch ein Kontrast zu den anderen drei Cachenamen! Und warum war die »Schande« mitten im Dorf verzeichnet? Wenn die Caches im Wäldchen Helene, Vivian und Corinna symbolisierten – wer war dann »die Schande«?

War hier der Grund für einen dreifachen Mord verborgen?

Es war Zeit, wieder in den Wald aufzubrechen. Die Bonuszahl, für die man sich niederlassen sollte, weckte Carstens Neugier.

»Finde die Bedeutung. Genau das hab ich vor. Kommt ihr mit? Navigierst du uns mit dem Handy, Flora?«

Er war sicher, dass Helene mit dem Legen dieser Dosen nichts zu tun hatte. Ihr Schreibstil war freundlich in allen Einträgen, die sie bei gefundenen Schätzen geschrieben hatte. Düstere, geheimnisvolle Wendungen benutzte sie nicht. Und: Warum hätte sie die Spitznamen ihrer Mädchenclique von 1983 mit dem Begriff Schande koppeln sollen? Für Carsten Blume stand fest: Ihr Account wurde gekapert, schon 2015. Von ihrem Mörder?

Anna schlüpfte in Outdoorkleidung.

»Ich hab die Zahlen für die Schlaue ausgerechnet. Diesen Cache will ich selbst finden.« Sie schnürte ihre Wanderschuhe und trieb Carsten und Flora zum Aufbruch. »Jetzt gleich. Los, ihr beiden Morgenmuffel.«

Die kühle Septembermorgenluft vertrieb bei allen den letzten Rest Müdigkeit. Einem gewundenen Trampelpfad durch das Wäldchen folgend, marschierte Anna voran auf der Suche nach der Schlauen. Sie war mit den errechneten Koordinaten leicht zu finden. Der Owner hatte sich wenig Mühe gegeben, das kleine runde Behältnis zu verstecken, eine alte schwarze Filmdose, die in einer Baumhöhle lag. Schwierig war nur das

Rätsel, ohne das man nicht zum richtigen Platz gelangte. Anna notierte sich rasch eine Zahl, die auf der Vorderseite des Logbuches als »Bonus a = 7« beschrieben stand.

Carsten strebte zum Platz der Sportlichen, einer großen Buche mit breiter Krone auf einer kleinen Lichtung. Er kannte diesen Baum, das Prachtstück des Wäldchens.

»Das ist ein T_5, da kommt man nur als guter Kletterer hin«, erklärte Flora, die sich schnell an den Geocacher-Slang gewöhnt hatte. Carsten betrachtete das dichte Blätterdach des Baumes. »T_5?«, fragte er knapp, ohne den Blick abzuwenden.

»T_5, das ist die höchste Terrainwertung, da bräuchte man Kletterausrüstung. Bedeutet, dass die Dose irgendwo oben im Baum hängt.«

In luftiger Höhe im Geäst sah er morsche Bretter. Die Überreste eines Baumhauses, das jemand vor Jahrzehnten gebaut hatte und dessen hölzerne Überbleibsel mit dem Astwerk hochgewachsen waren. Carsten erinnerte sich.

Friedrich hatte als Jugendlicher mit seinen Freunden eines in diesem Wald besessen, an einem kleineren Baum. Oder war es doch auf dieser Buche, die seither Jahr um Jahr an Höhe gewonnen hatte? Die Bretter zwischen den dicken Hauptarmen waren sicher neueren Datums. Die Dose entdeckte Carsten ebenfalls, sie baumelte sichtbar von einem Ast auf halber Höhe, festgehalten durch eine Drahtschlinge. Keine Chance, ohne Hilfsmittel heranzukommen. Irgendwer würde dort hinaufklettern, schon wegen dieser Bonuszahl. Doch nicht er und nicht heute.

»Drei Einsen und drei Pluszeichen, also ist die vierte Bonuszahl wohl drei«, ließ Anna verlauten, die den Blick gleich auf den Fuß des Baumes gerichtet hatte und jetzt davor hockte: »$1+1+1$«

Carsten wandte sich den eingeritzten Zahlen zu, die in der Baumrinde auf Kniehöhe deutlich zu erkennen waren.

Er nickte seiner Tochter anerkennend zu. Anna verstummte, sank auf die Knie und starrte lange auf die eingeschnitzten Symbole. »Oh Gott, hoffentlich täusche ich mich«, murmelte sie und hielt sich beim Aufstehen am Stamm des Baumes fest. Sie taumelte ein paar Schritte rückwärts, ihr Atem ging schnell. Im weichen Moos am Rand der Lichtung kauerte sie sich auf den Boden, einen Anflug von Schwindel bekämpfend.

»Was ist los, Mama, ist dir schlecht?« Flora beugte sich zu ihrer Mutter herunter und sah, dass die Farbe aus ihrem Gesicht gewichen war.

»Drei Einsen. Drei Frauen. Und wenn die Pluszahlen gar keine sind?«

Schon am Computer war Anna eine Abweichung in den Cachetexten aufgefallen. Bei zweien begann der Text mit »Dies ist«, doch bei der Sportlichen stand »Hier liegt …«

Drei Generationen der Familie Blume starrten die alte Buche an.

»Und stand da nicht auch, dass wir hier allen dreien ganz nah sind? Was, wenn die Frauen hier auf der Lichtung liegen? Wenn er sie hier vergraben hat? Und dann diese Bemerkung: ›Sie schaut dich von oben an!‹ Von oben! Also – aus dem Himmel?« Anna kannte Techniken, wie man mit tiefem bewusstem Atmen eine Panikattacke verhindert. Flora beobachtete die Mutter, die ihre Arme langsam seitlich vom Körper hob und dabei ruhig einatmete. Dann ließ sie die Arme sinken und atmete konzentriert aus.

»Geht wieder«, sagte sie und hielt sich erneut an einem Ast fest. »Bloß schwindelig ist mir noch.«

Carsten zweifelte. »Ganz logisch ist das nicht. Warum sind die beiden anderen Caches dann so weit weg? Die liegen doch ziemlich weit auseinander?«

»Das ist einfach. Es gibt einen Mindestabstand zwischen

Geocaches, 161 Meter. Das ist so eine krumme Angabe, weil es in Ami-Meilen gerechnet wird.« Flora hatte sich zu allem rund um die virtuelle Schatzsuche schlau gelesen.

»Und die ›Schande‹ muss gar nicht mitten im Dorf liegen. Das sind ja nicht die Koordinaten. Die können auch hier im Wald sein. Die Fragezeichen zu Rätselcaches werden einfach irgendwo auf die Karte gesetzt, sonst würde man die Caches zu leicht finden. Wahrscheinlich ist die ›Schande‹ nicht weit von hier. Das können wir mit den Bonuszahlen leicht ausrechnen, wenn wir die von oben auch noch haben. Aber wenn Mama recht hat, dann …«

Flora sprach den Gedanken nicht aus. Die Sonnenstrahlen fielen jetzt, zur Mittagszeit, wieder direkt auf die Lichtung. Die Wildkamera würde in diesem Moment keine ordentlichen Bilder liefern. Doch die Baumrinde wirkte durch das scharfe Licht umso plastischer. Carsten Blume kniete sich vor den Baumstamm, dessen Einkerbungen tief hervorstachen.

Es war eindeutig. Der vertikale Strich des Pluszeichens direkt vor ihm war nicht etwa oben und unten gleich lang. Er sah auf drei von der Sonne erleuchtete Totenkreuze.

ER - 2013

Zwei Wochen beobachtete er sie. Jeden Tag lief sie dieselbe Strecke durch den Wald nahe ihrem Heimatdorf. Immer zehn Kilometer. Bei Wind und Wetter.

Er wechselte in dieser Zeit zweimal den Leihwagen, mit dem er täglich nach Nienburg fuhr. Er parkte auf Seitenwegen und Wanderparkplätzen, um sie zu beobachten. Er folgte ihr nicht, ließ sie vorbeilaufen.

Heute war der richtige Tag, nicht nur, weil es in Strömen regnete und außer ihnen beiden niemand unterwegs war.

Es wurde Zeit, dass er an seine Arbeit zurückkehrte, die er zwei Wochen lang vernachlässigt hatte. Vivian Harms würde heute von ihrer Joggingrunde nicht nach Hause kommen. Und niemand würde je herausfinden, wohin sie verschwunden war. Wenn alles klappte.

Zwei Wochen lang wartete er, ohne sie anzusprechen, ohne sich zu zeigen. Heute würde sich das ändern!

Vivian Harms kam um die Ecke gelaufen. Er stand an seinem Auto und schnürte sich die Joggingschuhe zu. Rasch trat er in den Weg und rief sie, es klang überrascht:

»Vivian, bist du das?«

Sie erkannte ihn nicht. Er stellte sich vor, und ihr erstaunter Blick verwandelte sich in ein freundliches Erkennen.

Sie plauderte und lachte. Sie sprach und hörte gar nicht wieder auf. Er wandte sich dem Kofferraum zu, als wolle er etwas herausholen. Doch den Draht, der sich um ihre Kehle legen würde, hielt er längst in der Tasche des Jogginganzugs fest in seiner linken Hand.

Mit zwei Schritten war er hinter ihr. Sie wandte sich zu ihm um, doch er war schneller. Er stülpte ihr die Drahtschlinge über den Kopf und zog mit einem kräftigen Ruck an den Enden des Drahtes.

Sie ruderte mit den Armen, versuchte, die Hände an den Hals zu heben, um den Draht zu lockern. Sie röchelte, er zog fester und fester, bis seine Fingerknöchel kalkweiß vor Anstrengung wurden. Endlich hörte sie auf, heisere krächzende Töne von sich zu geben. Die Arme baumelten herunter, ihre Muskeln erschlafften. Die Beine zuckten, bevor auch sie endgültig nachgaben.

Er zog noch einmal fester. Dann ließ er sie zu Boden sinken. Jetzt hieß es, keine Zeit zu verlieren und konzentriert zu arbeiten. Er streifte Handschuhe über, hob den schlaffen warmen Körper in den Kofferraum und zog ihr die Laufschuhe aus. Ein Blick in ihr Gesicht erschreckte ihn. Die weit aufgerissenen rot geäderten Augen, die blauen Lippen: Der Tod sah nicht einladend aus. Schnell schob er eine Decke über ihren Kopf.

Vivians Smartphone fand er in ihrer Gürteltasche und war froh, danach den Kofferraum schließen zu können. Ein kleiner Moment des Triumphes, doch er ließ sich nicht lange ablenken. Sein Werk war nicht vollendet.

Er legte eine kleine Plane auf den nassen Boden bis dorthin, wo Vivian von ihrem Laufweg wenige Schritte zur Seite getreten war, um seinem Ruf zu folgen. Dann zog er mit bebenden Händen ihre Schuhe an und setzte, mit ihrem Smartphone in den behandschuhten Fingern, ihre Joggingrunde fort.

Verflucht, das tat weh in den Schuhen, die zwei Nummern zu klein waren. Es schmerzte schon, die Füße überhaupt in die Schuhe zu pressen. Er konzentrierte sich, kurze Laufschritte in den feuchten Grund zu setzen. Deutlich zeichneten sie sich im matschigen Boden ab. Jeder Schritt ein Stich durch seine eingepressten Zehen – und eine Verlängerung der

Spur. Fort von seinem Wagen, vorbei an Maisfeldern, deren noch niedrige Pflanzen im Wind raschelten, an dichten Fichtenwäldern entlang. Vivian Harms lief ihre gewohnte Strecke. So sah es aus.

Er bog in jenen Waldweg ein, den sie genommen hätte, rannte zielstrebig in Richtung einer kleinen Asphaltstraße, auf der Regen die Spuren in kurzer Zeit tilgen würde. Vielleicht 100 Meter, bevor er diese Straße erreichte, warf er spontan das Smartphone in den Wald, ohne anzuhalten. Sein Atem rasselte, das Herz klopfte bis zum Hals. Die Füße wurden mit jedem Schritt heißer. Ihm war übel. Und vor seinem inneren Auge tauchte ein Bild Vivians auf, die mit ihrem starren Blick im Kofferraum lag und dabei schallend lachte. Der prasselnde Regen half, kühlte seine Stirn und übertönte das hämische Gelächter in seinem Kopf. Sie würde nie wieder über ihn lachen.

Der Plan ging auf. Außer ihm war an diesem nasskalten Vormittag niemand unterwegs. Auf der kleinen asphaltierten Waldstraße zog er Vivians Schuhe aus und Plastiküberzieher über seine Socken. Welch eine Erleichterung für seine wunden Füße.

Der kalte dunkle Asphalt unter seinen Fußsohlen versprach Linderung. Der Regen hörte auf. Sein Atem beruhigte sich in der Stille, die ihn umgab. Ein Vogel sang aus einem Baum am Weg mit heller Stimme sein Lied, und es klang wie ein Lob für ihn. Ein Hochgefühl stellte sich ein. Der Geruch des feuchten Waldes drang zu ihm durch. Seine Sinne waren geschärft, und das, was er spürte, war neu und unbekannt.

War das Glück? Frieden? Langsam schritt er, einen anderen Weg nehmend, zurück zur kleinen Kreuzung, an der Vivian auf ihn wartete. Tot. Im Kofferraum eines Leihwagens, der schon am nächsten Tag wieder am Langenhagener

Airport stehen würde. Die weiten Fahrwege, um seine Spuren zu verschleiern, lohnten sich. Kein Haar, keine Hautschuppen mit verräterischer DNA waren in seinem eigenen Auto zu finden. Wenn man dort je suchte.

Niemand war ihm seit dem Aufeinandertreffen mit Vivian begegnet. Er tilgte in Ruhe mit seinen Plastiküberschuhen ihre Spuren, die sie abseits ihres Laufweges in den matschigen Platz vor seinem Wagen getreten hatte. Kein Sohlenabdruck blieb übrig, es schien, als sei Vivian Harms zügig vorangelaufen.

Mit dem Auto fuhr er einige Male über die kleine Kreuzung, wie jemand, der ein ungeschicktes Wendemanöver in einem engen Waldweg vornahm.

Die Regenwolken hatten sich verzogen – die gelegten Spuren blieben. Vivian Harms, so würde die Polizei vermuten, war zwei Kilometer entfernt von diesem Platz auf einer Asphaltstraße verschwunden, nachdem sie kurz zuvor ihr Smartphone in den Wald geworfen hatte. Das Verwirrspiel gefiel ihm. Ob sie sich den Kopf darüber zerbrachen, warum Vivian das Handy entsorgt hatte?

Der Platz für ihr Grab stand fest. Dort, wo sie gelacht hatten. Über ihn. Dort, wo seine Schande ihren Anfang nahm.

Immer wieder war er durch das kleine Waldstück gegangen, hatte nach Wildkameras und Hochsitzen Ausschau gehalten. Das Gelände war sicher, der Boden fest, aber nicht undurchdringbar. Schon zwei, drei Meter vom Stamm der Buche entfernt, fand er Lücken im Wurzelwerk. Der Rest war körperliche Arbeit, ein kleines Risiko, beobachtet zu werden, und eine etwas größere Gefahr, dass Tiere die Tote ausgruben und sich darüber hermachten, bevor sein Plan vollendet war. Wie tief er graben und wie er die Leiche verpacken musste, damit dies nicht geschah, hatte er akribisch recherchiert.

Er war kräftig, nicht so ein Jammerlappen wie damals. Das Laufen und das Gerätetraining im eigenen Fitnessraum hatten ihm geholfen, immer dann, wenn das Lachen der Lebenden ihn zu überwältigen drohte. Nach dem Sporttraining fühlte er sich selbst fast lebendig. Und weil ihm dieses Gefühl wie ein Rausch vorkam, kurz, intensiv, zu schnell wieder verebbend, trainierte er oft.

Es war Nacht, als er den Waldweg entlangfuhr. Ohne Licht. Langsam, leise. Er ließ den dunklen Wagen ausrollen. Nur der Mondschein warf dünne matte Strahlen auf die Lichtung. Straßenlaternen gab es hier draußen ohnehin nicht. Das neu erworbene Nachtsichtgerät vor seinen Augen verwandelte die Schwärze des Waldes in flirrendes Grün. Zielstrebig schritt er voran. Den kürzesten Weg zu ihrem Grab hatte er längst erwandert.

Außer Atem von der schweren Last, die er trug und die einmal Vivian Harms war, kam er an ihrem Baum an. Hier im Dickicht war die Nacht nicht still. Es raschelte unter seinen Füßen, etwas huschte vor ihm durch das Gebüsch. Ein gequälter Laut aus der Ferne war zu hören. Ein Tier hatte Beute gerissen. Zappelte sie wehklagend im Maul des Jägers? Nachts wird im Wald gejagt und gestorben, dachte er, ich bin eins mit den Jägern. Ich werde nie wieder die zappelnde Beute sein. Ich bin der Wolf. Er hieb den Spaten in die nasse Erde, immer tiefer.

7.

Carsten Blume nutzte den Abend, um alle Informationen zusammenzutragen. Die Kollegen im aktiven Dienst der lokalen Polizei mussten überzeugt werden, an der alten Buche zu graben. Flora verkraftete nur schwer, dass eine weitere Nacht vergehen würde, ohne dass sie Gewissheit bekamen.

Seine Tochter und Enkelin waren fassungslos und aufgelöst aus dem Wald zum Gutshof zurückgekehrt. Ihn überkam eine sachliche Ruhe: »Keine vorschnellen Aktionen, es wird heute Nacht niemand kommen, um die Leichen auszugraben, sollten sie tatsächlich dort liegen.«

Anna arbeitete den ganzen Abend, doch die Gäste waren mit der Chefin des Hauses nicht zufrieden. Hier vergaß sie eine Getränkebestellung, dort eine Beilagenänderung. Sie war froh, als die letzten Restaurantbesucher aufbrachen. Im Eingang stand sie einige Minuten, bevor sie die Tür abschloss, den Blick auf die Baumwipfel der gegenüberliegenden Straßenseite gerichtet. Ein Gedanke hatte sich in ihr festgesetzt und den ganzen Abend über nicht losgelassen: 2016, nach Friedrichs Tod, hatte sie vielleicht mit einem Mörder Kontakt. Helenes abweisende Antworten: Waren es Worte desjenigen, der ihre Tante getötet hatte? Ein kalter Luftzug aus der Richtung des Waldes berührte sie. Schnell schloss Anna die Tür.

Bei Flora brannte noch Licht. Anna klopfte, und ihre Tochter antwortete sofort. »Komm rein, Mama. Kannst du mir sagen, wie ich heute einschlafen soll?« Darauf fand ihre Mutter genauso wenig Antwort und freute sich über ihr Schächtelchen mit Schlaftabletten für den Notfall.

Im Arbeitszimmer von Carsten Blume ratterte bis 3 Uhr morgens der Drucker. Flora saß leise daneben und beobachtete ihren Großvater bei der Zusammenstellung der relevanten Informationen. »Ich störe nicht. Ich kann jetzt bloß nicht tatenlos in meiner Bude hocken.« Carsten akzeptierte das, und Flora erwies sich als nützlich, denn sie brachte auf ihrem Handy Fotos der drei Kreuze mit und erinnerte ihn an das Indiz der mäusezerfressenen Bluse im Keller.

»Wenn du noch Bilder vom Wäldchen für deinen Artikel brauchst, geh besser gleich morgen früh knipsen«, riet er ihr, nachdem sie um kurz nach 3.30 Uhr schon Gute Nacht gesagt hatten. »Wenn meine Kollegen erst einmal da sind, wirst du nicht mehr an den potenziellen Tatort kommen.«

Flora bekam Gänsehaut. Allein zurück in den Wald? Der nächste Tag würde hart. Und es war kaum noch Nacht übrig, um Kraft zu tanken.

Anna drehte sich neben dem schnarchenden Michael Kamphusen von einer Seite auf die andere. Selbst die Schlaftablette blieb wirkungslos. Sie griff zu ihrem Smartphone und öffnete ihren *Facebook*-Chat mit Helene.

Die erste Nachricht stammte vom 2. August 2016, 19.44 Uhr, kurz nachdem sie Kenntnis vom Tod ihres Onkels erhalten hatte:
»Liebe Helene, ich muss dir eine traurige Mitteilung überbringen. Friedrich ist gestern Abend im Krankenhaus verstorben. Bitte melde dich. Ich weiß nicht, inwiefern ihr noch direkt Kontakt hattet, aber wenn du möchtest, würden wir dich gern in die Beerdigungsplanung einbeziehen. Gruß auch von Carsten.«

Helene am 3. August, 9.20 Uhr:
»Hallo, Anna! Ich hab es kommen sehen, dass der Alkohol ihn zugrunde richtet. Du weißt sicher, dass dies auch der

Grund für unsere Trennung war. Es tut mir leid. Wir hatten keinen Kontakt mehr. Ich muss jetzt erst einmal nachdenken und melde mich wieder.«

Anna am 3. August um 9.29 Uhr:
»Das verstehe ich, aber wir müssen den Beerdigungstermin festlegen. Und ich würde gern wissen, ob du kommst. Dann können wir den Termin so planen, dass du es zeitlich schaffst. Ich weiß nicht, ob du dir vielleicht irgendwo frei nehmen musst, falls du eine Arbeit hast. Wo bist du denn gerade? Kann ich dich telefonisch erreichen? Oder über *WhatsApp*?«

Anna am 3. August um 18.52 Uhr:
»Ich will dich nicht drängen, aber wir müssen jetzt den Termin festlegen. Bitte schreib doch wenigstens kurz, ob du die Absicht hast zu kommen.«

Helene am 4. August um 21.21 Uhr:
»Nein, ich werde nicht kommen. Das ist auch besser so. Ich glaube nicht, dass Friedrich es gewollt hätte. Euch allen wünsche ich, dass ihr die Trauerfeier und das alles gut über die Bühne bringt. Ich melde mich wieder.«

Anna am 15. August um 23.44 Uhr:
»Hallo Helene, die Beerdigung hat nun stattgefunden. Da Friedrich kein Testament hinterlegt hat, greift die gesetzliche Erbfolge, und mein Vater wird den Gutshof erben. Bei einer Besichtigung haben wir festgestellt, dass im Kutscherhaus wohl alles so ist, wie du es hinterlassen hast. Es hat noch etwas Zeit, aber wohin sollen wir deine Sachen schicken? Was sollen wir mit den Möbeln machen? Oder planst du, noch einmal wiederzukommen?«

Helene am 17. August um 22.20 Uhr:
»Ach Gott, ja, meine ganzen Sachen. Darüber hab ich mir keine Gedanken gemacht. Ich hab hier alles, was ich brauche, und mit meinem alten Leben komplett abgeschlossen. Könnt ihr meine Sachen bitte erst einmal einlagern? Der Keller ist doch groß genug. Ich überlege mir etwas und melde mich wieder.«

Anna am 17. August um 23.11 Uhr:
»Ja, okay, aber da sind ja auch sehr persönliche Dinge dabei. Gib uns doch deine Adresse, damit wir dir wenigstens die kleineren persönlichen Erinnerungsstücke und so was schicken können.«

Anna am 28. Oktober um 7.09 Uhr:
»Hallo Helene! Wir haben jetzt den Gutshof übernommen. Bitte melde dich telefonisch, damit wir alles besprechen können. Du willst doch sicher wenigstens deinen Schmuck und die Fotos deiner Eltern haben. Schöne Bilder hast du letztens gepostet – du siehst glücklich aus. Gruß aus deiner alten Heimat.«

Anna am 12. November um 7.15 Uhr:
»Helene, wir haben alles, was dir gehört, jetzt in Kisten in den Gutshofkeller gebracht, da es einen Kaufinteressenten für das Kutscherhaus gibt. Wir brauchen das Geld aus dem Verkauf für die Sanierung des Gutshauses, in dem mein Mann und ich ein Hotel-Restaurant eröffnen wollen. Ich bin doch etwas enttäuscht, dass du dich nicht mehr gemeldet hast. Naja, ich wünsche dir alles Gute, an deinen Fotos sieht man ja, dass du dauernd unterwegs bist. Viel Spaß dabei. Aber antworten könntest du doch mal kurz, wenn du schon bei *Facebook* bist. Oder gib uns wenigstens deine aktuelle Telefonnummer – wir wollen dir doch nichts verkaufen oder dich irgendwie belästigen …«

Helene am 26. November, 0.30 Uhr:
»Anna, sorry. Bin wirklich dauernd unterwegs. Wenn ihr alles
eingelagert habt, ist es doch gut. Viel Glück bei dem Umbau.
Wenn ich etwas von meinen Sachen brauche, melde ich mich.
Liebe Grüße von Helene«

Anna am 26. November um 7.22 Uhr:
»Na, wenn du meinst, wenn dir alles so egal ist … Alles Gute
weiterhin.«

Anna fand nichts in diesen Sätzen, das Anlass gegeben hätte,
an Helenes Urheberschaft zu zweifeln. Der Unwillen, ihr
eine aktuelle Telefonnummer zu geben – das war aus heuti-
ger Sicht auffällig. Die Tatsache, dass ihre Tante nicht einmal
Interesse an persönlichen Erinnerungsstücken ihrer Eltern
hatte – damals kam es ihr nur gefühlskalt vor.

Sie hatte sich nichts vorzuwerfen. Anna legte das Handy
zur Seite und schloss die Augen. Sie lag wach, bis der Wecker
klingelte.

Flora schleppte sich, ohne geschlafen zu haben, am nächsten Morgen an den Frühstückstisch.

»Moin, Mama. Auch wach gelegen?« Anna nickte. Sie war
froh, dass nur drei Hotelgäste auf Frühstücksbewirtung warteten. Ihr Vater kam mit einer Aktentasche in das Erdgeschoss
und trank im Stehen einen schnellen Kaffee.

»Ich hab mich bei den Kollegen auf der Polizeistation in
Hodenhagen angemeldet«, sagte er nur, bevor er, übernäch-
tigt und grau im Gesicht, das Haus verließ. Michael Kamphusen steckte den Kopf aus der Küche. »Noch jemand Rührei?«
Anna und Flora verneinten. Der Appetit war ihnen gründlich vergangen.

*

Die Sonne fiel durch die Äste der dürren Fichten des Wäldchens wie am Tag zuvor. Nichts hatte sich verändert. Die Trampelpfade waren dieselben, die Heideflecken schimmerten immer noch rostrosa. Doch Flora kostete der Gang zur kleinen Lichtung rund um die Buche Kraft und Überwindung. Vorsichtig setzte sie einen Fuß vor den anderen, horchte bei jedem Geräusch auf und wäre am liebsten umgekehrt.

Auf halbem Weg blieb sie wie angewurzelt stehen. Es raschelte hinter ihr. »Zusammenreißen, jetzt bloß nicht schlappmachen.« Sie sprach laut, um die Stille im Wäldchen zu durchbrechen. Es half. »Flora Kamphusen, geh weiter. Du hast hier Arbeit.« Sie motivierte sich Schritt für Schritt, nahm die Kamera und fotografierte Bäume und Lichtung aus verschiedenen Perspektiven. Die Konzentration auf den optimalen Winkel für eindrucksvolle Bilder besiegte die Angst. Die Kreuze am Fuß der Buche betrachtete sie durch den Monitor der Digitalkamera. Die Einkerbungen in der Rinde wurden zum Motiv, ihrer eigenen Furcht enthoben.

Sie sah den Boden unter ihren Füßen an, und ein Gedanke blitzte auf: Stand sie, genau hier, auf dem Platz, an dem eine tote Frau vergraben war? Mit einem Schaudern, das den ganzen Körper erfasste, drehte sie sich um und hatte es eilig, den Wald zu verlassen.

Sie trat gerade an die Straße, als ihr Großvater auf den Gutshofparkplatz einbog. Hinter seinem alten Jeep folgte ein Polizeidienstwagen. Carsten Blume kam mit zwei Kollegen der Polizeiinspektion Heidekreis an den Ort des Geschehens zurück. Flora blieb am Waldeingang stehen, gespannt, wie es weiterging. Joe Gade fuhr in seinem dunkelgrünen Kombi vor, die Jagdhündin Clea schaute aus dem Kofferraum. Er wandte sich an Flora. Carsten hatte den Freund nicht vorgewarnt.

»Ein Polizeiobermeister Kevin Schlüter hat mich hierher bestellt, und vom Forstamt kommt auch jemand. Kannst du mir mal erklären, was das soll? Ich hab keine Vertretung in der Tanke und musste zusperren. Lange darf das hier nicht dauern.« Joe schien den Ernst der Lage nicht zu begreifen.

»Puh, da fragst du besser Carsten. Ich sag lieber nix.«

»Na prima. Danke für die Auskunft.« Joe Gade überquerte kopfschüttelnd die Straße.

Der Revierförster stieg wenig später aus seinem Wagen und lief zu den anderen. »Was bedeutet das – polizeiliche Untersuchungsmaßnahmen? Sie müssen mich doch nicht extra anrufen, um in den Wald zu gehen.«

Fünf Männer schickten sich unter Carstens Führung an, das Wäldchen zu betreten, und kamen auf Flora zu, die am Beginn des Trampelpfades stand. Die Polizisten kannten ihre Blogstory. Carsten Blume hatte sie als ausgedruckte Hintergrundinformation auf dem Revier vorgelegt. Polizeiobermeister Schlüter stellte sich vor und betrachtete Flora interessiert.

»Dieser Internetartikel ist von Ihnen? Gut recherchiert.«

Sie freut sich über das Lob, doch gleich darauf wurde sie fortgeschickt, um die Ermittlungen nicht zu stören. Sie zog sich auf das Gutshofgelände zurück, um mit diskreter Beobachtung Eindrücke für neue Artikel zu sammeln. Die Polizisten beratschlagten das weitere Vorgehen. Einige Worte wehten zu Flora herüber. Einen solchen Fall habe es in Schlüters Dienstzeit noch nicht gegeben, hörte sie. Es wurde wenig gemordet in der Gegend.

Carsten erläuterte das normale Prozedere bei einem Tötungsdelikt. Er erntete ärgerliche Blicke von Polizeiobermeister Schlüter. »Lieber Herr Blume, wir sind zwar vom Land, leben aber nicht hinterm Mond.«

Carsten entschuldigte sich. Er hatte den städtischen Kommissar rausgekehrt. Das war ihm peinlich, seine Enkelin sah es an seinem Blick. Die Männer verschwanden im Wald, es gab nichts mehr zu sehen. Zeit für einen Kaffee, entschied

Flora. Doch sie war zu angespannt, um sich mit der gefüllten Tasse niederzulassen. Sie tigerte vor dem Restaurant hin und her, setzte sich kurz auf die hölzerne Bank am Eingang, sprang wieder auf. Nach einiger Zeit fuhren zwei weitere Wagen auf den Gutshofparkplatz. Menschen stiegen aus und eilten grußlos über die Straße. Es kam etwas in Bewegung. Flora öffnete die Eingangstür und rief nach Anna.

»Mama, komm raus, da tut sich was.«

Es waren die Wagen der Spurensicherung und Forstarbeiter, die sie dabei unterstützen sollten, die Erde rund um die hohe Buche wurzelschonend zu öffnen.

Anna und Flora schauten dem Geschehen nur aus der Ferne zu, denn der Eingang zum Wald wurde jetzt weiträumig mit Flatterband abgesperrt und von einer Polizistin bewacht.

Anna weigerte sich zunächst, das Gutshaus zu verlassen, als Flora sie aufforderte mitzukommen.

»Ich werde da draußen nicht benötigt. Aber hier drin bleibt die Arbeit liegen ohne mich.«

Doch es dauerte nicht lange, dann stand sie neben ihrer Tochter am Grundstückstor. Da war sie, diese dunkle Faszination, wenn man ahnt, dass etwas Schreckliches geschehen ist, nicht hinschauen möchte, aber doch davon angezogen wird.

»Wir sind nicht besser als Schaulustige«, murmelte sie ihrer Tochter zu.

»Du vielleicht, ich bin beruflich hier. Ich bin Journalistin«, entgegnete Flora.

Anna fühlte sich dadurch nicht besser.

Auf einmal klang der Ruf durch den Wald. »Hier ist etwas.« Flora hakte ihre Mutter unter, sie brauchte die Nähe jetzt. Die Rufe, mit denen die Forstarbeiter und Polizisten ihre Arbeit koordinierten, drangen nur in Wortfetzen zum Gutshoftor.

Autos passierten den Waldeingang auf der Durchfahrtstraße, und die Motoren übertönten die Geräusche aus dem Wald.

Doch dann näherte sich Carsten Blume auf dem Trampelpfad und überquerte rasch den kleinen trockenen Graben zur Straße. Anna und Flora sahen ihm an, dass sie richtig gelegen hatten.

»Sie haben einen Plastiksack mit einer Leiche darin gefunden und graben jetzt weiter. Nur ein paar Meter von der Buche entfernt. Da, wo wir gestern gestanden haben.«

»Ist es Helene?« Anna zog ihre Tochter fester an sich.

»Der Sack ist noch nicht geöffnet, das wird in der Rechtsmedizin gemacht«, erläuterte Carsten. »Aber ich fürchte, man könnte das nicht auf den ersten Blick erkennen.«

Flora wollte sich nicht vorstellen, wie eine Leiche aussah, die seit Jahren in einem Plastiksack im Wald lag. War es Helene? War es Vivian? Überhaupt – Katrin! Sie ahnte nichts! Nach dem Besuch bei der Schönen war der Kontakt abgerissen. Wer würde sie und ihren Vater informieren?

War es nicht besser, sie würde es von Freunden erfahren? So schwer es fiel, Flora beschloss: Es war ihre Aufgabe, Katrin anzurufen, bevor eine Nachricht von den Leichenfunden in den Medien kam.

Carsten Blume kehrte in den Wald zurück. Die Stimmen von dort lauter wurden. »Hier! Wieder ein Plastiksack.«

»Die zweite Leiche«, fürchtete Anna, der kalt war, obwohl die Sonne schien. Ein weiterer Polizeidienstwagen fuhr vor und bog in den Seitenweg am Waldrand ein.

Langsam sammelten sich Menschen an der Durchgangsstraße. Die wachsende Anzahl an Polizeiwagen und das weithin sichtbare Blinken des Blaulichts zogen Neugierige an. Sie parkten in den Seitenwegen links und rechts des Gutshofes. Manche blieben in ihren Wagen sitzen, andere spazierten zögernd an die Straße.

»Ich geh wieder rein«, sagte Anna leise und löste ihren Arm von Flora, die sich ohne die warme Nähe ihrer Mutter alleingelassen fühlte, während um sie herum der Trubel zunahm. Bekannte aus den nächstgelegenen Ortschaften kamen zu Fuß oder mit dem Rad und stellten sich zu ihr an das Eingangstor des Gutshofes. Flora blieb stumm.

»Was ist denn los?«

»Flora, was ist da passiert?«

Sie zuckte nur mit den Schultern, als ob sie so unwissend wie die anderen sei, und zog sich hinter den Zaun zurück. Sie lehnte sich an den Stamm der großen Hofeiche, deren Rinde die Wärme des sonnigen Nachmittags abstrahlte, und war dankbar für diesen Halt. Von dort fotografierte sie, mechanisch ihrer Arbeit nachgehend. Ihre Beine waren schwer und gleichzeitig zitterig, die Hände eiskalt, und manchmal ließ sie die Kamera sinken, um nur starr auf die blinkenden Lichter der Polizeiwagen zu schauen. Das Stimmengewirr der Schaulustigen bildete eine helle, aufgeregte Geräuschkulisse, die sich nicht ausblenden ließ. »Könnt ihr nicht einfach die Klappe halten«, hörte Flora sich selbst rufen. Doch niemand beachtete sie.

Sie zog ihr Smartphone aus der Hosentasche und wählte Katrin Harms Nummer. »Hi, schön, dass du dich meldest! Gibt's was Neues?« Flora versuchte zu schlucken, doch ihr Mund war trocken. Ihre Worte klangen heiser, als sie Katrin stockend erzählte, was sich auf der Waldlichtung zutrug.

Es wurde ein kurzes Gespräch. »Ich komme«, sagte Katrin. Dann hörte Flora, wie sie ihren Vater rief. Etwas polterte im Hintergrund, und die Verbindung wurde unterbrochen.

Flora taumelte. Sie schnappte nach Luft und hockte sich an die Hofeiche, den Kopf an den Stamm gelehnt, bis das Pochen in ihren Ohren nachließ.

Sie öffnete die Augen und betrachtete einen Neuankömmling. Ein dicker kleiner Mann, dem gleich zwei Kameras mit langen Objektiven um den Hals baumelten, diskutierte mit den Polizisten an der Absperrung. Sie kannte den Kerl, einen Pressefotografen, der sich bei so manchem Termin dreist vor sie gedrängelt hatte, um den besten Platz zu bekommen. Seine Ankunft weckte Flora aus ihrer Starre. Auch sie war schließlich beruflich da!

Sie besaß Hunderte von Fotos, warum hatte sie vergessen, eine schnelle Meldung in ihren Blog zu tippen? Und es wurde Zeit, in der Tageszeitungsredaktion anzurufen. Flora ärgerte sich, dass ihre Professionalität auf der Strecke blieb.

Verdammt, das war doch ihre Chance! Warum hatte sie am Morgen, mit Angst und einem dicken Kloß im Magen, die vielen Bilder geschossen? Schnell hastete sie auf das Hauptgebäude zu, vorbei an den Menschen, die sie aufhalten und mit Fragen löchern wollten.

Ein Anruf in der Redaktion, eine kurze Meldung für die Onlineseiten, ohne auf Tippfehler zu achten. Rasch zusammengesuchte und schnell gemailte Fotos – und ein Auftrag für 150 Zeilen bis 17 Uhr.

Bis dahin waren es nur zwei Stunden – und gleich würde Katrin mit ihrem Vater eintreffen. Flora hatte versprochen, vor dem Wäldchen auf sie zu warten. Sie hastete die Treppen herunter, stolperte und fing sich in letzter Sekunde, ohne zu fallen.

Ihre Nerven lagen blank.

Anna stand bei den Menschen an der Gutshofeinfahrt. Flora huschte an ihr vorbei, zwiegespalten zwischen Sorge um Katrin und dem Wunsch, die beste Reportage mit vielen exklusiven Informationen zu verfassen.

»Du hyperventilierst«, raunte Anna ihr zu und hielt sie am Arm fest. »Bleib mal hier und komm runter.«

»Jetzt kein Psychogelaber, Mama«, schnauzte Flora ihre Mutter an. »Gleich kommt Katrin, und um die solltest du dich kümmern, nicht um mich.«

Flora riss sich los und hastete auf die Absperrung zu. Ihre Tochter hatte in einem Punkt recht, stellte Anna fest: Wenn Katrin Harms und ihr Vater einträfen, wäre eine professionelle Begleitung wichtig.

Der Förster und seine Waldarbeiter waren damit beschäftigt, das gesamte Waldstück mit Flatterband abzusperren. Joe Gade stand kopfschüttelnd daneben und telefonierte. Flora blieb neben ihm stehen und lauschte.

»Nein, du musst jetzt nicht aus dem Urlaub kommen, hier kannst du doch eh nichts machen. Ja, die wühlen uns den ganzen Wald um. Aber muss wohl sein. Hier kannst du auch als Waldbesitzer nichts ändern heute.«

Niemand kam jetzt mehr weiter als bis zum Waldrand. Flora sah, dass Schaulustige von Polizisten den kleinen Trampelpfad entlang aus dem abgesperrten Bereich begleitet wurden – Ortskundige, die von der hinteren, dem Gutshof abgewandten Seite in den Wald eingedrungen waren.

Ein Fotograf des lokalen Wochenblattes, der seine Ausrüstung im Rucksack mitführte und eine Kamera gezückt hielt, protestierte lautstark und fuchtelte mit seinem Presseausweis herum.

»Die haben drei Leichen in Plastikfolie gefunden, wenn ich's dir sage.« Eine junge Frau, die von einer Polizistin aus dem Wald geschoben wurde, verbreitete die Nachricht über ihr Smartphone. »Klar hab ich Bilder«, triumphierte sie in den Handylautsprecher. Flora konnte sich ein schadenfrohes Grinsen nicht verkneifen, als der Frau, mitten im Gespräch, von der Seite das Handy aus der Hand genommen wurde.

»Schön, dass Sie es zugeben. Dann wollen wir die Bilder doch gleich mal löschen.« Die kleine stämmige Polizistin hielt ihr das Handy unter die Nase. »Wollen Sie selber oder möchten Sie uns zur Polizeistation begleiten? Dann erledigt das jemand von unseren Fachleuten.«

Flora sah, dass die Frau widerwillig auf dem Mobiltelefon herum klickte, unverständliche Worte murmelnd.

»Und Sie gehen auch mal ein paar Meter zurück, am besten auf die andere Straßenseite.«

Flora zuckte zusammen, als die Polizistin ihr auf die Schulter tippte. »Hallo, Sie meine ich.«

Sie trabte ein Stück die Straße entlang und blieb an einem Seitenweg stehen, wohin Joe Gade sich verzogen hatte, die Arme fest vor dem Körper verschränkt, den Kopf gesenkt und mit einem Fuß wippend.

»Das macht einen ganz schön fertig.« Joe sah Flora an. Die nickte nur.

»Drei Leichen. Das hab ich gehört, bevor sie mich an die Straße zurückgeschickt haben. Ich soll von hier aus die Forstmitarbeiter einweisen.«

Gleich würden Absperrgitter gebracht, um innerhalb des Waldes die Lichtung extra zu umzäunen, erzählte der Jagdpächter.

»Drei Leichen«, wiederholte er. »Sporty, Smarty und Beauty, wie du es geschrieben hast. Sie sind es doch, oder? Hier in meinem Revier.« Ein Schaudern zog sich durch Joe Gades Körper. Er löste den Blick von Flora und schloss die Augen, deren Lider zuckten. »Mitten in meinem Revier.«

Carsten kam aus dem Wald. Auch er wartete auf jemanden. »Der Kollege vom LKA ist auf dem Weg. Ein alter Bekannter«, sagte er. »Im Walsroder Kommissariat haben sie den Fall gleich weitergegeben.«

Dort, wo am Mittag Herbstsonne auf einen stillen Wald fiel, leuchteten jetzt die Lichter der Polizeiwagen. Und immer mehr Fahrzeuge trafen ein. Die resolute Polizistin stand an der Straße, winkte Schaulustige weiter und wies einen ankommenden Leichenwagen an, in den Seitenweg einzubiegen.

Flora fotografierte alles und tippte zwischendurch schon auf ihrem Tablet das Grundgerüst für den Artikel. Dann sah sie, dass ein Wagen mit Nienburger Kennzeichen auf den Gutshofparkplatz fuhr.

Anna nahm Katrin und Wolfgang Harms in Empfang.

Vivians Tochter zitterte. Sie schluchzte. Am Arm ihres Vaters überquerte sie die Straße. Er wirkte gefasst, doch das konnte sich schnell ändern. Anna war froh, dass ein Krankenwagen im Seitenweg stand. Es dauerte nicht lange, bis Katrin weinend zusammenbrach und die Sanitäter zu ihr eilten.

Flora betrachtete die unwirklich anmutende Szenerie aus einiger Entfernung.

Die Neugierigen aus den umliegenden Dörfern auf der einen Straßenseite. Die eilig, aber besonnen arbeitenden Polizisten, Forstmitarbeiter und Leute von Spurensicherung und Rechtsmedizin auf der anderen. Und dazwischen, inmitten der blinkenden Blaulichter, die kleine drahtige Katrin, die, wie in Zeitlupe, weinend zusammensank, angestarrt von der Menschenmenge. Flora sah am Gutshoftor den angriffslustigen Fotografen, der zuvor schon gegenüber der Polizei aufgemuckt hatte. Er stand zwischen den Zaungästen und richtete sein riesiges Objektiv auf Katrin. Oh nein! Das würde er nicht wagen. Ohne auf den Straßenverkehr zu achten, hastete Flora über die frequentierte Landstraße. Reifen quietschten, ein Fahrer trat auf die Bremse, um sie nicht zu überrollen. Flora hielt nicht einmal an. Sie rannte auf den Fotografen zu, stellte sich frontal vor seine Kamera.

»Sie werden das nicht fotografieren«, zischte sie.

»Und wer sind Sie? Was haben Sie hier zu bestimmen?«

Der Mann drängelte sich an Flora vorbei, die ihn nicht aufhalten konnte. Schwer atmend blieb sie stehen und ließ den Paparazzo weiterziehen, der jetzt die beste Einstellung suchte, um Katrin abzulichten. Die saß in der Eingangstür des Krankenwagens, zitternd und bleich. Jemand gab ihr eine Spritze. Daneben, schweigend und mit leerem Blick auf das Geschehen, ihr Vater. Anna hielt sich etwas abseits, doch sie behielt Katrin im Auge.

Flora steckte ihr Tablet in die Umhängetasche und eilte, diesmal auf den Straßenverkehr achtend, auf den Rettungswagen zu. Der Artikel musste warten.

✻

Die letzten Neugierigen verließen Blumes Hof am späten Abend. Annas Beschluss, das Restaurant an diesem Tag nicht zu öffnen, wurde von den ersten Gästen mit gebuchten Tischen torpediert. Sie trafen ein, als die Restaurantchefin gerade das Gebäude betreten hatte. Eine kurze Diskussion mit Michael, und es war klar: Er würde kochen, schon um die Spannung abzubauen. Für ihren Mann war es so einfach. Wenn er Sorgen hatte oder grübelte, dann stellte er sich an den Herd.

Mehr Therapie brauchte er nicht. Anna beneidete ihn darum, sich den ganzen Abend in der Küche verschanzen zu können, ohne inmitten der plappernden Meute zu stehen,

Die Polizei hatte den Seminarraum des Hoteltraktes in Beschlag genommen. Ihr Vater verbrachte den Abend dort mit den ehemaligen Kollegen und Kolleginnen.

Hartmut Ziegler vom Landeskriminalamt spannte ihn kurzerhand ein. Carsten, der den Leiter der Ermittlungen von gemeinsamen Fortbildungen in Hannover kannte, wehrte sich nicht dagegen.

Die übrig gebliebenen Gäste im Restaurant bat Anna zu vorgerückter Stunde sanft darum, das letzte Getränk zu bestellen und zu zahlen. Es waren Leute aus Frankenfeld, die sich mehr schaulustig als hungrig an einem freien Tisch niedergelassen hatten, um nichts zu verpassen. Schnell hatte sich am Nachmittag herumgesprochen, dass die Leichenfunde mit »diesem Artikel aus dem Internet« zusammenhingen und dass eine der mutmaßlichen Toten früher auf dem Gutshof gewohnt hatte. Gäste erkundigten sich nach Flora, erhofften sich von ihr Neuigkeiten. Doch sie tauchte nicht auf. Anna ahnte, dass ihre Tochter mit genauso verwirrten Gefühlen kämpfte wie sie selbst – in die Arbeit vertieft und immer wieder erschreckt aus der Konzentration gerissen, wenn sie an die Geschehnisse des Tages zurückdachte. Am Tresen standen am späten Abend Fredy Levin und Jörg Helberg mit dem angetrunkenen Jagdpächter Joe, der wild gestikulierend erzählte. Er hatte immer wieder *Kurze* nachgeordert, um mit den Erlebnissen des Nachmittages klarzukommen. Anna signalisierte gegen Mitternacht auch diesen Stammgästen, dass es ein langer Tag gewesen war – und Zeit für die Nachtruhe.

Ein atemloser Tag endete. Sie fand zum ersten Mal Ruhe, die Tragweite der letzten 36 Stunden zu erfassen. Ein Leichenwagen, der am späten Nachmittag aus dem Seitenweg auf die Landstraße eingebogen war, hatte die sterblichen Überreste von Helene Blume transportiert, der Tante, bei deren Hochzeit sie den Schleier getragen hatte.

Helene wurde, umhüllt von Plastik, unter dem Dach eines Zinksarges im Fond eines Leichenwagens, noch einmal am Gutshof vorbeigefahren. Der Wagen fuhr langsam, von sensationsgierigen Menschen beäugt. Und vielleicht beobachtet von jener Person, die alle drei Frauen getötet hatte.

Anna schloss das Restaurant ab und schaute durch die Glasscheiben der Ausgangstür auf den im Dunkel liegenden Hof. Ein Gedanke flackerte auf, der im Trubel des Geschäftes bisher nicht den Weg in ihr Bewusstsein gefunden hatte.

War der Täter an diesem Abend im Restaurant, unerkannt? Und wenn der Täter jemand war, den sie sogar kannte?

ER - 2019

Sie waren nicht mehr dort, wo er ihnen eine würdige Grabstelle gegeben hatte. In der kalten Rechtsmedizin wurden sie
auseinandergenommen, waren weniger Mensch als Untersu-
chungsobjekt. Um ihm auf die Schliche zu kommen, waren
sie der Friedlichkeit ihrer Ruhestätte entrissen worden.

Er hatte nicht mehr damit gerechnet.

Flora Kamphusen hatte das alles ausgelöst, und er konnte
ihr nicht einmal böse sein. War sie so schlau wie er selbst?
Eine junge Wölfin, auf der Jagd nach der Wahrheit? Seine erste
ebenbürtige Gegnerin? Die Polizei war es in all den Jahren
nicht. Der blinde Technikglaube der Ermittler und Angehörigen amüsierte ihn schon lange. Da, wo man das Smartphone in der Funkzelle entdeckt, wird die Person vermutet,
der das Gerät gehört. Wer SMS und *WhatsApp* schickt oder
auf *Facebook* postet, der muss lebendig sein.

Quatsch. Helenes Daumen und ihr *iPhone* hatten ihm
Zugang zu ihrem kompletten Social-Media-Leben gegeben.
Es ist so bequem, überall immer eingeloggt zu bleiben. Eine
verräterische Bequemlichkeit.

Wer einmal drin ist, kann jederzeit das Passwort ändern –
bei *WhatsApp*, *Facebook* und *Instagram*.

Das neue Passwort wird an die gespeicherte Mailadresse
geschickt. Kein Problem. Helene war auch in ihrem Mailpost-
fach permanent eingeloggt. Er schüttelte den Kopf über die
Naivität der Leute mit ihrem virtuellen Dasein. Und über die
Dummheit der Angehörigen, die eine SMS für ein Lebenszeichen hielten.

Das Smartphone nutzte er nicht mehr, nachdem er Helenes Zugangsdaten kannte und alle Bilder heruntergeladen

hatte. Er dirigierte ihre Accounts mit den neuen Passwörtern vom stationären Rechner aus – über einen Proxyserver, der die IP-Adresse verschleierte, eine Methode, die selbst Amateure beherrschten. Dazu brauchte man nur ein frei zugängliches und sogar legales Programm, mit dem man vortäuschen konnte, sich an irgendeinem Ort auf der Welt in das Internet einzuwählen. Er hatte einen Zugangspunkt in Nordafrika gewählt, um in Helenes Namen zu schreiben. Der Legende nach war sie ja in Marokko.

Ihr Smartphone, das war ihr Leben im Westentaschenformat. Die Chats zeugten von einer harmlosen Langweiligkeit, die Floskeln und Themen wiederholten sich. Ebenso die vielen Selfies im Speicher: Helene, lachend, den Kopf geneigt, die wallenden Haare im Sonnenlicht glänzend, wieder und wieder. Der Fotospeicher reichte aus, sie für soziale Netzwerke eine ganze Weile lang »schöne Momente« erleben zu lassen. Ihren geschiedenen Mann trieb es tiefer in den Alkohol, seiner angeblich so glücklichen Ex bei *Facebook* und im *WhatsApp*-Status zuzuschauen.

Für Friedrich tat es ihm leid. Sie hatten unter derselben Frau gelitten. Nur mit unterschiedlichem Ende.

Corinna hatte es ihm genauso leicht gemacht. Ihr *Android*-Handy brauchte ein Passwort, um seine Schätze freizugeben. Doch wer schützt sich schon dauernd vor den Augen von Bekannten, wenn er sein Smartphone entsperrt? Das macht man, ohne nachzudenken.

Ihre Leiche lag längst in der kalten Erde des Waldes, als die Mitinhaberin der Buchhandlung Mailpost von ihr erhielt – mit jenem traurigen Unterton, den die Geschäftspartnerin später als drohende Ankündigung eines Selbstmordes interpretierte.

Und dann die letzte SMS, die er von Corinnas Handy abschickte – an ihre untreue Lebensgefährtin: Die Frau hätte sich nie verziehen, der Grund für Corinnas Suizid zu sein. Sie bekam nun Absolution durch den Fund der toten Freundin.

Die Polizei kannte alle technischen Finessen, die er nutzte. Die Beamten waren nicht dumm, doch sie hielten mögliche Täter dafür. Er war nicht dumm. Im Gegenteil. Ihm kämen sie nicht auf die Schliche. Auch jetzt nicht. In seiner Vorstellung diskutierten sie darüber, warum die drei Freundinnen den Tod verdient hatten. Es würde sein Geheimnis bleiben.

8.

Flora war sauer, stinksauer. Seit die Leichen der selbst ernannten Ladies gefunden wurden, hatte die Polizei das Heft in der Hand. Sie erfuhr kein Bisschen mehr als alle anderen Journalisten. Und ihr Großvater war damit einverstanden.

Nicht nur das – er hörte komplett auf, selbst zu ermitteln. »Das ist jetzt Aufgabe der Kollegen«, sagte er nur. In den ersten Tagen arbeitete er dem Hauptkommissar vom LKA zu, doch der war aus der Gegend abgereist und Carsten Blume »zurück im Ruhestand«, wie er fast erleichtert sagte.

Der Blog bekam weiterhin eine große Menge an Zugriffen, und sie konnte mit ihren Artikeln bei der *HAZ* Eindruck schinden. Die Exklusivfotos vom Wäldchen und den Caches, bevor die Polizei kam und alles absperrte, ließen sich lukrativ verkaufen.

Die Geschichte, wie Helene mit alten Fotos virtuell am Leben gehalten wurde, fand ihren Weg in den Blog. Ein Foto der angenagten Bluse im Blumeschen Keller wurde mehrhundertfach angeklickt. Ein Fernsehteam meldete sich, um einen Beitrag für ein Vorabendmagazin darüber zu drehen. Flora wurde interviewt, Anna fand sich mit ihren Aussagen in einem *Niedersachsen-Magazin* wieder. Sie hatte nur zugestimmt, wenn das Restaurant im Hintergrund deutlich zu erkennen sein würde. Ein wenig versteckte Werbung im Gegenzug für O-Töne. Carsten hingegen hatte abgewinkt – kein Foto, keine Interviews.

Flora bekam Mitteilungen von Leuten, die vermeintlich sachdienliche Hinweise gaben. Sie erhielt Mails auf ihre Blogartikel und persönliche Nachrichten in den sozialen Netzwerken. Die meisten waren nur Wichtigtuer, das erkannte sie schon daran, wie viele Leute eine der drei Frauen kürzlich gesehen haben wollten. Eine ehemalige Trainingsgruppe von Vivian Harms fragte an, ob es möglich sei, auf aller-lei-online.de eine Traueranzeige für die Verstorbene zu schalten. Flora stimmte zu und bekam eine pdf-Vorlage, die sie auffällig positionierte. Sie wälzte die Preislisten der Lokalzeitungen, um zu schauen, zu welchen Preisen andere Medien solche Anzeigen anboten. »Das ist ja ein richtig gutes Geschäft«, stellte sie fest.

Die Mail einer Frau, die schrieb, sie sei Prostituierte in Kiel, brachte Flora zum Lachen. Jahrelang wurde diese Sexarbeiterin von einem Stammfreier gebucht, der darauf bestand, sich mit ihr nur im Wald zu treffen. Er zahlte einen Aufpreis dafür, sie Helene zu nennen.

Spannend! Allerdings nicht wegen des Freiers, sondern aufgrund der Ortsangabe. Es bewies, dass der Artikel über das *Redaktionsnetzwerk Deutschland* quer durch die Republik erschienen war – sogar in den *Kieler Nachrichten*.

Die Stimmung auf dem Gutshof war merkwürdig in diesen Tagen. Viele Gäste kamen zum ersten Mal in das Restaurant. Manche fragten vorsichtig, andere direkt und einige unverschämt offen nach den Geschehnissen. Flora saß dann, zurückgezogen in eine schummerige Ecke, am Familientisch, lauschte und beobachtete. Diese unbekannten Menschen waren reine Katastrophentouristen, getrieben von Neugier und Sensationslust. Erstaunlich viele bestellten das Rehgulasch oder die deftige Wildschweinbratwurst. Flora hatte in ihrem Blog geschrieben, dass der »Leichenwald«, wie sie es dramatisch beschrieb, wildreich sei und zu einem Jagdgebiet gehörte. Auf Blumes Karte standen »Wildgerichte aus heimischer Jagd«. Ob die Leute das wörtlich nahmen und der Genuss von Rehgulasch den Gruselfaktor erhöhte? Flora kribbelte es in den Fingern, aus den Beobachtungen einen sarkastischen Artikel zu schreiben. Sie unterdrückte den Impuls, denn die Schaulustigen sorgten für nie da gewesene Abendumsätze im Restaurant. Das Bloßstellen der Gäste als sensationsgierige Meute war nicht hilfreich.

Manche Leute aus den angrenzenden Dörfern kamen extra kurz vorbei, um der Familie Blume zu kondolieren – Helene wurde als ihr Familienmitglied wahrgenommen. Anna bedankte sich für die Kondolenzen und ließ sich nicht anmerken, wie wenig die Ermordete der damaligen hannoverschen Verwandtschaft bedeutet hatte.

Je mehr Menschen kamen, um ihr Beileid auszusprechen, umso nachdenklicher wurde Anna. In manchen Fällen waren die Beileidsbezeugungen nur vorgeschoben, um Neues zu erfahren. Doch bei Anna stellte sich im Laufe der Tage allmählich ein Gefühl der Trauer ein. In einer stillen Stunde nach Restaurantschluss griff sie zu den Familienalben, sah sich die Bilder von Ereignissen an, bei denen sie auf Helene getroffen war.

Carsten Blume aber mied den ganzen Trubel und blieb dem Restaurant fern. Die Familie sah ihn kaum.

Flora konnte ihre Gefühle immer weniger einordnen. Einerseits war noch nie etwas so Spannendes in ihrem Leben geschehen, und ihre Geschichten von aller-lei-online.de wurden so häufig zitiert und gelobt, dass sie beruflich immer bekannter wurde.

Andererseits hatte sie sich in Helenes Aufzeichnungen und Erinnerungen aus den Kisten im Keller eingelesen. Dadurch kam sie der fremden Großtante näher. Die Polizei hatte bisher nicht veröffentlicht, wie Helene, Corinna und Vivian zu Tode gekommen waren. Flora war nicht sicher, ob sie die Details überhaupt erfahren wollte.

Helenes Leben beschäftigte sie umso mehr. Wie war es möglich, dass diese lebenslustige Frau von niemandem vermisst wurde?

Die Uni ließ sie schleifen, die hannoverschen Freunde ernteten Absagen, wenn sie Flora am Wochenende mit Chatnachrichten und Anrufen zum Feiern animierten. Ihr WG-Zimmer in Hannover-Linden, in dem sie sonst die Hälfte ihrer Zeit verbrachte, hatte sie seit Wochen nicht betreten. Eine Mitbewohnerin meldete sich und fragte, ob sie zwischenvermieten wolle. Es gäbe Interessenten. Sogar Sören tauchte aus der Versenkung auf: »Hey, na? Ihr werdet ja gerade richtig prominent. Hab dich im Fernsehen gesehen. Mal wieder was zusammen trinken?« Unverschämtheit! Flora klickte die Nachricht weg.

Sie beobachtete ihre Mutter, die gelassen und professionell mit der Situation umging, und bewunderte sie dafür. Einzig jene unbekannten Restaurantgäste, die ihr 50 Euro boten, um sich mit Helenes Bluse und den Fotobüchern fotografieren zu lassen, verwies sie höflich aber bestimmt des Hauses.

Eine Woche nach dem Leichenfund ebbten die Zugriffs-
zahlen auf aller-lei-online.de täglich etwas ab, und es gab
nichts Neues, um sie wieder zu pushen. Floras innere Anspan-
nung wich einer tiefen Müdigkeit.

»Das ist normal. Wir sind alle überfordert mit der Situation, und der Körper holt sich die Erholung, die er braucht«,
kommentierte Anna und schickte ihre Tochter ins Bett, wo
sie zwei Tage, nur mit kurzen Unterbrechungen, verbrachte
und fast durchgehend schlief. Danach war der Kopf wieder
klar, und Flora motiviert für weitere Recherchen. Sie stieß auf
schweigende Polizeibeamte und einen desinteressiert scheinenden Großvater.

Ja, sie war sauer, stinksauer. Flora fuhr mit dem Rad zu
ihrem Lieblingsplatz an der Aller, durch herbstlichen Sonnenschein auf den gut ausgebauten Radwegen bis zu einer
Bank zwischen Bosse und Frankenfeld. Von dort hatte sie
einen herrlichen Ausblick über den mäandernden Fluss und
weite Wiesen. Wenige Meter davon gab es einen Geocache
mit dem Titel »Allerlei Loggerei«. Das war eine willkom-
mene Ablenkung. Sie fand die Dose schnell, aß ein Schoko-
croissant auf der hölzernen Bank und wartete, dass sich die
zufriedene Ruhe einstellte, die sie mit dem Aussichtsplatz
verband. Doch sie konnte nicht einmal still sitzen. Abreagie-
ren mit einer langen Radtour half nicht, schade.

Sie tigerte in ihrem kleinen Wohnzimmer auf und ab, das
im Kontrast zum historischen Mobiliar in den anderen Guts-
hofräumen mit glänzenden weißen Lackmöbeln und einem
knallroten Sofa eingerichtet war. Die Unruhe verschwand
nicht. Ohne den Großvater einzuweihen, fasste sie einen Entschluss: Selbst recherchieren, auf eigene Faust, war die einzige Lösung. Es bot sich an, mit den Teilnehmern des Klassentreffens zu reden, das nach Floras Meinung der Auslöser
für die Mordserie war. Ob die Polizei es ähnlich sah?

»Wir stehen mit unseren Ermittlungen noch ganz am Anfang ...«

»Wir ermitteln in alle Richtungen ...«

Nur Floskeln bekam sie zu hören, wenn sie telefonisch nachfragte.

Und dann überraschte Katrin sie mit einer Klassenliste von Vivians Laptop. Nach ihrem Zusammenbruch am Wäldchen, am Tag, als die Leiche ihrer Mutter gefunden wurde, hatte sich Katrin Harms nicht mehr gemeldet.

Flora traute sich kaum, Kontakt aufzunehmen, schickte nur kurze Textbotschaften mit Emojis, um klarzumachen, dass Vivians Tochter nicht allein war mit ihrer Trauer.

Dabei fiel ihr auf, wie wenig sie von Katrin wusste, nicht einmal, ob sie einen Freund hatte und was sie studierte. Seit ihrem ersten Besuch handelten ihre Gespräche und Chats nur von einem Thema: den verschwundenen Frauen.

Flora war froh, dass Katrin sich von allein wieder meldete und nach wie vor Interesse hatte, die Recherche zu unterstützen.

»Ich kann nicht einfach hier zu Hause sitzen und abwarten. Kannst du nicht wieder was schreiben, damit neue Hinweise kommen? Ich will, dass sie den Scheißkerl kriegen!!!« Katrins emotionale *WhatsApp* war ein Ansporn.

Flora schrieb Stichpunkte auf, um Reportage-Ideen zusammenzutragen.

– Klassenliste auswerten / Interviews
– Carsten aushorchen über Fall Stadler
– Helenes Leben? Das traurige Ende der Schönen?

Über die Buchhändlerin Corinna wusste sie nur wenig, merkte Flora. Deren Handtasche war doch in Norwegen aufgetaucht. Ob der Täter extra eine Reise angetreten hatte, um die Sachen dort abzulegen? Und wie sah Helenes Leben aus in der Zeit zwischen ihrer Trennung von Friedrich und ihrem Tod? Floras Ärger wich der Neugier und dem Ehrgeiz, ohne die Polizei und ihren Großvater etwas herauszufinden. Bestes Recherchematerial lag direkt vor ihr. Sie scrollte durch die Klassenliste, bei der die Namen mit den heutigen Adressen versehen waren. Bei einem Namen blieb sie hängen.

Jörg Helberg! Er war mit Helene in eine Klasse gegangen? Er gehörte sogar zu den Organisatoren des Klassentreffens, wie die Liste bezeugte. Und er hatte nichts dazu gesagt? Jede Woche saß er mindestens einmal im *Rittersaal* und hatte die Familie überhaupt nicht darauf angesprochen?

Sogar an jenem Abend, als die Frauen aus ihren Waldgräbern geholt wurden, hockte er mit seinen Freunden vom Stammtisch im Restaurant.

Flora druckte die Liste aus, um ihre Mutter darüber zu informieren. Ob Anna sich einen Reim darauf machen konnte? In wenigen Stunden war wieder Stammtisch der einsamen Fremden im *Rittersaal* – eine Gelegenheit, Jörg Helberg mit ihrem Wissen zu konfrontieren.

ER - 2019

So viele Fehler. Er war erschrocken darüber, was er alles übersehen hatte. Flora Kamphusens Blogbeitrag, der es in ein Fernsehmagazin geschafft hatte, offenbarte die Schwächen seines Vorgehens. Von den Fotobüchern zu lesen, die seine *Facebook*-Einträge als gefälscht entlarvten, gab ihm ein flaues Gefühl in der Magengrube. Von der Blümchenbluse zu erfahren, die im Keller verschimmelte, während Helene sie angeblich 2016 weiterhin trug, ließ ihn zusammenschrecken. Er hatte nicht darüber nachgedacht, ob es die Handyfotos in ihrem Zuhause ausgedruckt gab. Und die Sache mit ihrer Kleidung: Darauf wäre er nie gekommen. Wiegte er sich in falscher Sicherheit?

Welche Fehler waren ihm bei Corinna unterlaufen, welche bei Vivian? Er hatte sorgsam darauf geachtet, dass auf dem neuen Logbuch der Schönen keine Fingerabdrücke zu finden waren, doch wie verhielt es sich mit den alten Logbüchern der drei anderen Caches? Hatten genügend Geocacher daran herumgegrabbelt, um seine verräterischen Spuren zu überdecken?

Würde sich Corinnas Geschäftspartnerin erinnern, wie der Mann aussah, der in den Monaten vor ihrem Verschwinden zum Stammkunden wurde und immer so lange mit der Chefin plauderte? Und Vivians Tochter, die zusammen mit Flora Kamphusen herumschnüffelte. Wie oft ertrug er ihren Anblick?

Am liebsten würde er alles hinter sich lassen und verschwinden. Lange hatten seine Gedanken ihn nicht mehr geplagt. Sie lachten wieder in seinen Träumen. Mit ihren sterblichen Überresten war ihre Bosheit an die Oberfläche gekommen.

Er wachte manchmal schweißnass auf und spürte sie wieder – die Schande.

9.

»Du warst mit Helene in einer Klasse? Du warst sogar bei diesem Klassentreffen, kurz bevor Vivian Harms verschwand?«

Anna hielt Jörg Helberg am Tresen auf und betrachtete ihn prüfend.

»Ja, hab ich je was anderes behauptet?« Er war überrascht. »Ist doch kein Geheimnis.«

Der Ortsbrandmeister trat einen Schritt zurück und bedachte sie mit einem schwer interpretierbaren Blick. War das Ärger? Oder fühlte er sich in die Enge getrieben, weil er etwas zu verbergen hatte? Sie hatte ihn eindeutig auf dem falschen Fuß erwischt.

»Jörg, komm mal runter. Ich hab doch nur eine einfache Frage gestellt.« Sie zapfte ihm ungefragt ein Bier, das er in schnellen Zügen fast auf ex trank.

»Tut mir leid, Anna. Ich hatte einen harten Tag. Ein schwerer Feuerwehreinsatz bei einem Autounfall. Und, wie du weißt, wartet zu Hause keiner auf mich, um mich abzulenken.«

Anna zapfte ihm das zweite Bier. Jörg Helberg schlenderte damit an den Stammtisch, wo er allein vor seinem Glas saß.

Belastete ihn wirklich nur der Einsatz? Sie ließ den Bekannten in Ruhe, beobachtete ihn aus dem Augenwinkel und ging die Bestellungen für den Abend am Computer durch. Es dauerte einige Zeit, bis sie ihn durch den leeren Gastraum rufen hörte.

»Anna, bring mir einen Kaffee – was willst du wissen?« Sein Gesichtsausdruck hatte sich verändert. Jetzt lächelte er sie an wie immer. Sie setzte sich mit einer Tasse an den Tisch und rührte langsam Milch in ihren Kaffee, um eine Atmosphäre des entspannten Miteinanders zu schaffen.

»Erzähl doch einfach mal von damals. Ich hab Helene gar nicht so gut gekannt, wie die Leute hier glauben. Sie war die Klassenschönheit, oder?«

Anna ging davon aus, dass die drei »Ladies« in ihrer Klasse beliebt waren, damals Anfang der 8oer-Jahre. Auf dem Foto sahen sie aus wie ein sympathisches Trio. Jörg Helbergs Erzählungen bestätigten Annas Vermutungen nicht. Abfällig klang seine Stimme, als er über »diese hochmütige Clique« redete.

»Die Beste im Sport, die Zweitbeste vom Zeugnis her und die Schönste – die drei dachten, sie wären etwas Besseres.« Anna stutzte. Jörg Helberg verschränkte die Arme vor dem Körper und rückte seinen Stuhl vom Tisch ab. Er verschloss sich wieder.

»Woran habt ihr das gemerkt? Wie haben sie euch gezeigt, dass sie sich überlegen fühlten?«

Jörg Helberg grübelte. Es sah aus, als wolle er etwas erzählen. Doch dann sagte er nur: »So direkt fällt mir dazu nichts ein. War wohl mehr so ein Gefühl.«

Der Ortsbrandmeister verheimlichte ihr etwas. Das Beobachten der Körpersprache war Anna durch die Therapieausbildung in Fleisch und Blut übergegangen. Jörg Helbergs Augen kreisten hin und her, er vermied, sie anzuschauen. Er sprach mit leicht erhöhter Tonlage und zeigte Übersprungshandlungen, nestelte sich am Hemdkragen, kratzte sich am Arm. Deutlicher konnte er kaum zeigen, dass er etwas zu verbergen hatte.

»Sonst nichts?«

Jörg Helberg schwieg. Welche Erinnerung verunsicherte ihn so? Was verschwieg er? Jetzt schob er sein Bierglas grundlos etwas nach links und starrte stumm auf den Tisch. Weitere Fragen waren sinnlos. Jörg Helberg war nicht bereit, mehr zu erzählen. Anna merkte: Sie hatte nicht die richtigen Signalworte, die passende Ausgangserzählung gefunden, um ihn zum Reden zu bringen.

Die Stammtischfreunde trafen ein, und das kurze Zeitfenster, mehr zu erfahren, war für diesen Abend verstrichen. Joe, Fredy und der Neue am Stammtisch, Arnd, packten Spielkarten aus. Markus Ernsting, der Fünfte im Bunde, hatte sich krankgemeldet, so ergab sich die Gelegenheit für eine Skatrunde zu viert. Anna versuchte, sich auf die Arbeit zu konzentrieren. Doch ihre Aufmerksamkeit kehrte immer wieder zurück zu Jörg, der jetzt in bester Laune Skat spielte, als habe es das Gespräch davor nicht gegeben.

Flora blieb in ihrem Wohnzimmer und suchte sich einen Frauennamen von der Klassenliste für eine Kontaktaufnahme aus. Sie wählte Katharina Ostendorp, die 2013 zum Organisationsteam des Klassentreffens gehörte, wie die Liste preisgab. Katharina war mit Helene bei *Facebook* befreundet, vielleicht lag ihr etwas an der Schulfreundin und sie würde der Nichte Auskunft geben.

Eine gute Wahl. Die Schulkameradin der Mordopfer blockte nicht gleich ab. Sie hatte seit dem ersten Blogbeitrag zu den verschwundenen Frauen auf aller-lei-online.de die Geschichte verfolgt.

»Ohne Sie und den Artikel wären die Ladies gar nicht entdeckt worden, oder?«

»Ja, ich hab wohl den Stein ins Rollen gebracht.« Flora bestätigte die Vermutung, Katharina Ostendorp erzählte weiter.

»Ich hab den Link in unserer *WhatsApp*-Gruppe rumgeschickt. Da wurde zuerst noch gelästert, die drei hätten sich wohl gemeinsam abgesetzt.«

Schnell ging Helenes Klassenkameradin im Gespräch zum Du über.

»Weißt du, ich denke in den letzten Tagen auch kaum noch

an etwas anderes. Es ist gut, mit dir drüber zu reden. Du kennst ganz andere Hintergründe als ich.«

Nach einer knappen Stunde Telefonat wusste Flora deutlich mehr darüber, wie das Klassentreffen 2013 in einem Restaurant in Schwarmstedt abgelaufen war.

»Meinst du, unser Treffen hat etwas mit den Morden zu tun?« Katharina Ostendorp beschäftigte diese Frage.

33 Männer und Frauen hatten sich getroffen. Nur drei von 36 ehemaligen Schülerinnen und Schülern der Klasse blieben fern.

Eine Klassenkameradin war kurzfristig erkrankt, erinnerte sich Katharina: »Norovirus, hoch ansteckend. Gut, dass sie sich nicht zum Treffen geschleppt hat. Sonst hätten wir wohl alle die nächsten Tage auf dem Klo verbracht.«

Ein anderer, der ehemals Klassenbeste, Hans Steppanek, war gleich nach seinem Schulabschluss weggezogen, weil die geschiedene Mutter einen neuen Mann kennengelernt hatte. Keiner pflegte mehr Kontakt zu »Hänschen«, der zu Schulzeiten ein stiller schüchterner Junge war.

»Der war nur zwei Jahre bei uns in der Klasse, ein kleines dünnes Bürschchen«, sagte Katharina Ostendorp. »Den würde ich nicht wiedererkennen, wenn er vor mir stünde.«

Die dritte fehlende Mitschülerin war 2008 an Krebs gestorben: »Darum gab es kein Treffen zum 25. Schulabschlussjubiläum. Jutta Levin wollte es organisieren, doch dann kam der Brustkrebs wieder. Ganz traurige Geschichte, Jutta war so eine tolle Frau.«

Levin? Flora dachte automatisch an Fredy, ihren Werbekunden vom Stammtisch der einsamen Fremden, Carstens Kumpel in Sachen Ahnenforschungsliteratur. Er war ebenfalls Witwer. Ein Zufall?

Katharina Ostendorp erinnerte sich nicht, ob Jutta mit einem Mann namens Fredy verheiratet war: »Wir waren ja nicht alle dicke Freunde damals. Von den meisten aus der Klasse weiß man heute kaum mehr etwas.«

Hänschen Steppanek und die verstorbene Jutta Levin standen als Einzige nicht auf der Klassenliste, die 2013 herumgemailt wurde. Alle Genannten waren mit der Speicherung und Weitergabe ihrer Kontaktadressen einverstanden – so stand es ausdrücklich am Ende der Liste.

Das Klassentreffen war, nach Katharina Ostendorps Ansicht, harmonisch verlaufen. »Streit gab es nicht. Zumindest hab ich nichts davon mitbekommen, wenn sich doch welche gestritten haben. Zuerst haben wir alle gemeinsam in einem eigens dafür gebuchten Raum gesessen und vom Büfett gegessen. Dann gab es die üblichen Grüppchen, und die Ladies haben sich zu dritt in die Gaststube zurückgezogen.«

Katharina Ostendorp erinnerte sich an ihren Eindruck, dass die ehemals besten Freundinnen erst wieder miteinander warm werden mussten.

»Es hat wohl auch keinen gestört, als die sich abgesetzt haben. Komisch, gerade die Jungs haben die drei irgendwie schief angeguckt. Dabei waren doch alle in der Schulzeit in Helene verknallt. Naja, vielleicht deswegen – ist ja keiner zum Zug gekommen. Helene hatte nur Augen für deinen Onkel damals.«

Flora tippte eine Notiz »Alle Männer ärgerlich?« in ihr Notizprogramm und hakte nach. Doch Katharina Ostendorp konnte ihre Beobachtung nicht konkretisieren: »Das war nur so ein Gefühl. Und es ist ja auch schon sechs Jahre her.«

Sie hatte ihrerseits in einer gemütlichen Runde den Abend verbracht und sich wenig mit den Ladies unterhalten, die in der Gaststube unter sich blieben und mit steigendem Alkoholkonsum immer lauter lachten.

»Wer hat eigentlich damals den Begriff *Ladies* erfunden?«, fragte Flora.

»Die haben sich selbst so bezeichnet. Smarty, Sporty und Beauty und als Sammelbegriff Ladies. Als die *Spice Girls* aufkamen und sich auch solche Beinamen gaben, hab ich immer gegrinst und gedacht, dass unsere Ladies damit viel eher dran waren.«

Spice Girls? War das nicht eine Girlgroup? Während sie mit dem Headset telefonierte, googelte Flora die Gruppe. Okay, eine Sporty gab es da und ein paar andere alberne Spitznamen. Nichts, was für den Fall relevant war.

Doch das Datum der *Spice-Girls*-Gründung brachte ihr ins Bewusstsein, warum die Klassenkameraden kaum in Kontakt geblieben waren. 1994 – mehr als zehn Jahre nach dem Schulabschluss von Helenes Klasse. Keine Smartphones, kein Internet, kein Social Media. Flora fragte sich, wie man damals überhaupt Gruppenevents organisierte. Per Briefpost?

Sie bedankte sich bei Katharina Ostendorp und versicherte ihr, dass sie im Blog nicht namentlich genannt würde. Die Polizei hatte die Mitschülerin gebeten, nicht mit der Presse über das Klassentreffen zu reden. Flora fluchte im Stillen. Die Beamten vernahmen die Klassenkameraden längst, und nichts davon drang zur Presse vor. Doch mit einer Information war sie der Polizei sicher voraus: Jutta Levin, deren Name nicht auf der Klassenliste stand! Wenn das Fredys Frau war, dann gab es einen Anknüpfungspunkt – und einen weiteren Bekannten, bei dem sie sich wunderte, warum er mit niemandem von der Familie Blume darüber gesprochen hatte, seit der Blogartikel online war.

Mit ihrem neuen Wissen betrat Flora die Gaststube, huschte unauffällig an den Familientisch und beobachtete von dort aus die Stammtischrunde.

»Du gehst jetzt nicht zu denen an den Tisch«, flüsterte Anna im Vorbeigehen. »Das sind unsere Gäste, und die haben ein Recht darauf, unbehelligt ihr Feierabendbier zu trinken.«

Flora blieb still bei ihrem Großvater sitzen und freute sich, dass er in seine Ahnenforschungsunterlagen vertieft war. So hörte sie zumindest teilweise, was am Stammtisch gesprochen wurde. Es war Carstens erster Versuch seit Wochen, wieder einen Abend im Restaurant zu verbringen, in der Hoffnung, dass die Schaulustigen sich verzogen hatten.

»Sie war ja wirklich eine besonders schöne Frau«, hörte Flora Fredy Levin sagen. Jörg Helberg blieb still und starrte sein Bierglas an. Joe Gades Antwort ging im Klappern der Gläser unter, die Anna hinter dem Tresen spülte. Arnd, der Lehrer, der erst seit Kurzem in Schwarmstedt wohnte, wurde rot im Gesicht und stellte seine Tasse etwas zu kräftig ab. Eindeutig, sie redeten über Helene. Warum bekam Arnd Vogelsang dabei rote Wangen? Eine Reaktion auf Joes Spruch, den sie nicht verstanden hatte?

Egal, wie ihre Familie dazu stand – Flora beschloss, sich Fredy und Jörg in direkten Gesprächen vorzuknöpfen. Vielleicht mit Unterstützung von Joe? Er nahm den Fall persönlich, denn es war sein Jagdrevier, das die Polizei aufgegraben hatte, durchwühlt und abgesperrt: »Wenn ich euch irgendwie helfen kann, den Verbrecher zu schnappen, ich tu's.« Das versicherte er ihr bei jedem Tankstellenbesuch. Sie würde ihn beim Wort nehmen.

Flora wandte sich ihrem Großvater zu: »Der Wald, also der mit den Leichen, der hat doch früher mal euch gehört?«

Carsten Blume sah von seinen Ahnentafeln auf. »Ja, klar, den hat Friedrich versoffen.« Er schaute erneut auf seine Unterlagen, doch Flora hakte nach. Es wurde Zeit, dass sie mehr über ihre ermordete Großtante erfuhr.

»Helenes Lebensgeschichte willst du hören? Muss das jetzt sein?«

»Komm, zier dich nicht, das interessiert mich wirklich.« Nach kurzem Nörgeln über die Störung schloss Carsten

Blume sein Ahnenforschungsprogramm, klappte den Rechner zu und erzählte.

Helene Hafermann verbrachte, genau wie er und sein Bruder Friedrich, ihre Kindheit auf dem Gutshof. Ihr Großvater war mit zwei kleinen Kindern und anderen Flüchtlingen nach dem Zweiten Weltkrieg aus Westpreußen gekommen und im Kutscherhaus einquartiert worden.

Die Familie Blume bot Arbeit in der Landwirtschaft und in der Gutsverwaltung, und so siedelten sich die Hafermanns fest auf dem Hof an. Einer der beiden Söhne zog später ins Ausland, doch Helenes Vater blieb, arbeitete beim Finanzamt in Walsrode und heiratete die Tochter einer befreundeten Familie, die ebenfalls aus Westpreußen stammte.

Das Kutscherhaus bewohnten die Hafermanns immer zur Miete, denn Blumes verkauften nicht, obwohl Helenes Eltern mehrfach darum baten.

»Grundbesitz kann man nur einmal verkaufen. Das kam für meine Eltern nicht infrage. Der Besitz musste zusammengehalten werden. Aber Hafermanns waren quasi unkündbar, das war Ehrensache.«

Die Flüchtlinge hatten die 1945 fast verfallene Kaschemme zu einem gepflegten Wohnhaus umgestaltet, eine gepflasterte Terrasse angebaut und einen geschmackvollen Garten angelegt. Carsten bewunderte als Kind die großen Gemüsebeete, die Helenes Mutter liebevoll pflegte.

»Mit Helene hatte ich wenig Berührungspunkte, ich war 14 Jahre älter und ging schon weg, als sie gerade mal sechs Jahre alt war.«

Carsten und sein Bruder standen sich nie nahe und lebten lange in verschiedenen Welten.

»Friedrich als ältester Sohn war von Kindheit an der designierte Hoferbe. Er wurde nie gefragt, ob er das wollte. Er hat sich in sein Schicksal gefügt, obwohl ihm wenig an der Landwirtschaft lag.«

Carsten war froh, mit 20 die Gegend zu verlassen.

»Ich wollte unbedingt nach Hannover, eine Großstadt mit Kneipen und Kultur. Das komplette Kontrastprogramm zum platten Land. Ich glaube, Friedrich hat mich beneidet und war immer etwas sauer auf mich, weil ich frei war, meinen Beruf zu wählen.«

Für Flora klangen die Erinnerungen ihres Großvaters aus den 70er-Jahren des vergangenen Jahrhunderts, als würde er über eine ferne Ära von Zwang und Reglementierung reden. Der Großonkel, der sich »in sein Schicksal fügte« und Landwirt wurde! Das klang nach einem unglücklichen Leben.

»Als wir schon dachten, Friedrich würde so was wie ein ewiger Junggeselle bleiben, kam die Einladung zur Verlobungsfeier. Ich konnte es gar nicht glauben, wen er sich geangelt hatte. Oder vielmehr – wer sich ihn geangelt hatte.«

Friedrich heiratete die Nachbarstochter, die fast 20 Jahre jünger war als er. Mit 20 wurde sie Helene Blume und zog vom kleinen Nebengebäude in das große Haupthaus. Ihre Eltern lebten bis zum Tod auf dem Gutshof. Das Kutscherhaus wurde nicht mehr vermietet, und Helene zog nach der Trennung von Friedrich 2014 dorthin zurück, wo noch die Möbel ihrer Eltern standen. Carsten verkaufte das Haus Anfang 2017 an Markus Ernsting, und das Hafermannsche Mobiliar stapelte sich seither mit Helenes Habseligkeiten im Gutshofkeller.

»Wir haben uns wirklich nicht oft gesehen«, beendete Carsten seine Erzählung. Flora versuchte, sich so viel wie möglich zu merken, denn hätte sie mitgeschrieben, wäre dem Großvater klar geworden, dass sie wieder für ihren Blog recherchierte.

»Helene hat als Kind mit ihren Freundinnen wahrscheinlich in dem Wald gespielt, in dem sie begraben wurden«, stellte sie fest.

Carsten bestätigte. »In dem Wäldchen haben wir alle gespielt. Damals war die Straße noch nicht so breit, es kamen viel weniger Autos und es war ungefährlich rüberzulaufen.«

»Warum kann mir eigentlich keiner so richtig sagen, was Helene für ein Mensch war?« Flora hatte in den letzten Wochen den Eindruck gewonnen, dass »schön« das einzige Attribut war, das für ihre Großtante verwendet wurde. Nichts, was geeignet war, sich das Wesen eines Menschen vorzustellen.

Carsten überlegte lange, um den Charakter seiner Schwägerin zu umschreiben.

»Um ehrlich zu sein, Helene war ziemlich langweilig. Oberflächlich noch dazu. Man schaute sie an und war erst mal beeindruckt. Doch wenn man mit ihr redete, dann kam irgendwie nichts. Ich glaube, Friedrich und Helene hatten sich nicht viel zu sagen.«

Flora stutzte. Langweilig war eine Charakterbezeichnung, die so gar nicht zu dem schillernden Bild passte, das man von ihrer Tante bekam, wenn man nur Fotos von ihr ansah.

»Und wieso haben die beiden sich getrennt, also Onkel Friedrich und Helene?«

Die Antwort war knapp, und Flora merkte, dass ihr Großvater die Lust am Erzählen verlor. Aus den Augenwinkeln schielte er schon wieder nach seinem Rechner mit den Ahnenforschungsunterlagen.

»Sie hat ihn betrogen. Aber frag mich nicht, mit wem. Friedrich hat es herausgefunden. Das hat ihn noch tiefer in den Suff getrieben. Sie hat sich dann einen Job in einer Boutique in Walsrode gesucht, und das war's. Aus der Trennung ist sie übrigens fast ohne Geld rausgegangen, es gab einen Ehevertrag. Und die Scheidung wurde erst amtlich, zwei

Wochen bevor Helene verschwand. Zu dem Zeitpunkt waren 26.330 Euro auf ihrem Konto.«

Die Hefter mit den Bankunterlagen! Flora erinnerte sich an Carstens Kellerfund.

»Eine Menge Geld. Woher kam das? Konntest du in den Kontoauszügen etwas finden?«

»Ja, 25.000 Euro waren wohl eine Abfindung von Friedrich. Die Überweisung kam von seinem Konto. Ich hab auch seine Kontoauszüge überprüft – das Geld stammte aus einer aufgelösten Lebensversicherung.«

»Und was ist mit dem Geld auf ihrem Konto passiert?«

Carsten Blume schaute seine Enkelin kritisch an. »Sag mal, du fragst jetzt aber privat und nicht für einen Artikel? Sonst sag ich dir hier gar nichts mehr.«

»Rein privat, Mensch, das interessiert einen doch!« Flora war ertappt und hoffte, überzeugend zu flunkern.

»Okay, es gibt nämlich ein Bankgeheimnis, und ich weiß das nur aus den Gesprächen mit Ziegler. Das Geld ist so gut wie weg. Aber nicht, weil jemand es abgehoben hat. Helene war tatsächlich bis zu diesem Monat krankenversichert, haftpflichtversichert und auch das *DRK* hat jedes Jahr den Mitgliedsbeitrag abgebucht. Dazu die Kontoführungsgebühren. Ende des Jahres wäre das Konto leer gewesen.«

»Muss sie dann nicht regelmäßig Post bekommen haben? Wohin ist die gegangen?«

Carsten nickte. »Gute Frage. Zu uns jedenfalls nicht.«

Ein wichtiger Ansatzpunkt! Aber: Flora, würde allein nichts dazu herausfinden. Carsten überließ die Klärung der Polizei. Die Aussicht, einen packenden Artikel über Helene Blume zu schreiben, schwand. Das Leben der Tante war erstaunlich unspektakulär.

Keine neue Backgroundstory – keine wieder ansteigenden Klickzahlen.

Außer, sie würde in Erfahrung bringen, mit wem Helene Friedrich betrogen hatte. War diese Information der Schlüssel zu allem? Und wenn ja: Wie passten ihre ehemaligen Schulfreundinnen in die Geschichte?

ER – 2014

Es war gar nicht so schwer, Helenes Freundschaft zu gewinnen. Ihr versoffener Mann hatte von einer Affäre erfahren und sie vor die Tür gesetzt. Er bot sich als Freund an, der ihr immer zuhörte. Manchmal vergaß er dabei, was sie ihm angetan hatte. Doch wenn er sie zum Lachen brachte, fühlte es sich an, als sei es gestern gewesen.

Mit jedem hellen Lachen wich ein Stück Leben aus ihm. Da stand er wieder. Nass und beschämt, ausgelacht von drei Mädchen, die ihn in ihre Falle gelockt hatten.

Jedes Mal, wenn sie lachte, hätte er seinen Plan gern sofort in die Tat umgesetzt.

Aber Helene war noch nicht an der Reihe.

2013, genau zu jener Zeit im Jahr, als es damals passierte, büßte Vivian.

2014 erhielt Corinna ihre Strafe. Helene durfte das Leben bis zum Sommer 2015 einige weitere Monate genießen, denn er hielt sich an seinen Plan, der dem Alltag Struktur gab und ihn ausfüllte.

Der Plan war schnell, sehr schnell, in seinem Kopf gereift, als er sie lachen hörte bei diesem Klassentreffen. Ihm war klar: Jetzt lachten sie wieder über ihn, tuschelten und erinnerten sich daran, wie er weinend von der Lichtung fortlief. Wie er sich auf sein Fahrrad schwang und tief in den Wald hineinfuhr, um am Wolfsstein, weit draußen in der Schotenheide, den Tränen freien Lauf zu lassen.

10.

Carsten Blume war besser informiert, als er gegenüber Anna und Flora zugab. Hartmut Ziegler briefte ihn regelmäßig telefonisch, ließ ihn Aussagen einschätzen und freute sich über Hintergrundinformationen. Die Kollegen aus Hannover hatten die Alibis aller männlichen Klassenkameraden Helenes für den 2. Juli 2013, als Vivian verschwand, und für die erste Juliwoche 2014, in der Corinna angeblich Selbstmord beging, überprüft. 16 Männer kramten nach Erinnerungen und Beweisen, wo sie sich vor Jahren in einem eingegrenzten Zeitraum aufgehalten hatten.

In Niedersachsen gab es 2013, in Vivians Todesjahr, früh,

schon ab 27. Juni, Sommerferien und das brachte gleich sieben Männern ein hieb- und stichfestes Alibi, denn sie waren mit ihren schulpflichtigen Kindern zum Tatzeitpunkt in Urlaub. 2014, in der Woche von Corinnas Verschwinden, begannen die Ferien später. Darum waren andere Klassenkameraden verreist – jene ohne Kinder im Schulalter. Keinen der Urlauber hatte es in dieser Zeit nach Norwegen verschlagen. Elf Männer fielen zunächst einmal aus der Liste der Verdächtigen.

Ein weiterer ehemaliger Schulkamerad kam nicht infrage, weil er sich zu dem Zeitpunkt, als Vivian Harms verschwand, einer Prostata-Operation in der Medizinischen Hochschule in Hannover unterzogen hatte. Hartmut Ziegler schloss auch Thomas Heuer aus, der im Rollstuhl saß, querschnittsgelähmt durch einen Autounfall vor vielen Jahren.

Für das Ermittlerteam des Landeskriminalamtes blieben drei Männer aus der Schulklasse übrig, die für keines der beiden eingegrenzten Zeitfenster 2013 und 2014 entlastet waren: Der Ortsbrandmeister von Ahlden, Jörg Helberg, gehörte dazu. Ohne Alibi waren zudem Helmut Weitze, ein Landwirt aus Eickeloh, und Silvio Vervene, dessen italienisches Restaurant in Hannover eine bekannte Adresse war.

Der leitende Ermittler nannte seinem pensionierten Kollegen die Namen und betonte, dass die Frauen aus der Klasse zunächst nicht als Täterinnen in Erwägung gezogen wurden. Serientäter dieser Art, das sagte Ziegler die Erfahrung, waren zu einem so hohen Prozentsatz Männer, dass man die Frauen als Verdächtige erst einmal vernachlässigen konnte.

Das Tableau an Tatverdächtigen irritierte Carsten Blume. Jörg Helberg – ein Mörder? Um sich dies vorzustellen, reichte seine Fantasie nicht.

Carsten Blume stand überdies vor einem anderen Problem. Hartmut Ziegler hatte angedeutet, dass Helenes Leiche in den nächsten Tagen freigegeben würde. Und er ging davon aus, dass es Sache der Familie war, sich mit der Bestattung zu befassen.

Offiziell bestand kein Verwandtschaftsverhältnis. Carsten war juristisch nicht zuständig. Horst Hafermann, Helenes Onkel, der vor ihrer Geburt ausgewandert war, erwies sich als unauffindbar. Sollte er die Behörden nach dem leiblichen Verwandten seiner Schwägerin suchen lassen? Dann würde es kompliziert, und die Beerdigung verschob sich für längere Zeit. Problematisch war zudem die Besitzfrage: Das Mobiliar und Helenes Hinterlassenschaften im Keller gehörten nicht der Familie Blume. Von Amts wegen müsste nach Erben gesucht werden, auch für die 800 Euro, die auf Helenes Konto bei der Volksbank lagen.

Bekannte aus den Dörfern fragten jetzt, wann die Beerdigung stattfinden würde. Sie setzten voraus, dass Helene in Bosse auf der Familiengrabstätte der Blumes ihre letzte Ruhe fand – dort, wo die Grabsteine ihrer Eltern und Großeltern standen. Carsten besuchte den Friedhof, der an diesem frühen Oktoberabend in weiches, freundliches Licht getaucht war, und blieb lange vor der alten Achter-Grabstelle mit ihrer immergrünen Hecke stehen. Die Gräber seiner und Helenes Eltern lagen sich gegenüber, getrennt durch einen Weg aus Natursteinplatten.

Ein Gedenkstein für einen Großonkel, der im Ersten Weltkrieg gefallen war, lehnte an einem Findling – Waldemar Narries, vermisst nach der Schlacht an der Somme 1916. Eingewachsen in Efeu erinnerte ein Grabstein an ein Kind – Carstens kleine Schwester, die er nie kennengelernt hatte: Sieglinde Blume, geboren am 1. März 1949, gestorben am 5. Oktober desselben Jahres. »Unser kleiner Engel« stand über dem Namen auf der Grabplatte. Es waren Menschen, um die geweint wurde, Todesfälle, die bei den Angehörigen lange Trauer auslösten. Von einem wuchernden Ilex umschlossen, stand neben der Grabstelle des Ehepaares Hafermann ein Gedenkstein für Helenes Großeltern, deren Gräber schon aufgelöst waren. Rechts von Friedrichs letzter Ruhestätte war ein freier Platz, auf dem ein rund geformter Buchsbaum wuchs.

Carsten Blume wusste, was mit Toten ohne Angehörige geschah, für die niemand die Bestattungskosten übernahm. Das Ordnungsamt der jeweiligen Kommune war dann zuständig. Keine Trauerfeier in der Kapelle, keine Trauerredner und oft außer dem Bestatter niemand, der dem Toten die letzte Ehre erwies. Carsten Blume hatte in seiner Dienstzeit zwei solcher schmucklosen Beerdigungen erlebt, an denen er als Leiter der Ermittlungen bei Tötungsdelikten teilnahm.

Zu Helenes Begräbnis kämen viele Menschen. Der Täter oder die Täterin konnte darunter sein. Carsten Blume entschied sich und beschloss, seine Schwägerin zumindest auf dem Friedhof wieder in die Familie aufzunehmen. Es gebot der Anstand, ihr einen Platz bei den Eltern zu schaffen und nicht auf der grünen Wiese, wie es die Bestattung durch das Ordnungsamt vorsah. Von Amts wegen zweifelte niemand an seiner Zuständigkeit für die Formalitäten und die Trauerfeier. Er nahm die Verantwortung an.

»Tja, Friedrich, nun kommt deine Helene doch zu dir«, murmelte er und beschloss, mit dem örtlichen Bestatter und der Friedhofsgärtnerei zu telefonieren. Die Kosten würde Carsten von seinem privaten Geld bezahlen. Das würde nicht billig, aber: wenn schon, denn schon. Er stellte sich vor, wie getuschelt würde, wenn Helene keine würdige Beerdigung bekam. Getuschel im Dorf, das war geschäftsschädigend für den *Rittersaal*. Carsten betrachtete die Grabstelle unter praktischen Gesichtspunkten. Zwei kleinere Koniferen und der Buchs waren im Weg. Man konnte sie vorsichtig entnehmen und einschlagen, bis sich die Erde soweit gesetzt hatte, sie wieder einzupflanzen.

Carsten schüttelte den Kopf darüber, dass er Helenes Beerdigung nur unter diesen praktischen Aspekten sah. Die kleine Sieglinde hatte so kurz gelebt, und es gab viele Menschen, die um sie weinten. Die oftmals bewunderte Helene lebte 48 Jahre, bis sie 2015 ermordet wurde. Es gab mit den Blumes eine Familie, die hinter dem Sarg hergehen würde – doch gab es irgendjemanden, der ehrlich um Helene Blume trauerte?

Nachdenklich verließ Carsten die Grabstelle. Langsam zum Eingang zurückschlendernd, sah er einen Mann, der nahe der Kapelle auf einer Bank saß und sich von den letzten Sonnenstrahlen wärmen ließ. Er erkannte seinen Freund Fredy Levin. Fast zehn Jahre nach dem Tod seiner Jutta verging kein Tag, ohne dass der Witwer Zeit am Grab der verstorbenen Frau verbrachte. Der Antiquar hatte ihn ebenfalls gesehen und winkte. War es nur ein Gruß, oder winkte Fredy ihn herbei? Carsten überlegte und entschied, nur freundlich zurückzugrüßen, um den Freund nicht in seiner stillen Andacht stören.

Er hätte Helene einen Menschen gewünscht, der später einmal an ihrem Grab verweilen und ihrer gedenken würde wie der trauernde Fredy Levin seiner Jutta.

*

Anna und Flora saßen im Garten an diesem Montag, dem Ruhetag des Restaurants. Die sieben Hotelzimmer waren zwar voll belegt, doch die Gäste nutzten den Park des Gutshofes nicht. Es waren Geschäftsleute, die den Seminarraum und die Zimmer komplett gebucht hatten und nur wenig Aufwand erzeugten. Um die Getränkebestellungen der abendlichen Workshopteilnehmer kümmerte sich eine Servicemitarbeiterin. Anna brauchte Zeit zum Verschnaufen nach den turbulenten beiden Wochen seit der Entdeckung der Leichen.

Eine Kanne Kaffee stand auf dem Tisch, eine Platte frischer Butterkuchen duftete verlockend. Flora hatte angedeutet, neue Erkenntnisse zu haben. Anna war einerseits mit ihrem Vater einer Meinung, dass die Aufklärungsarbeit der Todesfälle Sache der Polizei war. Andererseits …

»Irgendetwas haben die drei Frauen mit den Jungen aus der Klasse angestellt, dass alle Männer auch später noch ärgerlich auf sie waren. Und ich glaube, da liegt der Hase im Pfeffer.«

Flora lachte. »Mama, du hast manchmal so herrlich altmodische Ausdrücke drauf.«

»Hm, ich könnte auch sagen, das ist der Casus knacksus.«

Sogenannte Jugendsprache war nicht Floras Ding, aber es fiel ihr auf, dass die Eltern mit Redewendungen unterwegs waren, die sie automatisch mit einer älteren Generation verband. Der »Hase im Pfeffer« gehörte definitiv dazu.

»Nun aber zurück zu unserem Fall.« Anna hatte Lust zum Kombinieren und ausnahmsweise die Zeit dafür.

»Ich hab mit einigen Frauen aus Helenes Klasse telefoniert und immer dasselbe gehört.« Flora berichtete.

»Die Ladies, naja, das war eben eine eingeschworene Clique. Den Frauen aus der Klasse waren sie nicht unsympathisch. Katharina Ostendorp will auch zu Helenes Beerdigung kommen.«

Eine andere Schulkameradin berichtete, dass sie Helene bald nach dem Klassentreffen mit einem gut aussehenden großen Mann Arm in Arm in Walsrode gesehen hatte. »Ein lässiger dunkelhaariger Typ. Mehr so im Alter der Ladies, hat die Klassenkameradin gesagt.«

»Okay, das müssen wir im Auge behalten.« Anna zweifelte daran, dass der Name des Täters auf der Klassenliste von 2013 stand.

»Was ist mit den damaligen Lehrern? Mit Männern aus Parallelklassen? Ja, dieses Klassentreffen als Ankerpunkt, das ist schon eigenartig. Aber wenn die drei Frauen mit den Männern ihrer Klasse etwas angestellt hatten, das sie noch immer verärgert, können sie dasselbe auch mit anderen gemacht haben.«

Das Klassentreffen in Schwarmstedt fand in einem Restaurant statt, in dem sich an diesem Tag weitere Gäste aufhielten. Anna hatte mit den Restaurantbesitzern telefoniert und erfahren: »Helenes Klasse saß in einem Veranstaltungsraum, in der vorderen Gaststube war ganz normaler Abendbetrieb.«

Jeder, meinte Anna, hätte die Ladies dort sehen und einen alten Hass aufflammen lassen können. Carsten Blume kam in den Garten und hörte, worüber Tochter und Enkelin redeten. Er setzte einen vorwurfsvollen Blick auf.

»Papa, du wirst uns jetzt nicht wieder erzählen, dass alles Sache der Polizei ist und wir uns raushalten sollen«, sagte Anna konsequent. »Diese ganze Geschichte hat uns wie ein Tsunami überrollt. Es wäre unnatürlich und auch ungesund, wenn wir unsere eigenen Gedanken dazu unterdrücken …«

»Psychologinnengeschwätz«, kommentierte Carsten grinsend und handelte sich einen empörten Blick seiner Tochter ein.

Er erzählte von seinen Plänen für Helenes Beerdigung und dass er bei Fredys Anblick einen bedrückenden Kontrast gespürt hatte.

»Um Jutta trauert jemand noch zehn Jahre später, nach Helene hat seit 2015 niemand mehr gefragt.«

»Ha, ich wusste es. Jutta Levin. Auch eine Klassenkameradin von Helene!« Flora freute sich, zutreffend kombiniert zu haben.

»Was? Die stand nicht auf der Klassenliste!« Carsten winkte ab.

»Nein, stand sie nicht. Weil nur diejenigen darauf standen, die 2013 noch lebten und sich zurückgemeldet hatten. Es fehlen ein Junge namens Hans und diese Jutta, weil sie 2013 schon tot war.« Flora war zufrieden, dem Großvater in dieser Hinsicht voraus zu sein. Und es fiel ihr etwas auf. »Woher kennst du eigentlich die Klassenliste? Von mir nicht …«

Carsten Blume merkte, dass er ertappt war.

»Von Ziegler, er hat sich mit mir darüber unterhalten, auch weil er wissen wollte, wen davon ich kenne. Aber ehrlich, ich glaube, er hat sich nicht gefragt, ob es außer den Leuten auf der Liste noch andere Klassenmitglieder gab. Das waren ja schon 33 Namen, so große Klassen gibt es heute längst nicht mehr.«

Anna nickte ihrer Tochter zu und wandte sich an ihren Vater: »Vielleicht doch ganz gut, wenn du mit uns abstimmst, was du weißt?«

Carsten lehnte sich zurück und verschränkte die Arme vor dem Körper. Er räusperte sich und schien einen Moment zu überlegen.

»Okay, ich weiß nicht viel mehr als ihr, aber eines solltet ihr bedenken. Ziegler hat Jörg Helberg auf dem Schirm, denn er hat als einer von nur drei Männern keinerlei Alibi für die Zeit, als Corinna Stadler und Vivian Harms verschwanden. Wir sollten also keine Vermutungen mit Jörg teilen, solang er nicht entlastet ist.«

Diese Info musste Anna erstmal verdauen. Der nette Jörg. Sein Verhalten war ihr zwar komisch vorgekommen, aber der ehrenwerte Ortsbrandmeister war doch kein Mörder!

Flora grübelte. Wie konnte sie ihren Großvater überzeugen, ihr die anderen beiden Namen der verdächtigen Schulkameraden zu nennen?

»Okay, Opa, Deal. Ich sage dir immer sofort, was ich herausfinde, und schreibe nichts im Blog, ohne es mit dir abzusprechen. Dafür verrätst du mir, wer außer Jörg noch verdächtigt wird. Sonst rufe ich noch aus Versehen bei einem von beiden an. Ich überlege, die Liste mal abzutelefonieren …«

»Flora, du rufst da nicht an!«, unterbrach Carsten.

»Wenn du mir sagst, bei wem ich nicht anrufen soll, dann lasse ich es.«

Wer würde das Gefecht gewinnen? Anna war überrascht über den Vorschlag ihrer Tochter und schaute gespannt von ihr zum Vater.

»Helmut Weitze und Silvio Vervene«, murmelte Carsten, stand auf und verließ den Garten, ohne sich umzuschauen.

»So geht Journalismus.« Flora lehnte sich zufrieden zurück.

»Nee, so geht Angst um die Enkeltochter. Er will nicht, dass du dich in Gefahr bringst. Nur darum kennst du jetzt die Namen.«

Das saß. Jetzt war es Flora unangenehm, den Großvater emotional erpresst zu haben. Doch die neue Information war wertvoll genug, um ihre Gedanken schnell in eine positive Richtung zu lenken: Sie war den Medienkollegen erneut einen Schritt voraus.

11.

Diese Hartnäckigkeit! Carsten Blume ärgerte und amüsierte sich gleichzeitig über Flora, die ihm Informationen
entlockt hatte. Doch an seinem Schreibtisch wurde er sofort
von einem anderen Thema abgelenkt. Ausgedruckte Notizen zum Fall Corinna Stadler lagen vor ihm. Seit die Leichen der Frauen gefunden wurden, ließ es ihm keine Ruhe:
Was hatte er damals übersehen? Obwohl viele Fragen offen
waren, hakte er 2014 den Fall ab. Hatte er versagt? Er war der
leitende Ermittler gewesen. Hätte er den Täter, der Corinna
Stadler umgebracht hatte, gefasst, würde seine Schwägerin
noch leben. Carsten Blume teilte diesen Gedanken nicht mit
der Familie. Damit musste er allein klarkommen.

Die Buchhändlerin war im Frühsommer 2014 zu einer
Studienreise nach Norwegen aufgebrochen und nicht wieder zurückgekehrt.

Carsten Blume überflog die ausgedruckten Fakten und
öffnete den dazugehörigen Bilderordner auf dem Rechner.
Er scrollte durch eine Fülle von Fotos aus Corinna Stadlers Wohnung, las eingescannte handschriftliche Notizen von
Telefonaten mit potenziellen Zeugen.

Sie hatte eine Zugfahrt geplant und ihrer Geschäftspartnerin davon erzählt. Doch es fand sich keine Platzreservie-
rung auf ihren Namen. In den gebuchten Hotels war sie nie
angekommen.

Stattdessen entdeckten Touristen ihren Wanderrucksack
an einem frühen Morgen am Fuß des Preikestolens auf einer
Bank. Neben der Tasche lag ihr Handy.

Die Urlauber gaben beides in der nächsten Polizeistation
ab, mit genauer Schilderung des Fundortes. Die norwegische

Polizei versandte ein Anschreiben an die Privatadresse auf Corinna Stadlers Visitenkarten und eine Notiz an die nächstgelegene Polizeidienststelle. Routinemäßig wurde kontrolliert, ob jemand die Gegenstände gestohlen gemeldet hatte. Das war nicht der Fall, und so wurde in Hannover nur ein kurzer Aktenvermerk angefertigt.

Das Umfeld des Preikestolens wurde nach Hinweisen auf einen Selbstmord abgesucht, denn in den Vorjahren gab es schon Suizide an der norwegischen Touristenattraktion. Die steinerne Plattform hoch über dem Lysefjord und das Gelände am Fuß der Felsformationen boten keine Hinweise darauf, dass sich erneut jemand aus dem Leben gestürzt hatte.

Die beiden Urlaubswochen waren vorüber. Die Geschäftspartnerin Sonja von Zerst rechnete jeden Tag mit der Rückkunft ihrer Kollegin und ärgerte sich, dass ihre Anrufe nicht angenommen wurden. Eine weitere Woche verging, und sie fing an, sich ernsthaft zu sorgen. Corinnas letzte Mail, abgesandt angeblich während der Zugfahrt in den Urlaub, hatte sachliche Antworten auf Fragen zu Buchbestellungen enthalten – und ein irritierendes Ende.

»Du weißt, wie die Buchhandlung in meinem Sinn weitergeführt werden soll«, war der letzte Satz.

Sonja von Zerst sprach eines Tages Carsten Blume an, der nach Büchern für den Feierabend stöberte. Corinna Stadler war zu diesem Zeitpunkt zwei Wochen überfällig.

Niemand sonst schien sich zu sorgen. Von ihrer langjährigen Lebensgefährtin lebte die Buchhändlerin seit einiger Zeit getrennt. Mit ihren Eltern hatte sie sich früh überworfen, weil diese ihre Liebe zu einer Frau nicht akzeptierten. Nun wohnten die alten Stadlers in einer Seniorenresidenz in Schwarmstedt, ohne Kontakt zur Tochter. Corinnas weitere Freundschaften waren zu unverbindlich, als dass die Freunde den genauen Termin ihrer Rückkehr gekannt hätten.

Carsten Blume erinnerte sich, Sonja von Zerst zunächst beruhigt zu haben. Corinna habe sicher nur den Urlaub verlängert und würde bald frisch und munter wieder auftauchen. Doch dann fand er die Nachricht der norwegischen Kollegen. Wochen später, die Vermisstenmeldung war mittlerweile offiziell, suchte er im Haus der Verschwundenen nach möglichen Anhaltspunkten und entdeckte im Computer Textdokumente, die wie Entwürfe zu Abschiedsbriefen klangen.

All diese Hinweise wirkten ein wenig zu dick aufgetragen. Nur widerstrebend hatte er die vordergründige Logik eines Suizids akzeptiert.

Er stellte sich vor, wie Corinna Stadler ihre Tasche am Fuß der Klippe abgestellt und das Handy daneben gelegt hatte. Es passte überhaupt nicht zu dem Bild, das er von ihr hatte, dass sie den langen Weg hinauf zur Plattform wanderte, um sich 604 Meter tief in den Lysefjord hinabzustürzen. War Corinna Stadlers lebensfrohes Lächeln, ihre vitale Energie, nur eine Fassade, hinter der sich Traurigkeit und Lebensmüdigkeit verbargen? Carsten Blume zweifelte 2014 daran. Heute wusste er: Die Zweifel waren gerechtfertigt.

Alle Zeugenaufrufe in der norwegischen Provinz blieben erfolglos. Niemand erinnerte sich an Corinna Stadler. Sie war wie vom Erdboden verschwunden.

Er entdeckte keine Ermittlungsfehler, nichts, was sich heute anders interpretieren ließ. Hastig scrollte er weiter durch die Bilder. Moment, was war das? Ein Foto der Handtasche, inmitten der Gegenstände, die sich darin befunden hatten. Doch der Tascheninhalt war irrelevant. Es war die Tasche selbst, eine große Umhängetasche aus grauem Leder, an der er ein Detail entdeckte, das ihm 2014 entgangen war. Oben links auf der Ledertasche prangte in Schwarz das Abbild einer Tatze.

Es war derselbe Aufkleber wie auf dem Deckel der Geocache-Holzkiste, eine Wolfspfote. Carsten Blume grübelte, doch er erinnerte sich nicht, an das Motiv der Tatze auf grauem Leder 2014 einen Gedanken verschwendet zu haben.

Heute bekam es eine andere Bedeutung. Der stilisierte Pfotenabdruck auf der Tasche war kein Zufall. Carsten Blume googelte und fand schnell, dass es Markenaufkleber mit der Tatze im Onlinehandel gab. Was sagte es über den Täter aus, wenn er dieses Motiv hinterließ? Inszenierte er sich als sprichwörtlicher »einsamer Wolf«?

Niemand aus dem Ermittlerteam hatte 2014 das Umfeld von Corinna Stadler nach Auffälligkeiten an der Tasche befragt. Ein unbeachtetes Detail. Für Carsten Blume war diese Kleinigkeit ein Zeichen, dass es Hinweise gab, die nicht genug verfolgt wurden.

Kleine Ermittlungsfehler konnten große Folgen haben – in diesem Fall den Mord an seiner eigenen Schwägerin. Er hatte den Tod Corinna Stadlers zu früh zu den Akten gelegt.

Wütend hieb er mit der Faust auf den Schreibtisch. War Helenes Tod seine Schuld?

*

Hartmut Ziegler nahm den neuen Ansatz ernst und zeigte bei seiner Pressekonferenz zehn Tage nach den Leichenfunden einen bildgleichen Aufkleber. Der LKA-Mann traf die Presse im Seminarraum des Gutshofes, und das Interesse der Medien war groß. Mit der Untersuchung der Leichen hatte sich die Rechtsmedizin Zeit gelassen. »Cold Cases« standen auf der Arbeitsagenda hintenan. Echte Ermittlungsfortschritte gab es nicht. Doch das Waldstück sollte wieder für die Öffentlichkeit freigegeben werden.

Flora nutzte die Chance, mit den frühzeitig angereisten Kollegen von verschiedenen Sendern und Zeitungen ins Gespräch zu kommen. Solche Kontakte waren beruflich wichtig. Floras eigener Auftraggeber, die *HAZ*, hatte einen Fotografen aus Hannover geschickt. Der Artikel war ihre Aufgabe. Sie war im ernst zu nehmenden Journalismus angekommen, eine Kollegin unter Profis. Flora genoss es.

Ein Kameramann suchte die beste Position für seinen Dreh, eine Radioreporterin testete ihr Aufnahmegerät.

Der Fotograf, der Katrin am Krankenwagen abgelichtet hatte, lümmelte sich breitbeinig auf einem Stuhl und erntete einen kritischen Blick von Flora.

Die wichtigste Neuigkeit bestand in der Bekanntgabe des abschließenden Ergebnisses der Rechtsmedizin.

»Bei Helene Blume wie auch bei Corinna Stadler wurde eine Larynxfraktur, ein Bruch des Kehlkopfes, festgestellt, was auf einen Tod durch Erdrosseln hinweist. Bei Vivian Harms wurde ein Zungenbeinbruch gefunden. Dies verstärkt die Vermutung, dass alle drei Frauen auf dieselbe Art ermordet wurden.«

Hartmut Ziegler referierte seine Informationen. Fragen waren erst im Anschluss zugelassen. Doch ein Reporter wagte einen Zwischenruf: »Wie muss man sich das vorstellen: Waren die Frauen noch zu erkennen, oder brauchten Sie DNA-Abgleiche?«

Flora schüttelte sich. Das war eine legitime Frage, aber bei der Antwort hätte sie am liebsten weggehört. Hartmut Ziegler blieb gelassen.

»Die Leichen wiesen einen verhältnismäßig guten Erhaltungszustand auf, da sie in stabilen, bisher nicht zersetzten Plastiksäcken im Wald begraben wurden«, erzählte der Hauptkommissar. Die Frauen waren voll bekleidet, und nichts deutete auf eine Sexualstraftat vor ihrem Tod hin.

»Selbstverständlich erfolgte die Identifizierung der Opfer mit einem DNA-Abgleich, beziehungsweise, im Fall von Frau Blume, einem Zahnstatusabgleich.«

»Fingerabdrücke waren also nicht mehr möglich? Die Fingerkuppen waren schon … nicht mehr da?« Erneut ein Zwischenruf des Reporters.

Der Kollege plante scheinbar ein Horrorstück mit Leichenbeschreibung. Flora war erleichtert, dass Hartmut Ziegler nicht darauf einging.

Stattdessen zeigte er einen Plastiksack und ließ sich damit fotografieren. In produktionsgleichen Säcken hatten sie die Frauen gefunden.

Heute sei es ein Kinderspiel, solche sogenannten Flachsäcke online zu bestellen, erläuterte er. Es handle sich um ein handelsübliches Fabrikat, das bei Onlineshops im In- und Ausland verfügbar sei. Der Täter verwendete dreimal das gleiche Produkt. »Die Wahrscheinlichkeit, ihn dadurch zu überführen, wäre früher größer gewesen. Doch wir wollen nichts unversucht lassen.«

»Was ist mit den Fingerabdrücken auf den Geocaches und den Logbüchern?«, fragte eine Reporterin der *Walsroder Zeitung*.

»Massenhaft Fingerabdrücke. Und zwar massenhaft unterschiedliche Fingerabdrücke, übereinander, nebeneinander. Natürlich werden wir diese mit Verdächtigen abgleichen, aber es gibt da wenig Hoffnung«, kommentierte Ziegler. »Das sind Abdrücke von den Geocachern.«

»Sie haben also Verdächtige? Stehen sie auf dieser Liste?« Ein Journalist einer großen Boulevardtageszeitung hielt die Klassenliste in die Höhe.

Hauptkommissar Zieglers Blick verengte sich.

»Keine Ahnung, woher Sie diese Liste haben und wer da draufsteht, aber ich werde mich nicht dazu äußern«, sagte er knapp.

Flora ärgerte sich. Sie war nicht allein im Besitz der Klassenliste. Ob der Schreiber vom Blatt mit den vier großen

Buchstaben schon bei den Klassenkameraden herumschnüffelte? Flora war, im Gegensatz zu den Kollegen, an ein Versprechen gebunden, davon keinen Gebrauch in ihren Artikeln zu machen.

Daran würde sie sich halten, denn sie hatte es nicht irgendjemand Fremdem versprochen, sondern ihrem Großvater. Und der lehnte sich schon weit aus dem Fenster, wenn er ihr die Verdächtigen von der Liste nannte.

Ziegler hielt nun einen Aufkleber in die Höhe, der eine Wolfstatze zeigte. Dreimal im Zusammenhang mit den Fällen sei dieses Indiz aufgetaucht. Ein Raunen ging durch die Reihen.

Dreimal? Flora wusste nur vom Holzkästchen und Corinna Stadlers Handtasche. Ihr Großvater hatte sie erst am Abend zuvor mit der Information überrascht, dass die wenig beachtete Tatze aus dem Kästchen 2014 schon einmal gesichtet wurde. Hartmut Ziegler erläuterte das Indiz, bevor sie fragen musste. Die Geocache-Dose oben im Baum, die erst von der Polizei geborgen wurde, war ebenfalls mit diesem Motiv beklebt.

»Ein Wolf, der drei Frauen reißt«, murmelte jemand hinter Flora.

Hartmut Ziegler beendete seine Ausführungen und lud die Presse zu einer Begehung des Leichenfundortes ein.

Bei diesem Rundgang durch das Wäldchen kamen die Fotografen und Kamerateams zu ihren Bildern. Flora brauchte diese Fotos nicht, doch sie begleitete den Tross und beobachtete die Szenerie.

Der Wald zeigte sich von seiner schönsten Seite. Die Blätter der kapitalen Buche, unter der die Leichen gelegen hatten, schillerten in bunten Herbstfarben. Und im aufgewühlten Boden, dem man ansah, dass er wieder und wieder durchkämmt worden war, wuchsen trotzig einige stattliche Maronenpilze.

Ein Kameramann legte sich bäuchlings auf den Waldboden und filmte, während Kollegen zwischen Pilzen und Buche entlanggingen. Flora stellte sich die Szene in einem Fernsehbericht vor.

Ob die Pilzsucher der letzten Jahre Maronenröhrlinge direkt vom Grab einer der Ladies gesucht und verzehrt hatten?

Flora schluckte und unterdrückte ein Würgen. Ihr Vater Michael Kamphusen suchte im Herbst leidenschaftlich gern Maronen und Steinpilze und zauberte für die Familie die leckersten Gerichte daraus. Nein, sie würde ihn nicht fragen, ob er genau hier …

Zum Schluss der Waldbegehung kam Joe Gade dazu und erläuterte, dass er als Jagdpächter das Waldgebiet erneut einzäunen würde.

»Der Wald muss sich erholen, und außerdem möchte ich nicht, dass sich jemand in Gefahr begibt. In den letzten Tagen waren sogar nachts Schaulustige mit Taschenlampen im Wald und sind über die Absperrungen geklettert«, erklärte er mit finsterer Miene.

»Wir haben eine Menge Wildschweine in dieser Gegend. Machen Sie bitte jetzt alle Bilder, die Sie benötigen. Danach wird dieses Waldstück auf unabsehbare Zeit nicht mehr zugänglich sein. Ich habe auch die Genehmigung, das Betretungsverbot mit Kameras zu kontrollieren.«

Die Fotografen schwärmten aus, um jeden Winkel des Wäldchens abzulichten. Flora schlenderte zu Hartmut Ziegler, der gerade weitere Fragen zum Aussehen der Leichen unwirsch abwehrte. Der Reporter ließ nicht nach.

»Herr Ziegler, Sie haben vorhin den dritten Cache erwähnt. Haben Sie auch diesen Bonus ausgerechnet und festgestellt, wo die Dose mit dem Fragezeichen liegt? Die sogenannte ›Schande‹?«

Der Hauptkommissar nickte. »Natürlich, Sie kennen den Ort vielleicht. Die vierte Dose lag am Wolfsstein, ein paar Kilometer nördlich von hier im Wald. Das ist ein Gedenkstein für einen Jäger, der einen Wolf getötet hat. Die Dose haben wir allerdings mitgenommen. Suchen müssen Sie da nicht mehr.«

»Wolfsstein?« Der »Leichenfledderer«, wie Flora den Reporter mit den unappetitlichen Zwischenrufen insgeheim nannte, war wieder nähergekommen.

»Diese Tatzenaufkleber vorhin und nun ein Geocache des Täters an einem Wolfsstein. Was sagen Sie zu der Symbolik?«

Die Presseleute bildeten jetzt einen Pulk um den Leiter der Ermittlungen.

»Glauben Sie, dass Sie den Aller-Wolf fassen können?« Ein Fernsehmikrofon wurde an Flora vorbei zu Ziegler gestreckt.

»Aller-Wolf. Sie haben Fantasie. Aber um ihre Frage zu beantworten: Wir befinden uns noch am Anfang der Ermittlungen und werden Sie erneut informieren, sobald sich weitergehende Fahndungsergebnisse zeigen.«

Da war er wieder, dieser Satz, mit dem Ziegler klarmachte, dass es genug war mit ihren Fragen.

»Na, dann auf zu diesem Wolfsstein.« Die Fernsehreporterin wandte sich vom Hauptkommissar ab. Das Team ihres Regionalmagazins packte am Waldrand sein Equipment zusammen.

»Du kommst doch von hier, führst du uns hin?« Die Kamerafrau sah Flora auffordernd an.

»Ne, sorry, hab zu tun.« Sie sah gar nicht ein, die Reiseleitung für Reporter zu spielen, die ihr dann mit der Berichterstattung zuvorkämen. Der Fernsehbeitrag sollte schon abends laufen. Flora hatte genügend ältere Aufnahmen vom Wolfsstein für eine kurze Reportage zur Veröffentlichung am Nachmittag. Erste sein, war ihr in diesem Fall wichtig, ein Klickvorsprung war Gold wert.

Flora trat zu Joe und flüsterte ihm etwas zu.

Er nickte, sprach leise und klopfte ihr auf die Schulter.

Zufrieden verließ sie den Wald, denn er hatte gesagt, dass sein Betretungsverbot des Wäldchens für sie nicht gelte und sie jederzeit zusammen dorthin gehen könnten. Flora erfuhr, wer am nächsten Tag, einem Sonnabend, dabei helfen würde, den Zaun zu setzen: Joes Freunde vom Stammtisch.

»Jörg, Fredy und Arnd machen mit und zwei meiner Jagdfreunde. Markus ist ja noch immer krank.«

Einer der Hauptverdächtigen half, den Zaun um den Wald zu setzen, der jahrelang ein unentdeckter Friedhof war.

»Jörg hilft dir? Obwohl er …« Flora unterbrach sich schnell und erzählte Joe nichts davon, dass einer seiner Freunde verdächtigt wurde.

Offiziell war sie ahnungslos, und Joe würde es nicht in Gefahr bringen. Was sollte beim Zaunsetzen schon vorfallen?

*

»Kommst du rüber? Dann gucken wir den Bericht zusammen!« Anna war gespannt, was das regionale Vorabendmagazin am Morgen gefilmt hatte. Flora setzte sich mit ihrer Mutter in deren Wohnzimmer vor den Fernseher.

»Der Aller-Wolf und seine Opfer: auf Spurensuche im Aller-Leine-Tal. Unsere Reporterin Annika Harthausen war an den Schauplätzen des grausigen Verbrechens in unserem Sendegebiet. Wer hat drei Frauen erdrosselt und in einem kleinen Waldstück auf dem Boden der Samtgemeinde Ahlden verscharrt?«

Anna sah ihre Tochter ungläubig an. »Aller-Wolf? Wer hat sich das denn ausgedacht?«

»Das war die Harthausen selbst. Die Tatzen, der Cache am Wolfsstein. Passt doch. Ich glaub, den Namen hat der Täter jetzt weg.«

Die erste Einstellung zeigte Annika Harthausen, im Wäldchen stehend. »Der Frauenmörder vom Aller-Leine-Tal hat einen neuen grausigen Beinamen bekommen.« Das Bild wechselte. Hartmut Ziegler wurde eingeblendet und sagte nur: »Aller-Wolf.« Die Kamera wechselte zurück zur Reporterin. Einstellungen des Waldbodens und des Wolfssteins waren weitere Szenen des zweiminütigen Beitrages. Flora konzentrierte sich kaum darauf, was gesagt wurde. Sie lachte schallend.

»Mann, hat die den Ziegler geleimt.« Anna kicherte mit, nachdem ihre Tochter erzählte, dass der Hauptkommissar den Begriff nur irritiert nachgeplappert und nie selbst für den Täter verwendet hatte.

»Wollen wir morgen mal raus radeln zum Wolfsstein? Immerhin ist es der Ort der Schande.« Anna kicherte nicht mehr. »Was kann da vorgefallen sein?«

»Die Geschichte dieses Steins kennst du?« Flora hatte sich schlaugemacht und erzählte weiter: »Den Stein hat die Landesjägerschaft 1948 für einen Bauern aufgestellt, der den letzten Wolf in der Gegend getötet hat. Angeblich war der Wolf für massig tote Tiere verantwortlich. Später stellte sich dann raus, dass die meisten der Tiere von Menschen gewildert oder schwarzgeschlachtet waren. Gab ja kaum was zu beißen direkt nach dem Krieg. Der Wolf war nur der Sündenbock.«

Flora fand die Geschichte schrecklich. Ein Heldenstein für das Töten eines Tieres. »Heute ist der Stein Teil der Wolfsroute. Eine große Fahrradrunde mit allen möglichen Stationen zum Thema Wolf. Ihr hattet sicher auch schon Gäste, die auf der Route gefahren sind.«

»Dann wird's ja Zeit, da selbst mal hin zu radeln. Aber morgen geht doch nicht, da ist Vivians Beerdigung.« Anna stand auf, um zur Arbeit in das Restaurant zurückzukehren. »Kommst du mit nach Nienburg?«

Klar würde Flora mitkommen. Für Katrin – und um zu schauen, wer sich auffällig verhielt. Warten, bis die Polizei neue Erkenntnisse mit der Presse teilte? Kam überhaupt nicht infrage.

ER - 2015

Der Angriff kam von hinten. Vivian war so überrascht davon, dass sie sich nicht einmal wehrte. Er zog mit ganzer Kraft zu und fühlte sich dabei so kräftig, so lebendig.

Tagelang hielt das Hochgefühl an, obwohl er im Rausch der Macht vergaß, ihr den Satz ins Ohr zu flüstern, den er sorgsam vorbereitet hatte. »Ich bin kein Jammerlappen, Sporty«, hatte er sagen wollen und sich dann im Moment seiner Tat nicht an die Worte erinnert. Er hatte nur mit aller Kraft und mit einem kräftigen Ruck die Schlinge zugezogen und festgehalten, bis das Leben aus Vivian Harms entwich.

Corinna war anders. Sie trat ihn mit ihrem linken Bein, wehrte sich mit dem ganzen Körper, sodass er erstaunt locker ließ, um dann schnell und ruckartig die Schlinge zu schließen. Sie hörte, kurz bevor sie das Bewusstsein verlor, die Worte, die er für sie vorgesehen hatte: »Ich bin kein kleiner Jammerlappen. Du wirst nie wieder über mich lachen, Smarty!«

Ob sie begriff, dass ihr Leben endete, weil sie seines zerstört hatten?

Helene redete mit ihm mehrfach darüber, wie schrecklich es ihr vorkam, dass eine ihrer ehemals besten Freundinnen spurlos verschwunden war. Vivian Harms Verschwinden stand in allen Zeitungen, und Helene beschloss daraufhin, nicht mehr allein im Wald nach Geocaches zu suchen. Er wunderte sich, dass sie von Corinna niemals sprach. Wusste sie überhaupt davon? Der vermeintliche Selbstmord ihrer Freundin brachte es über ein paar Randnotizen in hannöverschen Medien nicht hinaus, und Helene las ohnehin nur Boulevardmagazine.

Das Gefühl, ihr jederzeit das gleiche Ende bescheren zu können wie ihren Freundinnen, setzte bei den gemeinsamen Geocaching-Touren Adrenalin in ihm frei.

Er hatte sie stets dabei, seine Drahtschlinge. Die immer gleiche Drahtschlinge, die nur darauf wartete, wieder zum Einsatz zu kommen.

Er stellte es sich vor, jedes Mal, wenn er ihr galant den Vortritt ließ und hinter ihr auf verschlungenen Pfaden zu versteckten Schätzen wanderte. Er sah sie zusammensacken, er sah sie vor sich liegen, still und schön. Die Sehnsucht nach diesem Moment des Glücks wuchs mit jedem Treffen.

Doch der Tag war noch nicht gekommen.

12.

Vivian Harms wurde in Nienburg unter großer Aufmerksamkeit der Medien beigesetzt. Die Familie Blume war zum Begräbnis und dem nachfolgenden Kaffeetrinken eingeladen.

Anna begrüßte Hartmut Ziegler, der in offizieller Funktion teilnahm. Carsten Blume sah sich aufmerksam um, sicher, dass weitere Polizisten in Zivil vor Ort waren und den Trauerzug von der Kapelle zur Grabstelle so genau beobachteten wie er selbst. Flora betrachtete Katrin, die gefasst vor das offene Grab trat, einen kleinen Rosenstrauß hineinwarf und dann zur Seite trat. Neben ihrem Vater Wolfgang Harms stand seine neue Lebensgefährtin, die Hand fest mit der des Witwers verschlungen. Katrin hatte davon erzählt. Sie verstand ihren Vater, der mit Anfang 50 ein neues Glück gefunden hatte. Die Freundin würde demnächst in das Harms'sche Haus einziehen, und dies hatten Katrin und Wolfgang Harms zum Anlass genommen, endlich Vivians Sachen durchzuschauen, sich von vielem zu trennen, anderes zu verpacken und auf den Dachboden zu bringen. Ohne die neue Freundin des Vaters wäre der Fall gar nicht erst ins Rollen gekommen.

Leise und gestikulierend redete Jörg Helberg inmitten einer Ansammlung von Leuten, die eng zusammenstanden. Da waren sie, die Klassenkameraden und Klassenkameradinnen. Flora behielt die Gruppe im Blick, doch niemand verhielt sich auffällig. Ein Stück weiter, bei jenen Menschen, die nicht mit an das Grab kamen, sah sie Fredy Levin. Allein. Flora entfernte sich von ihrer Mutter, die mit Carsten in einer langen Schlange von Trauergästen stand, darauf wartend, für einen Moment an das offene Grab zu treten und den Hinterbliebenen zu kondolieren.

»Hallo, Fredy, deine Frau war auch in dieser Schulklasse? Jutta?«

»Ja, ich hatte das Gefühl, ich muss stellvertretend für sie kommen. Juttchen war doch diejenige, die immer die Adressen der Klasse auf den neuesten Stand gebracht hat, schon als wir noch gar nicht hier gewohnt haben. Sie hat viel von der Schulzeit geredet.«

»Hat dich Jörg mitgenommen?« Flora war zu Ohren gekommen, dass Fredy wegen einer Geschwindigkeitsübertretung in der ewigen Autobahn-Baustelle zwischen Schwarmstedt und Burgwedel einen Monat »Führerscheinknast« hatte.

»Nein, Joe hat mich gefahren. Aber er kannte die Vivian ja nicht mal vom Namen her und wartet vorne auf dem Parkplatz.«

»Kennst du viele aus der Klasse persönlich? Kannst du mir sagen, welche Frau Katharina Ostendorp ist?« Flora wollte ihre auskunftsfreudige Interviewpartnerin gern begrüßen.

»Nein, ich kenne nur Jörg. Wir sind doch erst hergezogen, als klar war, dass Jutta nicht mehr lange lebt. Sie wollte zu Hause, in ihrer Heimat, sterben, und wir hatten das Haus ihrer Eltern geerbt, zusammen mit Juttas Schwester. So sind wir nach Neu-Bosse gekommen.«

Der Ort Bosse war die nächstgelegene Siedlung zum Rittergut.

»Ich war noch nie bei dir im Antiquariat«, stellte Flora fest, »Vielleicht sollte ich endlich mal reinschauen. Ehrlich gesagt, war ich überhaupt noch nie in einem Antiquariat.«

»Gern, Flora, Du weißt ja, wenn ich nicht gerade bei euch am Stammtisch sitze, verstaube ich meist hinter meinen Büchern.« Er lächelte erfreut.

Flora hatte fest vor, ihn aufzusuchen – nicht nur, um in alter Literatur zu stöbern. Fredy war ein enger Freund von

Jörg Helberg, den die Polizei für verdächtig hielt. Und er war heute bei der Beerdigung einer Frau, die er nicht einmal persönlich kannte – war das nicht eigenartig?

Aber: der gutmütige stille Fredy und drei grausige Morde? Schwer vorstellbar.

»Als Antiquar – hast du da Buchhändler oder Bibliothekar gelernt?«, fragte sie.

»Keins von beiden, ich bin eigentlich Hardware-Entwickler. Aber das erzähle ich dir alles, wenn du mich besuchen kommst.«

Fredy Levin verabschiedete sich, denn er sah, dass Joe Gade an der Friedhofsmauer stand und in ihre Richtung guckte. »Ich glaube, mein Fahrer will los.«

Die Gruppe der ehemaligen Schulabschlussklasse hatte sich aufgelöst. Einige waren gegangen, andere reihten sich ein zum Kondolieren. Flora schlenderte zurück zu ihrer Familie, die in der Schlange schon weit vorne stand.

Ihr fiel ein, dass sie in der kommenden Woche am Familiengrab der Blumes in Bosse stehen würde und viele dieser Personen wiedersähe: Unbekannte, Randfiguren eines Geschehens, das mittelbar oder unmittelbar mit Helenes Schulzeit verbunden war. Randfiguren – und, vielleicht, ein Täter.

*

Corinna Stadler wurde in aller Stille beigesetzt. Ihre Geschäftspartnerin hatte dafür gesorgt, wie es Corinnas Testament verfügte, und einen Platz in einem Friedwald südlich von Hannover, bei Wennigsen am Deister gelegen, ausgewählt. Statt einer Trauerfeier lud die Buchhandlung zu einem Literaturabend, bei dem die Freunde und treuen Kunden Texte vorschlagen und selbst vortragen durften, die sie mit Corinna verbanden. Carsten Blume war langjähriger Stammkunde und hatte per Mail eine Einladung zu dieser literarischen Gedenkfeier erhalten. Er beschloss, daran teilzunehmen.

Er grübelte oft darüber nach, welchen Aufwand der Täter betrieben hatte, um Corinnas Verschwinden wie einen Selbstmord aussehen zu lassen. War der Mörder zusammen mit Corinna nach Norwegen gefahren und hatte sie dort getötet? Wurden die Textfragmente im Computer, die auf Suizidgedanken hindeuteten, von ihm formuliert, oder war die Buchhändlerin tatsächlich so labil nach der Trennung von ihrer Lebensgefährtin? Sonja von Zerst hatte die Zeilen in Corinnas Computer ernst genommen, in denen etwas von einem Friedwald als schönster letzter Ruhestätte stand. Carsten kannte diese Texte. Für ihn deutete jetzt alles darauf hin, dass die düsteren Zeilen vom Täter stammten. Er sagte es Sonja von Zerst lieber nicht.

»Ein hoher Baum in einem friedlichen Wald, eins werden mit der Natur, zu Erde werden, die neues Leben ermöglicht. Dort, wo alles begann.« Heute lief es ihm bei diesen Worten eiskalt den Rücken herunter. Hatte der Täter darin schon geschildert, wo die tote Corinna zu finden war?

»Dort, wo alles begann.« In der Gemeinde ihrer Kinderzeit? Der friedliche Wald, der hohe Baum – es passte. Doch wenn es ihr Mörder so genau nahm mit den Worten, was bedeutete dann »neues Leben ermöglichen«? Meinte der Täter, dass ein neues Leben für ihn erst nach dem Tod der drei Frauen möglich war?

Sie hatten es mit einem hochintelligenten Mörder zu tun, da war Carsten Blume sicher. Die Feinheiten der Formulierungen in den Beschreibungen der Geocaches und in Corinnas Computer bewiesen Ausdruckskraft.

Die Platzierung der Cachedosen und die aufgeklebten Wolfstatzen sprachen dafür, dass der Täter eine geheime Sehnsucht nach Entdeckung hatte. War er stolz auf seine Morde und wünschte sich Bewunderung? War er verletzt und suchte Verständnis?

Anna betonte, dass die Taten den Eindruck einer schwerwiegenden Persönlichkeitsstörung erweckten. Eine Störung, die häufig auf ein Initialerleben in der Kindheit zurückzuführen sei. »Dort, wo alles begann.« War es in diesem kleinen Wald gegenüber vom Gutshof geschehen? Was immer es war, das den Täter so aus der Bahn warf und aus seiner subjektiven Sicht nur durch den Tod von drei Frauen getilgt werden konnte: Weder er noch die Polizeikollegen hatten bisher eine grobe Ahnung davon.

In Gedanken wanderte Carsten Blume gemächlich über den kopfsteingepflasterten Hof vor dem Restaurant, kam am Briefkasten an und entnahm einen Stapel Briefe. So viel Briefpost hatte die Familie nicht mehr bekommen, seit sie hergezogen war. Trauerkarten und Antworten auf die Einladungen zu Helenes Beerdigung, die er vor ein paar Tagen verschickt hatte, kamen stapelweise.

Carsten blätterte im Gehen die Briefumschläge durch.

Das beauftragte Bestattungsunternehmen hatte geschrieben. Sicher irgendwelche Formalitäten. Er riss den Umschlag mit dem Zeigefinger auf, den er unter der Lasche entlangratschen ließ. Nein, keine Formalien. Der Bestatter teilte mit, dass er eine anonyme Zahlung in Höhe von 2.000 Euro in bar erhalten hatte, schriftlich verbunden mit einer Bitte. »Von diesem Geld soll eine musikalische Begleitung der Trauerfeier bezahlt werden. Der Spender wünscht ein bestimmtes Musikstück: *Hallelujah* in der Originalversion von Leonard Cohen. Außerdem bittet er um die Inschrift ›Für immer geliebt‹ auf dem Grabstein. Bitte teilen Sie uns mit, ob diesen Wünschen entsprochen werden soll.«

Ein schnelles Googeln, und der Liedtext lag auf dem Smartphone vor ihm. Carsten hatte sich nie mit den Lyrics des Liedes befasst, das gar nicht so selten auf Beerdigungen gespielt wurde. Der Text klang bei genauer Betrachtung nicht wie ein Beerdigungslied, eher wie die Beschreibung einer schwierigen Liebesbeziehung. Die Interpretation, die Carsten online fand, stellte einen Bezug des Textes zu König David dar. Ein neues Rätsel. »Als ob wir davon nicht schon genug hätten«, murmelte er und wählte die Nummer von Hauptkommissar Hartmut Ziegler.

ER - 2015

Eines Tages vertraute Helene ihm an, dass sie am liebsten ausbrechen und Deutschland verlassen würde. Ihr ganzes Leben hatte sie auf Blumes Hof verbracht. Manchmal überkam sie Angst, dass es schon zu spät sei, alles noch mal auf Anfang zu setzen.

»Irgendwann haue ich ab in den Süden und komme nicht wieder. Und mein Mann wird das wahrscheinlich nicht einmal merken.« Sie war desillusioniert von ihrer Ehe mit einem alten Alkoholiker.

»Den muss ich wahrscheinlich Wochen später anrufen und ihn drauf hinweisen, dass ich weg bin«, erzählte sie verzagt.

»Hey, Friedrich, ich komme nicht wieder. Ich wohne jetzt in Marokko, leite die Hotelboutique und genieße das Leben.«

Bei solchen Gesprächen klopfte sein Herz freudig. Wie schlau es war, jeden Besuch bei ihm aufzuzeichnen! Sie hatte die Kamera über dem Computer gesehen, ohne zu ahnen, dass schon viele Stunden Material von ihr gespeichert waren.

Helenes Ende und ihr virtuelles Nachleben nahmen in seinem Kopf konkrete Formen an, wenn er die Soundfiles hörte. Die vielen Sätze, die er in ordentlicher Tonqualität aufgenommen hatte, reizten ihn und schenkten ihm eine Strategie. Helene würde sterben. Doch für alle außer ihm blieb sie am Leben. Er selbst würde in ihre Rolle schlüpfen, für sie in den sozialen Netzwerken posten und sogar Nachrichten auf dem Anrufbeantworter ihres Ex-Mannes hinterlassen.

Während er zwischen dem Herbst 2014 und dem Frühling 2015 zu Helenes treuem Ratgeber wurde, ihr zuhörte und sie plaudern ließ, trennte sich Friedrich nach langer Ehekrise endgültig von ihr. Sie zog in ihr Elternhaus um, das am Rand des riesigen Gutshofareals stand – nahe bei den Stallungen, mit eigener Ausfahrt zu einer Seitenstraße.

Helene und Friedrich sahen sich kaum mehr, der Gutsherr verbarrikadierte sich zunehmend im Haupthaus und verkaufte Ländereien, wenn er Geld brauchte.

»Ich habe gerade noch den Absprung geschafft. Ich war kurz davor zu versauern.«

Helene lieferte ihm Sätze, die sich als Botschaften für Voicemails nutzen ließen. *WhatsApp*-Nachrichten, Mitteilungen auf Anrufbeantwortern: Das Material für ihr virtuelles Dasein nach dem Tod wuchs stetig. Empathie für Helene Blume hatte in seinem Kopf keinen Platz. Sonst hätte er gemerkt, dass ihr Leben nicht weniger unglücklich verlief als seines. Für ihn war jedes Gespräch mit Helene nur ein weiterer Schritt, um den Plan zu vollenden.

Sie verreiste in dieser Zeit eine Woche lang ohne ihn. Er vermisste sie schmerzlich. Es waren sieben tote Tage, an denen die Welt für ihn stillstand. Es war nicht ihre Nähe, die ihm fehlte, sondern die Kontrolle darüber, was sie unternahm und wo sie sich aufhielt. Noch einmal würde er das nicht zulassen. Helene allein in einem fremden Land, wo sie ohne sein Wissen lebte, lachte, ja sogar glücklich war!

Ihre nächste Reise plante sie für den Monat Mai. Zu früh! Erst Anfang Juli sollte sie ihre Freundinnen in der kühlen Erde des Waldes wiedertreffen.

Er hasste Planänderungen, denn strukturierte Pläne hielten ihn aufrecht. Doch ein weiteres Mal würde sie ihm nicht davonkommen und sich ohne ihn »von Sonnenstrahlen streicheln lassen«, wie sie bei *Facebook* schrieb, wo sie Bilder ihres Urlaubs zu einer Slideshow kombiniert und mit dem Lied *Hallelujah* versehen hatte. Eine simple Bilderfolge, mit einer App auf dem *iPhone* schnell zusammengeklickt. Das Dröhnen im Kopf, das sich nur noch selten einstellte, schwoll an, wenn er die Fotos betrachtete. Und ihr Lieblingslied, in einer für ihn seelenlosen neueren Version: Es klang ein wenig wie der Soundtrack seines Lebens.

Immer wieder spielte sie es, wenn sie zusammen unterwegs waren, hatte das Lied auf einer CD für den Player im Wagen dabei. Melancholisch wie die Melodie von Hallelujah. So fühlte es sich an, sie zu töten.

»Der Wolf ist zurück«, flüsterte er, als sie reglos in seinem Kofferraum lag, »und er wird dich nie wieder verlassen. Ich werde immer in deiner Nähe sein.«

Wölfe, so hatte er erfahren, sind treue Tiere, die sich lebenslang binden. Treu bis in den Tod, ihren Tod.

13.

»Ausgerechnet von mir wollen sie Fingerabdrücke. Und
warum? Weil ich nie verreist bin, wenn die meisten anderen
weg waren. Ich habe bei der Feuerwehr die Stellung gehalten.« Jörg Helberg wirkte erschöpft und sah aus, als habe er
sein Äußeres in den letzten Tagen vernachlässigt.

»Nur von mir, dem Helmut und dem Silvio haben sie Fingerabdrücke genommen. Die anderen beiden haben es mir
bei Corinnas Beerdigung gesagt.«

Anna Blume-Kamphusen zapfte dem Ortsbrandmeister
schon das zweite Bier innerhalb weniger Minuten. Weima-
ranerhund Isegrim knurrte sie an. Sein Herrchen regte sich
auf, es galt, ihn zu verteidigen. »Hör auf, Isi, Anna ist nicht
schuld, dass ich mich ärgere. Platz.« Der graue Rüde legte
sich – mitten in den Gang zwischen den Tischen, wie immer.

Auch nicht besser, dachte Anna.

Das Ortskommando der Feuerwehr traf sich heute im
Rittersaal, um über Einsatzpläne zu sprechen und dabei
gemütlich zu essen. Jörg Helberg kam immer etwas früher, um sich vorzubereiten. An diesem Tag wirkte er, als
wolle er reden.

Anna nutzte die Chance.

»Jörg, wenn du mit der Sache nichts zu tun hast …«

Helberg sprang auf. Zwei schnelle Schritte und er stand
dicht vor ihr. Seine weit geöffneten Augen starrten sie an.
Isegrim erhob sich und stellte sich grummelnd neben ihn.

Deeskalieren! Anna atmete tief durch. Jetzt rasch deeskalieren.

»Natürlich hast du damit nichts zu tun«, sagte sie und
setzte sich auf einen leeren Platz an Helbergs Tisch.

Sie schaute ihn auffordernd an, und nach einem kurzen Zögern setzte sich der Ortsbrandmeister dazu. »Weißt du, Anna, ich bin geschieden, meine Frau hat mich verlassen. Die denken wahrscheinlich, ich hätte jetzt Hass auf Frauen.«

Helberg schüttelte den Kopf. »Es wird wirklich Zeit, dass sie dem Aller-Wolf auf die Spur kommen. Ich hab schon das Gefühl, alle würden mich komisch anstarren.«

»Wie kommst du überhaupt darauf, dass sie dich verdächtigen?«

Anna wusste offiziell nichts davon und zeigte gespielte Verwunderung.

»Sie haben meine Fingerabdrücke genommen und die von Helmut und Silvio. Von keinem der anderen Männer aus unserer Klasse. Das hab ich doch gerade gesagt. Alle, die entweder 2013 oder 2014 verreist waren, als Vivian und Corinna verschwanden, mussten ihre Fingerabdrücke nicht abgeben.«

»Vielleicht solltest du endlich auspacken und erzählen, was die Frauen getan haben, dass alle Jungs in der Klasse sie nicht leiden konnten.«

Anna legte bewusst ohne Vorgeplänkel den Finger in die Wunde.

Jörg Helberg sah sie erstaunt an. »Woher weißt du das überhaupt?«

»Wir haben kurz darüber geredet neulich. Da hast du noch gesagt, es sei nichts Spezielles. Aber, Jörg, das glaube ich nicht. Und wenn es der Schlüssel zu den Taten sein könnte, dann muss die Polizei davon erfahren.«

Sie saß allein mit einem Tatverdächtigen im Restaurant. Es waren solche Situationen, die Carsten Flora strikt untersagt hatte. Aber ihr Gegenüber, das war Jörg Helberg! Ein Freund!

»Wenn du der Polizei erzählst, was du von damals weißt, merken sie, dass du kooperierst. Im Ernst, Jörg, das könnte wirklich wichtig sein.«

Anna warf einen Blick auf die Unterlagen, die vor dem Ortsbrandmeister auf dem Tisch lagen. Übungspläne der Feuerwehr. Er hatte für sich und andere Mitglieder des Ortskommandos Dienstzeiten eingetragen.

»Okay, aber es ist eigentlich nichts Schlimmes, nur Kinderstreiche«, druckste er. Anna hörte kaum zu, denn da lag etwas vor ihr, das ein neues Licht auf eine offene Frage warf.

SIE – 1983

»Helene, bist du da?«

Sie sah ihn, der nervös an seinem T-Shirt nestelte und sich durch die Haare fuhr, direkt unter dem Baum stehend.

Klar war sie da. Sie stand geschützt ein Stück entfernt und freute sich auf das Spektakel. Wie er wohl reagierte? Die meisten hatten geschimpft, einer hatte Vivian, die oben im Baum saß, Schläge angedroht. Aber keiner mochte lange ausgelacht werden, darum waren alle schnell verschwunden.

»Hier oben«, rief Vivian an Helenes Stelle.

Er schaute hoch, und Sporty schüttete den großen Eimer Wasser in vollem Schwung über ihn.

Er hörte Helene von ihrem Versteck aus lachen. Corinna,

die vorhin noch gesagt hatte, sie hätte gar keine Lust, kam hinter einem Busch hervor und lachte herzlich mit.

»Dachtest du wirklich, Helene will ein Date mit dir«, rief sie ihm zu, und ihre Stimme überschlug sich beim Lachen.

Er schimpfte nicht. Er stand nur da, und Tränen mischten sich auf seinen Wangen mit dem Wasser, das aus den Haaren auf sein neues Shirt tropfte. Er schaute Corinna an, wandte langsam mit offenem Mund den Blick zu Helene, die sich jetzt auf der Lichtung zeigte. Einen Moment lang standen alle still, dann fing er an, laut zu schluchzen. Ohne ein Wort lief er weg von der großen Buche, stolperte über eine Baumwurzel und fiel hin.

Nass und schmutzig rannte er weiter, nachdem er sich aufgerappelt hatte. Er hastete immer tiefer in das Wäldchen hinein.

»Was war das denn?«, fragte Helene und lachte nicht mehr.

Vivian kam den Baum herunter und gesellte sich zu den Freundinnen. »Was für ein Jammerlappen«, rief sie laut. »So hat echt noch keiner reagiert.«

Corinna sah ihm nach und atmete tief durch. Es tat ihr leid, dass sie eben so spontan mitgelacht hatte.

»Ich bin raus. Das war das letzte Mal«, sagte sie und stapfte grußlos zurück zu ihrem Fahrrad, das an der Straße an einem Baum lehnte.

Sie schämte sich. Es war ihre Schuld, dass er an den letzten beiden Schultagen vor den Ferien nicht mehr am Unterricht teilnahm. Selbst zur Abschlussfeier erschien er nicht. Sie fragte vorsichtig bei ihrem Klassenlehrer nach und hörte, er sei krankgemeldet.

Corinna wusste es besser. Und sie verstand nicht, dass Helene und Vivian sogar über seine angebliche Krankheit lachten.

Ja, es war ihre Idee gewesen, die Jungen zu verarschen, die alle so hinter Helene her waren. Aber ihn hätten sie auslassen sollen.

14.

Anna wandte den Blick von Jörg Helbergs Unterlagen und versuchte, sich auf seine Erzählung zu konzentrieren. Sie würde mit Carsten und Flora darüber reden, was sie gesehen hatte.

Jetzt galt es zuzuhören.

»Wir waren ja fast alle in Helene verknallt damals in der zehnten Klasse. Eigentlich alle außer Silvio. Der hatte eine Freundin und war immun gegen Helene. Und damit haben sie uns rangekriegt, diese drei blöden Zicken.«

Es war nicht nett, wie Jörg Helberg über die Mädchen redete, und Anna verstand schnell, warum er kein freundliches Wort für die ermordeten Frauen fand. Im Lauf von ein paar Monaten hatte 1983 fast jeder Klassenkamerad einen handgeschriebenen Zettel von Helene bekommen. Darauf stand, dass sie sich gern mit ihm treffen wolle – und zwar genau in dem Wäldchen, an jener Buche, unter der jetzt ihre Leiche und die der Freundinnen gefunden wurden.

»Bei mir war es so, dass Vivian oben auf dem Baum saß und einen großen Wassereimer in hohem Bogen über mich schüttete.« Es schien Jörg Helberg sogar heute noch unangenehm zu sein. Er schaute beim Reden an Anna vorbei.

»Dann kamen die beiden anderen zum Vorschein, und alle drei lachten über mich. Ich hab geschimpft wie ein Rohrspatz und bin dann schnell abgehauen. Meinen Kumpels hab ich nichts davon erzählt. Das war mir viel zu peinlich.«

Anna nickte und verstand. So hatten sie die Teenager alle nacheinander veräppelt und gedemütigt, ohne dass es herauskam. Für einen Jungen von 16 oder 17 Jahren war so ein

Geschehen mit großer Scham verbunden. Das erzählte man nicht rum. »Die Schande«, das war sie.

»Und woher weißt du, dass es fast alle getroffen hat? Wann habt ihr euch gegenseitig davon berichtet?«

»Das ist wirklich komisch. Wir haben tatsächlich zum ersten Mal beim Klassentreffen darüber geredet. Jens, einer von denen, die jetzt keine Fingerabdrücke abgeben mussten, hat die Geschichte zuerst erzählt, als er die drei Frauen zusammen in der Gaststube sah. Und dann kam heraus, dass wir fast alle so verarscht wurden.«

Jörg Helberg sah Anna ernst an.

»Und als die drei jetzt genau dort gefunden wurden, ich meine, da war doch klar, dass es einer von uns gewesen sein muss. Bei Vivians Beerdigung hab ich das angesprochen. Eigentlich wollten wir noch zusammen etwas essen gehen, aber dann wollte keiner mehr. Wir haben uns nur noch komisch gegenseitig angeguckt.« Jörg Helberg schüttelte den Kopf. »Ich kann es mir beim besten Willen nicht vorstellen. Wirklich nicht.«

Er leerte sein Bier in einem schnellen Zug. »Mach mal noch eins, die anderen kommen gleich, und ich muss mich vorher wieder in Klönstimmung trinken.«

Er stellte Anna das leere Bierglas hin. Während des Zapfens beobachtete sie Jörg Helberg genau. Der starrte nur vor sich hin und tätschelte den Kopf seines Jagdhundes. Doch es schien ihr, seine Gesichtszüge und seine Schultern waren entspannter, seit er die Geschichte losgeworden war.

»Jörg, es muss keiner von euch gewesen sein.« Sie stellte ihm das volle Glas hin.

»Ihr wisst doch gar nicht, ob sie das nur mit den Jungs aus eurer Klasse gemacht haben. Was ist mit denen aus den Parallelklassen oder einer Klasse drüber? Und genau das wird die Polizei auch denken, wenn du hingehst und die

Geschichte erzählst. Es ist wichtig, denn damit gibt es ein Motiv.«

Anna hatte dem Ortsbrandmeister einen Denkimpuls geschenkt, der ihm Hoffnung gab.

Es wurde Zeit, dass die Kellnerin ihren Dienst für den Abend antrat, denn Anna brannte darauf, Carsten ihre Beobachtung zu schildern.

*

Es wurde später Abend, bis die Familie sich zum gemeinsamen Essen traf, nachdem die letzten Gäste gegangen waren.

Anna raunte Carsten zwischendurch nur zu, dass sie etwas beobachtet hatte. Der entgegnete, dass sie staunen würde, was in diesem Brief stand, der heute im Briefkasten gelegen hatte.

Michael Kamphusen, der sich aus den Privatermittlungen seiner Familie komplett heraushielt, gähnte und bat darum, doch wenigstens das Essen mal ohne Gespräche über die Mordfälle zu verbringen. Flora war erschöpft von der Uni gekommen und hatte gegen Abend einen Redaktionstermin für die *HAZ* in der Wedemark wahrgenommen. Von der Sensationsstory und der großen Aufmerksamkeit der Kollegen ging es für sie jetzt zurück in die tristen Abgründe des Lokaljournalismus. Der Besuch des Jubiläums einer SPD-Abteilung mit Ehrung von Jubilaren für langjährige Mitgliedschaft war heute ihr Arbeitsauftrag. Ein Foto, 50 Zeilen, fast zwei Stunden Langeweile.

Michael Kamphusen verabschiedete sich müde in die Nachtruhe. Carsten Blume kam wieder auf die Mordfälle zu sprechen. Er legte den Brief des Bestatters auf den Tisch. Flora, die vor wenigen Minuten noch mit dem Vater um die Wette gegähnt hatte, richtete sich auf und war sofort wieder hellwach.

»Eine Botschaft des Täters!«, murmelte sie fasziniert. »Wann kriegen wir das Original des Schreibens?«

»Wir? Gar nicht.« Carsten Blume beharrte weiter darauf, nicht selbst zu ermitteln. »Das ist Sache der Polizei.«

Hartmut Ziegler würde den Originalbrief des »Spenders« morgen beim Bestatter abholen lassen. Bisher hatte der Mörder keine Fingerabdrücke hinterlassen, die man jemandem zuordnen konnte. Unwahrscheinlich, dass der Täter auf einmal schludrig wurde, doch eine Überprüfung war Routine.

»Es hieß ja, dass Helene eine Affäre hatte, von der Friedrich erfuhr. Vielleicht ist der Brief von ihrem Lover?« Flora fotografierte das Schreiben des Bestatters ab. Anna zweifelte daran, dass der Täter jetzt aus der Deckung kam und sich mit so einer Botschaft überdeutlich exponierte.

»Ich bin keine Polizeipsychologin, aber wenigstens Psychologin, und ich finde, da passt etwas nicht.«

Flora überlegte, ein weiteres Mal den Keller zu durchsuchen. Sie hatte in Helenes Besitztümern einen Karton mit CDs gesehen. Ob sich *Hallelujah* darunter befand, das der Unbekannte für die Beerdigungsfeier bestellt hatte? War es ihr Lieblingslied?

»Du hast recht, Anna. Das ist nicht stimmig.« Carsten Blume, der beschlossen hatte, seinen aktuellen Wissensstand zum Fall künftig mit der Familie zu teilen, folgte der Argumentation seiner Tochter. Nach Jörg Helbergs Geschichte fand er die gewünschte Grabsteininschrift »Für immer geliebt« unpassend, wenn der Auftraggeber der Täter war. Das sprach eher für Helenes Liebhaber. Eine weitere Person kam ins Spiel. Ein Unbekannter?

Anna hatte jene Beobachtung, die sie am frühen Abend so erschreckte, bis zum Schluss des Gespräches aufgehoben.

»Woher wissen wir eigentlich, dass HelBlu allein Helenes Geocaching-Account war?«, fragte sie in die Runde. »Weil die Initialen so gut passen, nicht wahr? Und wenn es nicht nur ihre Initialen sind?«

Flora und Carsten sahen Anna erstaunt an.

»Jörg hat heute Abend am Tisch Einsatzpläne geschrieben, bevor die anderen kamen, und alle Namen mit drei Buchstaben abgekürzt. Immer, wenn er sich selbst eintrug, schrieb er ...« Sie macht eine kurze Pause und schaute auffordernd in die Runde.

»Hel?« Flora vermutete richtig.

»Ja, er hat sich selbst als ›Hel‹ bezeichnet. Und wenn Hel-Blu ›Helberg und Blume‹ bedeutet und nicht Helene Blume? Wenn er ihr Geocachingpartner war und vielleicht auch ihr Liebhaber?«

Carsten war beeindruckt. Im aktiven Dienst hätte er sich eine kombinationsstarke Partnerin wie Anna gewünscht.

»Soweit ich weiß, ist Jörg schon einige Zeit geschieden. Vom zeitlichen Ablauf her passt es, wenn die Affäre in der Zeit begann, als auch das Klassentreffen stattfand.«

»Ich glaube, ich sollte mal Fredy Levin im Antiquariat besuchen«, merkte Flora an.

»Wieso Fredy? Weil er ein Freund von Jörg ist?« Carsten verstand nicht.

»Nein, weil Fredys Frau Jutta auch in Helenes Klasse war, wie wir wissen. Und wie ist Jörg denn an den Stammtisch gekommen? Weil er Fredy schon kannte. Also kennen sich die beiden über Jutta. Fredy könnte Sachen wissen, ohne zu ahnen, was er da weiß.«

Carsten schaute von seiner Tochter zur Enkelin: »Und warum habt ihr beiden euch nicht für den Polizeidienst entschieden?«

»Weil du es nicht wolltest.«

»Du hast mir doch persönlich davon abgeraten.«

Mutter und Tochter sprachen gleichzeitig.

»Schöne Schlussworte«, kommentierte Flora. »Ich geh mal schlafen. Ich bin völlig platt.«

Anna stimmte zu und erhob sich. »Genug vom Aller-Wolf für heute.«

*

Ein Haus, das so groß war wie der alte Gutshof, bot Platz für abgeschlossene Wohnbereiche aller Generationen. So wandte sich Carsten Blume im Obergeschoss nach links, um seine kleine Wohnung aufzusuchen. Anna bog in die Gegenrichtung ab und beschloss, ohne Umweg zu ihrem Mann unter die Decke zu schlüpfen.

Nur Flora, deren beiden Räume vom Treppenhaus gesehen geradeaus lagen, blieb hinter ihrer Tür stehen und lauschte, bis sie keine Schritte mehr hörte.

Anna und Carsten hätten sicher protestiert, dass sie nachts im Keller nach Helenes CD-Sammlung Ausschau hielt. Besser gar keine Diskussion darüber in Gang bringen. Rasch wechselte sie die Schuhe und schlich mit lautlosen Sneakers die Holztreppenstufen herunter.

Die alte Glühbirne beleuchtete den langen Kellergang kaum, sie knipste schnell ihre Taschenlampe an. Es zog wie Hechtsuppe, und sie fröstelte. Ein Stück von ihr entfernt raschelte es, und sie zuckte zusammen. Hier wohnen Mäuse, kein Grund zu erschrecken, schalt sie sich im Stillen. Der helle Lichtkegel ihrer Lampe leuchtete über Helenes Habseligkeiten. Die Kartons mit Kleidung standen offen, wirkten durchwühlt. Einzelne Kleidungsstücke lagen auf dem Boden. Hatte sie diese Unordnung hinterlassen? Sie erinnerte sich nicht.

Die offene Glühbirne an ihrem Kabel bewegte sich im Luftzug leicht hin und her und warf schwankende Schatten. Flora atmete tief durch. Sicher war Carsten zwischenzeitlich unten gewesen, um etwas in den Kisten zu suchen. Darum die Unordnung. Sie entdeckte den Karton voller CDs und war erleichtert. Jetzt rasch durchsuchen und dann nichts wie hoch in ihr warmes Wohnzimmer. Das Rascheln wurde lauter. War da noch ein anderes Geräusch?

Flora versuchte, sich auf die CDs zu konzentrieren, und hielt schnell ein Exemplar von Rufus Wainwrights Version des Liedes *Hallelujah* in den Händen.

Ein leises Knarren, als ob jemand einen Gegenstand über den nackten Betonboden schob. Ein Scharren, kaum hörbar. Flora, die mit dem Rücken zum Gang vor dem offenen Karton hockte, hätte sich gern umgedreht, den Raum ausgeleuchtet, doch sie vermochte sich nicht zu rühren. Was war das? Sie verharrte regungslos, der leise Luftzug, der hier immer spürbar war, streifte ihren Nacken. Sie wandte den Blick vom durchwühlten Karton nach oben.

Ein fahler Schatten bewegte sich langsam an der steinernen Kellerwand entlang, verzerrt und übergroß. Ihr Herz überschlug sich.

Ein Knall, ein Rumpeln. Flora schrie auf, ein kurzer heller Schrei. Ein leises gemurmeltes Fluchen antwortete ihr, dann schnelle harte Schritte.

Ein breiter schwacher Lichtstreifen erleuchtete ruckartig den langen Keller, um wieder zu erlöschen. Es klang, als würde eine Tür zugezogen. Die alte Außentür am Ende des Kellerraums!

Das plötzliche Licht und dann die Dunkelheit. Stille. Flora stand auf und versuchte, einen Schritt nach vorn zu setzen. Ihre Füße gehorchten nicht und blieben einfach stehen. Sie hielt sich an einem Holzbalken fest. Das Einzige, was sie jetzt hörte, war ihr Herzschlag, der laut in den Ohren pochte. Sie atmete keuchend ein und nur stoßweise wieder aus. Ihr linker Arm mit der Taschenlampe baumelte bebend an ihrer Seite.

Sie hob ihn zitternd an, und das Licht tanzte auf dem alten Gemäuer. Doch mit tiefen Atemzügen bekam sie die Kontrolle über ihren Körper zurück. Sie drehte sich um und erleuchtete mit der Taschenlampe die lange Kellerflucht. Ein kleines Tischchen lag schräg am Boden mitten im Gang.

Das Licht reichte nicht bis zur Außentür, und Flora schlich langsam rückwärts, auf die Tür zur inneren Kellertreppe zu. Sie mochte dem leeren Gang nicht den Rücken zudrehen, stieß sich an der Kante einer Holzkiste schmerzhaft den Ellenbogen und biss die Zähne zusammen. Nur noch wenige Schritte …

Rasch zog sie die Kellertür hinter sich zu, drehte den Schlüssel gleich zweimal im Schloss und hastete die Stufen zum ersten Stock hinauf, wo sie erschöpft und schwitzend ankam.

Wer war das?

Hatte sie eben den Täter dabei überrascht, Helenes Besitztümer zu durchwühlen? War der Aller-Wolf bis in ihren Keller vorgedrungen?

Und wie kam er darauf, dass hier … Flora brauchte die Frage nicht zu Ende denken. Sie selbst hatte in ihrem Blog ausführlich über die Entdeckung der alten Fotobücher im Keller des Gutshauses geschrieben. Dass eine Treppe mit rostigem Geländer an der Gebäuderückseite zu einer windschiefen Tür ein paar Stufen tiefer führte, sah jeder, der den Gutspark für einen Spaziergang besuchte.

Zum ersten Mal wurde Flora bewusst, dass es gefährlich war, was sie in ihren Blogartikeln schrieb. Sie hatte den Täter selbst auf den Keller aufmerksam gemacht.

Sie schaute aus ihrem Wohnzimmerfenster in den Park. Ohne auf den Lichtschalter neben der Tür zu drücken, war sie in den Raum gegangen, um aus der Dunkelheit heraus zu beobachten. Der fast volle Mond schien hell genug, Wege und Beete zeichneten sich deutlich ab. Ob der Täter da draußen war? Es regte sich nichts auf den geschwungenen Rasenflächen und den weißen Kieswegen, deren Konturen im Mondlicht sichtbar waren. Durch die hohen Bäume mit ihrem herbstlich ausgedünnten Laub sah sie die hellen Lichter einer Fensterreihe. Markus Ernsting im Haus an der Ecke war noch wach.

Ob der Täter direkt am Kutscherhaus vorbeigelaufen war? Es dauerte lange, bis Flora in dieser Nacht Schlaf fand. Was hatte der Einbrecher gesucht? Hatte er etwas mitgenommen? Der Gedanke vermischte sich mit einem wirren Traum, aus dem sie schwitzend erwachte und nach dem sie lange wach lag.

Noch jemand schlief schlecht in dieser Nacht. Das war knapp. Hoffentlich hatte sie ihn nicht erkannt. Was zum Teufel hatte Flora um 2 Uhr morgens in diesem düsteren Keller zu suchen?

15.

»Zur Uni?«

Carsten Blume war wortkarg, denn er trank gerade den ersten Kaffee des Tages, und seine Gehirnzellen sprangen frühestens nach der zweiten Tasse an.

»Nee, zu Fredy. Bisschen aushorchen, und vielleicht mach ich auch eine Reportage über alte verstaubte Bücher.« Flora verschwieg ihr Erlebnis im nächtlichen Keller. Sie würde davon erzählen, aber später. Nicht, bevor der Großvater die Morgenmuffeligkeit überwunden hatte. Sie gab sich eine Galgenfrist bis zum Nachmittag.

Carsten sah tiefe Ringe unter Floras Augen. Blass um die Nase war sie. Er wunderte sich nicht. Die ganze Familie ging auf dem Zahnfleisch, seit mit Katrin Harms erstem Besuch im Gutshof die Ereignisse wie eine Lawine über sie hinweggerollt waren.

»Grüß ihn – und nerv ihn nicht zu sehr.« Carsten wandte sich wieder seiner Tageszeitung zu, schaute kurz zur Uhr und sah, dass es Zeit war, das Frühstück gemütlich zu beenden, bevor Hartmut Ziegler ankam. Der Hauptkommissar würde den Originalbrief des unbekannten Spenders vom Bestatter mitbringen.

Flora kam wieder herein, grummelte »Das regnet kleine Hunde« und schnappte sich den Autoschlüssel. Der Herbst 2019 glich in nichts dem endlos scheinenden Sommer 2018, in dem noch im November warme trockene Tage dazu einluden, draußen in der Sonne zu sitzen.

In diesem Jahr war es jetzt, Mitte Oktober, dauernd nass und nicht mehr sommerlich warm. Für Flora, die ansonsten am liebsten mit dem Rad und öffentlichen Verkehrsmitteln unterwegs war, »um keinen zu großen CO_2-Fußabdruck zu hinterlassen«, war das Auto eine berufliche Notwendigkeit. Und an unausgeschlafenen regnerischen Tagen wie diesem wurde es zur willkommenen Bequemlichkeit.

Fredy Levins Haus in Neu-Bosse war ein unscheinbarer Bau, verklinkert und mit verschachtelten Anbauten. Man sah dem Gebäude an, dass hier einst eine Familie lebte, die gewachsen war und das Haus den Bedürfnissen angepasst

hatte. Es gab zwei Hauseingänge, über einem prangte ein ver-
ziertes Metallschild mit der Aufschrift »Antiquariat«.

Unausgeschlafen und aufgewühlt von den Ereignissen der
Nacht, wäre Flora lieber zu Hause geblieben. Doch der Termin stand. Ablenkung war ohnehin besser, als immer wieder
über die erschreckenden Minuten im Keller nachzudenken.

Sie drückte den Klingelknopf und wurde von Fredy Levin
freundlich hereingebeten.

»Willkommen in meiner kleinen Bücherwelt!«

Flora hatte sich etwas völlig anderes darunter vorgestellt.
Lange Regalreihen mit steinalten Büchern vielleicht. Hier sah
es eher aus wie in einer Packstation.

Der Antiquar führte sie durch die Zimmer im Erdgeschoss,
und sie kamen doch in einen Raum, in dem alte Bücher in
Reih und Glied dominierten.

»Besucher hab ich selten«, erläuterte er. »Mein Geschäft
läuft online, und ich bin den halben Tag damit beschäftigt,
Bücher für die Post einzutüten.«

Flora sah, dass viele Exemplare militärisch klingende Titel
trugen. »Unsere Flieger über Polen« hieß ein abgegriffener
Band, den Fredy zum Versand vorbereitete.

»Ist das Nazikram?«, fragte sie mit einem angewiderten Blick
auf das fleckige Buch, das der Antiquar in einem wattierten
Umschlag verstaute.

»Es handelt sich nicht um verbotene Lektüre. Aber tatsächlich gibt es hier auch Bücher, die dir *eBay* in Deutschland gar
nicht erst anzeigt. Die verkaufe ich sehr gut in die USA. Da
geht alles aus dem Zweiten Weltkrieg weg wie warme Sem-
meln.« Fredy unterhielt einen amerikanischen *eBay*-Account,
über den er die Bücher anpries und versandte.

»Mit einer deutschen IP geht das nicht«, sagte er augen-
zwinkernd. »Läuft alles mit Proxy.«

»Und politisch, ich meine, was sagst du inhaltlich zu diesen Büchern?«

Flora konnte nicht beurteilen, ob sie da Hardcore-Naziliteratur vor sich hatte oder bloß irgendwelche alten Bände, die nur vom Titel her so klangen. Fredys Antiquariat war Werbekunde auf aller-lei-online.de! Hatte sie sich einen Kunden eingehandelt, der Nazi-Devotionalien vertickte?

»Keine Sorge, ich bin seit 30 Jahren in der SPD«, antwortete Fredy lachend. »Ich bediene nur ein sehr gut gehendes Marktsegment.«

Er zeigte Flora große Kisten voll mit alten Postkarten. »Da sind Orte dabei, die im Krieg zerstört wurden. Bilder aus solchen Orten sind rar. Schau hier – Goldap in Ostpreußen ist so ein Fall. Da bringt eine einzelne Karte gut und gerne 30 Euro.«

Flora erfuhr, dass Fredy seine Ware kistenweise von Entrümpelungsunternehmen erhielt. Manchmal fuhr er selbst zu Haushaltsauflösungen, um lukrativ verkaufbare Schätzchen in alten Schubladen zu entdecken. »Das war für mich nach Juttchens Tod wie eine Therapie.«

»Und was hast du vorher gearbeitet? Erzähl mal ein bisschen von dir.«

Fredy Levins Biografie war vielseitiger, als Flora vermutet hatte. Ursprünglich aus Buchholz an der Aller stammend, verschlug es ihn nach dem Abi in Mellendorf erst zum Studium nach Hamburg und dann direkt in das Silicon Valley.

»*Chaos Computer Club*, sagt dir das was?«

Flora nickte. Doch der Klub, heute angesehener Verein von Spezialisten, die gern zu Themen der Computersicherheit interviewt wurden, war in seinen Gründungsjahren nicht so staatstragend. Fredy, so berichtete er, zählte in den 80ern zu den ersten Nerds und war ein erfolgreicher Hacker, bevor die meisten Leute überhaupt lernten, wie man einen Computer bediente. Ein begehrter Fachmann, der in den USA mit seinen Entwicklungen reichlich Geld scheffelte.

»Ich hatte eine Menge Kohle. Ich hab Tag und Nacht gearbeitet und mich fast nur von Pizza ernährt. So richtig klischeehaft. Und dann hatte ich einen Burn-out, aus dem ich fast nicht mehr rauskam. Hatte auch mit Drogen zu tun.«

Flora sah den unscheinbaren kleinen Mann mit dem schütteren Haarkranz und der Bierplauze erstaunt an. Und sie hatte vermutet, er sei ein langweiliger Bücherwurm.

»Ich kam Anfang der 2000er nach Deutschland zurück und musste erst mal runterkommen. Jutta hab ich dann bei einer Kur in Malente kennengelernt. Ich war in der Psychosomatik, sie hatte Rücken.« Fredy Levin berichtete, wie sie sich in Hamburg eine Eigentumswohnung eingerichtet hatten. »Geld war genug da. Ich hatte in den *Neuen Markt* investiert und bin rechtzeitig ausgestiegen. *Lycos*, kennt man heute gar nicht mehr.«

Das Unternehmen war Flora kein Begriff. Sie wunderte sich zu hören, dass vor *Googles* Siegeszug eine Suchmaschine unter diesem Namen einen kurzen Rausch an der Börse feierte.

»Fredy, deine Erinnerungen sind wirklich schreibenswert.« Flora stellte sich eine lebendige Reportage aus den Anfängen des digitalen Zeitalters vor. Genau das lehnte ihr Gesprächspartner ab.

»Schreib bloß nichts über meine Vergangenheit. Das muss hier keiner wissen. Das erzähl ich dir nur privat.«

Flora war enttäuscht. Fredy plauderte unterdessen weiter von seinem späten Liebesglück. Jutta arbeitete in Hamburg in einer Anwaltskanzlei. Er nahm sich eine jahrelange Auszeit und bekochte seine Liebste.

»2007 kam der Krebs.«

Jutta Levin litt unter einer aggressiven Form von Brustkrebs. Als klar war, dass keine Heilungschancen bestanden, zogen sie zurück in ihre Heimat, in das geerbte Haus der Eltern, in dem eine Wohnung für sie frei war.

»Jutta wollte sich damit ablenken, ein Klassentreffen für 2008 zu planen. Sie nahm es richtig sportlich, die aktuellen Adressen der ehemaligen Klassenkameraden herauszufinden. Die hatten sich das letzte Mal zehn Jahre nach dem Schulabschluss getroffen, bei vielen stimmte die Adresse nicht mehr.«

Fredy fing in dieser Zeit an, alte Literaturbestände aufzukaufen, maßgeschneidert für den amerikanischen Markt, mit dem er sich durch sein Jahrzehnt in den Staaten auskannte.

»Ich hatte Amikollegen, denen ging richtig einer ab, wenn sie eine alte deutsche Ausgabe von *Mein Kampf* ersteigern konnten.«

Fredys Antiquariat wurde zum Erfolg, doch Juttas Pläne verwirklichten sich nicht mehr. Es gab eine Terminplanung für das Treffen 25 Jahre nach dem Schulabschluss. Jutta machte von allen aus der Klasse zumindest eine gültige Mailadresse ausfindig und war stolz darauf. Dann verschlechterte sich ihr Zustand rapide, und sie starb, bevor die Einladungen für das Klassentreffen versandt waren.

»Jörg Helberg kennst du durch Jutta?« Flora kam langsam zum Kern ihres Besuches.

»Ja, er war einer von wenigen, die Jutta kurz vor ihrem Tod noch besucht haben.«

Fredy schwieg und hing eigenen Gedanken nach. Immer, wenn er von Jutta sprach, wurde seine Stimme weich. Sein Blick wandte sich zu einem großen Bild seiner Frau an einem alten Klavier.

»Jutta konnte spielen?«, fragte Flora.

»Ja, sie spielte wunderbar.«

»Hatte sie auch direkten Kontakt zu Helene, Corinna und Vivian?«

Fredy schüttelte den Kopf. »Ich glaube kaum. Ich kann

mich zumindest nicht erinnern. Eigentlich war es nur Jörg, mit dem sie sich auch mal persönlich traf. Ich bin Jörg dankbar, dass er mich nach Juttas Tod aus meinen trüben Gedanken gerissen und zu Aktivitäten in den Dörfern hier mitgenommen hat. Ich kannte doch kaum jemanden, wir wohnten ja noch nicht lange hier.«

Fredy steckte beim Erzählen Bücher in große Umschläge. Ein Sammelbilderalbum der Olympiade 1936 befreite er vorsichtig mit einem feinen Pinsel von Staub.

»Das stammt übrigens von einem Klassenkameraden von Jutta. Bei Helmut Weitze in Eickeloh ist der ganze Boden voll mit interessantem Material. Jörg hat mich da hin vermittelt.«

Helmut Weitze! Einer der Verdächtigen!

»Und was ist das für ein Typ, Fredy?«

»Ein ganz schlichter, netter Kerl, Landwirt. Wohnt mit seiner Mutter auf dem Hof. Hat wohl nie geheiratet.«

Fredy schlug das Album vorsichtig in Papier ein, bevor er es sachte in ein gepolstertes Kuvert schob. »Die Sachen von Weitze hab ich gerade noch so vor dem Müll gerettet. Und da waren wirklich Besonderheiten dabei.«

Flora hakte nach. »Was hat der für einen Bauernhof?«

»Die haben Spargelfelder und Kartoffeln. Da kannst du auch direkt ab Hof kaufen. Lohnt sich. Super Kartoffeln.« Fredy klebte einen vorbereiteten Adressaufkleber auf den Umschlag und wandte sich dem nächsten Buch zu.

»Ich glaube, der Helmut war so was wie der Klassentrottel damals. Der ist eben ziemlich einfach gestrickt. Jutta sagte mal, dass Helmut den Realschulabschluss nur mit Hängen und Würgen geschafft hat. Aber es heißt ja auch, dass der dümmste Bauer die dicksten Kartoffeln hat. Ich wundere mich eigentlich, dass er keine Frau abkriegen konnte. Liebe vergeht, Hektar besteht – kennst du die Redensart?«

Nein, das hatte Flora nie gehört, genauso wenig wie den

Spruch mit dem dummen Bauern und den dicken Kartoffeln. Beides notierte sie sich für ihre kleine Sammlung mit altmodischen Redensarten und Sprichwörtern.

»Helmut geht mit uns auf Jagd. Treffsicher ist er. Aber sobald es um Schriftliches geht, kapituliert er. Markus hat ihn durch das *Grüne Abitur* geschleppt, die beiden haben gleichzeitig den Jagdschein gemacht. Markus ist da richtig gut drin. Dem Arnd bringt er auch alles Nötige bei.«

Das *Grüne Abitur*? Flora fragte nicht, das konnte sie googeln. Besser, sie brachte Fredy nicht vom Thema ab.

»Warum ist der Helmut denn nicht beim Stammtisch dabei? Hat ja auch keine Frau.«

»Der darf nix mehr trinken«, antwortete Fredy und meinte damit den Genuss von Alkohol. »War wohl mal süchtig, genau weiß ich das nicht. War vor meiner Zeit in dieser Gegend.«

Das nächste Buch war eingetütet, die Adresse aufgeklebt.

Flora wartete darauf, dass Fredy weiter erzählte, und sah ihn erwartungsvoll an.

»Aber du wolltest ja eigentlich etwas von mir hören. Durch Jörg bin ich in den Schützenverein gekommen und in den Heimatverein. Und als Jörg dann von seiner Frau verlassen wurde, hab ich mich um ihn gekümmert.«

Fredy hatte gesagt, dass er aus Buchholz stammte, damit wäre es möglich, dass er Helene und den anderen Ladies in der Schule begegnet war.

»Warst du auch in Schwarmstedt auf der Realschule? Kanntest du Jutta also von früher, und ihr habt euch bei der Kur wiedergetroffen?«

»Nein, ich war zwei Jahrgänge drüber und hab mich damals nur für Technik interessiert, nie für Mädchen«, sagte Fredy in einem Tonfall, der Flora ein wenig zu beiläufig klang.

»Und ich bin nach der Grundschule nach Mellendorf aufs Gymnasium. 84er Abijahrgang.«

Annas Worte vom vergangenen Abend fielen ihr ein. Jemand aus einer anderen Klasse! Ein etwas älterer Junge? Oder einer, der nicht dieselbe Schule besuchte, den Mädchen aber in der Freizeit begegnete? Wie hatten die Jugendlichen aus der Gegend damals ihre Abende verbracht – und womit? Flora beschloss, zu diesem Thema zu recherchieren. Konnte man in den 80ern überhaupt etwas erleben im Aller-Leine-Tal? Gab es Diskotheken, wo ein 18-jähriger Fredy und eine 16-jährige Helene sich auf der Tanzfläche oder an der Bar trafen?

»An eine Geschichte im Zusammenhang mit dem Klassentreffen kann ich mich besonders gut erinnern«, unterbrach Fredy ihre Gedanken. »Der letzte Klassenkamerad, von dem Jutta noch immer keine Kontaktdaten hatte, war der Klassenstreber Hänschen, so nannte sie ihn. Hans Steppanek hieß er. Sie hat gegoogelt und telefoniert und wieder gegoogelt. Und dann fand sie eine Mailadresse, die so ähnlich klang, und die hat sie einfach angeschrieben. Kannst dir nicht vorstellen, wie happy sie war, als Antwort kam und es tatsächlich der Klassenstreber war.« Fredy lächelte bei der Erinnerung.

»Die Einladungen zu dem Klassentreffen 2013 beruhten dann tatsächlich auf den Adressen, die Juttchen recherchiert hatte. Ich habe Jörg die Daten zur Verfügung gestellt. Und es haben sich alle gemeldet, nur der Hans Steppanek nicht mehr. Kein Wunder, wer benutzte 2013 noch seine alte AOL-Adresse?«

Flora beschlich das Gefühl, dass Fredy sich etwas zu tief in Erinnerungen verlor. Sie versuchte, ihn wieder auf Kurs zu bringen.

»War Jörg denn näher mit Helene befreundet? Ich hab kürzlich gehört, die beiden hätten sich häufiger getroffen?« Flora warf damit eine Nebelkerze. Niemand hatte so etwas gesagt.

»Was? Nee, da hat dich wer angeschmiert.« Fredy schüttelte energisch den Kopf. »Das hätte ich mitgekriegt.«

Flora verabschiedete sich mit gemischten Gefühlen und einem letzten irritierten Blick auf die unappetitliche Literaturmischung »für den amerikanischen Markt«. Fredy Levin entpuppte sich als schwer zu greifende Persönlichkeit. Ein ehemaliger Hacker und Computerspezialist, der keine Skrupel kannte, Naziliteratur in den Staaten zu verscherbeln. Ein treuer Freund von Jörg Helberg – und vor allem: ein Mann, der zu jenen gehört haben könnte, die von Helene und ihren Freundinnen gedemütigt wurden. Jemand, der nach dem Tod seiner Frau über viel Zeit verfügte, um alte Verletzungen wieder aufbrechen zu lassen.

Schon auf dem Weg nach draußen, drehte sich Flora zu Juttas Foto um und sah, welche Noten darauf warteten, dass sich jemand der alten Pianotasten erbarmte. *Leonard Cohen. Classic Arrangements* hieß die Notensammlung. Das Klavier lag unter einer Staubschicht. Die Noten aber sahen aus, als wären sie erst kürzlich dort hingestellt worden.

»Na Hallelujah!«, murmelte Flora leise und hatte es eilig, das Haus zu verlassen.

Fredy winkte ihr freundlich nach und stand noch in der offenen Tür, als sie längst gewendet hatte und am Ende der kleinen Stichstraße in den Rückspiegel sah.

Flora fuhr spontan Richtung Rethem zu Joes Tankstelle. Sie hatte ihn einige Tage nicht gesprochen. Der große schlanke Joe erweckte mit seinem graubraunen Pferdeschwanz, dem lässigen Bart und der urigen Nerdbrille auf sie von Anfang an einen Hipstereindruck. Auf keinen Fall sah er wie jemand aus, der irgendwelche Nazilektüre gutheißen würde.

Joe war sicher in der Lage, Fredys Geschäftsgebaren für sie einzuordnen. Und vielleicht hatte er etwas Interessantes auf den Kameras gesehen, die nach dem Leichenfund dauerhaft im Wäldchen positioniert wurden. Gründe genug für eine kurze Einkehr. Sie zapfte sich mit Kleingeld einen Kaffee und wartete an einem Stehtisch darauf, dass ein Kunde bei Joe die ideale Autowäsche auswählte und bezahlte. Der Tankstellenpächter setzte sich entspannt zu ihr auf einen Barhocker.

»Ich komme gerade von Fredy, warst du mal bei dem zu Hause?«

»Klar, schon oft.« Er stutzte. »Ach, ich ahne, worauf du hinaus willst.« Joe lachte. »Die Bücher sind schon grenzwertig.«

Mehr sagte er nicht dazu. Flora wunderte sich, dass außer ihr keiner etwas daran fand, solches Zeug zu verkaufen. Sicher hatten Carsten und die anderen Stammtischbrüder Fredy auch schon mal besucht.

»Weißt du, dass eine ganze Menge dieser Art von Literatur von euch aus dem Gutshaus stammt? Und Helenes Familie hat auch solche Bücher gebunkert.«

»Woher weißt du das?«

Flora war klar, dass ihre Vorfahren nicht im Widerstand geglänzt hatten. Wäre es so, der Ahnenforscher Carsten würde längst wortreich damit prahlen. Weggeschmissen wurde bei Blumes kaum etwas, Keller und Dachboden waren groß genug.

»Aber alte Nazilektüre – vernichtet man die nicht einfach, wenn man sie findet?«

»Kann man machen. Sollte man eigentlich auch.« Joe Gade schmunzelte. »Aber wenn man mitkriegt, dass es in Übersee und in Osteuropa richtig Kohle dafür gibt, da ändert man die Meinung, besonders, wenn man gerade klamm auf dem Konto ist.«

»Friedrich und Helene waren klamm auf dem Konto.« Flora vermutete, dass der Wunsch, den hohen Lebensstandard zu erhalten, bei den beiden stärker war als der Ekel vor Naziliteratur.

»Du hast Helene also noch kennengelernt?«, fragte sie Joe.

»Natürlich, ich habe die Tankstelle im Sommer 2014 übernommen. Fredy kam in den Laden, weil er Flyer bei mir auslegen wollte, auf denen stand, welche Literatur er sucht.«

»Echt, was stand da drauf?«

Joe sah Flora amüsiert an. »Die liegen hier immer noch aus. Klingt ganz harmlos. Deutsche Sachbücher und Belletristik bis 1950, Postkarten aus aller Welt bis 1960.«

»So kann man das auch umschreiben.« Flora schüttelte den Kopf.

»Friedrich kam immer mit seinem alten Mercedes zu mir, ich kannte damals jemanden, der auf die Reinigung von Oldtimern spezialisiert war. Die dürfen ja nicht einfach so in die Waschanlage. Helene kam manchmal mit, damals waren sie wohl noch nicht getrennt. Und als sie den Flyer sah, war sie ganz aufgeregt.«

So was hätten sie doch kistenweise, habe sie gemeint. Wenn man dafür sogar Geld bekam …

Es beruhte auf Helenes Initiative, dem Antiquar alte Bücher zu verkaufen. Aus Kisten, die im Keller standen? Kannte Fredy die Blumeschen Katakomben?

Flora, die in den letzten beiden Wochen zu wenig gegessen hatte, suchte sich ein Sammelsurium an Schokoriegeln aus und nahm sie gern als Geschenk an.

»Die schulde ich dir noch, weil ich die Sache mit der Wildkamera nicht ernst genommen hab.« Joe Gade zeigte auf die Regale mit Illustrierten. »Kannst dir gern noch was zum Lesen mitnehmen. Ich kann das ja kaum wieder gutmachen. Wenn die Sache mit der Wildkamera geklappt hätte, wär der Aller-Wolf schon im Knast.«

»Zu spät, Joe. Aber wir kriegen den trotzdem.« Flora griff nach einem Nachrichtenmagazin und verabschiedete sich.

Ihr Blick fiel auf den Kartoffelstand links vom Tankstellengebäude. Säckeweise Kartoffeln standen in einem kleinen

Büdchen, davor eine abgeschlossene Metallschatulle, in die man durch einen Schlitz das Geld passend einwarf. Diese Vertrauenskassen gab es in den Dörfern gar nicht so selten, und die Kartoffelkäufer schienen ehrlich zu bezahlen, sonst hätten die Bauern diese Art des Vertriebs sicher schnell wieder aufgegeben. Flora hatte dort bisher nie eingekauft. Blumes wurden von einem Erzeuger direkt beliefert – und in größeren Mengen. Jetzt trat sie zum ersten Mal an das Büdchen heran. Die Kartoffeln kamen, so besagte ein laminiertes Schild, das mit Reißzwecken in das Holz gedrückt war, von »Bauer Helmut Weitze, Eickeloh«. Rasch kehrte Flora noch mal in den Verkaufsraum zurück.

»Sag mal, diesen Kartoffelbauern, den hat dir doch Jörg vermittelt, oder? Ihr jagt zusammen?« Sie fragte ins Blaue hinein, aber Joe bestätigte nickend.

»Ja, wieso?«

»Nur so.« Flora verabschiedete sich erneut und verließ die Tankstelle. Was für ein aufschlussreicher Nachmittag! Ihr nächster Besuch, so nahm sie sich vor, würde einem Eickeloher Hofladen gelten. Die Geschichte von Helmut Weitze klang nicht wie die Story eines glücklichen erfüllten Lebens. Und er war verdächtig.

Nachdenklich fuhr sie nach Haus. Es war unausweichlich, Carsten von der Episode im Keller zu erzählen. Sie wappnete sich mit dem Genuss eines *Twix* und eines *Bounty* für den Ärger, den sie für ihren Alleingang bekommen würde.

Doch die Standpauke fiel deutlich kleiner aus, als erwartet. Flora gab es offen gegenüber ihrer Mutter und ihrem Großvater zu.

»Naja, du bist 20. Da kann man schon allein entscheiden, ob man in den Keller des eigenen Hauses geht.«

Carsten hatte recht, aber Flora empfand sich ihm gegenüber nicht so erwachsen wie in der Welt da draußen. Dort wurde sie in den letzten Wochen das erste Mal als ernst zu nehmende Journalistin wahrgenommen.

»Falsch war, uns nicht zu wecken, um gleich davon zu erzählen.« Carsten hatte die Hand schon am Hörer des Festnetztelefons und wählte die Nummer von Hartmut Ziegler. Es gab eine Chance auf Fingerabdrücke oder DNA-Spuren des Täters im Keller.

»Du sagst, da sei ein Tischchen runtergeknallt. Wer weiß, vielleicht hat er sich dabei verletzt, vielleicht sind Hautpartikel zu finden.« Der Gedanke war Flora nicht gekommen. Ihr Talent war es zu recherchieren und Leute auszufragen. Die praktische Polizeiarbeit war etwas, wovon sie keine Ahnung hatte. Noch nicht, hoffte sie.

Annas Stärke war die Menschenbeobachtung. Sie kombinierte einzelne Informationen zu einem Verdacht. Eigentlich sind wir ein klasse Team, fiel Flora auf. Sie sprach es lieber nicht laut aus. Der Großvater würde nur mit den Augen rollen.

»Und jetzt hole ich Schlaf nach«, verkündete sie stattdessen und stieg erleichtert die Stufen hoch zu ihren Räumen, ohne über die Beobachtungen in Fredys Antiquariat zu reden. Nichts davon war so dringend, dass es eilte, darüber zu sprechen. Ein Nachmittagsschläfchen war verlockender. Normalerweise schlief sie tagsüber nur nach dem Feiern am Wochenende, wenn sich das Schlafdefizit bis in den Montag hinein schleppte. Die Mordfälle und das Grübeln darüber schlauchten sogar deutlich mehr als lange Klubnächte, stellte sie fest.

ER - 2014

Der Wolfsstein kam ihm heute kleiner vor. Nie wieder hatte er diesen einsamen Platz besucht, bis er vor einigen Tagen von Wolfssichtungen in der Gegend las. Er suchte auf der Landkarte und stellte fest, dass der Gedenkstein sogar eingezeichnet war. Er nahm seinen Wagen und fuhr von Lichtenhorst aus nahe heran. Den Rest des Weges wanderte er zu Fuß.

Die Erinnerung war lebendig und sie rüttelte an seiner inneren Ruhe, jetzt, wo er wieder vor dem Stein stand. Er war damals quer durch den Wald zu seinem Fahrrad gelaufen, einem alten Bonanza-Rad, geschmückt mit einem Wimpel von *Hannover 96*.

Er hatte auf das Rad lange gespart. Bald würde er zu groß dafür sein. Schnell war er weggefahren, obwohl er durch den Tränenschleier vor seinen Augen kaum etwas sah. Darum war ihm das tiefe Schlagloch im unbefestigten Waldweg nicht aufgefallen.

Der Sturz schmerzte, er schlug sich das linke Knie auf, hielt die blutende Wunde und ließ den Tränen freien Lauf. Er rappelte sich auf und stellte fest, dass der Lack an seinem Rad Schrammen bekommen hatte, der Wimpel war verdreckt. Mit einem Grasbüschel wischte er das Blut von seinen Händen. Das Knie pochte. Er rieb sich die Tränen aus dem Gesicht, und seine vom Sturz schmutzigen Handrücken hinterließen graue Schlieren auf den Wangen. Warmes Blut lief an seinem rechten Bein hinunter. Schluchzend quälte er sich mit dem Rad, das er jetzt schob, zu jener Stelle, die für ihn Heldenmut symbolisierte. Bei einem Schulausflug waren sie zum Stein gewandert und hatten die Geschichte gehört.

Der Wolfsstein war einem Bauern gewidmet, der 1948 einen Wolf erschoss. Zuvor hatte das Tier in den Viehbeständen der Umgebung angeblich Schaden angerichtet. Dem Wolfsrüden hatte die Bevölkerung einen furchteinflößenden Namen gegeben: *Würger vom Lichtenmoor*. Der Bauer, Hermann Gaatz wurde zu einem gefeierten Mann in der Gegend. Damals, in seiner Kindheit, wünschte er sich, selbst solch ein Held zu sein. Stattdessen nannten sie ihn Jammerlappen, die drei lachenden Mädchen, die zusammen so unverwundbar wirkten. Er hatte im Ernst gehofft, Helene wolle sich mit ihm treffen.

Er lehnte sich an den kühlen Stein, bis er sich beruhigt hatte und die Gedanken sich klärten. Das wirkte 1983, und es wirkte 2014.

Nein, er war kein Held wie Hermann Gaatz.

Er war wie der junge Wolf. Er war der Erbe des *Würgers vom Lichtenmoor*. Der Gejagte.

Er wusste jetzt, dass dieses Tier nicht schuld war an den vielen Rissen, die ihm nachgesagt wurden. Die Menschen in den Dörfern hatten gewildert und es dem *Würger vom Lichtenmoor* in die Schuhe geschoben.

Der unschuldige Wolf, der nur jagte, um zu überleben. Sie waren sich so ähnlich. Doch er war schlauer als das Tier, das vom Jäger erlegt wurde. Er würde davonkommen.

16.

Es gab Fingerabdrücke – und eine Übereinstimmung.

Carsten rief nach Anna und Flora.

»Der Einbrecher hatte tatsächlich keine Handschuhe an«, berichtete er. »Und jetzt kommt's. Die Abdrücke, die sie gestern an unserer Kellertür gefunden haben, sind identisch mit denen auf dem Brief an den Bestatter.«

Für Anna kam diese Nachricht überraschend. Der Täter, der bisher so präzise gearbeitet hatte, hinterließ auf einmal Spuren.

»Spann uns nicht auf die Folter. Zu wem gehören die Fingerabdrücke?«

»Jetzt kommt der ungeklärte Teil. Sie gehören nicht zu einem der drei Verdächtigen aus der Schulklasse.«

»Also war es nicht Jörg, der unseren Keller durchwühlt hat.« Alles, was den Ortsbrandmeister entlastete, fand Anna erfreulich.

Flora notierte sich einen ganzen Satz: »Spann uns nicht auf die Folter« – das war wieder so eine Redewendung, die keiner in ihrer Generation benutzen würde. Sie liebte es, solche altmodischen Begriffe in ihre Artikel einzubauen.

»Und nun? Werden sich deine Kollegen jetzt die anderen Männer aus der Klasse vornehmen? Können die alle ihre Reisen beweisen?«

Anna kam auf etwas zurück, das Flora erzählt hatte: Fredy Levin, der zwei Jahre älter war als Helene und ihre Klassenkameraden, aber 1983 nur wenige Dörfer weiter wohnte.

»Es ist doch wirklich zu kurz gegriffen, sich bei den Ermittlungen auf die Teilnehmer des Klassentreffens zu beschränken. Es gab sicher mehrere Parallelklassen in diesen geburtenstarken Jahrgängen, und dann noch die Jungen, die auf die Hauptschule oder das Gymnasium gingen. Wenn fast jeder Junge aus ihrer eigenen Klasse auf Helene flog, dann sicher auch welche aus anderen Klassen oder Jahrgängen.«

Carsten bestätigte die These seiner Tochter. »Es wäre zu einfach, wenn die Fingerabdrücke einen der drei bisher Verdächtigen entlarvt hätten. Obwohl bei Kriminalfällen sehr oft die einfache Lösung die richtige ist. Täter machen Fehler. Wir finden diese Fehler.«

Flora grübelte – und unterbreitete einen Vorschlag.

»Wenn wir bei Helenes Beerdigung nach dem Kaffeetrinken die ganzen Tassen für Fingerabdrücke zur Verfügung stellen und vorher Fotos machen, wer anwesend war? Dann wüssten wir zumindest, ob der Einbrecher so dreist ist, zur Beerdigung zu kommen. Auch wenn wir die einzelnen Tassen nicht mehr zuordnen können. Es würde den Kreis der Verdächtigen einschränken.«

Carsten lachte. Es klang überzeugend, um zumindest die Identität des Keller-Einbrechers und Bestattungsspenders einzugrenzen. »Nur ist das leider nicht legal. Die Polizei darf nicht gegen den Willen eines Unverdächtigen seine Fingerabdrücke nehmen.«

»Mist.« Flora war unzufrieden. »Das klingt, als ob diese Fingerabdrücke alles eher schwieriger machen.«

»Wenn sie denn zum Täter gehören.« Anna zweifelte daran. »Der Mörder ist so geschickt vorgegangen bei seinen Taten. Und jetzt macht er plötzlich dumme Fehler?«

Für Anna passte die raffinierte Verschleierung der Morde nicht zu der plumpen Art, in der die neuen Indizien auftauchten.

»Wenn wir wüssten, wer Helenes Liebhaber war, kämen wir ein Stück weiter. Habt ihr im Keller denn keine Hinweise darauf gefunden?«

Carsten verneinte. Das kleine Telefonverzeichnis, das er gleich beim ersten Besuch in den Katakomben an sich genommen hatte, zeigte keine auffälligen Einträge. Die Polizeikollegen hatten sich Helenes Besitztümer nach dem Einbruch im Keller vorgenommen, doch weder Namen noch Liebesbriefe gefunden, die den heimlichen Lover enttarnten. Friedrich hätte es sagen können, denn er hatte Helene ja ertappt und sich daraufhin von ihr getrennt.

Der Schreibtischinhalt seines Bruders lagerte auf dem Dachboden. Carsten überlegte, ob es sinnvoll war, dort zu suchen. Einen dicken Stapel persönlicher Korrespondenz Friedrichs hatte er nach dessen Tod ungelesen zur Seite gelegt.

»Großer dunkelhaariger Typ in ihrem Alter, gut aussehend. So hat die Schulfreundin den Mann beschrieben, mit dem Helene in Walsrode spazieren ging. Auf so jemanden müssen wir bei der Beerdigung achtgeben.« Für Flora klang das nach einem schöneren Paar als die Tante und ihr deutlich älterer Ehemann Friedrich.

Carsten runzelte die Stirn. »Nach so jemandem müssen die Kollegen Ausschau halten, nicht wir. Ich möchte euch daran erinnern, dass es nicht unsere Aufgabe ist, den Fall zu lösen. Und außerdem würde es wirklich komisch aussehen, wenn wir bei der Beerdigung Leute beobachten.«

Anna gab ihm Recht: »Klar, von uns wird erwartet, die trauernde Familie in der ersten Reihe überzeugend darzustellen. Bin ich die Einzige, die sich dabei verlogen vorkommt?«

*

Der Morgen, an dem Helene Blume zur letzten Ruhe gebettet wurde, zeigte sich neblig-trüb. Zuvor herrschte wenige Tage goldene Herbststimmung, der 25. Oktober war dagegen ein Tag, an dem leichter Nieselregen die Gäste auf dem Weg in die Kapelle des Bosser Friedhofes begleitete. Carsten und Anna gaben den Beerdigungstermin nicht in der Zeitung in Form einer Traueranzeige bekannt. Stattdessen versandten sie persönliche Trauerbriefe. Die Klassenkameraden, Nachbarn und Freunde bekamen Anschreiben der Familie Blume. Anna hatte in einem Ordner mit Helenes alten Buchführungsunterlagen die Adresse ihrer ehemaligen Arbeitgeberin in Walsrode gefunden und den Kolleginnen eine Einladung ausgesprochen. Im Ort sprach sich auch ohne öffentliche Ankündigung schnell herum, wann Helene beerdigt wurde – und irgendjemand hatte es der Presse gesteckt.

Der Bosser Friedhof war klein und lag weit außerhalb des Dorfes, kaum einen Kilometer vom Gutshof entfernt. Einen großen Parkplatz gab es nicht, und so bildeten die Wagen der Trauergäste eine lange Reihe am Wegesrand entlang.

Ein Kamerateam postierte sich außerhalb der Friedhofshecken. Der aufdringliche Fotograf, den Flora auf dem Kieker hatte, seit er Katrin am Wäldchen fotografiert hatte, kam aus der Kapelle, als die Familie eintraf. Die Kamera mit dem großen Objektiv baumelte an diesem Tag nicht von seiner Schulter, aber sie sah einen kleinen Fotoapparat in seiner linken Hand.

»Wer hat den reingelassen?« Flora fuhr die junge Mitarbeiterin des Bestatters, die an der Tür stand und die Gäste bat, sich in Trauerlisten einzutragen, harsch an.

»Aber das war jemand, der freundlich gegrüßt hat, und ich konnte doch nicht wissen …«

»Schon in Ordnung.« Anna wiegelte ab. »Nicht Ihre Schuld.« Die Familie hatte für einen stilvollen, aber nicht übertriebenen Sargschmuck aus Sonnenblumen und roter Gerbera gesorgt. Anna war verblüfft, wie viele Blumenschalen und Gestecke links und rechts des Sarges drapiert waren. Von einigen hingen Schleifen, aus denen ersichtlich wurde, wer dafür bezahlte. Ein buntes Blumenarrangement trug die Schleifenaufschrift »Deine Kolleginnen«. An einer großen Pflanzschale prangte auf einer glänzend schwarzen Stoffschärpe die Beschriftung »Für unsere Schöne. Deine 10b«. Die Schulabschlussklasse hatte zusammengelegt. Ein Kranz aber überstrahlte alle anderen Gebinde. Prachtvoll mit rosa Rosen besteckt, stand er direkt vor dem Sarg. Der Bestatter vermutete sicher, dass dieser letzte Blumengruß von einem Angehörigen kam, und hatte ihn darum in eine prominente Position gerückt. Es steckte keine Schleife daran.

Anna zweifelte nicht, dass dieser opulente Kranz vom gleichen Menschen beauftragt wurde, der beim Bestatter anonym Musik und Grabsteininschrift bestellt hatte – und in Blumes Keller eingebrochen war. Helene hatte einen glühenden Verehrer, der seiner Zuneigung auch nach ihrem Tod Ausdruck verlieh. Ob diese Liebe auf Gegenseitigkeit beruht hatte, das war völlig offen.

Flora schaute sich um, als alle Gäste auf ihren Plätzen saßen und ein Orgelvorspiel die offizielle Zeremonie eröffnete. Hartmut Ziegler hatte befürwortet, dass Hallelujah, wie vom unbekannten Spender gewünscht, gespielt wurde, allerdings zum Ende der kurzen Andacht. Unauffällig zwischen den vielen bekannten und fremden Besuchern der Trauerfeier saßen Polizeibeamte und beobachteten aufmerksam die menschlichen Regungen. Flora kannte die wenigsten Gesichter. Wer war nur aus Neugier gekommen, wer trauerte ehrlich, wer gehörte zum Landeskriminalamt? Sie versuchte, aus den Augenwinkeln Eindrücke zu erhaschen, drehte einige Male den Kopf, bis ihre Mutter sie anstupste.

»Da vorne spielt die Musik«, murmelte Anna.

Eine ältere Frau aus Eilte weinte ununterbrochen. Flora kannte sie vom Sehen und wusste, wo sie wohnte. Sie saß dort fast immer auf einer Holzbank vor einem gepflegten kleinen

Häuschen an der Durchgangsstraße und grüßte jeden freundlich, der vorbeikam. Was verband sie mit Helene? Flora nutzte das Aufstehen zum Gebet für eine kurze Wendung nach hinten und entdeckte die Familie Harms in einer der mittleren Reihen. Katrin weinte leise.

Sie stand unter dem Eindruck der Bestattung ihrer eigenen Mutter, vermutete Flora. Die Tränen galten nicht den menschlichen Überresten in dem Eichensarg zwischen hohen Kerzenhaltern. Anna trat ihrer Tochter leicht gegen das Schienbein.

»Dreh dich nicht dauernd um. Das gehört sich nicht«, zischte sie.

Das gehört sich nicht. Diesen Satz hörte Flora in der Stadt nie. Dieser Satz war auf dem Land zu Hause, wo auf gesellschaftliche Konventionen mehr Wert gelegt wurde, wo jeder jeden kannte. Da ist es noch Dorfgespräch, wenn die Nichte des Mordopfers bei der Beerdigung die Gäste beobachtet, statt auf den Sarg zu starren. Floras Gedanken ließen sie leicht den Kopf schütteln. Dann benahm sie sich, »wie es sich gehört«.

Die Familie hatte dem Pastor aufgetragen, keinen detaillierten Lebenslauf der Verstorbenen zu verlesen. Genau genommen kannten die Blumes niemanden, der dafür ausführlich über Helene Auskunft geben konnte. So beschränkte sich der junge Geistliche darauf, die Lebensdaten vorzutragen und zu beten. Eine lange Trauerfeier wurde es nicht.

Aber stimmungsvoll war es. Anna hatte als Instrumental der Organistin den irischen Pilgersegen *Möge die Straße* vorgeschlagen. Der Anmerkung des Pastors, dass die älteren Trauerfeiergäste mit einer Melodie zum Mitsingen rechneten, war die Familie bei der Ablaufplanung gefolgt. *So nimm denn meine Hände* war das meistgewählte Lied, und Anna hatte zugestimmt. Alles, wie es sich gehört. Eine stimmungsvolle Trauerfeier für eine fast fremde Frau.

Für Flora kam es nur auf ein Musikstück an, das letzte, bevor der Sarg aus der Kapelle getragen würde. Das einzige Lied, das vom Band gespielt wurde.

Die ersten Töne von *Hallelujah* erklangen. Flora drehte sich erneut vorsichtig um. Sie sah einige wenige erstaunte Blicke, die meisten Gäste schauten nur vor sich hin. Eine jüngere Frau, die inmitten anderer gut aussehender Frauen saß, fing an, heftig zu weinen. Ihre Sitznachbarin nestelte in der Handtasche herum auf der Suche nach einem Taschentuch, das sie der Weinenden reichte.

Flora entdeckte Fredy, der ungerührt schien und neben Blumes Nachbarn Markus Ernsting saß. Es waren einige Leute da, die Helene nicht persönlich kannten. Markus gehörte sicher dazu, denn er war erst Ende 2016 in das Kutscherhaus gezogen und kam ursprünglich aus Hamburg. Sein Kollege Arnd, seit Kurzem Mitglied der Stammtischrunde, besuchte hier ebenfalls die Trauerfeier einer Fremden. Markus war blass um die Nase. Zwei Wochen hatte er jetzt mit irgendeiner Grippe flachgelegen. Hing seine betretene Miene damit zusammen, dass im Dorf getuschelt wurde, Helene sei in ihrem Schlafzimmer erdrosselt worden? Dafür gab es keinerlei Anhaltspunkte, doch wenn ein Gerücht erst einmal in der Welt war …

Markus wohnte in einem Haus, von dem man sagte, dass dort jemand ermordet worden war. Das ließ ihn sicher nicht kalt.

Die letzten Akkorde des Liedes verklangen. Der Pastor sprach einen kurzen Segen, bevor die Sargträger durch den Mittelgang der Kapelle kamen, um Helenes sterbliche Überreste im schlichten Eichensarg zur Grabstelle zu bringen.

An diesem Tag waren es Carsten, Anna, Michael und Flora, die neben dem offenen Grab am nördlichen Ende des Friedhofs standen und die Kondolenzbezeugungen der Gäste entgegennahmen. Flora hatte, frontal zu den wartenden Menschen stehend, beste Sicht.

Sie sah, dass die junge Frau, die bei den ersten Tönen von *Hallelujah* geweint hatte, auf Markus zuging und ihn nach kurzem Zögern in den Arm nahm. Dann stellte sie sich mit den anderen auffällig eleganten Frauen in die Kondolenzschlange. Markus, Arnd und Fredy winkten in Richtung der Familie und verließen den Friedhof, ohne an das Grab zu kommen,

Flora schüttelte Hände von Menschen, die Trauerformeln murmelten. Sie nickte freundlich dazu und empfand die Situation als unangenehm, denn sie brauchte ja keinen Trost.

Es klärte sich bei der Kondolenz am Grab schnell auf, warum eine der eleganten Frauen bei *Hallelujah* so herzlich geweint hatte. Es waren Helenes Kolleginnen aus der Boutique, und eine stellte sich als ihre Freundin vor: »Es war so schön, ihr Lieblingslied zu hören. Das Lied hat ihr viel bedeutet. Und Helene hat mir viel bedeutet.«

Anna betonte, dass sie sich freuen würde, wenn die Kolleginnen zum Kaffee in den *Rittersaal* kämen, und Flora hoffte, dass sie die Einladung annahmen. Alle Trauergäste hatten kondoliert. Endlich verließ als Letztes die Familie den Friedhof, und Michael Kamphusen war froh darüber. »Was für ein Mummenschanz«, flüsterte er seiner Tochter zu. »Ich hab die Frau, die wir hier gerade beerdigt haben, nur zweimal gesehen. Bin echt froh, gleich wieder in der Küche zu stehen.«

*

Der Kontrast war auffällig. Flora kannte es schon von der Beerdigung ihres Großonkels Friedrich. Das Beerdigungskaffeetrinken war eine entspannte, fast gut gelaunte Veranstaltung mit Menschen, die laut durcheinander redeten und nach kurzer Zeit sogar in ihren Gesprächen lachten. Anna hatte weitere Gäste der Trauerfeier dazu gebeten, darunter die Seniorin aus Eilte, die bei der Ansprache des Pastors so viele Tränen vergoss. Nun saß sie lachend inmitten anderer älterer Leute. Flora hoffte auf einen passenden Moment für ein Gespräch mit ihr. Angenehm war, sich nicht mehr verstellen zu müssen. Doch die gelöste Atmosphäre zwischen Butterkuchen und belegten Broten befremdete Flora fast genauso wie die erzwungene Trauermiene auf dem Friedhof.

Die Arbeitskollegin, die sich für Helenes Lieblingslied bedankt hatte, verschwand mit einer Zigarettenschachtel Richtung Eingangstür. Flora stand auf, folgte ihr und stellte sich lächelnd neben die rauchende Boutiqueverkäuferin.

»Sie waren mit Helene befreundet?«

»Aber ja. Und es tut mir so leid, dass ich am Ende sauer auf Helene war, weil sie sich einfach nicht mehr gemeldet hat.« Die Frau schüttelte über sich selbst den Kopf. »Helene war für mich so wichtig. Sie hat mir geholfen, als es mir mal sehr schlecht ging. Und du bist Flora, das weiß ich. Helene hat bedauert, so wenig Kontakt zu euch zu haben. Sie hatte doch keine eigenen Verwandten mehr.«

Flora war verblüfft. »Wirklich? Aber warum hat sie sich dann nie bei uns gemeldet?«

Die junge Frau zuckte bedauernd die Schultern. »Keine Ahnung. Ich bin übrigens Clara, Clara Langensiepen.«

»Du kennst Markus, unseren Nachbarn?« Flora merkte sofort, mit dieser Frage einen Nerv getroffen zu haben. Clara lächelte irritiert und schwieg.

»Sorry, wenn ich dich da auf dem falschen Fuß erwischt hab.«

»Nein, kein Problem. Ich war mal mit Markus zusammen.« Clara wurde rot. »Das war, bevor er hierher gezogen ist. Ich war seine Schülerin, und nachdem ich die Schule verlassen habe, kamen wir zusammen. Das ging aber nicht lange gut.

Ich wollte Party machen, er nicht.« Sie zögerte kurz. »Und da passten noch ein paar andere Sachen nicht.«

So eine Geschichte wurde gemunkelt, Flora kannte die Gerüchte. Das war sie also, die ominöse Schülerin.

»Später war er dann ... ach egal, das tut jetzt nichts mehr zur Sache. Sag mal, ich hab gehört, dass er jetzt in Helenes altem Haus wohnt. Hat er da noch ihre Möbel stehen?«

»Nein, mein Großvater hat ihm das Haus leer verkauft. Wieso?«

»Nur so.« Clara trat die Zigarette auf dem Kopfsteinpflaster aus. »Ich geh mal wieder rein.«

Flora folgte ihr in den *Rittersaal* und sah, dass ein Platz neben der alten Dame aus Eilte frei wurde. Ein Mann mit Rollator erhob sich langsam und stapfte mit vorsichtigen Schritten zum Ausgang. Sein Stuhl blieb leer. Das war ihre Möglichkeit für ein Gespräch.

Die alte Dame freute sich.

»Du siehst deiner Großmutter so ähnlich«, stellte sie fest. Flora sah sie verblüfft an. Sie hatte Carstens Frau, die schon vor 15 Jahren gestorben war, kaum in Erinnerung.

»Sie kennen unsere Familie gut? Entschuldigung, ich weiß gar nicht, wer Sie sind. Ich meine, wir kennen uns vom Sehen, aber ...«

Sie hoffte, dass ihre Ehrlichkeit kein Fauxpas war.

»Ach, das ist nicht schlimm. Ich komme ja kaum mehr raus, und das Essen bei euch kann ich mir von meiner kleinen Rente auch nicht leisten. Ich war als junges Mädchen nach dem Krieg auf dem Gutshof beschäftigt. Ich war die Haushälterin deiner Urgroßeltern.«

Das erklärte, warum Carsten die alte Dame herzlich in den Arm genommen hatte.

Flora kannte Bilder vom Gutshof aus der Zeit nach dem Zweiten Weltkrieg. Sie fragte sich, welches der Mädchen, die bei der Arbeit zu sehen waren, heute diese zierliche alte Dame war, die ein schwarzes Kostüm trug und um Helene trauerte.

»Lenchen kannte ich von klein auf«, erzählte sie bereitwillig. »Ich kam aus demselben Dorf in Westpreußen wie die Hafermanns. Ich bin mit denen mit, weil meine Familie tot war. Ein Bombenangriff, weißt du. Neun Jahre war ich erst, als der Krieg vorbei war, und hatte keinen mehr.«

Flora mochte sich nicht vorstellen, was das für ein Leben war, und hoffte nur, dass ihre Urgroßeltern die Flüchtlinge anständig behandelt hatten. »Bei Hafermanns gab es auch nur noch wenig Verwandte, und darum wurde ich Lenchens Patentante. Ihr Vater und ich sind hier ja wie Geschwister aufgewachsen.«

Das war verblüffend. Helenes Patentante! Flora brauchte mehr Zeit für ein Gespräch mit der alten Dame, deren Namen sie nicht kannte und nach dem sie nicht zu fragen wagte. Diese Frau hatte einmal auf dem Gutshof gelebt und für ihre Familie gearbeitet. Jetzt war der Kontakt komplett abgerissen, obwohl sie im Nachbardorf wohnte.

»Wenn Sie noch nie bei uns essen waren, darf ich Sie dann für Sonntag zu uns einladen?« Der Sonntagsbrunch, der einmal monatlich in *Blumes Rittersaal* stattfand, war lange im Voraus ausgebucht. Doch eine schlanke Seniorin fand immer Platz am Familientisch, zumal Anna und Michael mit den Gästen beschäftigt waren und erst nach Arbeitsschluss zum Essen kamen.

Flora merkte sofort, welche Freude sie damit bereitete. »Gern, wenn es Carsten recht ist«, sagte sie, und die Augen strahlten.

»Aber sicher! Opa freut sich bestimmt.«

Und wenn es ihm nicht recht war, dann würde er Ärger mit der Enkelin bekommen. Die Haushälterin der Urgroßeltern – und wegen der zu kleinen Rente, die dieser Arbeit geschuldet war, finanziell nicht in der Lage, mal im *Ritter-*

saal zu essen. Flora war bis zu ihrem 19. Lebensjahr in städtischen Verhältnissen aufgewachsen. Es war ihr unangenehm, dass ihre eigene Familie mütterlicherseits mit dem Gutshof einst auf großem Fuß lebte.

»Du bist wirklich ein besonders nettes Mädchen.« Die Seniorin griff zu einem weiteren Stück Butterkuchen.

Flora fand es nicht mehr störend, dass ältere Leute sie als Mitglied der Familie Blume hier in den Dörfern duzten, selbst wenn sie mit einem höflichen Sie antwortete. Für die einen war sie Carstens Enkelin, für andere, wie heute, Helenes Nichte. Sie war eine von den Alteingesessenen und hatte in den letzten Jahren nicht selten gehört, dass sie mit diesem oder jenem spontanen Duzer über vier Ecken verwandt sei. Nicht nahe genug, um sich gegenseitig zu Feiern einzuladen, doch es reichte für das vertraute Du, selbst wenn man sich erst kennenlernte: »Kannst Onkel Heinrich zu mir sagen.« In Hannover hätte Flora es befremdlich gefunden, von fremden alten Leuten geduzt zu werden. Hier war es normal unter Alteingesessenen. Sie gehörte dazu.

Die Reihen lichteten sich, die meisten Gäste waren schon gegangen. Blumes ehemalige Haushälterin wurde von einem jüngeren Herrn untergehakt und zu ihrem Rollator begleitet. Flora schlenderte zu ihrem Großvater, der sie beobachtet hatte.

»Ich sehe, du hast dich mit Dörchen unterhalten?«

»Ja, sehr gut sogar. Und ich hab sie für Sonntag zum Essen eingeladen. Das hättest du längst mal machen sollen.«

Carsten stutzte. »Stimmt. Ich hab da, ehrlich gesagt, nie drüber nachgedacht.«

»Sie fragt sich sogar, ob dir die Einladung wohl recht wäre.«

»Natürlich ist es das! Moment, das muss ich gleich klären.«

Carsten ließ seine Enkelin stehen und lief der Frau nach, die er Dörchen nannte. Flora freute sich darüber, an diesem Tag zumindest einem Menschen etwas Freude geschenkt zu haben.

Sie war schon wieder müde, die Beobachtungen und die Gespräche hatten sie erschöpft. Beerdigungen waren überhaupt anstrengend, stellte sie fest. Selbst nach Vivians Trauerfeier, bei der sie nur Gast gewesen war, brauchte sie eine Auszeit auf dem Sofa. Der emotionale Stress sorgte dafür, dass sie immer öfter nachts wach lag und tagsüber die Augen kaum auf bekam.

Ein kräftezehrender Tag – und wenig neue Ansatzpunkte, um zu recherchieren. Flora trat mit ihren persönlichen Ermittlungen auf der Stelle. Ob die Polizei genauso im Dunkeln tappte? Oder besaß dieser Ziegler längst Erkenntnisse, die er im Traum nicht mit ihr teilen würde? Egal, es war Zeit für einen Nachmittagsschlaf – zum zweiten Mal in einer Woche ohne durchzechte Klubnacht als Ursache für die Müdigkeit.

ER - 2019

Tiefe Dunkelheit lag über dem Bosser Friedhof. Leise streifte er durch die Reihen, immer um sich schauend. Doch wer außer ihm kam schon zu dieser Stunde auf den abgelegenen Friedhof mitten in den Feldern?

Kleine Lichter tanzten in der Ferne im Wind. Sie zogen ihn näher heran, und er sah, wo sie leuchteten. Es war ihr Grab.

Die Familie Blume hatte für Helene sicher keine Kerzen entzündet. Es war ein katholischer Brauch, unüblich auf den Gräbern evangelischer Verstorbener.

Diese roten Plastikgrableuchten, billige Exemplare aus dem Supermarkt, kamen von ihm! Dem anderen! Sie hatte eine Affäre, kurz bevor sie aus dem Gutshaus in das Kutscherhaus zog. Sie hatte ihm davon erzählt, ohne einen Namen zu nennen. Er fragte danach, sie schwieg. Wer war dieser andere? Und was bildete dieser Mann sich ein?

Es war doch an ihm, Helenes Andenken zu wahren. Er kannte ihre Gefühle, ihre Geheimnisse. Und er war es, dem sie dieses Grab verdankte.

Bei der Trauerfeier hatten sie ihr Lied gespielt – sein Lied! Die Lyrics seines Lebens. Er würde ihn finden. Diesen anderen Mann, den sie begehrt hatte.

17.

Flora war verwundert, wie sich ihr Blick auf die Orte und die Menschen im Aller-Leine-Tal in den letzten Wochen änderte.

Als ihr Zuhause hatte sie diese ländliche Gegend nie empfunden. Sie war ein hannoversches Stadtkind und lernte die Region erst mit 19 Jahren, nach dem Tod des Großonkels, kennen.

Und doch fand sie es von Anfang an entspannend, zum Chill-out nach der Uni oder der Zeitungsarbeit rauszufahren und Zeit hier draußen zu verbringen.

Der Kontrast war es: Ein paar Tage pro Woche das Stadtleben in der WG, ein paar Tage die Geborgenheit auf dem Rittergut.

Erst jetzt verstand sie, was das Dorfleben ausmachte. Deswegen war sie mit ihrem Blog nicht vorangekommen! Die Leute hier tickten anders.

Beerdigungen, zu denen das halbe Dorf kam, mit geselligem Beisammensein beim Leichenschmaus. Schaulustige, die zwar genauso sensationsgeil waren wie Stadtmenschen, aber brav Abstand hielten und nicht auf die Idee gekommen wären, Polizisten zu beschimpfen. Das hatte sie in der Stadt anders erlebt.

Beeindruckt fand sie, dass niemand im Dorf lange allein blieb, wenn er bereit war, Anschluss zu finden. Der einsame Fredy wurde nach dem Tod seiner Frau von Jörg in das dörfliche Vereinsleben eingeführt. Joe wurde als neuer Tankstellenpächter überall willkommen geheißen und schon bald auf einen Vereinsposten im Vorstand des Hegeringes gewählt. Sogar der zurückhaltende Lehrer Markus fand schnell nach seinem Einzug in das Kutscherhaus einen Platz am Stammtisch. Er brachte seinen Kollegen mit, der akzeptiert wurde. Wer sich einem Verein oder einer Gemeinschaft anschloss, gehörte dazu.

Dass Helenes Verschwinden 2015 so wenig auffiel, wirkte dagegen befremdlich. Es hieß stets, dass Friedrich und seine Frau »auf großem Fuß« lebten, »über ihre Verhältnisse«. Hatten sie sich benommen wie die feineren Gutsbesitzer und waren darum ein Fremdkörper in der dörflichen Gemeinschaft geblieben?

Flora sah, dass Menschen um die 20 rar waren in den Dörfern. Paare mit kleinen Kindern, kaum zehn Jahre älter, gab es hingegen viele. Die Erlebnishungrigen zogen weg, in die Stadt, zum Studium oder zur Ausbildung. Die jungen Eltern mit dem Wunsch nach Idylle und dem Häuschen im Grünen kamen. Grundstücke waren hier noch erschwinglich, im Gegensatz zur nahen Region Hannover. Flora sah Kinder auf der anderen Seite der Aller in den Feldern spielen. Sie tobten stundenlang unbegleitet und unkontrolliert von Erwachsenen. Das war eine Freiheit, die Stadtkinder nicht kennenlernten.

Ein aufsehenerregender Kriminalfall wie der Tod der drei Ladies dominierte hier auf dem Land wochenlang die Gespräche, löste eine Erschütterung aus, die in der Stadt nach nur wenigen Tagen schon wieder abgeflaut wäre.

Das Interesse am Mord an den drei Frauen war überregional längst abgeebbt. Das einheimische Publikum würde monatelang jeden Nachrichtenfetzen diskutieren. Und manchmal entstand ein Gerücht daraus.

Die anhaltende Neugier der Dörfler war ihre Chance. Der Blog brauchte eine aktuelle Geschichte, möglichst mit neuen Ermittlungsansätzen im Mittelpunkt.

Jörg Helberg, Helmut Weitze und Silvio Vervene – diese Namen standen nach wie vor als Tatverdächtige im Raum.

Es wurde Zeit, sich auf dem Bauernhof in Eickeloh umzuschauen. Aber sie brauchte eine vernünftige Begründung. Ein Artikel über den Landwirt in Zusammenhang mit den Morden – unmöglich.

Zunächst einmal würde sie mit dem Gerücht aufräumen, Helene sei im Kutscherhaus umgebracht worden. Ziegler war zwar Flora gegenüber so wortkarg wie immer, doch einen solchen Artikel befürwortete er. Nach der Beerdigung sprach er sie extra darauf an.

»Schreiben Sie das mal. Es gibt wirklich keine Hinweise, noch irgendwelche Anhaltspunkte dafür, dass die Tat im

Wohnhaus der Helene Blume begangen wurde. Das Haus wurde weder durchsucht, noch haben wir das vor.«

Das war doch mal etwas, worauf man aufbauen konnte. Ein Originalzitat des Kommissars, exklusiv für sie. Und eine Geschichte über das Kutscherhaus. Sie klingelte bei Markus Ernsting, um mit ihm zu reden.

»Sorry, Flora. Ich bin krank. Hab mir irgendwas eingefangen. Geht mir immer noch nicht wieder besonders.«

Die tiefen Ringe unter den Augen bestätigten seine Worte. Er hatte abgenommen. »Magen-Darm?«, fragte Flora. Er winkte nur ab, keine weiteren Erklärungen.

Ins Haus ließ er sie nicht, und ein Interview kam nicht infrage. »Vergiss es, ich kann kaum klar denken.«

Ernsting wirkte fahrig. Schlaff, den Kopf gebeugt, die Hände in den Hosentaschen, stand er in der geöffneten Tür. Das war nicht der »schöne Markus«, den sie kannte. Er sah ihr nicht einmal in die Augen, während er sprach.

»Kann ich dir irgendwie helfen? Brauchst du etwas? Von der Apotheke vielleicht?« Flora meinte das Angebot ernst, der Nachbar, dem Schweißtropfen auf der Stirn standen, tat ihr leid. Das sah schwerwiegender aus als eine kleine Grippe. Doch er lehnte ihre Hilfe ab. »Ich geh wieder rein. Muss mich hinlegen«, murmelte er.

»Aber gegen ein Foto vom Haus hast du nichts?«, fragte Flora rasch.

Ernsting überlegte. »Okay, aber nicht von der Straßenseite aus. Dann könnten irgendwelche Sensationsgeier das Haus identifizieren. Mach vom Garten aus. Deine Tante hat doch gern auf der Terrasse gesessen. Also vermute ich mal. Kannst du ja einfach behaupten.«

»Nee, ich mach hier nicht den Relotius.« Flora legte Wert auf die Richtigkeit ihrer Artikel. Wenn man einmal mit dem Erfinden anfing, sank die Hemmschwelle. Sie hatte das Buch

Tausend Zeilen Lüge von Juan Moreno zum tiefen Fall des preisgekrönten Journalisten Claas Relotius gelesen und es als wichtige Lektion empfunden.

»Leg dich wieder hin, Markus. Ich mach das Foto, und gut ist.«

Flora betrat den Garten des Kutscherhauses, der durch eine dichte Reihe hoher Lebensbäume vom Gutsgrundstück getrennt war. Die Hecke hatten Hafermanns gezogen, Flora kannte sie von alten Fotos. Doch dort, wo nach Carstens Erzählungen früher adrette Gemüsebeete standen, gab es jetzt nur Rasen, mit Laub übersät. Gartenarbeit schien nicht das Hobby von Markus Ernsting zu sein.

Flora schrieb einen kurzen Artikel. Mehr gaben die Neuigkeiten nicht her, sie musste den knappen Text mit ein paar älteren Informationen anreichern. Doch es gab wenigstens wieder etwas zum Anklicken und für die Suchmaschinen.

»Gerüchte ohne Basis: Kein Hinweis auf das Kutscherhaus« titelte sie und verband die Meldung im Hintergrund der Website mit den Stichworten »Dreifachmord«, »Soko Ladies« und den Namen der drei Ermordeten. So wurde der Artikel besser bei *Google* gefunden. Flora hatte *SEO*-Seminare besucht und war damit einigen älteren Kollegen durchaus überlegen. *Search engine optimization*, Suchmaschinenoptimierung, war wichtig für Bloggerinnen wie sie.

Flora beschrieb, wie das Gerücht sich verbreitete. Hier blieb sie im Nebulösen, um keine Bekannten vor den Kopf zu stoßen. Sie schilderte das Kutscherhaus als Helenes Elternhaus und letzten Wohnort. Das Zitat von Hartmut Ziegler, ein Bild dazu und fertig.

Carsten hatte vermutlich recht – sie brauchte sich nicht einzubilden, dass eine junge Journalistin den Fall schneller lösen würde als die Profis des LKA. Es wurde Zeit, wieder Vorlesungen zu besuchen, das Unileben aufzunehmen. Ein zufälliges Zusammentreffen mit dem untreuen Sören fürchtete sie nicht. Freudig stellte Flora fest, dass sie nicht mehr mit einem grimmigen Gedanken an ihn aufwachte. Das Ziehen im Magen, wenn sie an ihn dachte, war verschwunden. Sie fuhr zurück nach Hannover und wischte in ihrem WG-Zimmer erst einmal Staub aus den Regalen. Der Uni-Alltag hatte sie wieder.

Drei Tage später fand eine Reinigungskraft Markus Ernsting tot in seinem Bett im Kutscherhaus.

18.

Anna hörte die Sirene eines Krankenwagens und kümmerte sich zunächst nicht darum. Im Berufsverkehr fuhren Rettungswagen oft mit Martinshorn, wenn die Sanitäter zu Notfällen in den Dörfern gerufen wurden.

Diesmal entfernte sich das Geräusch zwar, kam dann jedoch wieder näher. Anna bereitete die Tische für den Abend vor und sah durch ein Seitenfenster des *Rittersaals* das Blaulicht vor dem Kutscherhaus.

Was war das? Sie rief die Treppe hoch, um ihren Vater zu informieren.

»Papa, da hält ein Krankenwagen bei Markus!«

Carsten Blume brach auf, um sich zu erkundigen, weswegen der Nachbar Hilfe der Sanitäter brauchte. Dass Ernsting mehrmals dem Stammtisch ferngeblieben war, weil er unpässlich war, hatte niemanden besorgt. Das kam mal vor. Hatte er doch eine ernstere Krankheit, nicht nur einen Infekt?

Carsten traf am Kutscherhaus eine aufgelöste Frau, die in gebrochenem Deutsch wieder und wieder ausrief, dass »der Markus« nicht aufwache.

Der Notarzt stellte den Tod fest. Die Leichenstarre war voll ausgeprägt, Markus Ernsting war mehr als sechs, aber nicht länger als circa 36 Stunden tot. Die örtliche Polizei war unterwegs, alarmiert durch die Rettungskräfte. Carsten Blume griff selbst zum Handy, um Hartmut Ziegler ins Bild zu setzen.

Er lief in das Kutscherhaus, um möglichst viele Eindrücke zu gewinnen, bevor er von der Spurensicherung vertrieben wurde. Dieser Todesfall wurde polizeilich untersucht, selbst wenn es nicht auf den ersten Blick nach Fremdeinwirkung aussah. Die zeitliche und örtliche Nähe zum Fall der Ladies war auffällig.

In Ernstings Schlafzimmer deutete nichts auf Gewalt hin. Ein natürlicher Tod? Carsten Blume dachte an Floras letzten Blogartikel, der sich darum drehte, dass es keine Hinweise auf einen »Mord im Kutscherhaus« gab. War die Meldung Schnee von gestern – und der Tod des Nachbarn ein Tötungsdelikt? Erst trafen die uniformierten Polizisten aus dem Nebenort ein, dann fuhr die kriminaltechnische Ermittlung vor. Carsten Blume, der zunächst die aufgelöst weinende Putzkraft Anastasya getröstet und beruhigt hatte, blieb in der Nähe. Er schritt vorsichtig die Wege um das Kutscherhaus ab, aufmerksam nach möglichen Fußspuren Ausschau haltend.

Anastasya Smirnova folgte ihm.

»Herr Blume, ich muss was sagen. Das sind nicht rechte Dinge da drinnen.«

»Was meinen Sie, Frau …«

»Smirnova mein Name, sagen Sie Anastasya, das machen alle. Ich will sagen: Markus war nicht krank. Hab zuerst gedacht, letzte Woche, als ich putzen kam. Er ganz weiß und zittrig. Doch dann ich gesehen, dass er weint. Ganze Zeit er geweint. Wollte nicht reden, hat mir Tür vor Nase zu und in sein Büro.«

Was war nur in Markus Ernstings Leben vorgefallen? Carsten Blume fragte sich, ob es im Zusammenhang mit den Mordfällen stand.

»Ich will nicht Klatsch reden, aber …« Anastasya Smirnova verstummte, trippelte von einem Fuß auf den anderen und entschied sich, doch weiterzureden. »Auf Markus' Bürotisch war alles voll mit Bildern. Bilder von schöner Frau, die tot ist.«

»Welche Frau? Wissen Sie den Namen?« Carsten erschrak.

»Ja, weiß ich von der Zeitung. Es war schöne Helene, ihre Verwandte. Markus hat geweint auf Bilder von schöner Helene.« Die Putzfrau verabschiedete sich, nachdem Carsten ihr versprochen hatte, die Information für sich zu behalten.

Die Arbeit der Forensiker im Gebäude dauerte an, und er kam sich zunehmend wie ein Schaulustiger vor. Er kehrte die wenigen Meter zurück auf sein eigenes Grundstück, um von dort das Geschehen zu verfolgen. Markus, weinend über Bilder von Helene gebeugt – Anastasya Smirnova hatte es erzählt, ohne an ihrer Beobachtung zu zweifeln.

Was hatte der Nachbar mit seiner toten Schwägerin zu schaffen?

»Wir haben hier was!«

Eine Polizistin kam mit einer Weinflasche aus dem Haus,

die sie nur mit Handschuhen vorsichtig am Boden und am Bauch anfasste.

»Und im Mülleimer liegt eine leere Packung Beruhigungsmittel.«

Das sah auf den ersten Blick nach einem Suizid aus.

Carsten war erschüttert – wie passte das alles zusammen? Selbstmorde wirkten selten wie eine logische Folge bekannter Ereignisse. Markus Ernsting war sein Nachbar, aber in die Gefühlswelt eines Menschen sah man nicht über den Gartenzaun hinweg.

Die »Soko Ladies«, wie Hartmut Ziegler seine Sonderermittlungsgruppe zu den Mordfällen nannte, kam zurück auf den Gutshof.

Diesmal bot Carsten Blume den Seminarraum des Hoteltraktes von allein an. Seine Schwägerin ermordet – sein Nachbar und Bekannter tot. Und es gab Geheimnisse, die mit seinem Gutshof eng zusammenhingen. Er wollte und konnte sich jetzt nicht mehr heraushalten.

Die Beamten in ihren weißen Overalls eroberten das Kutscherhaus. Von der Obduktion und dem Ergebnis der gefundenen Spuren hing es ab, ob die Ermittlungen eine neue Richtung nahmen.

Ziegler erläuterte seinem alten Kollegen, dass die Sonderermittler in den letzten beiden Wochen so vorsichtig wie möglich das Umfeld der drei Hauptverdächtigen Jörg Helberg, Helmut Weitze und Silvio Vervene untersucht hatten.

»Weitgehend ergebnislos. Leider.«

Die fehlenden Alibis für weit zurückliegende Zeitpunkte waren kaum stichhaltige Ansatzpunkte. Silvio Vervene hatten die Ermittler von der Verdächtigenliste gestrichen. Der umtriebige Gastwirt mit italienischen Vorfahren hatte kein gestörtes Verhältnis zur Weiblichkeit. Fünf Kinder von zwei Frauen, von beiden war er geschieden. Eine neue Freundin, deutlich jünger als er. Vervene, der Lebensfreude ausstrahlte, passte überhaupt nicht in das Schema eines Serientäters, der Menschen aus seiner Vergangenheit auslöschte.

»Der hatte hauptsächlich deswegen kein Alibi für die beiden Zeiträume, weil sein ganzes Leben ziemlich chaotisch ist, so zwischen Frauen, Kindern und Restaurant. Wir haben ihn auch nicht mehr auf dem Schirm, weil uns die Klassenkameraden unisono bestätigen konnten, dass Vervene wohl als Einziger in der Klasse nicht scharf auf die Helene war. Mit ihrem dummen Streich konnten sie ihn nicht kriegen. Der hatte schon mit 17 eine feste Freundin. Die wurde dann übrigens seine erste Ehefrau.«

Helmut Weitze hingegen war nie verheiratet und lebte mit seinen alten Eltern auf dem Hof, der Vater starb erst 2018. »Der wär mal ein Fall für *Bauer sucht Frau*«, kommentierte Hartmut Ziegler, »also falls er kein Fall für lebenslang Gefängnis ist.«

Die Befragung des Landwirtes auf seinem Hof ergab, dass Weitze sich ungern an die Schulzeit erinnerte. Er war Legastheniker, hatte in der Schule viele Versagensmomente erlebt, und eine hilfreiche Förderung für Betroffene dieser Krankheit gab es in den 80er-Jahren kaum.

»Dumm ist der nicht«, stellte Hartmut Ziegler fest. »Er behauptet, sich mit *Facebook* und so etwas nicht auszukennen, besitzt aber zwei Rechner vom Feinsten und eine Playstation.«

Sein Alibi bestand aus der Erzählung, dass der Alltag auf dem Hof doch immer gleich war. Früh aus dem Bett, harte Arbeit, früh wieder ins Bett. Highlights waren die wenigen Male im Monat, wenn er mit seinen Freunden auf Jagd ging – auf Pirsch in den eigenen Wäldern rund um Eickeloh.

Die Computer des Landwirts wurden nicht untersucht, denn auch bei Helmut Weitze gab es keine anderen Verdachtsmomente als das fehlende Alibi 2013 und 2014 und die Tatsache, dass er Klassenkamerad der drei Frauen war. Nicht ausreichend für eine Hausdurchsuchung.

»Wäre er schlau genug gewesen, Morde zu begehen, die so lange nicht entdeckt wurden? Die ganzen Facebook-Einträge, diese Geocaching-Sachen?« Carsten Blume kannte Helmut Weitze als gut gelaunten Restaurantgast, mit dem er nur gelegentlich einige Worte wechselte.

Hartmut Ziegler zweifelte aber: »Es wäre nicht das erste Mal, das wir jemanden komplett unterschätzen. Hass ist eine starke Antriebsfeder.«

Jörg Helberg hatte zwischenzeitlich eine Beschwerde gegen die Ermittler eingereicht, weil sie in seinem Privatleben herumschnüffelten. Er sorgte sich, dass seine geschiedene Frau die beiden Töchter nicht mehr jedes zweite Wochenende zu ihm lassen würde. Er fürchtete zudem eine Geschäftsschädigung für seine kleine Versicherungsagentur, die er von zu Hause aus betrieb.

»Bei Helberg fehlen einfach Kollegen, die bezeugen können, dass er an den Tagen im Büro war. Feste Termine mit Kunden standen nicht in seinem alten Terminkalender, den er noch in einem Aktenhefter aufbewahrte. Die Kinder leben bei der Mutter und waren an den entsprechenden Wochenenden 2013 und 2014 gerade nicht bei ihm.«

Carsten schloss Jörg Helberg aus subjektiver Sympathie aus. Manche Verdächtige hatten nun einmal schlechte Karten in Sachen Alibi.

»Alleinlebend, mit einer kleinen Firma, in der nur er selbst arbeitet. Wie willst du da immer einen Alibizeugen haben?«

»Tatsächlich sitzen wir aktuell ziemlich auf dem Trockenen. Wir wissen nur, dass keiner von den drei Klassenkameraden der Einbrecher bei euch im Keller war. Ich vermute mal, dass wir den Täter noch gar nicht im Blick haben. Und jetzt gibt es wieder einen Toten.«

Hartmut Ziegler wirkte genervt. Carsten Blume verstand ihn. Ein Fall mit großer Medienaufmerksamkeit – und mehr als drei Wochen nach dem Leichenfund keine Erkenntnisse, die in eine konkrete Richtung deuteten.

Die Pressemeute würde sie wieder belagern, sobald der Todesfall auf dem Gutshof sich herumsprach.

ER – 2019

Er sah das Foto in Flora Kamphusens Blog. Auf einmal war alles klar. Es pochte in seinem Kopf, in dem Hitze aufstieg. Er zoomte das Bild heran. Die erste Vermutung bestätigte sich. Auf Markus Ernstings Terrasse stand ein flacher Karton mit aufgerissener Plastikumhüllung. Drei rote Grablichter lagen darin, die Hälfte fehlte – der Rest eines Sechserpacks. Er wusste genau, wo die anderen Lichter jetzt leuchteten.

Der Mann, den Helene begehrte – es war Markus. Wut wallte in ihm auf. Er sprang auf und öffnete hastig das Fenster, um Luft zu bekommen. Das war der Grund, warum der Lehrer im Kutscherhaus lebte!

Er wollte Helene nahe sein! Und er hatte es geschafft. Ob sie Markus die Geschichte von damals erzählt hatte? Ob sie gemeinsam mit ihm darüber gelacht hatte?

War seine Schande nicht mit den drei Frauen gestorben?

Das Pochen in seinem Kopf ließ nach, die kühle Herbstluft milderte den Druck auf seiner Brust. Seine Hände hielten den Fensterrahmen so fest umklammert, dass sie schmerzten.

Die Hilflosigkeit, laut schreien zu wollen und keinen Ton herauszubekommen, ließ ihn reglos am Fenster stehen. Es war wieder da, das alte Gefühl.

Er musste die Schande ein weiteres Mal auslöschen.

19.

»Das ist unverzeihlich, Mama, absolut unverzeihlich!« Anna hielt das Telefon ein Stück von sich weg. Sie verstand Flora sogar – nicht nur von der Lautstärke her, sondern auch inhaltlich.

»Das war so peinlich. Ein Toter bei uns auf dem Hof, die *Walsroder Zeitung* meldet es schon, und ich weiß von nichts. Ich war gerade dabei, mir ein Image aufzubauen.«

Anna unterbrach ihre empörte Tochter. »Ja, wir hätten dich sofort anrufen sollen. Aber weißt du, ich war ja froh, dass du wieder zur Uni gegangen bist. Ich dachte schon, du kannst das ganze Semester abhaken.«

»Na danke, stattdessen kann ich jetzt vielleicht meinen guten Namen bei denen von der *HAZ* abhaken.«

Flora war in Fahrt, und Anna merkte, dass ihre Tochter nicht zu bremsen war an diesem Morgen nach dem Fund der Leiche von Markus Ernsting. Weder Carsten noch sie waren am Tag zuvor auf die Idee gekommen, gleich einmal bei Flora anzurufen, um sie über die Entwicklung zu informieren. Die Ereignisse hatten sie überrollt, geschockt, überfordert.

Erst kurz vor dem Einschlafen fiel Anna ein, Flora eine *WhatsApp* zu schicken: »Es ist wieder was Schlimmes passiert. Markus ist tot. Rufe dich morgens an.« Sie formulierte und änderte und verwarf den kurzen Text. Besser, sie würde nach dem Aufstehen die schreckliche Botschaft telefonisch überbringen. Eine kalte knappe Message war nicht angemessen.

Doch am nächsten Morgen stand die Nachricht schon auf der Website der *Walsroder Zeitung*, und Floras Redakteur war nicht begeistert.

»Es sieht ganz nach Selbstmord aus.« Anna versuchte, der Tochter Gründe zu liefern, die Vorlesungswoche komplett in Hannover zu verbringen. »Und es heißt doch, dass Zeitungen über Suizide in der Regel nicht berichten.«

Flora ließ sich nicht darauf ein.

»Das kannst du mir in einer guten Stunde zu Hause erzählen. Ich fahre gleich los.«

Carstens Lust, mit Anna über Floras Befindlichkeiten zu reden, war gering. Hartmut Ziegler und seine Kollegen kämmten schon seit 7 Uhr morgens das Kutscherhaus systematisch durch. Der hannoversche Hauptkommissar kam mit einer Nachricht auf den Hof, die Carsten Blume für mehr als nur einen Moment aus der Bahn warf.

Die Fingerabdrücke im Keller des Gutshofes und auf dem Schreiben an den Bestatter gehörten zu Markus Ernsting.

Carsten saß mit dem Leiter der Ermittlungen bei einem

späten Frühstück zusammen und versuchte, seine Gedanken zu ordnen.

»Es war uns bekannt, dass Helene eine Affäre hatte, durch die ihre Ehe endgültig in die Brüche ging. Aber laut Friedrich war die Affäre schon vorbei, als er Helene in das Kutscherhaus verbannte.«

Sein Bruder hatte erklärt, er habe keine Lust mehr, sich »die Haare vom Kopf fressen zu lassen, von einer, die ihn auch noch betrügt«.

»Es war nicht Helene, die eine Scheidung wollte. Das war Friedrich. Ohne sie ist er dann völlig abgerutscht in den Alkohol.« Carsten zweifelte nicht an Zieglers Selbstmordtheorie, doch er hielt es für einen Selbstmord aus Trauer und Verzweiflung und nicht aus Schuld. Alles passte zusammen. Die Beobachtungen der Putzfrau, das opulente anonyme Blumengebinde, die gewünschte Grabinschrift …

Hartmut Ziegler sah das anders.

»Wir haben einen Toten, der in euren Keller eingebrochen ist, um irgendetwas zu finden. Für mich sieht das nach jemandem aus, der Spuren beseitigen will.«

Ziegler aß mit gesundem Appetit und füllte sich den Teller zum zweiten Mal mit Rührei. Carsten Blume war über das Aufschneiden des ersten Brötchens nicht hinausgekommen. Dafür schenkte er sich schon die dritte Tasse Kaffee ein. Ihm war klar, dass die persönliche Betroffenheit in diesem Fall seinen Blick für die Wahrheit vernebeln konnte, aber er neigte dazu, den Selbstmord des Nachbarn unabhängig vom Mord an den drei Frauen zu betrachten.

»Ich weiß nicht. Der Täter im Fall der sogenannten Ladies hat es geschafft, dass seine Taten jahrelang noch nicht einmal in Verbindung gebracht wurden. Wir haben von ihm keine verwertbaren Spuren entdeckt.« Carsten nahm einen großen Schluck Kaffee, bevor er weitersprach. »Und jetzt hinterlässt er plötzlich Fingerabdrücke, riskiert, bei einem Einbruch ertappt zu werden, und beginnt, sich so auffällig zu verhalten wie Markus? Dass er seit dem Leichenfund quasi durchgehend krank war, ist uns doch allen aufgefallen. Wir dachten nur, es wäre eine Grippe oder so was.«

Carsten Blume bestrich sein Brötchen mit Honig und legte es zurück auf den Teller. Das konzentrierte Grübeln ließ keinen Raum für Hunger. Der Ermittlungsleiter brachte eine weitere Auffälligkeit ins Spiel.

»Im Nachhinein betrachtet ist es ziemlich psycho, dass Ernsting unbedingt im Haus von Beauty-Helene wohnen wollte, meinst du nicht? Das Haus zu kaufen, in dem die ehemalige Geliebte gelebt hat – für mich hört sich das krank an.«

»Alles Spekulationen, Hartmut. Solang deine Leute im Haus nichts finden, was Markus mit den Taten in Verbindung bringt, möchte ich deiner Tätertheorie nicht folgen.«

Der LKA-Hauptkommissar schob den letzten Bissen eines Wurstbrötchens in den Mund und erhob sich kauend. Er schmatzte. Carsten Blume wendete sich ab. Mangelnde Tischmanieren störten ihn.

»Sag deiner Tochter Danke für das leckere Frühstück. Vielleicht wissen wir bald mehr. Ich geh mal wieder rüber.«

Hartmut Ziegler verabschiedete sich Richtung Kutscherhaus und ließ Carsten Blume rätselnd zurück. Geistesabwesend legte er eine Scheibe Käse auf die kurz zuvor mit Honig beschmiert Brötchenhälfte und verzog erstaunt das Gesicht beim ersten Happen. Mit seiner Konzentration war es nicht weit her an diesem Morgen.

In Markus Ernstings kleinem Kellerraum machte eine junge Mitarbeiterin der Spurensicherung zeitgleich eine Entdeckung, die ein völlig neues Licht auf den Fall warf.

❖

Flora hatte keine Lust, direkt zum Gutshof zu fahren. Sie war weiterhin sauer über die Tatsache, dass ihre eigene Familie ihr den Erstzugriff auf die Geschichte vermasselt hatte.

Doch ihre innere Unruhe kam nicht nur daher. Sie fragte sich, ob sie Markus etwas hätte anmerken müssen, als sie einige Tage zuvor bei ihm geklingelt und er ein Gespräch abgelehnt hatte.

Kurzerhand fuhr sie am Gutshof vorbei, weiter zu Joes Tankstelle. Joe Gade würde von Markus' Tod tief getroffen sein, die beiden waren befreundet. Plagten ihn ebenfalls Schuldgefühle, weil er nicht gemerkt hatte, wie dreckig es dem Freund ging? Flora stand an der Tanke vor verschlossenen Türen. »Wegen Krankheit geschlossen«. Das hatte sie bei Joe noch nicht erlebt. Sie spazierte einen Gartenweg entlang, der zu Gades Privathaus führte. Er hatte mit der Tankstelle und dem Wohnhaus ein Komplettpaket gepachtet.

Sie klingelte an der Tür des weiß geklinkerten Siedlungshauses. Joe öffnete die Tür nur zögerlich. Er schien erleichtert, dass sie es war, die zu Besuch kam.

»Ach, Flora, komm rein. Bist nicht mein erster Gast heute.« Die Jagdhündin Clea kam angelaufen und sprang an ihr hoch, sie streichelte das zutrauliche Tier.

In Joes chaotischer Küche saß, zusammengesunken und mit rot geweinten Augen, Fredy Levin: »Morgen, Flora. Ich mache mir solche Vorwürfe.«

»Warum? Weil du nicht gemerkt hast, wie schlecht es ihm geht? Dann müssen wir uns doch alle schuldig fühlen. Ich hab noch vor ein paar Tagen mit ihm gesprochen und gemerkt, dass er krank aussah. Aber ich hätte doch nie gedacht, dass er sich umbringt.« Flora nahm einen Stapel Pizzakartons von einem Küchenstuhl, rückte ihn an den Tisch heran und setzte sich.

»Ja, Mensch, und ich erst.« Joe Gade drehte sich eine Zigarette, doch nicht nur mit Tabak. Er krümelte etwas darauf, und Flora sah fasziniert zu.

»Du drehst dir 'ne Tüte, echt? Seit wann rauchst du?«

»Ich rauche nicht. Ich brauche was für die Nerven.« Joe zündete den Joint an und hielt ihn in die Runde.

»Noch jemand?« Zu Floras Erstaunen griff der Antiquar zu.

»Ihr raucht Cannabis? Fredy, dir hätte ich das echt nicht zugetraut.« Flora grinste.

»Ja, dem lieben Fredy traut man nichts zu.« Levin nahm einen tiefen Zug und lehnte sich zurück.

»Weißte, als wir in deinem Alter waren, roch in den Schulen der ganze Schulhof danach.« Joe erhielt den Joint und zog seinerseits gierig. »Gibt kaum etwas, das besser entspannt. Und es ist gesünder als Alkohol oder Beruhigungsmittel.«

»Gebt das Hanf frei, und zwar sofort«, fiel Flora ein. Welcher Politiker hatte das noch mal gesagt? Sie betrachtete die Männer, die stumm am Tisch saßen. Auf Fredys Gesicht zeigte sich ein unwillkürliches Grinsen. Joe Gades Blick wurde glasig. Die Wirkung des Joints setzte ein. »Krass, ihr beiden.«

Fredy Levin zog wieder und lächelte. »Ich hab wirklich seit Jahrzehnten nichts geraucht, ich glaube, mehr als die zwei Züge sollte ich nicht nehmen.«

Joe behielt den Joint und bestätigte. »Ja, das Zeug knallt ganz schön. Lass mal lieber.«

Er sah aus wie ein Lebenskünstler und sagte von sich, dass er im Leben alle möglichen Berufe hatte, bevor er die Tankstelle pachtete. Ihm traute Flora das Kiffen zu. Bei Fredy war es eine neue Facette. *Chaos Computer Club*, Nazilektüre und schwarzer Afghane: Der Antiquar wurde immer undurchschaubarer.

»Vorvorgestern Abend war ich noch bei Markus, weil wir morgen auf Sauen gehen wollten. Ich war vielleicht 'ne halbe Stunde da, und Markus hat kaum gesprochen. Ich bin dann einfach gegangen, weil er sagte, er will allein sein.« Joe schüttelte traurig den Kopf. »Wenn sich hier einer schuldig fühlen muss, dann ich. Aber du kannst doch in keinen reingucken. Ich meine, wer ahnt denn so was?«

»Wer hat ihn denn gefunden? Wie hat er es gemacht?« Flora war nur grob informiert, dass Markus Ernsting eine Überdosis Beruhigungsmittel genommen hatte.

Joe und Fredy kannten keine Details. »Es war von einer leeren Weinflasche die Rede und von einer Tablettenpackung im Papierkorb.«

Joe zog am Joint und atmete langsam aus. »Gefunden hat ihn Anastasya, die bei ihm putzt.«

Flora wurde schwindelig von dem süßlichen Rauch, der in der Luft waberte. Ein bisschen übel war ihr. Sie brauchte gar nicht am Joint zu ziehen, der Geruch allein reichte. Oder kam das Unwohlsein vom Geschirr in der Spüle, das aussah, als habe Joe längere Zeit mit dem Abwasch geschludert? Da müffelte etwas gewaltig und verband sich mit dem Cannabisrauch zu dicker Luft. Die Jagdhündin stand an der Tür zum Garten und wimmerte leise. Joe ließ sie raus. »Sie mag den Geruch von Gras nicht.« Er kickte einen leeren Milchkarton auf dem Kachelboden mit dem Fuß zur Seite.

»Die Anastasya hat ja jetzt wieder Termine frei. Vielleicht solltest du sie engagieren?«

Joe lachte, doch es klang bitter. »Ja, sieht scheiße aus bei mir. Ich muss da dringend mal wieder ran.« Sein Blick war vom Cannabisrausch getrübt. Flora hatte genug.

Sie stand auf und verabschiedete sich. Beim letzten Besuch in Joes Privatgefilden war die Familie Blume zum Grillen im Garten eingeladen gewesen. In die Küche hatte Flora zuvor nie geschaut. Sie entsprach allen Klischees des Junggesellen, der sich von Bringdienstware ernährte. Aber der Joint … sie merkte wieder einmal, dass sie die Alten unterschätzte, wenn sie meinte, deren Leben sei langweilig und spießig. Für Joe galt dieses Vorurteil sicher nicht.

Flora grauste es bei dem Gedanken, dass sie zu den letzten Menschen gehörte, die Markus lebend gesehen hatten. Dass Joe am Tag nach ihr im Kutscherhaus war, ließ sie etwas aufatmen. Er hatte, genau wie sie, nichts gemerkt. Der Lehrer hatte sich einen Infekt eingefangen – und das kam ja mal vor. Welch ein Trugschluss!

Sie öffnete die Tür ihres 15 Jahre alten VW Golf, dem für sie wichtigsten Stück aus Friedrichs Erbe. Zum ersten Mal überlegte sie, ob dieser Wagen früher von Helene gefahren wurde. Die Blumes entdeckten ihn in einem zur Garage umgestalteten Stallgebäude. Das Auto wurde gründlich gereinigt, durch den TÜV gebracht und dann Flora zur Verfügung gestellt. Hätte es 2016 sogar Spuren in diesem Wagen gegeben, mit denen die Mordfälle zu lösen gewesen wären?

Flora merkte, dass ihr Ärger über Anna und Carsten nachließ. Sie trat aufs Gaspedal und war bereit zur Heimkehr auf den Gutshof.

Wie kam ihre Mutter nur darauf, dass sie sich auf die Uni konzentrieren könne, solang ungelöste Mordfälle warteten?

*

Carsten Blume war im Kutscherhaus, als seine Enkeltochter eintraf. Anna saß allein auf einer Bank seitlich vom Hauptgebäude und schaute abwesend in Richtung des Hauses, in dem Markus' Besitz untersucht wurde.

»Hallo, Mama.« Flora begrüßte sie nur knapp.

»Jaja, du hast recht. Es tut mir leid. Und nun ist auch mal wieder gut.« Anna wirkte genervt und angespannt. »Ich glaube, wir sollten uns nicht lange mit Streit aufhalten. Da drüben ist irgendwas los.«

Flora setzte sich zu ihrer Mutter, und sie beobachteten das rege Hin und Her am Kutscherhaus.

»Der Ziegler hat Papa gerade eine *WhatsApp* geschickt, und der ist nach dem Lesen grußlos rausgestürmt. Jetzt steht er schon die ganze Zeit mit Ziegler herum. Ich wollte nicht auch noch hingehen.« Anna saß zusammengesunken, eine Strickjacke fest um die Schultern gezogen, auf der Bank und gähnte.

»Alles ein bisschen viel im Moment«, murmelte sie.

»Okay, ich hab keine Skrupel, mich am Kutscherhaus umzuschauen.« Flora schnappte sich ihre Kameratasche, sprang auf und setzte sich in Bewegung.

»Ich will wissen, was los ist.«

Anna war genauso wissbegierig, aber der Antrieb, aufzustehen und Flora zu begleiten, fehlte. Seit Helenes Beerdigung trug sie die Überlastung mit sich herum und funktionierte nur noch. Jede neue Nachricht war eine zu viel. Sie schloss die Augen und wünschte sich die unschuldige Idylle zurück, in der sie gelebt hatte, bevor Katrin Harms auf der Suche nach ihrer Mutter in das Restaurant gestürmt war.

Flora sah ihren Großvater, der gestikulierend auf Hartmut Ziegler einredete.

»… ich kann mir das nicht vorstellen. Er hatte doch kein Motiv für die anderen beiden Frauen«, hörte sie Carsten sagen. Sie kam näher, und er verstummte.

Ziegler hielt Flora zurück, die an das Gebäude herantrat. »Tut mir leid, Frau Kamphusen, keine Presse.«

»Sie haben einen Karton mit Geocaching-Zubehör bei Markus im Keller gefunden«, raunte Carsten ihr zu. »Und da sind wohl alte Logbücher von den Caches aus dem Wäldchen dabei. Es sieht so aus, als wäre Markus *HelBlu* gewesen.« Er schob seine Enkeltochter an der Schulter zurück Richtung Gutshaus. »Komm mit. Wir müssen reden.«

Hartmut Ziegler achtete nicht mehr auf sie. Ihr Großvater wirkte erschüttert und aufgewühlt. Flora wurde klar, was der Fund bedeutete: Markus Ernsting war jetzt der Top-Verdächtige in den drei Mordfällen.

Schweigend kehrten sie nach Hause zurück. Flora fand Carstens Argument stichhaltig: Wo lag bei Markus das Motiv für die Morde an Vivian und Corinna?

Ihr Vater winkte Anna ins Haus und setzte sich in die Gaststube. Flora schob rasch zwei kleine Tassen unter die Düsen des Kaffeevollautomaten und ließ die Maschine kräftigen Espresso aufbrühen.

»Was ist da drüben los? Erzähl.«

»Also, zunächst wär da ein kleiner Stapel Fotos, die bei Markus im Schreibtisch lagen. Fotos von ihm und Helene. Da waren auch ein paar Nacktfotos von ihr dabei.«

»Also war er ihr Lover. Das hab ich mir gedacht. Das konnte man ja gar nicht mehr anders interpretieren.« Flora war erleichtert, wenn sie an die Fast-Begegnung im Keller zurückdachte. Markus hätte ihr nie etwas angetan. Er war geflüchtet aus Angst vor Entdeckung.

»Und dann die Geocaching-Utensilien. Ein einfacher Pappkarton mit alten Logbüchern, bei denen ersichtlich war, dass sie zu den Caches im Wäldchen gehörten. Teilweise waren *Dymo*-Etikettenstreifen mit dem Cachenamen darauf geklebt. Wir wissen nicht, ob das alles ist. Sie suchen noch weiter.«

»Nicht gut, gar nicht gut.« Anna ergriff das Wort. »Dafür gibt es ehrlicherweise nur eine sinnvolle Erklärung.«

»Aber das ist noch nicht alles. An einem Werkzeugregal hing eine Drahtschlinge, und die wird jetzt darauf untersucht, ob sich vielleicht Spuren finden. Genau so etwas könnte das Mordinstrument gewesen sein. Und im gleichen Regal lagen Aufkleber mit diesem Tatzenmotiv.« Carsten lief es kalt den Rücken herunter.

Flora war das Reden vergangen. Das passierte selten. Anna fand die Worte schneller wieder. Der Espresso und die aufwühlenden Neuigkeiten wirkten.

»Ich weiß noch, als Markus sich hier vorstellte. Wir wollten das Kutscherhaus inserieren, und er hatte von jemandem gehört, dass es verkauft werden sollte. Von wem eigentlich? Weißt du das, Papa?«

»Keine Ahnung. Vielleicht hat er es gesagt, ich hab es vergessen. Das waren ja schnelle Verhandlungen. Angeblich wär das genauso ein Haus, wie er es schon lange suchte. Und beim Preis handeln wollte er auch nicht. Im Nachhinein schon komisch. Aber wer denkt denn so was? Ein ruhiger Junggeselle, beamteter Lehrer, das war doch für uns der Hauptgewinn als neuer Nachbar.«

Flora berappelte sich. Es wurde Zeit für einen Artikel. Gegenüber den Kollegen der konventionellen Medien hatte sie erneut einen Informationsvorteil. Sie fragte Carsten nicht, ob sie vom Fund der Geocaching-Utensilien offiziell wissen durfte. Es war ihr egal, ob Ziegler sein Einverständnis gab. Es galt, den Fehler vom Vortag wettzumachen, sonst landeten die Klickzahlen bei der Konkurrenz.

Sie schaute auf die Website der *Walsroder Tageszeitung*, die ihr einen halben Tag voraus war. Nichts Neues. Zeit für exklusive Informationen auf aller-lei-online.de und einen kurzen Artikel für den Niedersachsenteil der *Hannoverschen Allgemeinen*.

᛭

Für Anna gestaltete sich die Diskrepanz zwischen dem Alltag im Restaurant und den Ereignissen rund um die Todesfälle immer surrealer. Die auswärtigen Hotelgäste erwarteten eine aufmerksame Wirtin, scherzten mit ihr und genossen den

Aufenthalt im alten Gutshof. Doch sobald sie zum Kutscherhaus hinübersah, wurde Anna aus der Heiterkeit des Gästebetriebes gerissen, und ihre Konzentration litt.

Ein privater Gast beim Sonntagsbrunch war das Letzte, was sie sich wünschte. Der alten Dora Prenzel abzusagen, kam trotzdem nicht infrage. Die frühere Haushälterin des Gutshofes hatte sich so über die Einladung gefreut.

Carsten Blume fuhr nach Eilte, um sie abzuholen, und kam mit einem Gast im feinsten Sonntagsstaat zurück. Dora Prenzel glänzte mit frisch frisierten und gelockten weißen Haaren und einer schimmernden Perlenkette zur cremefarbenen Bluse.

Galant hielt er ihr die Tür zum *Rittersaal* auf.

»Willkommen, Dörchen, ich hoffe, es schmeckt dir bei uns.«

»Ach, Junge, bei euch schmeckt es doch allen.«

Flora amüsierte sich, dass es jemanden gab, der ihren Großvater »Junge« nannte.

Bis auf einen höchst empörten Anruf Zieglers, der von Carsten wissen wollte, was er sich einbilde, interne Informationen an die Presse zu geben, war ihr Sonnabend still verlaufen. Flora sah auf dem *iPhone* dem Zugriffszähler des Blogs zu, der rasante Zuwächse an Besuchern verzeichnete. Die Blumes waren sich am Abend zuvor aus dem Weg gegangen, jeder hing seinen Gedanken nach. Flora klopfte kurz vor Mitternacht bei ihrem Großvater an, um eine Frage zu stellen, und bekam einen Einblick darin, was ihn bewegte.

In der »Räucherkammer«, wie Anna das Wohn- und Arbeitszimmer ihres Vaters nannte, stand eine große Korkpinnwand auf der Regalreihe mit Ahnenforschungsbüchern und Ortschroniken. Carsten trug Informationen zusammen, aber nicht zu seinen Vorfahren. Zettel mit Begriffen pinnten an Stecknadeln, dazwischen steckten Zeitungsartikel und gekritzelte Notizen.

Schmale Papierstreifen, beschriftet mit den Namen Jörg Helberg, Fredy Levin und Helmut Weitze hatte er angeheftet. Mit einem Fragezeichen versehen prangte darunter ein Zettel mit dem Vermerk »Jutta Levin?«.

Flora betrachtete die Pinnwand. Oldschool, aber plakativ. Man konnte einen Schritt zurücktreten und das Ganze auf sich wirken lassen. Wenn die Rauchschwaden von Carstens Zigarillos nicht zu dicht waren. Flora öffnete ein Fenster, und die Luft klärte sich. Bei Markus' Namen sah sie handschriftliche Notizen, welche Informationen schon definitiv feststanden: »Einbruch Keller«, »Bestatterbrief«, »Geocaching-Sachen« und »Nacktfotos Helene«.

In roter Schrift stand darunter »Suizid«, mit einem Fragezeichen. Flora stutzte. Ihr Großvater hielt Markus' Selbstmord nicht für völlig erwiesen. Sie selbst zweifelte an ihm als Mörder der drei Frauen, doch der Gedanke, dass Markus ein viertes Mordopfer sein könnte, war ihr bisher nicht gekommen. Carsten Blume diskutierte mit seiner Enkeltochter an diesem Abend nicht über Indizien. Sie akzeptierte das und legte sich mit einem neuen Gedankenansatz schlafen. War ein vierter Mord geschehen?

Nun, am nächsten Tag, saß sie mit Carsten und Dora Prenzel beim Brunch und hoffte, durch die Gespräche mit der alten Dame etwas mehr über Helene zu erfahren.

»Dörchen« erzählte erst einmal von ihren drei Kindern. Keiner war in Eilte geblieben, aber sie könne sich nicht beschweren: »Die kümmern sich wirklich gut um mich, sogar mein Großer, und der wohnt mit seiner Familie in Bremen.«

»Lenchen« habe oft nach ihr geschaut und für sie eingekauft. Das Gespräch warf ein neues Licht auf Helenes Charakter – eine Frau, die sich um eine alte Patentante sorgte. Flora fragte, ob das Patenkind sich ihr in der Ehekrise anvertraut hatte. Dora Prenzel nickte. »Aber ja! Lenchen war doch ganz allein, als ihre Eltern tot waren.« Gern füllte sie die Lücke.

»Kindchen, wirf das nicht einfach so weg. Wo willst du denn hin?«, habe sie zu Helene gesagt, weil diese schon vor vielen Jahren in der Ehe unglücklich war. »Und dann hat sie den jungen Mann kennengelernt, der jetzt auch tot ist.«

Flora horchte auf. »Sie haben davon gewusst? Dass Helene einen Freund hatte?«

»Na, sie hat mir doch ein Bild gezeigt. Ein schöner junger Mann. Aber das war bald wieder vorbei. Ich war ganz froh darüber.«

»Wissen Sie, warum es vorbei war?« Erstaunlich, welche Wendung das Gespräch mit »Dörchen« nahm. Hätte man sie eher befragt, wäre schnell klar gewesen, mit wem Friedrich betrogen wurde.

»Ach, die jungen Leute sind heute so anders. Helene meinte, der Freund würde klammern. Über so was haben wir früher gar nicht nachgedacht. Und eifersüchtig war er wohl auch. Sie wollte doch keinen Säufer gegen einen, ach, ich komme nicht drauf, wie sie ihn genannt hat …«

Dora Prenzel verlor sich in ihren Gedanken auf der Suche nach dem richtigen Wort. Carsten unterbrach die Stille.

»Jetzt essen wir aber erst mal. Dörchen, was soll ich dir vom Büfett holen?«

Er kam mit einem garnierten Teller zurück, auf dem Lachs und Forelle lagen, ein Häufchen Krabbensalat und ein wenig Kaviar. Die alte Dame strahlte bis über beide Ohren.

»Ach, ihr verwöhnt mich so.« Genussvoll aß sie langsam Leckereien, die sie sich sonst kaum leistete. »Mein Wilhelm hatte auch keine große Rente, und ich bin wegen der Kinder doch dann nicht mehr arbeiten gegangen. Aber ich will mich nicht beschweren.«

Dora Prenzel wurde schneller satt, als ihr lieb war. »Ich

hab doch noch so wenig probiert.« Sie schob ihren Rollator langsam am Büfett vorbei, sah sich alles genau an und entschied sie sich für eine Creme Brulée zum Dessert, die Anna empfahl und die von Michael am Tisch flambiert wurde.

»Wenn Helene mich hier sehen könnte, sie würde sich freuen«, sagte sie. Der letzte Happen verschwand im Mund der alten Dame. Sie tupfte sich mit der Serviette die Lippen ab und lehnte sich dann gemütlich zurück. Flora sah die Gelegenheit gekommen, ein wenig nachzuhaken.

»Und es gab keine Möglichkeit, dass Helene und Friedrich wieder zusammenfinden? Wenn doch Schluss war mit dem Liebhaber?«

»Ihr wisst ja, was mit Friedrich los war.« Mehr sagte Dora Prenzel nicht dazu. »Und Helene hatte dann ihre Arbeit in dem Modegeschäft und ein neues Hobby, das ich nicht richtig verstanden hab. Es gab da jemandem, mit dem sie zu kaputten alten Häusern ging, um Schätze zu suchen. Ich dachte schon, sie hätte einen neuen Freund. Aber das war nicht so.«

Geocaching, bevorzugt in *Lost Places*, das war es, was Dora Prenzel meinte. Für eine Frau, die in der Nachkriegszeit viel zu viele kaputte unbewohnte Häuser gesehen hatte, blieb es unverständlich. Die Faszination für *Lost Places* empfand nur eine Generation, die in einer heilen Welt heranwuchs. Kriegskinder sahen keine Romantik im Verfall.

»Also war es der Markus Ernsting, mit dem sie in die alten Häuser ging oder ein neuer Freund?«

»Ach, Flora, das weiß ich nicht. Ich dachte ja, es wäre ein Neuer, weil sie mit dem schönen Markus nix mehr zu tun haben wollte. Jetzt fällt es mir wieder ein. Was ich vorhin sagen wollte. Stalker war das Wort. So hat sie ihn genannt.«

Dora Prenzel sprach es »Storker« aus, doch es war klar, was sie meinte. Markus Ernsting hatte Helene nach dem Ende der Affäre gestalkt? Wäre sie dann mit ihm auf Geocaching-Tour gegangen?

Anna brachte ein großes Carepaket mit Leckereien vom Büfett, bevor Carsten Dora Prenzel heimfuhr. »Davon werde ich ja noch zwei Tage satt!« Die alte Dame war glücklich. Ein Verdauungsschläfchen war ihr nächstes Ziel. »Und heute Abend ruf ich die Marlies an und erzähle von euch.«

Marlies war »Dörchens« Tochter, und Carsten ließ herzlich grüßen. »Aus euch hätte auch was werden können«, sagte sie mit einem verschmitzten Lächeln zu ihm. »Marlies ist schon Witwe.«

Flora staunte – wurde ihr Großvater etwa rot? Soso. Sie beschloss, ihn demnächst mal mit Marlies Prenzel aufzuziehen. Eine Jugendliebe?

Sie fasste einen weiteren Entschluss, denn etwas war ihr wieder eingefallen. Clara Langensiepen hatte vom Ende ihrer eigenen Beziehung mit Markus Ernsting geredet. Ob Helenes Arbeitskollegin bestätigen würde, dass er eifersüchtig war und seine Ex-Freundinnen stalkte? Und wie kam es, dass die Kolleginnen nacheinander mit dem Lehrer liiert waren?

Flora rief ihre Mails auf, eine Einladung zu einer Polizeipressekonferenz war dabei. Die Pressesprecherin lud im Namen von Hartmut Ziegler in die LKA-Zentrale in der hannoverschen Tannenbergallee ein. Ein spannender Auftakt für die neue Woche.

20.

»Sie legen den Fall zu den Akten.«

Carstens Vorahnung erfüllte sich. Nach Auswertung aller Spuren war die »Soko Ladies« zur Erkenntnis gekommen, dass Markus Ernsting der Mörder der drei Frauen war. An der Drahtschlinge aus seinem Keller, die keine verwertbaren Fingerabdrücke brachte, waren DNA-Spuren von Helene Blume gefunden worden. Ein altes *Samsung*, das auseinandergenommen im Schubfach einer Kellerkommode lag, wurde als ihr Handy identifiziert. Akku, Datenspeicherchip und Hardware passten zusammen. Und im Speicher fanden sich Helenes Fotos. Dazu die Geocaching-Utensilien und sein Freitod – das ergab für die Ermittler ein eindeutiges Bild. Flora horchte auf. Der Handyfund war ihr neu.

Einen Abschiedsbrief gab es nicht. Eine ehemalige Freundin bezichtigte Markus des Stalkings. Ob Ziegler damit Clara Langensiepen meinte? Oder gab es weitere Ex-Freundinnen?

Der Hauptkommissar sprach von Vorkommnissen an Ernstings altem Wohnort, die einen Stalkingverdacht aufwarfen. Zu einer Verurteilung war es nicht gekommen.

Ihre Medienkollegen waren nur zu bereit, sich auf die Geschichte des gut aussehenden Lehrers einzuschießen. Sein unbedingter Wunsch, das Haus zu kaufen, in dem Helene gelebt hatte, gab der Story einen Kick, der den Journalisten gefiel. Flora sah schon vor sich, wie Fotografen um das Kutscherhaus schlichen, ihre Objektive durch die geschlossenen Fenster richtend.

»Die verbleibenden Ungereimtheiten werden wir vielleicht nie mehr auflösen können. Wir wissen nicht, warum der Täter vor dem Tötungsdelikt an Helene Blume ihre Freundinnen umbrachte. Die Indizienlage ist jedoch so erdrückend, dass wir von Markus Ernsting als Täter sicher ausgehen. Oder, wie Sie es ausdrücken würden: Wir haben den Aller-Wolf gefunden.« Hartmut Ziegler klang selbstsicher.

Die Journalisten tuschelten. Ein Radiokollege stellte eine Frage.

»Ich beziehe mich auf diese Wasserattacken der drei Mädchen auf die Jungen ihrer Klasse damals. Wollte Ernsting vielleicht diese Männer rächen, indem er die Frauen umbrachte?«

Flora hatte die Streiche der Ladies auf aller-lei-online.de beschrieben – exklusiv. Ihr Blog war in diesem Fall unverzichtbare Recherchequelle für Kollegen. Sie freute sich.

Die Frage des Reporters war für sie eine eher krude These, doch Hartmut Ziegler antwortete in der Pressekonferenz nur ernsthaft, dass sich dieses Rätsel nicht mehr lösen lasse.

»Konnten Sie verräterische Dateien auf seinem Computer entdecken, um ihn zum Beispiel mit den *Facebook*-Postings von Helene Blume in Verbindung zu bringen? Das Handy war doch, wie Sie neulich sagten, seit 2015 nicht mehr eingeloggt.«

Ein weiterer gut vorbereiteter Kollege.

»Nein, die Festplatte war unauffällig. Allerdings enthielt sie tatsächlich kaum private Dateien, fast ausschließlich Berufliches. Möglicherweise hat der Täter noch einen anderen Computer besessen, der sich nicht in seiner Wohnung befand.«

»Und Sie suchen weiter danach?« Ziegler schüttelte den Kopf. Für die Ermittler stand fest: Der Aller-Wolf war Markus Ernsting, das Motiv blieb im Dunkeln, doch die Beweise lagen auf dem Tisch. Und weitere Fälle warteten darauf, gelöst zu werden.

Flora stellte keine Fragen. Ziegler hatte sie beim Betreten des Raumes wütend angefunkelt. Seit ihrem letzten Blogartikel teilte er seine Informationen nicht mehr mit Carsten Blume. Floras Artikel war der Grund dafür. Ihr Großvater wartete darum gespannt auf alle Neuigkeiten, die Flora aus Hannover mitbrachte.

»Sie legen den Fall zu den Akten – und ich glaube, der Mörder läuft noch frei herum.«

Carsten Blume nahm einen tiefen Zug aus dem Filterzigarillo und nickte. »Der Täter konnte Helene jahrelang online weiterleben lassen, ohne dass es auffiel. Einen Selbstmord hat er auch schon konstruiert. Und Ziegler meint, es gäbe eine eindeutige Beweislage!« Der Hauptkommissar im Ruhestand lachte ironisch. »Viel zu eindeutig, wenn du mich fragst.«

Er stand auf. »Ich gehe jetzt übrigens Briefe lesen. Wir haben uns doch gefragt, wo Helenes Post wohl gelandet ist. Markus hat sie angenommen. *DRK*-Weihnachtgrüße von 2017 und Bescheide der Rentenkasse, alles dabei. Lagen als dicker Stapel in seinem Schreibtisch, ungeöffnet.«

»Für den Mörder halte ich ihn nicht. Aber er war auch ganz schön abgedreht. Hat der sich vorgespielt, Helene würde bei ihm wohnen, solang Post für sie einging?« Flora schauderte. »Alles echt spooky.«

ER - 2019

»Der Aller-Wolf richtet sich selbst.« Er stutzte. Eine große deutsche Boulevardtageszeitung titelte mit diesen Worten und zeigte dazu das Konterfei Markus Ernstings. Das Bild war aus einem Gruppenfoto herausgeschnitten, links und rechts von Markus sah man andere Leute, die im *Photoshop* nicht komplett zu entfernen waren, weil sie schräg hinter ihm standen. Der Aller-Wolf richtet sich selbst: Nichts dergleichen plante er.

Doch er hatte erneut Richter gespielt und dabei große Genugtuung empfunden.

Dass er Markus Ernsting seine Morde in die Schuhe schob, war nur ein Nebeneffekt des Urteils, das er über ihn fällte, weil Helene diesen Mann begehrt hatte.

In den Triumph mischte sich Ärger. Niemand durfte erfahren, dass in Wirklichkeit er derjenige war, dessen Handeln jetzt so lange die Schlagzeilen beherrscht hatte. Dabei standen sie ihm allein zu, die Artikel und Fernsehberichte. Keinem anderen!

Der Fall war für die Polizei abgeschlossen. Die Frauen lagen, getrennt voneinander, einsam in ihren hölzernen Särgen auf schnöden Friedhöfen. Und jener Platz, an dem er ihnen ein kunstvolles Grab und eine Gedenkstätte geschaffen hatte, war geschändet, würde bald von Moos und Brombeerranken überwuchert sein.

Solang sie unter der großen Buche lagen, genoss er die heilsame Stille. Er lauschte in den Wald hinein, in dem sie mit ihm vereint waren und nie wieder über ihn lachten. Doch nun waren sie fort. Sie gehörten ihm nicht mehr.

»Der Aller-Wolf richtet sich selbst« – sie verwendeten den Namen, der seine Werke beschrieb, für Markus Ernsting!

Diese schmerzende Leere! Und es gab nichts, was dieses graue triste Vakuum wieder zu füllen vermochte.

21.

»Wen haben wir jetzt noch auf dem Zettel? Fredy, den Helmut Weitze und Jörg. Noch jemanden?«

Flora war ins Arbeitszimmer von Carsten Blume gekommen, begierig darauf, weiter nach dem Mörder der drei Frauen zu suchen. Sie las genau diese Namen auf der Pinnwand ihres Großvaters, doch der wiegelte ab.

»Wir denken im Moment nur an Leute, die wir kennen. Es kann wirklich jeder gewesen sein, den die Frauen in diesem Wäldchen getriezt haben. Das haben wir doch schon besprochen.«

»Aber das gilt nur, wenn Markus wirklich Selbstmord begangen hat und nicht ebenfalls umgebracht wurde. Wenn wir annehmen, dass jemand anders Markus' Wein mit den Beruhigungsmitteln vergiftet hat, dann muss er ihn gut genug gekannt haben, um von ihm in die Wohnung gelassen zu werden.« Floras Argumentation war logisch. Sie öffnete ein Fenster, um etwas klarere Sicht in der Räucherkammer ihres Großvaters zu bekommen. Der starrte schweigend auf die Pinnwand.

»Vielleicht ist es zu weit hergeholt, Markus ebenfalls als Mordopfer zu sehen. Die Indizien für den Selbstmord sind tatsächlich überzeugend.« Carsten Blume überlegte. »Allerdings drehen wir uns dann im Kreis. Wenn es ein Suizid war, ist er wahrscheinlich auch der Täter. Dann hat niemand anderes als er selbst die Drahtschlinge, das Handy und die Geocaching-Sachen bei ihm ins Regal gelegt.«

»Und damit sind wir wieder bei Fredy, Jörg oder dem Bauern aus Eickeloh. Oder irgendjemand anderem, den Markus gut kannte. Als Lehrer kennt er viele Leute, als Jäger auch.« Flora trat an die Pinnwand und schaute Carstens Aufzeichnungen an. Bei Helmut Weitze stand »intellektuell in der Lage?«. Doch bedenkenswerter fand Flora erneut die Anmerkung »Jutta Levin?« unter dem Namen ihres Ehemannes.

»Was könnten die Ladies Jutta angetan haben, damit Fredy sie hätte rächen wollen? Das ist ein Ansatz, den ich echt spannend finde.« Flora tippte mit einem Kugelschreiber auf den Zettel. »Ich würde nicht ausschließen, dass Fredy selbst das Opfer der Ladies war. Immerhin kam er aus der Nähe. Auch wenn er kein Schulkamerad war, wer weiß, wo er Helene getroffen und angehimmelt hat. Ist doch so, Opa!«

»Damit wir uns richtig verstehen, Flora: Ich bestehe darauf, dass du nicht mehr losziehst, um dich als Hobbyermittlerin zu betätigen. Wenn sich einer aus der Deckung traut, dann bin ich das. Wir können zusammen über unsere Zweifel an der Entscheidung der Kollegen sprechen. Aber wenn du allein losziehst, dann ist Schluss.«

»Ich kann es aber nicht ertragen, wenn hier ein Mörder frei herumläuft.«

»Ja, geht mir auch so. Aber alles, was wir haben, ist das Gefühl, Markus könne es nicht gewesen sein, weil uns das

Motiv für die Morde an Vivian Harms und Corinna Stadler fehlt. Es wäre wirklich besser, wir lassen das erst mal sacken.«

Flora nickte abwesend. Sie hörte schon nicht mehr zu. Keine Alleingänge, jaja … Die neue Kartoffelernte wurde in diesen Tagen eingefahren. Ein willkommener Anlass, einen Bauern in der Umgebung zu besuchen, um über den Kartoffelanbau im Aller-Leine-Tal zu schreiben. Ein Artikel zu aktuellen landwirtschaftlichen Themen war nicht gleichzusetzen mit Ermittlungsarbeit, redete sie sich ein.

»Okay, keine Alleingänge, keine Ermittlungen. Hab ich verstanden.« Sie nickte Carsten zu und kehrte zurück in ihre Räume direkt nebenan.

»Wieso glaub ich dir das nicht?«, fragte er sich kopfschüttelnd. Der Luftzug des geöffneten Fensters wehte Herbstluft an seinen Schreibtisch. Das klärte seine Gedanken. Carsten Blume steckte sich einen Zigarillo an und beschloss, mit seinen Ermittlungen von vorn anzufangen. Zurück auf Anfang, als mit der Entdeckung der Geocaches und dem Fund der Leichen die Morde offenbar wurden. Er weigerte sich strikt, die Bezeichnung »Aller-Wolf« für den Täter zu verwenden. Wölfe töteten nicht aus purer Mordlust.

Die Geocaches hatte Carsten vor ihrer Deaktivierung gespeichert. Caches wurden nicht gelöscht, nur archiviert. Wer den Link zum ursprünglichen Versteck besaß, konnte ihn nach wie vor aufrufen. Zu wenig hatten sie sich mit diesem Bonuscache beschäftigt – der »Schande«.

Schnell waren sie davon abgekommen, dem Fragezeichen nachzugehen, das mitten in Hodenhagen eingezeichnet war.

Floras konsequente Erläuterung, dass der Ort eines Cache-Rätsels auf der Karte keine Bedeutung habe, war schuld daran: »Die errechneten Koordinaten nach der Lösung des Mysteries sind entscheidend.« Was aber, wenn in diesem Fall der Ort, an den das Fragezeichen gelegt wurde, doch von Bedeutung war, nicht nur der Wolfsstein, an dem die Dose lag? Fast jedes Wort der Erläuterungstexte zu den Geocaches hatte einen verborgenen Sinn – und dann sollte der Eintragsort der »Schande« bedeutungslos sein?

Carsten griff zum Autoschlüssel, um nach Hodenhagen zu fahren und sich anzuschauen, wie es am Platz des Fragezeichens aussah. Flora sagte er nichts davon. Es reizte ihn, ungestört im dortigen Café am Deich ein großes Tortenstück zu genießen.

In seiner aktiven Dienstzeit zahlte es sich stets aus, allein und ohne Zeitdruck Orte auf sich wirken zu lassen. Neue Ermittlungsaspekte kamen ihm in den Kopf, wenn die Gedanken zuvor leerliefen.

Die Sonne schien an diesem Tag Ende Oktober. Ein Platz auf der geschützten Caféterrasse lockte. Eine bessere Gelegenheit würde sich so spät im Jahr kaum mehr finden.

Vor einem unscheinbaren Mehrfamilienhaus älteren Datums blieb Carsten Blume stehen. Direkt an Hodenhagens Durchfahrtsstraße gelegen, besaß es keine attraktive Wohnlage. Die begehrteren Wohngebiete hatten sich links und rechts davon auf der grünen Wiese entwickelt. Hier war auf der Cacher-Landkarte die »Schande« eingezeichnet. Hatte dieses Haus einen Bezug zu den Fällen?

Carsten Blume klingelte an der Holztür des grau verputzten Gebäudes. Ein gebrechlicher alter Mann in Strickweste und Hausschuhen öffnete und erkannte den Besucher. »Der Herr Blume vom Gutshof. Wie komm ich denn zu der Ehre?«

Ein guter Anfang. Groß hingegen war der Schreck des Hausbesitzers Otto Hülsen, als Carsten sein Haus in einen Zusammenhang mit den Mordfällen brachte.

»Aber den Täter haben Sie doch? Ich kannte den überhaupt nicht.«

Er beeilte sich, dem Mann zu erklären, dass er keine Informationen über Markus Ernsting suchte.

»Mich interessiert, wer hier in den 80er-Jahren zur Miete gewohnt hat.«

»Jetzt machen Sie mich aber neugierig, warum Sie das wissen wollen.« Otto Hülsen bat ihn ins Haus.

Im Erdgeschoss kam Carsten Blume in eine Wohnung, die das Flair der frühen 70er verbreitete. Hier zierten Tapeten mit orange-braunen Rauten die Wände im Flur. Die opulente Schrankwand des Wohnzimmers gehörte zu jener Art, der man später den Namen »Eiche brutal« verpasst hatte. Aber sauber und aufgeräumt war es. Carsten nahm auf einem beige-grünen Sofa Platz, dessen Federn unter ihm quietschten. Otto Hülsen hatte in der Zwischenzeit nachgedacht.

»Unsere Mieter, ach, das waren viele. Die kann ich Ihnen gar nicht alle aufzählen. Wir hatten mal eine Zeit lang ziemlich viel Wechsel. Das Haus war nicht gut in Schuss, und wir haben billig vermietet. Da waren auch Leute darunter, die nicht gezahlt haben. Meine Frau wurde dann immer richtig ärgerlich. Nun lebt sie auch schon zehn Jahre nicht mehr.« Otto Hülsen fand, dass es früher besser war zu vermieten: »Damals wurde man die ja noch wieder los. Wenn du heute jemandem kündigst, der bleibt einfach.«

Hülsen erzählte von seinen Problemen mit einem Mieter, den er rausgeklagt hatte, und der die Räume völlig vermüllt hinterließ, erst vor einigen Monaten war er endlich ausgezogen.

»Und wie hieß der Mann?«

»Olaf Bruchhausen hieß der. Fast zehn Jahre hatte ich den als Mieter. Keine Ahnung, wo er jetzt ist. Sah selber ganz adrett aus, hatte aber keine Arbeit.«

Carsten notierte sich den Namen. Der Mann hatte im Tatzeitraum am Ort der »Schande« gewohnt. Ein Grund, sich vorsichtig umzuhören, ob jemandem aus dem Umfeld der drei Ermordeten dieser Name etwas sagte.

»Eigentlich interessiere ich mich für Ihre Mieter in den 80er-Jahren.« Carsten frischte Otto Hülsens Gedächtnis auf und nannte ein paar Namen. »Gab es mal eine Familie Ernsting?«

Hülsen schüttelte den Kopf. »Nein, daran würde ich mich erinnern.«

»Helberg?«

»Nee. Obwohl hier in der Gegend viele so heißen.«

»Weitze?«

»Das sind doch die Bauern in Eickeloh, wo ich meinen Spargel hole. Nein, warum sollten die eine Wohnung mieten?«

Das meinte Carsten ebenfalls, aber die Frage war der Vollständigkeit halber notwendig.

»Und Levin?« Otto Hülsen stutzte. Carsten horchte schon auf. Die Antwort ließ die Hoffnung auf Erkenntnisse wieder erlöschen.

»Levin? Das ist doch jüdisch, oder? Nein, Juden haben bei uns nicht gewohnt.«

Er fragte lieber nicht weiter. Bei manchen älteren Herren, die in der Nazizeit groß wurden, war es besser, in dieser Frage nicht nachzuhaken.

Doch Otto Hülsen beschämte ihn. »Juden hätten wir gern genommen, meine Frau war Vierteljüdin, die Familie ist damals gerade so davongekommen.«

Carsten Blume ärgerte sich kurz. In der politisch aufgeheizten Lage dieser Tage witterten manche überall Rassisten – und er ließ sich langsam davon anstecken.

Sein alter Gesprächspartner überlegte unterdessen weiter. »Wir hatten eine Zeit lang ziemlich viele Polen und Russen hier wohnen. Aber die Namen – fragen Sie mich nicht. Also das waren nicht wirklich Polen und Russen. Aussiedler eben. Jetzt hab ich Türken, und die sind gar nicht so übel. Die laden mich im Sommer zum Grillen bei uns hinten auf dem Hof ein und wollen noch nicht einmal, dass ich Bratwurst mitbringe. Ganz spendable Leute.«

Carsten lachte im Stillen. Die Bratwürste aus Schweinefleisch vom örtlichen Schlachter wollten die sicher nicht auf ihrem Grill haben. Aber das erklärte er dem Hausbesitzer besser nicht. Hauptsache, der alte Mann kam mit seinen Mietern aus.

»Herr Hülsen, vielleicht finden Sie ja die Zeit, einmal nachzudenken und alle Namen aufzuschreiben, die Ihnen noch einfallen? Das wäre mir sehr wichtig.«

Zeit war es sicher nicht, die Otto Hülsen fehlte, eher schon das Erinnerungsvermögen. Er schrieb dem Hausbesitzer seine Telefonnummer auf, ohne große Hoffnung auf Ergebnisse.

Vielleicht war er auf dem Holzweg, wenn er dem Ort des Fragezeichens Bedeutung beimaß. Doch jeder kleine Ansatz konnte die Stecknadel im Heuhaufen sein.

Einer Intuition folgend, nannte Carsten Blume zwei weitere Namen: »Und wie ist es mit Gade oder Vogelsang?« Diese beiden Freunde von Markus hatte er ansonsten nicht auf dem Schirm. Sie kamen nicht aus der Umgebung, und ein Zusammenhang mit den Frauen war unwahrscheinlich. Aber Ernsting hätte sie eingelassen, um Rotwein mit ihnen zu trinken.

»Vogel hatten wir mal, Vogelsang nicht. Gade war nicht.« Otto Hülsen gab das Versprechen ab, sich einen Zettel hinzulegen und alle Mieternamen aufzuschreiben, die ihm für seine drei kleinen Wohnungen aus der Vergangenheit einfielen. Carsten Blume verabschiedete sich und zog weiter. Der Besuch im *Café am Deich*, mit einem windgeschützten Außenplatz in der Sonne, war die Fahrt nach Hodenhagen ohnehin wert, meinte er und lehnte sich entspannt zurück, mit

Vorfreude auf den Genuss der reichhaltigen Marzipan-Nuss-Torte. Mit vollem Magen ließ er sich den sanften Wind um die Nase wehen. Die Gedanken liefen leer – doch ein Geistesblitz blieb aus. Das klappte eben nicht immer.

✳

Anna Blume-Kamphusen verstand den Wunsch ihrer Tochter, einem der Verdächtigen auf den Zahn zu fühlen. »Aber du fährst da nicht allein hin.«

»Dann musst du wohl mitkommen.«

Anna überlegte. Der Landwirt baute rotschalige Kartoffeln an, die ihr aktueller Lieferant nicht im Angebot hatte. Eine leckere Sorte, die als Ofenkartoffel sicher ungewöhnlich aussah.

»Gut, dann werde ich mal eine Kartoffelbestellung aufgeben.«

»Geniale Idee!« Flora war begeistert. »Der Weitze wird uns die Füße küssen. Ein Artikel für den Hof, und dann noch eine neue Kundin.«

Anna kündigte ihr Kommen telefonisch an. Helmut Weitze freute sich, dass Blumes Flora etwas über die Landwirtschaft schreiben wollte. Er erhoffte sich Werbung für den Hofverkauf, denn: »Bei dem, was wir direkt verkaufen, verdienen wir am besten.« Flora stellte sich nach allem, was sie über Helmut Weitze gehört hatte, einen altmodischen Hof vor, mit einem etwas einfältigen Inhaber und einem unscheinbaren Büdchen für die Kunden.

Sie täuschte sich gewaltig. Ein glänzender grüner *John Deere*-Traktor stand quer vor einer geräumigen Halle mit Kartoffelbergen, in der eine ratternde Sortieranlage lief. Ein junger Mann lehnte daneben an einem Balken und überwachte die Arbeit der Maschine. Der Hofladen befand sich im Erdgeschoss einer Backsteinscheune, die im ersten Stock zu Wohnraum umgebaut war. Dahinter sah man ein gepflegtes Fachwerkhaus, vor dem Herbstastern in Kübeln blühten.

Eine freundliche alte Dame mit einer Schürze, die den Aufdruck »Weitzes Hofladen« trug, begrüßte sie.

»Mein Sohn kommt gleich. Gucken Sie sich ruhig schon mal um.« Sie griff zum Smartphone und tippte eine Nachricht. Keineswegs jene Hofromantik, die Flora erwartet hatte, dafür deutlich professioneller. Der Hofladen war ein großer Raum mit blankem Holztresen und elektronischer Kasse. Nicht nur die eigene Kartoffelernte war im Angebot. Gemüse von anderen Landwirten aus der Umgebung, Dosen mit Wurst einer Landschlachterei, Honig vom heimischen Imker und Äpfel aus dem Alten Land sah sie in den Regalen.

»So hab ich mir das hier nicht vorgestellt«, raunte Flora ihrer Mutter zu.

Anna lachte. »Die Spargelbauern hier in der Gegend leben nicht hinterm Mond. Weitzes gehören zu den modernsten, die den Spargel komplett unter Tunneln und Folien anbauen. Eine Heidelbeerplantage bauen sie auch gerade auf. Was dachtest du denn?«

Der lange, dünne Helmut Weitze, der ein bisschen gebückt ging, kam in Gummistiefeln und Outdoorkleidung in den Hofladen. Eine gemütlich daher trottende Hündin begleitete ihn und schnüffelte an den beiden Gästen.

»Die Damen vom Rittergut, wie schön! Anna, du warst lange nicht hier. Und Sie, Frau Kamphusen, sicher noch nie, oder?«

Flora registrierte erfreut, dass der Landwirt sie siezte. Eine Verwandtschaft über drei Ecken war demzufolge ausgeschlossen.

Im Gespräch stellte sie keine Auffälligkeiten fest. Dass es mit Helmut Weitzes geistigen Fähigkeiten nicht weit her war, schien eher ein Gerücht zu sein. Er redete nicht in Fremdwörtern, formulierte die Philosophie seines Hofes etwas umständlich. Aber einfältig klang das nicht. Der Landwirt hatte ja überdies den Realschulabschluss geschafft.

Die Führung über das Hofgelände beinhaltete auch das Büro: »Unsere Kommandozentrale, sage ich immer.« Weitze zeigte seine moderne Computertechnik.

»Früher hatte ich es ja nicht so mit der Technik, aber die Computer, die erleichtern heute schon vieles.«

Flora sah die Playstation, von der Fredy gesprochen hatte. »Was spielen Sie denn so?«

»Ja, so was interessiert euch junge Leute. Im Computer meistens *Farmville*. Auf der Station *Resident Evil*.« Weitzes englische Aussprache ließ zu wünschen übrig, seine Spielewahl war Mainstream. Lustig fand Flora, dass er auf dem Rechner eine Bauernhofsimulation spielte.

»Sie können von der Landwirtschaft wohl gar nicht genug kriegen, wenn Sie in der Freizeit auch noch *Farmville* daddeln«, scherzte sie. »Und wie ist es mit Geocaching?«

Floras Frage ließ den Blick des Landwirtes düster werden.

»Nein. Und da bin ich auch schlecht drauf zu sprechen. Können Sie sich doch denken nach dem, was passiert ist. Wenn Sie suchen wollen, an der Kirche liegt einer. Hinten an der Kulturscheune auch. Hat sich rumgesprochen, weil da immer fremde Leute rumkriechen.«

Flora rief im Handy die Geocaching-Karte auf. Die Angaben stimmten.

»Da ist noch ein dritter Cache mitten im Dorf, der nennt sich ›Düsterer Spalt‹. Ist der schwierig zu finden?« Flora testete, ob sich der Landwirt besser auskannte, als er zugab.

»Ach guck, nö, den kenn ich nicht.« Helmut Weitze war desinteressiert und kam lieber wieder auf den Hof zu sprechen.

Hinter seinem Schreibtisch hing ein Foto, das ihn mit bekannten Gesichtern zeigte. Helmut Weitze stand strahlend in der Mitte und hielt eine Urkunde in der Hand. Um ihn herum lächelten Arnd Vogelsang, Markus Ernsting, Fredy Levin und Joe Gade in die Kamera. Der gesamte Stammtisch bis auf Jörg. Dazu zwei Unbekannte, die sich hinter den »einsamen Fremden« in der zweiten Reihe aufgestellt hatten.

»Das war sicher nach Ihrer Jagdscheinprüfung«, vermutete Flora und zeigte auf das Bild. Sie hatte ins Schwarze getroffen.

»Stimmt genau«, bestätigte Helmut Weitze. »Ohne Markus wäre ich aufgeschmissen gewesen. Klingt für Sie sicher komisch, aber ich hab es nicht so mit dem Lesen und Schreiben. Legastheniker bin ich. Hätte man was dran machen können, hat aber keiner so richtig gemerkt, als ich in der Schule war.«

»Helmut, damit bist du nicht allein«, warf Anna ein. »Du hast nur das gleiche Problem wie der schwedische König und die Kronprinzessin.«

»Weiß ich.« Helmut Weitze grinste. »Und dass ich Computer so klasse finde, hat auch mit der Legasthenie zu tun. Alles, was ich schreibe, kann der Computer korrigieren. Und wenn's um längere Sachen zum Lesen geht, nutze ich so 'n Vorleseprogramm. Seitdem passieren mir kaum noch peinliche Sachen beim Schreiben.«

»Gewusst, wie. Das machen Sie richtig, Herr Weitze.« Flora sah einen Mann, der sich im Leben zurechtfand und die Technik für sich einsetzte.

Die rotschalige Kartoffelsorte »Laura« war Annas Besuchsgrund. Sie fragte nach Preisen und Liefermengen. Helmut Weitze gab gern Auskunft. Da winkte ein Umsatz!

Für Flora war es die Gelegenheit, sich umzuschauen und das Bild hinter dem Schreibtisch abzufotografieren. Vielleicht war es später einmal nützlich. Für den Zeitungsartikel ließ sich Helmut Weitze nicht fotografieren. Seine Mutter, die mit Ende 70 noch hinter dem Verkaufstresen des Hofladens stand, hatte sich für die Fotografin extra fein angezogen.

Anna lenkte das Gespräch unterdessen geschickt auf die Mordfälle und Markus Ernstings Freitod.

»Ich bin ja erleichtert, dass die mir nicht mehr nachschnüffeln, bloß weil ich kein Alibi für die Zeit bieten konnte, wo sie nach gefragt haben. Anfang Juli waren die Eltern immer in Laboe, da haben wir 'ne Wohnung. Nach der Spargelernte brauchen die alten Knochen Erholung. Vater ist ja nun auch schon tot.«

Helmut Weitze kramte eine Zigarettenpackung aus seiner Hosentasche und steckte sich eine an. Dann sprach er weiter.

»Ich fahre immer im Winter mit Mutter zusammen hin und manchmal 'ne Woche Anfang März, vor der Saison noch mal Kraft tanken. Aber gleich nach dem Spargel muss ich mich erst mal um die anderen Felder kümmern. Und wenn ich allein auf dem Hof bin, dann bin ich allein auf dem Hof.« Weitzes Blick verdüsterte sich bei der Erinnerung an die Vernehmung durch Hartmut Ziegler. »Dass es Markus gewesen ist, das macht mich fertig, wirklich. Das war doch so ein feiner Kerl.«

Flora fotografierte pflichtschuldig Hildegard Weitze mit einem Korb voller Kartoffeln vor dem Hofladen. Am besten, sie schrieb den Artikel dazu sofort, wenn sie wieder auf dem Gutshof waren. Keine Hammerstory. Doch das Hof-Interview war ihre Tarnung, um sich bei Weitze einzuschleichen.

Anna vereinbarte eine Lieferung der rotschaligen »Laura«, erst einmal zwei Zentner zum Testen, wie die neue Sorte bei den Gästen ankam. Hildegard Weitze winkte ihnen nach, als sie vom Hof fuhren. Ihr Sohn Helmut schlenderte, seine Hündin im Schlepptau, schon wieder seiner Wege auf dem Hofgrundstück und verschwand hinter einer Scheune, ohne sich zu ihnen umzuschauen.

»Und, was sagst du?«, fragte Anna gespannt.

»Also dumm ist der nicht.«

»Sag ich doch, der wird unterschätzt.« Sie sah sich bestätigt. »Wollen wir nicht gerade noch diesen Cache hier an der Kirche holen?«

Flora stutzte. »Gehst du jetzt öfter auf Cachesuche?«

»Ja, ich habe in den letzten Tagen einige Caches gesucht. Es gibt gar nicht so wenige in unserer Ecke. Weißt du, ich brauchte unbedingt etwas zum Ausgleich. Ich war gleichzeitig erschöpft und stand unter Spannung. Und da bin eben, ohne groß drüber zu reden, auf Geocaching-Tour gegangen. So konnten sich die Gedanken auf etwas Positives fokussieren.«

»Spricht die Psychologin. Ich würde einfach sagen: Du brauchtest was Spaßiges als Ablenkung.« Flora amüsierte sich stets darüber, wenn die Mutter schlichte Gefühle ausschweifend analysierte.

»Das hast du ja fein zusammengefasst. Solltest Journalistin werden. Schon mal drüber nachgedacht?« Anna klickte lachend auf ihrem Smartphone die Geocaching-App an.

Der Cache an der Eickeloher Kirche war nicht schwer zu finden. Anna hielt ihn freudig hoch und brachte ihre Tochter erneut zum Lachen, als sie ihren Cacherspitznamen eintrug.

»Blümchen A.? Mama!« Flora kicherte.

Sie nahmen die anderen beiden Caches im Dorf unter die Lupe und beschlossen, den Nachmittag im Café *Mehlkammer* mit einem Imbiss zu beenden. Die überbackene Hähnchenbrust mit Heidelbeerkäse mundete beiden vorzüglich.

»So richtig neue Erkenntnisse haben wir nicht«, stellte Anna fest. »Aber es war schön, mal wieder was mit dir zu unternehmen, Flora.«

ER - 2019

Die Medien berichteten nicht mehr. Nach den großen Schlagzeilen kam das Schweigen. Selbst Flora Kamphusen hatte sich anderen Themen zugewandt.

»Kartoffelernte im Aller-Leine-Tal.« Wie öde! So langweilig, wie es sich in seinem Kopf anfühlte.

Diese Leere.

Da war nichts außer diesem hohlen Pochen an den Schläfen und dem Summen in den Ohren. Wenn er die Zeit doch nur zurückdrehen könnte.

Er vermisste die Zufriedenheit mit den täglichen Pflichten, die ihm jahrelang wie ein richtiges Leben vorgekommen waren. Der Alltag fand weiter statt. Jeden Tag, als wäre nichts geschehen. Immer häufiger hatte er das Gefühl, sich von außen dabei zuzusehen, als beobachte er einen Fremden. Nachts lag er wach, versucht, zum einsam gelegenen Bosser Friedhof zu fahren. Ihnen nah zu sein. Doch es war nicht dasselbe wie im Wald.

Das Grab, es war nicht sein Werk.

Es war ein Grab wie jedes andere.

Auch er war nur wie jeder andere.

Seit Kurzem wusste er, dass er nicht der Einzige war.

Sie hatten es monatelang getan. Mit fast allen Jungen.

Sie hatten sich das nicht nur für ihn ausgedacht.

Er war einer von vielen.

Warum ließen sie ihn dann nicht endlich in Ruhe? Seine Hoffnung, die Wut würde vergehen, nachdem er Helenes Geliebten gerichtet hatte, erfüllte sich nicht. Jetzt lachten sie in seinen Gedanken darüber, dass er sich so viele Jahre für etwas Besonderes gehalten hatte – für ihr einziges Häme-Opfer.

Die Wut blieb.

Er sah Markus' freundliches Gesicht, als er mit der Weinflasche an der Tür stand, nur eine halbe Stunde nach dem Anruf: »Ich glaube, du musst reden. Soll ich noch kommen?«

Sein Freund hatte gern zugestimmt und ihm dann alles gestanden. Ja, er war Helenes Liebhaber gewesen. Nicht lange, aber er kam nie darüber hinweg, dass sie ihn verlassen hatte. Markus trank zügig und merkte nicht, dass sein Gegenüber noch immer beim ersten Glas war.

Er schenkte Markus nach, und als dieser müde wurde und ins Bett taumelte, blieb er sitzen an seinem Platz hinter den geschlossenen Jalousien. Er wartete eine Stunde, bis er nachsah, ob Markus noch lebte.

Er musste sichergehen.

Vorsichtig legte er das Kissen auf das Gesicht des Mannes, den Helene begehrt hatte. Er drückte sanft, um keine Spuren zu hinterlassen, und lange, bis der Brustkorb sich nicht mehr hob und senkte.

Es war spät, und er beeilte sich, die Gegenstände aus dem Auto zu holen, um sie auffällig im Keller zu platzieren. Längst trug er Handschuhe. Es war still, totenstill in der Einfahrt des Kutscherhauses, die gesäumt war von Büschen und Bäumen, vom Gutsgrundstück getrennt durch eine hohe alte Hecke.

Hier hatte niemand außer Markus etwas zu suchen. Ob im Gutshaus zu dieser späten Stunde jemand wach war? Sicher nicht. Doch er blieb vorsichtig und verhielt sich so leise wie möglich. Der Ruf eines Käuzchens durchbrach die Stille. In dieser Nacht war es ein Totenruf. Er wischte die Weinflasche ab und trug sie in das dunkle Schlafzimmer, wo er sie dem Toten in die kälter werdenden Hände drückte. Er nahm die

Tablettenpackung und legte Markus Finger vorsichtig darauf. Er hielt den Hals der Flasche sanft an die Lippen des Toten.

Das kleine Kissen und die beiden Weingläser nahm er an sich, blieb einen Moment schweigend im erleuchteten Wohnzimmer stehen, dessen Licht er anließ.

Hatte er nichts vergessen? Er stand in der geöffneten Haustür, lauschend. Stille. Zeit zu gehen.

Seinen Wagen ließ er langsam die leicht abschüssige Einfahrt hinunterrollen, ohne die Scheinwerfer einzuschalten. Kein Auto war auf der Landstraße zu sehen, und er wendete hinaus, fuhr los, voll großer Zufriedenheit.

Er erinnerte sich gern daran. Während er seinen Plan umsetzte, war er lebendig. Warum hielt dieses Gefühl nicht an?

Er griff nach einem Zeitungsstapel. Die Sammlung aller Artikel, in denen über seine Taten berichtet wurde. Ein kurzes freudiges Flackern im Bauch bei jenem Bericht der *BILD*-Zeitung, in dem die Leichenfunde geschildert wurden.

Das Hochgefühl verebbte, das Summen im Kopf wurde lauter. Die Sehnsucht kam wieder auf, der Drang, zum Bosser Friedhof zu fahren, um ihr nahe zu sein.

Es gab keine Tabletten mehr, die stets geholfen hatten, seine Verzweiflung zu dämpfen, alles um ihn herum zu dämpfen, ihm Schlaf zu schenken. Tabletten, die das Leben, das er aufrechterhielt, erst ermöglichten.

Markus hatte diese Tabletten bekommen.

Markus hatte nach seinem Tod den Ruhm bekommen, der ihm zustand.

Markus hatte Helene bekommen.

Ihm blieben nur die Wut, die Sehnsucht, das dumpfe Pochen im Kopf und die Gedanken an damals, als alles begann.

22.

Carsten Blume stand an seiner Pinnwand auf der Suche nach Verbindungen. Hatte er etwas Entscheidendes übersehen?

Es war riskant, Befragungen durchzuführen ohne einen offiziellen Auftrag dafür. Der alte Otto Hülsen vertraute ihm, dass seine Nachforschungen einzig dem Zweck galten, den Mörder seiner verstorbenen Schwägerin zu finden. Doch nicht überall würde er auf alleinstehende ältere Herren treffen, die sich freuten, mal Besuch in der »guten Stube« zu begrüßen.

Für Carsten war die Täterfrage völlig offen. Nur den Mann, den die Polizei dafür hielt, schloss er als Täter aus. Markus Ernstings fehlendes Motiv bei Corinna Stadler und Vivian Harms war für ihn die entscheidende unbeantwortete Frage.

Obwohl Kollegenschelte ihm fremd war, verstand er Hartmut Ziegler nicht. Bei dieser Beweislage und den vielen offenen Fragen hätte er selbst die Ermittlungen niemals eingestellt. Markus Ernsting war für die überlasteten Kriminalbeamten ein verlockender Täter – ein Toter nahm sich keinen Anwalt und wehrte sich nicht gegen die Anschuldigungen. Der Nachbar aus dem Kutscherhaus war ein idealer Sündenbock.

Carsten Blume erinnerte sich nur zu genau, wie hoch die Aktenberge mit ungelösten Fällen sich in den Büros der aktiven Kollegen stapelten. Die Arbeitsbelastung des einzelnen Ermittlers wuchs stetig, denn die Personaldecke war immer zu dünn. Sein Selbstversprechen, sich aus der Arbeit nach der Pensionierung herauszuhalten, konnte er nicht mehr einhalten. Er würde wieder ermitteln und einen eigenen alten Fall aufrollen.

Corinna Stadlers Geschäftspartnerin, Sonja von Zerst, würde ihm Auskunft geben. Die literarische Feierstunde für die Buchhändlerin hatte er verpasst, weil sie in die Tage um den Tod von Markus Ernsting fiel. Doch einem Besuch der Buchhandlung stand nichts im Weg.

Die *Hannoversche Allgemeine* mit dem Foto des vermeintlichen Täters steckte er in seine alte Aktenmappe, die von Spinnweben umkränzt hinter dem Schreibtisch gestanden hatte. Er entstaubte dieses Relikt aus seiner aktiven Dienstzeit und fuhr los. Mal wieder Stadtluft schnuppern, darauf hatte er ohnehin Lust, und ein paar neue Bücher für lange Herbstabende brachten ihn auf andere Gedanken.

Sonja von Zerst erinnerte sich an den Hauptkommissar, der damals die Ermittlungen in Corinnas Vermisstenfall führte.

»Herr Blume, wie schön, dass Sie mal wieder zu uns kommen. Ich dachte schon, Sie hätten sich eine andere Buchhandlung gesucht. Aber der Herr Ziegler hat mir neulich erzählt, Sie seien weggezogen.«

»Ja, ich bin im Ruhestand. Jetzt lebe ich weit draußen auf dem Land.«

»Sagen Sie, eine von den beiden anderen Toten war Ihre Schwägerin, nicht wahr? Herr Ziegler sagte so etwas. Mein Beileid.« Carsten war froh darüber, dass Sonja von Zerst das Thema von allein ansprach.

»Darum bin ich hier. Und natürlich, um ein paar gute Bücher für den Lesewinter zu kaufen. Ihnen gehört die Buchhandlung jetzt allein?«

Sonja von Zerst bestätigte die Vermutung. »Endlich! Ich war heilfroh, dass Corinna gefunden wurde. Gleich, nachdem ihr Tod feststand, hab ich die Eröffnung des Testamentes beantragt.« Die Buchhändlerin erzählte von schwierigen Jahren. Alle Versuche, die Geschäftspartnerin für tot erklären zu lassen, waren gescheitert. Das Gericht hatte einen Abwesenheitspfleger für Corinna Stadlers Vermögen ernannt, der sich um ihre finanziellen Pflichten kümmerte. Dazu gehörte eine erhebliche Unterstützung der Pflege ihrer dementen Mutter, die gar nicht wahrnahm, dass die Tochter vermisst wurde.

Der gesetzlichen Vertreterin der alten Frau Stadler war bewusst, dass Corinna mit ihren Eltern kaum mehr Kontakt pflegte. Sie schloss sich dem Antrag der Geschäftspartnerin nicht an, die Verschwundene nach dem Verschollenheitsgesetz mit verkürzter Frist für tot erklären zu lassen.

Sie hatte zu befürchten, dass ein Testament existierte, mit dem die Mutter leer ausging. Solang Corinna Stadler nur vermisst wurde, hatte sie die Möglichkeit, beim Abwesenheitspfleger zusätzliche Zahlungen für Pflegeleistungen zu beantragen. Die gesetzliche Zehnjahresfrist blieb bestehen, und Sonja von Zerst hatte nur eingeschränkte Verfügungsgewalt über das Geschäft.

»Corinna und ich hatten uns die Arbeitszeit bisher immer geteilt. Nun musste ich eine weitere Buchhändlerin einstellen und trotzdem weiterhin Gewinnanteile auf Corinnas Konto überweisen. Wir hatten eine *Gesellschaft bürgerlichen Rechts*, mit gleichen Rechten für beide. Das war nie ein Problem, weil wir immer gut klargekommen sind. Und jetzt war da plötzlich dieser ahnungslose Rechtspfleger, der mir in Investitionen reinreden wollte. Ich hätte meinen Anteil an der Buchhandlung gern verkauft, aber wer kauft in Zeiten von *Amazon* schon eine halbe Buchhandlung – und dann noch mit so ungeklärten Verhältnissen?«

Sonja von Zerst saß in der Situation fest. Mit dem Leichenfund gab es endlich einen Totenschein, und Corinna Stadlers Testament wurde eröffnet – mit dem erwarteten Resultat, dass die Geschäftspartnerin Erbin der Buchhandlung war.

»Das war klar. Corinna und ich haben vereinbart, dazu gleichlautende Testamente zu verfassen. Sie hat mir auch die

Totensorge übertragen, als sie sich von ihrer Lebensgefährtin trennte. Darum hab ich die Beisetzung ausgerichtet. Können Sie sich das vorstellen, Herr Blume? Ich wusste, was im Testament steht, wir alle wussten oder ahnten zumindest, dass Corinna tot ist. Und dann die Aussicht, zehn Jahre warten zu müssen und mit einem Wildfremden zu kämpfen, der vom Buchhandel null Ahnung hat. Und all die Jahre habe ich mit diesem Laden, dessen Erlös wirklich nicht reich macht, die Pflege einer Frau finanziert, die ihre Tochter ablehnte, weil sie lesbisch war. Dafür mussten Modernisierungen verschoben werden.«

Sonja von Zerst atmete tief durch. »Aber jetzt ist es vorbei. Seit letzter Woche gehört das Geschäft endlich mir. Und ich bin froh, diesen schrecklichen Rechtspfleger nie wieder sehen zu müssen.«

Carsten verstand, dass die Buchhändlerin eine jahrelange Nervenprobe hinter sich hatte. »Darf ich fragen, wer das Privatvermögen von Frau Stadler geerbt hat?«

»Das ist an eine Stiftung für Kinder mit chronischen Erkrankungen gegangen. Das Haus vor allem. Geldvermögen war sonst nicht da. Und das Haus hat fünf Jahre lang nur gekostet, der Abwesenheitspfleger hat es leer stehen lassen.«

Sie schüttelte darüber nur den Kopf, aber jetzt war der schwierige Zustand Vergangenheit.

»Kannten Sie den Mann, der es getan hat?«

Carsten bejahte mit Einschränkung. »Ich kannte den Mann, den meine ehemaligen Kollegen für den Täter halten. Er lebte in einem Haus auf unserem Gutshofgelände. Allerdings zweifle ich daran, dass er der Täter war.«

Sonja von Zerst sah Carsten Blume mit großen Augen an. »Sie meinen, der Täter läuft noch frei herum? Und, sehe ich das richtig, Sie suchen nach ihm?«

»Das ist der Hauptgrund meines Besuches. Sie haben das

Bild von Markus Ernsting, dem vermeintlichen Täter, gesehen? War er jemals hier in der Buchhandlung?«

»Ja, ich kenne das Bild. Und nein, der war nie hier, zumindest nicht in meiner Arbeitszeit.«

»Erinnern Sie sich an irgendjemand anderen mit auffälligem Verhalten? Ich weiß, es ist lange her, aber der Täter muss gewusst haben, dass Corinna nach Norwegen reist. Es ist darum wahrscheinlich, dass sie den Täter gut kannte.«

»Wenn Sie mich so fragen ...« Sonja von Zerst grübelte. »In Corinnas Leben gab es in den letzten Monaten, bevor sie verschwand, tatsächlich einen neuen Vertrauten, von dem sie mal geschwärmt hat. Ich dachte schon, dass sie vielleicht auf Männer umsteigt, nachdem ihre Freundin sie verlassen hatte.«

Carsten horchte auf. Warum war das Gespräch 2014 nicht darauf gekommen?

»Kannten Sie diesen Vertrauten? Können Sie sich erinnern, wie er aussah?«

»Tja, das war komisch. Er kam eigentlich nur in die Buchhandlung, wenn ich nicht da war. Als ob dieser Alf nicht von mir gesehen werden wollte.«

»Alf, so hieß er?«

»Ja, das weiß ich sicher. Corinna redet von Alf, der genau dieselben Bücher las wie sie, mit dem sie sich stundenlang über Literatur unterhalten konnte. Aber er kam wohl nicht so oft nach Hannover, und meistens trafen sie sich erst in den Abendstunden, wenn er geschäftlich in der Stadt war und tagsüber zu Terminen musste.«

Alf, das war sicher nicht der richtige Name des Mannes, wenn es sich dabei um den Täter handelte, der sich mit seinem Literaturinteresse in Corinna Stadlers Herz geschlichen hatte. Carsten Blume dämmerte es einmal mehr, dass er selbst 2014 zu früh der Selbstmordthese nachgegeben hatte.

»Wenn sie so gute Freunde waren, dann müsste er Frau Stadler doch vermisst haben. Können Sie sich an Anrufe erinnern? An jemanden, der sich erkundigte, warum er seine Freundin nicht erreichen kann?«

Sonja von Zerst war verblüfft.

»Hätten Sie mich das nur damals schon gefragt! Nein, wir haben hier keine Anrufe von diesem Alf erhalten. Ich kann meine Angestellte noch einmal dazu befragen. Sie hat zwei Monate, nachdem Corinna weg war, hier angefangen.«

»Das wäre gut, nur zur Sicherheit.«

Die Buchhändlerin telefonierte, und Carsten Blume stöberte im Bücherangebot. An den Regalen mit Kriminalromanen streifte er achtlos vorbei. Die Begeisterung seiner Kollegen für verzwickte Krimis teilte er nie. Kunst und Kunstgeschichte waren das gemeinsame Hobby, das ihn vor 45 Jahren mit seiner Frau zusammenbrachte, die im *Sprengel-Museum* arbeitete. Da sich Corinna Stadler für diesen Themenbereich begeisterte, war Carsten früher sicher, eine große Auswahl an Künstlerbiografien und Bildbänden zu finden. Sonja von Zerst hatte andere Schwerpunkte, das Angebot war ausgedünnt. Politisches füllte jetzt die Regalbretter, an denen Carsten Blume früher immer fündig wurde.

Er entschied sich stattdessen für den Roman *Unrast* der Literaturpreisträgerin Olga Tokarczuk.

Kopfschüttelnd kam die Inhaberin der Buchhandlung wieder auf ihn zu. Nein, die Mitarbeiterin erinnerte sich an keinen Vertrauten, der Corinna vermisste und sie suchte.

Sicher war das nicht, denn viele Leute fragten anfänglich immer wieder nach ihr. Aber hätte dieser Alf nicht mehrfach nachgefragt? Hätte er sich nicht aufgeregt, dass seine Freundin vermisst wurde, wenn sie so vertraut miteinander waren? Sonja von Zerst ärgerte sich, dass ihr der Gedanke nicht schon früher gekommen war.

Mit dem Versprechen, die Buchhändlerin auf dem Laufenden zu halten, verabschiedete sich Carsten Blume. Alf – der Unbekannte – war ein Rätsel, das es zu lösen galt.

Zu spät, um ihn von einem weiteren Mord lange nach der Tat an Corinna Stadler aufzuhalten. Zu spät für Helene. Es war nicht auszuschließen, dass es sich bei Alf um Markus' Pseudonym handelte. Doch Carsten Blume fiel partout kein schlüssiges Motiv für den Nachbarn ein, sich mit der Buchhändlerin unter falschem Namen anzufreunden. Umso mehr plagten ihn die Schuldgefühle, im Fall Stadler vor fünf Jahren versagt zu haben.

»Es gibt keinen Grund, auf Ziegler und seine vorschnellen Schlüsse herabzusehen«, gestand er am Abend seiner Tochter. »Ich war damals genauso vorschnell bereit, die Fallakte zu schließen.«

※

Eine Pinnwand, um ihre Erkenntnisse zu sammeln, besaß Flora nicht. Diese altmodische Methode hätte sie ohnehin nicht gewählt. Sie sammelte ihre Ermittlungsergebnisse im Laptop, in einer Cloud, die auf all ihren Geräten automatisch aktualisierte. Dadurch hatte sie ihre Notizen immer bei sich, sogar im Smartphone.

Zu Helmut Weitze gab es kaum etwas einzutragen nach dem Besuch auf seinem Hof. Doch eine Sache war auffällig. Die Bauernfamilie besaß eine Ferienwohnung in Laboe. Das war nahe an Kiel. Einen Versuch war es wert.

Sie öffnete die Mail der Prostituierten, deren Nachricht von einem Freier mit speziellen Vorlieben handelte. Sie lud das Handybild, das sie in Helmut Weitzes Büro geschossen hatte, auf den Rechner, schnitt den Landwirt im Bildbearbeitungsprogramm heraus und hängte das Bild an eine Mail.

»Danke für Ihre Rückmeldung kürzlich. Ist das zufällig Ihr Freier, der Sie immer Helene nannte und sich im Wald mit Ihnen treffen wollte?«

Eine Grußformel darunter – und sie klickte auf »Senden«. Im letzten Moment sah Flora, dass sie nicht die bearbeitete Version des Fotos angehängt hatte, sondern das komplette Gruppenbild, doch der Klickfinger war schneller, die Mail schon unterwegs. Egal, Hauptsache, Helmut Weitze war zu erkennen. Wie sinnvoll war es, diese angebliche Prostituierte überhaupt ernst zu nehmen? Flora merkte, dass sie mittlerweile nach jedem Strohhalm griff, um voranzukommen.

Sie ging hinunter in die Gaststube, denn im Vorbeigehen hatte sie vorhin Joe Gade und Arnd Vogelsang gesehen, die in Jägerbekleidung vor fast leeren Schnitzeltellern saßen. Sie suchte nach einem unverfänglichen Gesprächsanfang. Die beiden durften nicht merken, dass sie an Ernstings Täterschaft zweifelte.

Aber ein wenig über Markus reden, war möglich, wenn es passte. Erst einmal schauen, ob Joe und Arnd überhaupt offen wirkten für einen Plausch.

Der Tankstellenbesitzer lächelte Flora freundlich an. Das sah doch wie eine Einladung aus. Die beiden Männer hatten das Besteck und ihre Servietten auf die Teller gelegt und ließen sich Gläser mit frisch gezapftem Bier bringen.

»Na, geht's gleich in den Wald?«

»Ja, wir hatten einige Wildschäden in den letzten Wochen. Wir müssen mal wieder raus. Die Schweine nehmen überhand.«

Flora hatte Mitleid mit jedem Tier, das von einem Jäger geschossen wurde. Seit ihr auf einem Feldweg, nah an dem Wäldchen gegenüber, im Frühjahr eine kapitale Wildsau gegenübergestanden hatte, entwickelte sie mehr Verständnis. An diesen beängstigenden Moment erinnerte sie sich nicht gern.

»Nur ihr beiden? Wo sind Jörg und Fredy?«

»Jörg ist auf 'ner Feuerwehrsitzung.« Joe Gade gab Anna ein Handzeichen, das seinen Wunsch nach einer Tasse Kaffee klarmachte. »Und Fredy, ich glaube, der meidet uns gerade. Hat sich komplett zurückgezogen. Kann man ja auch verstehen. Alles nicht so leicht im Moment.«

Über Arnd Vogelsang wusste Flora wenig. Traumatisiert sah er nicht aus.

»Wenn ich mal so direkt fragen darf, wie gehen denn die Kollegen an der *KGS* damit um, was mit Markus passiert ist?« Flora drückte sich bewusst nebulös aus, das Wort Mörder in Zusammenhang mit ihrem Nachbarn kam ihr nicht über die Lippen.

»Keine Ahnung. Ich arbeite da nur selten. Ich gebe doch nur Computerseminare.«

»Ach, ich dachte, du bist da fest als Lehrer angestellt.«

»Nein, genau genommen bin ich gar kein Lehrer.« Arnd Vogelsang lachte. »Ich mache Softwareschulungen in der ganzen Region und eben auch an Schulen. Wenn du eine Reportage über traumatisierte Kollegen machen willst, musst du direkt anfragen.«

Der letzte Satz klang nicht freundlich. Vogelsang sah Flora nicht an und zerpflückte, vor sich hinstarrend, einen Bierdeckel, den er immer wieder knickte und dann auseinanderbrach.

»Ich hab nur gefragt, weil es mich interessiert.« Flora versuchte, freundlich zu bleiben. Vogelsang nahm sich einen weiteren Bierdeckel vor und faltete ihn zu einem Dach. Er konnte die Hände nicht stillhalten.

»Tut mir leid, ich bin da wohl etwas empfindlich im Moment und weiß bei dir nicht, ob du privat fragst oder für den Blog.«

Er ließ den Bierdeckel auf den Tisch fallen. »Ich kann noch gar nicht richtig glauben, dass Markus tot ist. Joe, lass uns aufbrechen. Ich muss raus. Im Wald geht's mir besser.«

Joe zuckte entschuldigend mit den Schultern.

»Darfste nicht übel nehmen. Wir sind alle etwas durch im Moment.«

Die Männer brachen auf und ließen Flora allein am Stammtisch zurück.

Noch so ein Computerspezialist, fiel ihr auf. Kein Wunder, dass Arnd sich mit Fredy versteht.

Überhaupt: Der Antiquar und sein Rückzug – war das nicht auffällig? Seit sie gesehen hatte, dass Levin Literatur aus der Nazizeit verkaufte, war ihr der Mann suspekt.

Der Gedanke, dass Helene und ihre Freundinnen auch einen Gymnasiasten aus Buchholz gedemütigt haben konnten, ließ sie nicht los.

ER - 1983

Die Tränen waren getrocknet. Seine Mutter sah, dass er eine rote Nase und gerötete Augen hatte, doch er wiegelte ab. Erkältet habe er sich und dauernd niesen müsse er.

Nachts lag er schlaflos im Bett, weil er immer wieder zitterte. Die Mutter legte ihm ein Fieberthermometer unter die Achsel seines linken Arms und stellte fest, dass er nur leicht erhöhte Temperatur hatte.

In die Schule traute er sich weder am nächsten noch am übernächsten Tag. Die Mutter entschuldigte ihn, denn er sah »weiß wie die Wand« aus.

Luise Steppanek war traurig, dass Hans sein Zeugnis nicht selbst in Empfang nehmen konnte, denn sie war stolz auf ihn. Klassenbester, das war er.

Immer wieder hatten die Lehrer ihr gesagt, dass der Junge auf das Gymnasium gehörte, doch sie winkte stets bescheiden ab.

Es war kein Geld da, um ihn später mal studieren zu lassen. Es war besser, er würde so schnell wie möglich einen Beruf lernen, um ein Gehalt nach Haus zu bringen. Als Viktor Steppanek, sein Vater, starb, war Hans erst zehn Jahre alt. Es war schwer genug, den Lebensunterhalt zu verdienen, um sich und den Jungen durchzubringen. Luise hatte keinen Beruf gelernt. Sie hatte geheiratet, das Kind bekommen, und dann waren sie ausgesiedelt, zurück nach Deutschland, in die Heimat der Vorfahren.

Es war ein Glücksfall für Luise, die Arbeitsstelle an der Kasse des *Serengeti-Parks* in Hodenhagen zu finden. Die große Erdgeschosswohnung, in der alles an die glückliche Zeit erinnerte, in der Viktor für seine Arbeit in der Walsroder Zellulosefabrik solide entlohnt wurde, gab Luise Steppanek auf. Direkt in Hodenhagen mietete sie eine kleine Wohnung in einem alten Haus, in dem zwar feuchte Flecken an den Badezimmerwänden prangten, die Miete aber günstig war.

Mit der kleinen Rente, die Viktor in den wenigen Jahren in Deutschland erarbeitet hatte, kamen sie nicht aus.

Der begabte Hans war ihr ganzer Stolz. Und eines Tages begegnete sie einem Mann, der wie sie selbst Deutsch mit einem Akzent sprach. Er stand am Kassenhäuschen des *Serengeti-Parks* und zahlte seine Eintrittskarte. Sie lächelten sich an. Er kehrte von seiner Besichtigungstour zurück und trat erneut an ihre Kasse. »Ich bin noch bis morgen in der Gegend.

Entschuldigen Sie meine Frage – darf ich Sie heute Abend zum Essen einladen?«

Mit ihm, dem Geschäftsmann, der nur aus Langeweile nach einem Besprechungstermin den Weg in den *Serengeti-Park* gefunden hatte, fing für Luise Steppanek ein neues Leben an. Ein halbes Jahr nach dem ersten Zusammentreffen machte er ihr einen Heiratsantrag. Die Schule sollte Hans in Schwarmstedt beenden. Dann würden sie zu ihm ziehen.

Luise merkte, dass ihr Sohn sich, wie sie, auf eine neue Umgebung freute.

Freunde zu gewinnen, war ihm schwergefallen. Er erzählte kaum, doch sie befürchtete, dass man ihn gehänselt hatte, den schlauen Burschen mit dem Akzent, der klein war für sein Alter und zudem der Jüngste in seiner Klasse.

Doch in Zukunft würde alles besser. Ihr neuer Mann, dieser wunderbare Mann, würde dafür Sorge tragen.

23.

Carsten Blume wog das Für und Wider ab und entschloss sich, es zu riskieren. Er würde Jörg Helberg einweihen, von dessen Unschuld er überzeugt war.

Der geheimnisvolle »Alf« war sicher nicht Jörg – und Helmut Weitze schon gar nicht. Corinna hätte von beiden die richtigen Namen gekannt.

War es logisch, Markus' potenzielle Täterschaft abzuhaken? Er grübelte nur kurz. Ausschließen ließ sich die Ernsting-Theorie nicht, aber Zweifel waren angebracht.

Flora verdächtigte Fredy Levin, einen stichhaltigen Grund dafür hatte sie nicht. Carsten vermutete hingegen, dass sie den Täter bisher gar nicht auf dem Radar hatten. Es war entscheidend, mehr über die Schulzeit seiner toten Schwägerin zu erfahren. Eine unbeachtete Gemeinsamkeit zweier der drei Morde war ihm aufgefallen.

»Jörg, hast du eine Stunde Zeit für mich?« Helberg war gleich ans Telefon gegangen.

»Ich brüte über einem Ordner mit Altverträgen. Ist aber nichts Wichtiges. Wie kann ich dir helfen?«

»Das erzähle ich dir gern unter vier Augen. In deinem Büro, in einer halben Stunde?« Carsten Blume war bereit, sofort aufzubrechen.

»Muss ja wohl was Wichtiges sein. Dann komm mal her.«

Carsten erzählte von den Zweifeln an Markus Ernstings Täterschaft. Er hatte nicht geahnt, dass seine Gedanken mit denen von Jörg Helberg übereinstimmten. Der Ortsbrandmeister war erleichtert.

»Und ich dachte schon, ich bin der Einzige! Ich würde das nie offen sagen, ich bin ja froh, dass diese Verhöre und Verdächtigungen vorbei sind. Aber immer, wenn ich jemandem begegne, der bei uns auf der Schule war und in meinem Alter ist, frage ich mich, ob er es gewesen sein könnte.«

»Und fällt dir jemand Spezielles ein? Ist dir jemand begegnet, dem du es zutraust?« Carsten Blume war offen für jeden neuen Ansatz.

»Nee, so was traut man doch keinem zu! Aber ich glaube, ich werde langsam paranoid. Neulich kam einer aus unserer Parallelklasse, der Elektriker Bünte aus Grethem, zu mir, um eine Haftpflichtversicherung abzuschließen. Und ich hab mich nur gefragt, warum er gerade jetzt kommt. Und dann hat er auch noch von den Toten angefangen. Ich war echt froh, als er wieder raus war. Hinterher hab ich über mich selbst den Kopf geschüttelt.«

Carsten Blume verstand, dass Jörg sich mit solchen Gedanken plagte. »Gibt es denn etwas an dem Bünte, was ihn verdächtig macht?«

»Ach, überhaupt nicht.« Helberg lachte. »Der ist verheiratet und hat drei Kinder. Ganz unauffälliger Typ. Und ich hätte ihn am liebsten noch gefragt, wo er Anfang Juli 2013 und Anfang Juli 2014 war.«

»Das bringt mich zu einem wichtigen Punkt. Euer Klassentreffen war Ende Juni, Vivian verschwand Anfang Juli. Corinna verschwand Anfang Juli. Bei Helene ist völlig unklar, wann sie ums Leben kam. Aber könnte irgendetwas Anfang Juli passiert sein, das mit den Taten zusammenhängt? Ich meine: Anfang Juli in eurer Schulzeit, vielleicht im letzten Schuljahr?«

Jörg Helberg überlegte. »Anfang Juli sind wir von der Schule abgegangen. Und in den Monaten vorher haben sie uns in den Wald gelockt, die Mädchen.« Seine Miene verfinsterte sich. »Du meinst, es könnte so gewesen sein, dass derjenige ganz kurz vor unserem Schulabschluss, also Anfang Juli, das Opfer war? Ich habe allerdings keine Ahnung, wer wann an die Reihe gekommen ist. Und ich glaube kaum, dass jemand noch genau weiß, wann sie ihn reingelegt haben.«

Das sah wieder nach einer Sackgasse aus. Jörg Helberg öffnete eine Schreibtischschublade und zog ein Foto heraus. »Unser Abschlussfoto. So sahen wir aus damals.«

Carsten Blume kannte das Bild aus Floras Blog, doch sie hatte aus Datenschutzgründen alle Gesichter bis auf die der drei Frauen unkenntlich gemacht. Jörg Helberg tippte auf einen grinsenden Jungen mit Hemd und Krawatte, direkt in der Mitte des Bildes. »Das bin übrigens ich. Den Pottschnitt bitte nicht kommentieren.«

Gegenüber seinem 16-jährigen Selbst hatte Helberg sich deutlich verändert. Statt des unvorteilhaften Haarschnitts trug er Halbglatze, aber die Segelohren waren dieselben.

»Würdest du allen Leuten auf dem Bild Namen zuordnen können?«

»Ich versuch's mal. Die Heidi, Susanne, Sabine, Karl-Hermann, das war mein bester Schulfreund. Dann Serhat, der war damals der einzige türkische Junge in unserer Klasse, der war richtig gut im Fußball ...« Jörg Helberg schaffte es, die anderen auf dem Bild zu identifizieren, manchmal überlegte er kurz.

Carsten Blume zweifelte, ob die fotografische Reise in die Vergangenheit ihn weiterbringen würde, doch Jörg Helberg hatte sich akribisch in das Bild vertieft.

»Das wären sie, alle außer Hänschen, aber der war ja krank.«

»Hänschen?«

»Ja, unser Klassenbester, der nicht zum Klassentreffen gekommen ist. Zur Zeugnisübergabe auch nicht. Hänschen war auf uns sicher nicht gut zu sprechen, heute würde man sagen, er war unser Mobbingopfer. Du weißt ja, Kinder können grausam sein. Hänschen hänseln war gerade unter uns Jungs fast ein täglicher Spaß. Er war ein echter Streber.«

Carsten horchte auf. »Mobbingopfer? Und warum haben wir den so gar nicht auf dem Schirm?«

»Weil nie wieder jemand Kontakt mit ihm gehabt hat? Die sind doch gleich nach seinem Schulabschluss weggezogen. Die Mutter hatte auswärts geheiratet, und die blieben nur noch, bis Hans den Abschluss hatte.«

Carsten Blume stutzte. Der Junge, der nicht auf dem Klassenfoto war. Der Streber, der nicht zum Klassentreffen kam, den niemand je wieder getroffen hatte. Jemand, an den man sich nur als Mobbingopfer erinnerte. In der Person eines unbekannten »Alf« hätte er 30 Jahre später die Bekanntschaft von Corinna suchen können, ohne aufzufallen.

Weit hergeholt. Irgendjemand aus einer Parallelklasse war nach wie vor wahrscheinlicher. Doch einen Gedanken war es wert.

ER - 1984

Hans Steppanek entwickelte sich prächtig auf dem Gymnasium in Eutin. Täglich fuhr er mit dem Bus am glitzernden Kellersee entlang auf dem Weg zur Johann-Heinrich-Voß-Schule und war glücklich, der tristen Wohnung in Hodenhagen und den Mitschülern in Schwarmstedt entkommen zu sein. Sein Stiefvater, der keine eigenen Kinder hatte, wurde zu einem wirklichen Vaterersatz, und Hans stand so manches Mal im Garten des großen Hauses im Malenter Ortsteil Krummsee und staunte, welche Wendung sein Leben genommen hatte. Seine Mutter war aufgeblüht, trug jetzt feine Kleidung und kochte leckeres Essen für ihn und Horik, ihren dänischen Mann.

Hans hätte glücklich sein können. Doch da waren diese Träume. Darin lachten sie über ihn, Vivian, Corinna und Helene. Er wachte schweißgebadet auf und manchmal weinte er dann.

Wenn ein Mädchen ihn in der Schule anlächelte, sah er sie im Geiste schon schallend über ihn lachen, an irgendeinem Treffpunkt in einem der vielen Wälder der Holsteinischen Schweiz. Sie hatten es ihm ja damals deutlich gesagt: Wie konnte gerade er sich einbilden …

Hans Steppanek nahm selbst nicht wahr, dass er zu einem gut aussehenden jungen Mann heranwuchs, der zwischen dem 16. und 18. Geburtstag ein ordentliches Stück in die Länge schoss. Die Mädchen drehten sich nach ihm um, dem großen schlanken Jungen, dessen Zurückhaltung geheimnisvoll wirkte. Wenn er es merkte, sah er schnell weg. Er meinte zu wissen, warum sie ihn anschauten. Nicht aus ehrlichem Interesse.

Am Tag, als ihm das Abiturzeugnis überreicht wurde, gab es ein glückliches Elternpaar, das zwischen anderen Eltern saß. Seine Mutter vergoss einige Tränen beim Anblick ihres talentierten Sohnes auf der Schulbühne.

Zum Studieren zog er nach Hamburg. Seine Kommilitonen hatten Freundinnen und genossen das junge Erwachsenenleben. Er steckte seinen Kopf in die Bücher. Er bildete sich ein, nichts zu vermissen, und schloss sein Studium mit Bestnote ab.

Doch dann begegnete sie ihm, in seinem ersten Praktikum nach der Studienzeit. Eine Kollegin. Sie war schön wie Helene, hatte deren goldenes Haar mit dem zarten rötlichen Schimmer, hatte ihre tiefen strahlenden Augen. Und sie lächelte ihn an.

Er floh zurück in das Elternhaus in Krummsee, um ihr zu entkommen. »Die Firma war nichts für mich«, sagte er dem Stiefvater. Doch vor seinem körperlichen Verlangen konnte er jetzt, mit 23 Jahren, nicht mehr fortlaufen. Horik fiel es zuerst auf, dass Hans immer unsteter wurde.

»Was ist nur mit dir los? Ich glaube, du brauchst eine Freundin«, sagte er, doch sein Stiefsohn verneinte vehement und lief mit rotem Kopf aus dem Zimmer. Das Thema wurde zum Tabu zwischen Vater und Sohn.

Immer häufiger begegneten Hans jetzt Frauen, die sein Verlangen weckten, die ihn anlächelten. An den Wochenenden besuchte er Diskotheken, saß allein an der Bar und sah sie an. Er verabscheute Alkohol, denn das beschwingte Gefühl des Rausches ließ ihn die Kontrolle verlieren. Doch jetzt trank er manchmal. Zuerst nur ein Bier an der Bar, um nicht aufzufallen. Später auch Whiskey. Und darüber vergaß er kurz, was die lächelnden Frauen im Sinn hatten – ihn zu demütigen, auszulachen, hilflos zurückzulassen. Auf manche ließ er sich ein, wenn er angetrunken war. Flüchtig, für eine Nacht, ohne Zärtlichkeit und echte Nähe.

Er verließ sie immer vor dem Frühstück. Die Frauen spürten die Kälte, mit der er sie nahm, und hielten ihn nicht zurück, wenn er sich anzog und wortlos verließ.

Glücklich war er nur bei der Arbeit. Sein Stiefvater führte eine kleine Firma, die Computer vertrieb, und das war Anfang der 90-Jahre des 20. Jahrhunderts ein junges aufstrebendes Geschäft. Hans Steppanek blieb in Krummsee und leistete seinen Beitrag zum Erfolg des Unternehmens. Für seinen wachen Geist war die Welt der Computer ein Gebiet, in dem er versank, um zu vergessen.

An seinem 25. Geburtstag unterbreitete ihm der Stiefvater einen Vorschlag. »Dieses Haus hat meinem Vater gehört und vor ihm meinem Großvater«, sagte er, der mit den Eltern in Dänemark aufgewachsen war, aber väterlicherseits deutsche Vorfahren hatte. »Ich möchte es an meinen Sohn weitergeben, und ich habe den besten Sohn, den ich mir vorstellen kann.«

Sie feierten seine Adoption mit einer gemeinsamen Reise nach New York. Eine glückliche Familie, eine wohlhabende und sogar weit gereiste Familie.

Die Eltern fragten bald nicht mehr nach künftigen Enkelkindern. Es war das einzige Thema, bei dem Hans sich verschloss und tagelang kaum ein Wort mit ihnen wechselte.

Er führte ein zufriedenes Leben. Und wenn ihm schlechte Gedanken kamen, dann gab es die Tabletten. Er hatte einen älteren Arzt gefunden, der sie ihm immer wieder verschrieb – Psychopharmaka, die seine Gefühle verschleierten, wenn er wütend oder traurig war, sich etwas in ihm zusammenballte und Bahn brechen wollte. Sie waren besser als ein Whiskey an der Bar.

Die Tabletten rotteten die tiefen Verletzungen nicht aus. Es war ihm bewusst, dass sie keine Therapie waren, sondern nur eine Packung Watte für die Seele. Dem Arzt hatte er etwas von Schlafstörungen erzählt, vom Stress bei der Arbeit und von Panikattacken. Dass ihm *Tavor* im Studium dagegen geholfen habe, gehörte zu seiner überzeugenden Rede. Sein überlasteter Landarzt, bei dem das Wartezimmer voller Kassenpatienten saß, stellte rasch ein Rezept aus. Er holte sich in jedem Quartal sein Medikament und achtete sorgsam darauf, das Antidepressivum nur zu nehmen, wenn die Spannung in seinem Kopf zu groß wurde. Er war ja nicht krank. Das, was ihn quälte, hätte jeden mit diesen Jugenderfahrungen geplagt!

Hans traf die junge Prostituierte in Kiel, als er nach einem Kundentermin in einem Bordell Entspannung suchte. Er war häufig zu Gast bei diesen Frauen. Sie schauten ihn nicht entsetzt an, wenn er sie wortlos nahm und ihnen dabei nicht in die Augen sah.

Diese war anders, ihr Blick warm und liebevoll. Sie ließ ihn fast vergessen, dass er sie bezahlte.

Er unterbreitete ihr einen Vorschlag – sie nannte einen Preis.

Schnell waren sie sich einig.

Beim ersten Mal hatte sie Sorge, denn der Wald, in dem sie sich trafen, lag weit außerhalb, und niemand würde sie hören, wenn etwas schief ging. Doch es lief, wie erhofft. Dieser Freier war harmlos, und mit seinem Spleen kam sie klar – bei dem Honorar! Er nannte sie Helene, und sie durfte nicht lachen, wenn sie zusammen waren. Es gab Schlimmeres.

Der Mann, der unter dem Namen Hans Steppanek in Schwarmstedt seinen Realschulabschluss geschafft hatte, war 40 Jahre alt und verkaufte die kleine Firma, die sein Vater gegründet und die er später allein weitergeführt hatte.

Er pflegte seine Mutter, als sie Krebs bekam. Er ließ seinen Adoptivvater nicht im Stich, als sie starb. Und er begleitete den Vater in dessen letzten Tagen, hielt im Hospiz seine Hand und schloss ihm die Augen, nachdem er friedlich eingeschlafen war.

Hans saß lange stumm am Totenbett des Vaters. Schlagartig wurde es ihm klar. Er war allein und würde es immer bleiben.

Es war vorbei. Alles war vorbei.

24.

Flora schaute am ersten Tag alle paar Stunden, ob Mailpost angekommen war. Eine Menge Spam, einige Vereinsnachrichten für den Blog, aber keine Rückmeldung der Kieler Prostituierten. Flora beschloss, sich nicht mehr auf diese windige Spur zu konzentrieren. Es gab so viele andere Ungereimtheiten und offene Fragen!

Eine Fahrt nach Walsrode stand an diesem Tag auf dem Programm. Sie wusste durch ein Telefonat, dass sie in der Boutique, die früher Helenes Arbeitsstelle war, auf Clara Langensiepen treffen würde – die Freundin, die der Verstorbenen für Unterstützung in schweren Zeiten dankbar war.

Flora fuhr über die volle L190 von Hodenhagen aus Richtung Norden und ärgerte sich, keine kleineren Straßen genommen zu haben. Der Lkw-Verkehr wurde immer mehr, selbst hier zwischen den Kleinstädten des Aller-Leine-Tals. Sie versuchte, das Dröhnen der Brummis mit Musik aus dem Radio zu übertönen.

Hoffentlich lohnte das Gespräch mit Clara die Mühe. Walsrode kannte Flora nur vom Vorbeifahren und staunte, wie entspannt es sich hier einkaufen ließ. Individuelle kleine Läden, die man in der hannoverschen Innenstadt nicht mehr fand, reihten sich aneinander. Die Boutique mit dem vergleichsweise schlichten Namen *Mein Kleidertraum* lag direkt neben einem teuer wirkenden Schuhgeschäft.

Flora schaute durch das Schaufenster, in dem einsam ein Paar Pumps auf einer weißen Säule thronte. Aus diesem Laden kamen sicher Helenes extravagante Schuhe, vielleicht sogar die sündhaft teuren französischen Gummistiefel. Die gehörten jetzt Katrin – weder Anna noch Flora passten hinein. Schuhgröße 38 war beiden zu klein, was Anna durchaus bedauerte. Es waren schon »traumhafte Trittchen« dabei, wie sie es ausdrückte, und die Mäuse hatten an den Schuhen im Keller keinen Gefallen gefunden.

Es war ein komisches Gefühl, Helenes Besitz zu verschenken, stets mit dem Gedanken, dass sie gar nicht die Erben waren. Manche Schuhe sahen aus, als wären sie nie getragen worden.

Anna sah das pragmatisch: »Nenn mir einen vernünftigen Grund, warum die tollen Dinger hier im Keller vor sich hin modern sollten. Mir fällt keiner ein.«

Katrin Harms trug zu ihren *Primark*-Jeans neuerdings Stiefel von *Donna Carolina*. Sie hatte sich sogar knallrote Wildlederstilettos mitgenommen: »Wer weiß, vielleicht ist mir ja mal danach.«

Flora stellte sich vor, diese Schuhe hätten einst auf der weißen Säule gestanden, deren Schlichtheit Understatement ausstrahlte. Zwei Frauen in Pelzjacken kamen aus dem Geschäft. Flora sah ihnen nach, Ärger wallte auf. Echtpelzjacken waren für sie inakzeptabel, und sie hoffte, die Frauen würden mit ihren dünnen Stiefelabsätzen in der nächsten Pflasterritze umknicken.

Sie betrat den *Kleidertraum* und fühlte sich völlig deplatziert. Der aufgeräumte Laden, in dem wenig Ware ausgestellt war, atmete Oberflächlichkeit. Eine fremde Welt für Flora Kamphusen. Clara Langensiepen kam aus einem Hinterzimmer in den Ladenraum. Ihre High Heels auf dem Parkett sorgten für ein lautes Stakkato, das die Schritte der perfekt gekleideten jungen Frau begleitete. Clara trug die Haare kunstvoll hochgesteckt, mit einer einzelnen sanft geschwungenen Strähne, die an ihrer rechten Schläfe wippte.

Auf der Straße hätte Flora sie kaum wiedererkannt. Zu Helenes Beerdigung war die junge Verkäuferin ungeschminkt gekommen, die Haare zum schlichten Pferdeschwanz gebunden. Mit Make-up sah sie deutlich älter aus.

Flora verfügte über genügend Selbstbewusstsein, um sich mit ihren Jeans, dem Shirt und einer schwarzen Lederjacke nicht underdressed zu finden – nur eben wie ein Fremdkörper in dieser oberflächlichen Modewelt.

»Hallo, Clara, schön, dass du Zeit hast.«

»Oh Gott, ich bin doch froh, dass du hier bist und ich mit dir reden kann. Die Kolleginnen sind schon genervt und sagen, ich sei die Drama Queen des Ladens.«

Clara strich sich die wippende Haarsträhne hinter das Ohr, die sofort zurückschwang und ihr wieder vor den Augen baumelte. »Ich war mal mit einem Mörder zusammen. Wenn das nicht schockierend ist!«

Es war nicht Floras Aufgabe, Clara Langensiepen gegenüber ihre Zweifel an Markus' Täterschaft zu äußern.

»Du weißt, was mich interessiert. Wie ist es dazu gekommen, dass nach dir Helene mit ihm zusammen war? Allein dieser Altersunterschied!«

Die Haarsträhne schwang vor, Clara strich sie zurück. Sie erzählte und war nicht mehr zu bremsen, sie wollte etwas loswerden.

Markus war zuerst mit einer der Schulsekretärinnen liiert, und Clara schmachtete ihn, wie einige andere Schülerinnen, von Weitem an. Bei einer Jahrgangsfahrt in der Oberstufe waren sie sich nähergekommen, zu Claras großer Überraschung. Doch Markus Ernsting war nicht bereit, seine Arbeitsstelle zu riskieren.

»Und dann hab ich für ihn die Schule abgebrochen und mir Arbeit gesucht. Meine Eltern waren angefressen, aber Markus war glücklich, weil ich das für uns getan habe.«

Flora konnte beim Zuhören den Blick nicht von der Haarsträhne lösen, die schon einige Minuten hinter Claras rechtem

Ohr geblieben war. Jetzt rutschte sie langsam zurück. Zack, da baumelte sie wieder. Flora riss sich zusammen. Nicht ablenken lassen, dachte sie und hätte der Verkäuferin am liebsten eine Haarspange in die Hand gedrückt.

»Markus fuhr mich jeden Morgen zur Arbeit und stand mit seinem Wagen schon wieder bereit, wenn wir den Laden zumachten. Er hat mich auch zu Treffen mit meinen Freundinnen gefahren und wieder abgeholt.«

Er bombardierte sie mit Textnachrichten, wenn sie sich ein paar Stunden nicht meldete, berichtete Clara.

»Zuerst fand ich das klasse, es waren ja alles Liebesbeweise. Aber das hat nicht mal ein halbes Jahr gedauert, dann war er schlimmer als meine Eltern, als ich zwölf war.«

Die Verkäuferin bot Flora einen Kaffee an und reichte die gewünschte Latte Macchiato aus dem teuren *Jura*-Kaffeevollautomaten über einen kleinen Bartresen.

Für Clara war das Maß bald voll, sie beendete die Beziehung und erlebte, dass Markus nicht aufgab. »Ich sah ihn dauernd irgendwo im Auto rumsitzen, vor meinem Fitnessstudio und in einer Nebenstraße von unserem Haus. Das war so unheimlich.«

Flora beobachtete, dass Clara dazu übergegangen war, die wippende Haarlocke mit einem Finger auf- und wieder abzurollen.

»Und auf einmal ist er nicht mehr gekommen, kannst dir meine Erleichterung vielleicht vorstellen, als der Spuk vorbei war.«

Flora hatte vollstes Verständnis. Allein die Schilderung reichte ihr, um selbst das Bedürfnis zu haben, eine Haarlocke nervös mit den Fingern zu bearbeiten.

»Dafür stand ein paar Monate später Helene in der Boutique.« Sie erlebte dasselbe, was Clara durchgemacht hatte. Jetzt wurde sie auf Schritt und Tritt begleitet, verfolgt, ausgeforscht.

»Helene war total erstaunt, wie jung ich bin.« Clara lachte und kramte in einer Schublade des kleinen Tresens. »Markus konnte wohl nicht zugeben, dass ich eine ehemalige Schülerin war. Helene tat mir total leid. Wir haben öfter telefoniert, auch, als sie nicht mehr mit Markus zusammen war. Er parkte irgendwo gegenüber von ihrem Haus, und ich wusste genau, wie sie sich fühlt.«

Flora beobachtete, dass Clara beim Reden eine Haarspange aus der Schublade zog, mit der sie geschickt die lose Haarsträhne locker seitlich am Kopf befestigte. Nun hing sie fest in einem kleinen Bogen über Claras Stirn. Die Verkäuferin erzählte ohne Pause weiter.

Eines Tages sei Helene »völlig durch den Wind« in den Laden gehuscht. Irgendwer habe ihrem Mann ein Foto zugeschickt, auf dem sie mit Markus zu sehen war, Arm in Arm an der Rethemer Mühle, bei einem Spaziergang durch den Londy Park.

»Der Mann hat sie dann rausgeschmissen, obwohl Helene schon gar nicht mehr mit Markus zusammen war. Dann brauchte sie einen Job, und meine Chefin suchte gerade jemanden. Helene war genau richtig.«

Clara fiel mit ihrem nächsten Freund erneut herein, er schlug sie. Und in dieser Krise war Helene für sie da.

»Das Pech in der Liebe hab ich wohl gepachtet«, sagte die Verkäuferin resigniert. »Aber eine Freundin, die sich im Leben auskannte, hatte ich wenigstens gewonnen. Helene und ich sind auch mal zusammen in Hannover um die Häuser gezogen. Mann, die ist total aufgeblüht dabei. War ja mit 20 schon verheiratet und nie richtig feiern. Ihr Alter stand da natürlich nicht drauf.«

Flora amüsierte sich über den Sturzbach an Worten, mit dem Clara von ihrer kurzen, aber intensiven »Mädelsfreundschaft« mit Helene berichtete.

»Die ist locker in jeden Klub gekommen, auch in die mit echt harter Tür. Dabei war sie schon weit über 40. Die Türsteher haben sie sicher für 'ne Schauspielerin oder so was gehalten.«

Flora unterbrach Clara und fragte gezielt: »Wie schnell war Helene den Markus denn los? Wie lange hat er sie noch verfolgt?«

Clara wischte unablässig mit einem kleinen Feuchttuch über den Tresen, nachdem die Haarsträhne ihre Hände nicht mehr beschäftigte.

»Ach, das ging Monate. Aber Helene war bald ziemlich cool damit, viel cooler als ich. Und sie hat sich einen Kumpel gesucht, mit dem sie unterwegs war. Schon damit Markus sieht, dass es mit seinen Chancen vorbei ist.«

»Und wer war dieser Kumpel? Kam der auch mal zu euch in die Boutique?«

»Nee, das war ja nur ein Kumpel, und Helene hat da keine Zweifel aufkommen lassen. Die waren zusammen im Wald und haben alte Bruchbuden gesucht, frag mich nicht, warum, keine Ahnung. Ein paar Wochen haben wir uns nicht privat getroffen, und dann war sie auf einmal weg. Erst hieß es nur, sie sei verreist. Dann kam eine kurze *WhatsApp*, dass sie nicht wiederkommt, und dann nichts mehr. Ich war so stinkig!«

Clara senkte den Kopf. »Jetzt, wo ich weiß, warum, frag ich mich immer, ob ich es hätte verhindern können.«

»Wann warst du denn mit Markus zusammen – und wann Helene?«

»Ich bin im Sommer 2013 von der Schule abgegangen, dann ging das ein paar Monate bis kurz nach Weihnachten. Mit Helene danach, Frühjahr 2014 ungefähr. Was denkst du, wie sich das anfühlt – er hat die erste Frau ermordet, als wir gerade frisch verliebt waren. Da überfällt der eine Joggerin!«

Der zeitliche Zusammenhang war eindeutig. Die Täter-theorie wurde immer unwahrscheinlicher.

»Weißt du, ob sich Helene und Markus vorher kannten?«

Clara Langensiepen schüttelte energisch den Kopf, dabei rutschte die Haarsträhne wieder ein Stück nach vorn. »Nein. Das weiß ich aus ihren Schilderungen. Er hat sie beim Ein-kaufen angesprochen, in Hodenhagen beim *Edeka*, und kurz danach waren sie zusammen.«

Markus und Helene waren sich noch nicht begegnet, als Vivian längst tot im Wäldchen lag.

Und es gab ein neues Rätsel: Von wem stammte der Brief mit dem Foto, der Friedrich veranlasst hatte, seine Frau raus-zuschmeißen? Wer war ihr gefolgt?

Plante der wirkliche Mörder schon im Frühjahr 2014, Helene und ihren Mann auseinanderzubringen, weil es sei-nem Ziel nützte? Welchen Grund gab es sonst für ein anonym zugesandtes Foto? Flora fragte sich, ob dieser Abzug in den Kisten mit Friedrichs Schreibtischinhalt auf dem Dachboden lag. Eine neue Forschungsmöglichkeit tat sich auf.

Fredy Levin war 2013 schon Witwer. Flora stellte sich den Antiquar vor, wie er mit einer Kamera hinter einem Baum auf dem Mühlengelände stand und Helene ausspähte, getrieben von einem Hass, den niemand ahnte. Nur eine Vermutung zwar, aber nicht unmöglich. In Levins Vergangenheit zu for-schen, nahm sich Flora für die nächsten Tage vor.

Sie trank ihren letzten Schluck Latte. Clara Langensiepen stand vor einem großen Spiegel und kümmerte sich schon wieder um ihre Haare, zupfte die lange Strähne ein Stück weiter über das Auge.

Ich muss hier raus, sonst träume ich noch von wippen-den Haarsträhnen, dachte Flora und verabschiedete sich. In

Gedanken fuhr sie sich mit einer Hand durch die Haare und stoppte die Bewegung abrupt. Das war doch nicht etwa ansteckend?

ER - 2013

Hans hatte gerade einen großen Auftrag beendet, als eine Mail an die alte AOL-Adresse zu seinem aktuellen Mailaccount weitergeleitet wurde. Er erkannte den Namen nicht, doch der Betreff ließ ihn zusammenzucken: »Klassentreffen der 10b«. Schon einmal hatte er eine solche Mail erhalten, das war sicher fünf Jahre her. Sie kam kurz nach dem Tod des Vaters an. In dieser Zeit saß er nur stumpf und ohne Antrieb in seinem Haus und war nicht einmal in der Lage zu arbeiten. Damals schrieb er sogar eine Antwort. Jutta Levin hatte es verdient, denn sie war, genau wie er, ein Mobbingopfer, eine Sportversagerin. Vivian, das Sport-Ass war es, die in den Schulpausen Witze über sie riss. Jutta Levin. Dieses nette unscheinbare Mädchen hätte er gern einmal wieder getroffen. Sie hatten so vieles gemeinsam in der Schulzeit.

Fünf Jahre später kam die Mail von Katharina Ostendorp. Wer war das? Er erinnerte sich nicht. Sicher ein Ehename.

Oder einfach zu lange her. Er zog die Mail in den Papierkorb, doch dann zögerte er. Was, wenn er zu diesem Treffen fuhr, anonym? Es war in einem Hotel-Restaurant, und niemand hinderte ihn daran, dort ein Zimmer zu buchen. Er trug ja nicht einmal mehr seinen alten Namen, und erkennen würde ihn ohnehin keiner. Er hatte sich verändert, und mit einer anderen Haarfarbe und einer Brille sah er dem Jungen von früher gar nicht mehr ähnlich.

Seitdem seine Eltern tot waren, verließ er das Haus nur selten. Der Kundenkontakt verlief meist schriftlich, denn er beriet Unternehmen in Sachen Onlinesicherheit. Er hatte keine Website, die seine Dienste anpries, benötigte keine Visitenkarten oder Werbeanzeigen. Sein Name wurde weiterempfohlen, denn wie immer in seinem Leben gehörte er auch in diesem Job zu den Besten.

Er verfügte über seine Tabletten, die ihn schlafen ließen, wenn die wirren Gefühle kamen oder die Einsamkeit ihn übermannte. Und manchmal rief er sie an, seine »Helene«, fuhr mit ihr in den Wald und zahlte dafür.

Sein Leben spielte sich im immer gleichen Raum ab, dem ehemaligen Büro seines Vaters. Hier arbeitete er, hier aß er, hier sah er stundenlang *YouTube*-Videos. Manchmal besuchte er Chaträume im Darknet, um seine Fantasien mit Worten auszuleben. Er merkte, dass es anderen erging wie ihm selbst. Seine Tagträume, in denen eine Frau mit goldrotem langem Haar durch einen Wald floh, strauchelte und von ihm eingeholt wurde, waren im Vergleich zu dem, was andere sich ausmalten, harmlos. Wenn er schilderte, wie er der Frau zwischen hohen Bäumen mit bloßen Händen das letzte Lachen aus der Kehle drückte, bekam er Verständnis. Es waren ja nur Fantasien. Wenn er sich mit seiner Prostituierten im Wald traf, erzählte er nichts davon und unterdrückte den Impuls, seine Hände um ihre Kehle zu legen.

Doch die Ablenkung im Chat half nicht, das nahende Klassentreffen schob sich immer wieder in seine Gedanken. Wie sah sie heute aus? War sie so schön wie damals? Oder dick und faltig? Profile in sozialen Netzwerken hatte er nicht.

Er schützte sich damit vor der Flut lächelnder Menschen, die miteinander in Kontakt standen, Interessengruppen bildeten und ihr Leben öffentlich ausbreiteten. Diese verknüpfte Masse an sorglos strahlenden Gesichtern ängstigte ihn. Ob Helene ein Profil bei *Facebook* besaß? Er widerstand der Versuchung nachzuschauen.

Es kribbelte in seinem Magen, im Kopf und überhaupt im ganzen Körper, wenn er sich vorstellte, auf einmal vor ihr zu stehen, im Eingang des Restaurants. Oder an der Bar, auf dem Parkplatz.

Als er an nichts anderes mehr denken konnte, griff er zum Hörer und reservierte ein Zimmer.

25.

Ohne konkretes Ziel fuhr Flora am nächsten Tag durch Buchholz/Aller, weil Fredy es als seinen Geburtsort bezeichnete. Verwandte von ihm gab es dort nicht mehr, die einzigen Levins in der ganzen Region unter www.telefonbuch.de waren »F. und J.«.

Es war rührend, dass Fredy nach so langer Zeit den Anfangsbuchstaben seiner Frau nicht streichen ließ.

Flora versuchte es in Buchholz mit Befragungen am Gartenzaun. Hier im Dorf traf man immer Leute in den Vorgärten, und meist waren sie bereit, ein paar Worte zu wechseln. Doch niemand erinnerte sich an eine Familie mit Fredys Nachnamen.

Eine ältere Dame erzählte: »Ich lebe schon immer hier und kenne hier jeden. Nee, Kindchen, Levins haben hier nie gewohnt.«

Das musste nichts bedeuten, die Frau irrte sich womöglich. Doch was, wenn es zutraf? Flora hatte einen Einfall, zu dem sie sich selbst beglückwünschte. Für die *Hannoversche Allgemeine* hatte sie schon zweimal über das neue Wedemärker Schulzentrum geschrieben. Dabei war sie in Kontakt mit der Schulleiterin gekommen.

Ob sie, mit einer passenden Legende, eine Klassenliste der Abiturklasse von Fredy Levin bekam? Vielleicht stünden sogar weitere bekannte Namen darauf, bei denen sich nachzuhaken lohnte. Kurz hatte Flora ein schlechtes Gewissen, diesen Pressekontakt zu nutzen. Doch es war zumindest eine Möglichkeit. Einen Termin mit der Gymnasialdirektorin zu bekommen, war nicht schwer. »Frau Holste kennt mich von Presseterminen«, sagte sie der Sekretärin. »Diesmal hab ich aber ein privates Anliegen.«

Bekannten Presseleuten gibt man ungern ein Nein, und Flora bekam einen Termin für den folgenden Tag. Sie erntete ein Kopfschütteln auf ihre Frage nach der Klassenliste.

»Das ist aus Datenschutzgründen nicht möglich.«

»Haben Sie denn irgendetwas aus der Zeit, was Sie mir geben oder sagen können? Wir wollen meinem Onkel zur

Silberhochzeit so gern eine besondere Überraschung berei-
ten. Vielleicht eine alte Abizeitung?«

Floras Legende war pure Lüge: Sie gab Fredy Levin als
ihren Onkel aus, für den sie eine Computerpräsentation, »also
einen animierten Bilderbogen, das kennen Sie ja sicher« plante.

Die Schulleiterin Edelgard Holsten zweifelte. »Aus so
alten Jahrgängen haben wir kaum noch etwas. Wann, sagen
Sie, hat er genau das Abitur gemacht? 1984 oder 1985?«

Flora nickte und wartete. Die Direktorin klickte in ihrem
Computer, schien Dateien zu öffnen und zu schließen und
schüttelte den Kopf.

»Tut mir leid, Frau Kamphusen. Sie täuschen sich. Ein
Fred oder Fredy Levin hat bei uns nicht Abitur gemacht.
Mehr kann ich Ihnen aus Datenschutzgründen nicht sagen.
Ich lehne mich schon weit aus dem Fenster, wenn ich Ihnen
sage, dass niemand dieses Nachnamens in einem der Jahrgänge war, auch nicht im Abiturjahrgang 83 oder 86, da hab
ich eben auch noch einmal geschaut.«

»Dann muss er wohl doch in Walsrode gewesen sein. Ich
dachte, es wäre Mellendorf gewesen, tut mir leid.« Flora
sprach aufgeregt und verabschiedete sich schnell. Sie nahm
wahr, dass die Schulleiterin ihr zweifelnd nachblickte.

Egal, das war eine Entdeckung.

Kein Fredy Levin in Buchholz, kein Fredy Levin auf dem
Gymnasium Mellendorf.

Jetzt lautete die Frage: Wer ist Fredy Levin?

ER - 2013

Am Tresen des Gastraumes saß nur ein gelangweilt dreinblickender Mann, der laufend auf die Uhr schaute. Ein Kellner polierte Gläser und begrüßte ihn freundlich. Nachdem er sich – etwas entfernt vom anderen Gast – auf einen Barhocker gesetzt und ein Bier in Empfang genommen hatte, beachtete ihn niemand mehr.

Nach dem Einchecken in seinem Hotelzimmer war er durch Schwarmstedt gestreift, auf den Spuren seiner Erinnerungen. Das alte Hallenbad gab es noch, in dem sie manchmal im Sportunterricht geschwommen waren. Er fand das Städtchen ansehnlicher als früher, der Ort hatte sich gemausert. Er wanderte durch den kleinen Park westlich der Kirchstraße und beobachtete zwei Störche, die sich von ihm nicht stören ließen, bei der Nahrungssuche.

Doch immer wieder kam er an Ecken, die er kaum betreten konnte. Das Eiscafé mitten im Ort! Er hielt abrupt an. Hier hatten sich die Jungen und Mädchen aus der Klasse im Sommer getroffen. Nie wurde er eingeladen mitzukommen. Und Geld für ein Spaghettieis hätte er ohnehin nicht besessen. Jetzt setzte er vorsichtig und mit Mühe einen Fuß vor den anderen, direkt auf das Café zu. Es rauschte und summte in seinen Ohren vor Anstrengung, doch mit jedem Meter wurde es leichter. Er setzte sich an einen freien Tisch und bestellte einen großen Eisbecher. Nicht, weil er Appetit darauf hatte, sondern weil er das Geld dafür besaß.

Sogar das Pochen an den Schläfen ließ nach, als das kalte Vanilleeis seinen Gaumen kitzelte. Es schmeckte wie ein kleiner Sieg. Er war zufrieden mit dem Nachmittag in Schwarmstedt.

Doch er fand nach wie vor keinen rationalen Grund dafür, warum er gekommen war. Kurz überlegte er abzureisen. Er blieb. Würde er die anderen erkennen, wenn sie an ihm vorbeigingen?

Der Tresenplatz am Abend war so gewählt, dass er auf den Veranstaltungsraum schaute, an dessen Tür ein Schild »Klassentreffen 10b« klebte. Der Weg seiner Klassenkameraden führte direkt an ihm vorbei. Seine Rolle war die des fremden Beobachters, der sich nicht zu erkennen gab.

Eine Frau traf ein, nannte dem Kellner am Tresen ihren Namen und stellte sich als Organisatorin des Treffens vor. Das war Katharina Ostendorp, nein, sie kam ihm nicht bekannt vor. Bei dem Mann, der gleich darauf durch die Tür trat, war das anders. Der launige Jörg war damals Klassensprecher, und seine Segelohren waren unverkennbar. Es ging Schlag auf Schlag. Die Tür wurde geöffnet und geschlossen, fast ohne Pause. Rund um ihn war aufgeregtes Stimmengewirr.

»Du hast dich ja überhaupt nicht verändert!«

»Helmut, altes Haus, was macht die Spargelernte?«

Dann sah er Vivian Dageförde, die von Helmut und Jörg eher reserviert begrüßt wurde, von Katharina Ostendorp aber herzlich gedrückt. Sie hatte sich kaum verändert, drahtig und sportlich war sie schon damals. Mitten aus dem Pulk an Klassenkameraden, die den Eingang verstopften, hörte er jetzt ihren enthusiastischen Aufschrei: »Helene!«

Sein Herz überschlug sich, er atmete schwer. Langsam drehte er sich um.

26.

»Halt dich fest: Fredy Levin ist nicht der, der er behauptet zu sein.«

Flora fiel mit der Tür ins Haus. Anna Blume-Kamphusen sah erstaunt von ihren Buchhaltungsunterlagen auf.

»Wie meinst du das? Wer soll er denn sonst sein?«

»Keine Ahnung, aber seine Bio stimmt nicht. Niemand mit diesem Namen hat in Mellendorf Abi gemacht. Und in Buchholz wusste niemand was von einer Familie Levin.«

»Dann war er eben in Walsrode auf dem Gymnasium oder auf einem Internat oder wer weiß wo.«

Anna hatte keine Ahnung, worauf ihre Tochter hinauswollte.

»Mama, er hat Mellendorf gesagt. Ich hab ihn danach gefragt. Definitiv Mellendorf. Also entweder er lügt mit seinem Namen oder mit seiner Herkunft. Oder beides.«

»Und was hat das mit den Mordfällen zu tun?« Anna verstand nicht, warum sich Flora auf Fredy einschoss.

»Keine Ahnung. Aber ich werde es herausfinden.«

Kopfschüttelnd sah die Mutter ihrer Tochter nach, die wie unter Strom stand. Die Tätersuche füllte Floras ganzes Denken aus. Anna gefiel das nicht. Flora biss sich fest. Sie selbst bemühte sich um Ablenkung, damit die Gedanken an die toten Frauen nicht überhandnahmen.

Anna öffnete die Tür, um dem Briefträger eine Handvoll Schriftstücke abzunehmen. Der Postbote war hektisch wie immer, aber sie hatten ein kleines Ritual, wenn sie zufällig sah, dass er auf den Hof fuhr. »Schnellen Kaffee?«, fragte sie und hatte die gefüllte Tasse schon in der Hand.

»Ach, gern, Frau Kamphusen.« Zügig trank er aus und eilte zurück zu seinem Wagen.

Anna sortierte die wenigen Briefe aus dem Wust an Werbeprospekten. Ein paar Rechnungen und ein Umschlag für ihren Vater von einem Otto Hülsen. Bei dem Namen stutzte sie. Hatte Carsten nicht kürzlich jemanden besucht, der so hieß, und sich Informationen von ihm erhofft?

Sie rief die Treppe hinauf. »Papa, Post für dich! Otto Hülsen.«

Bald darauf hörte sie schnelle Schritte, und Carsten Blume griff den Brief, um ihn mit einem Messer aus dem Besteckkasten am Frühstücksbüfett zu öffnen.

»Damit hätte ich gar nicht gerechnet. Dann wollen wir mal sehen.« Eine handgeschriebene Liste, in sauberer, leicht zittriger Blockschrift lag vor ihm. Otto Hülsen hatte für ihn Namen ehemaliger Mieter aufgeschrieben.

»Podlenik, Schuster, Abelmann, Hussein, Hermanns, Steppanek. Steppanek!«

Carsten stutzte. Hänschen Steppanek, das Mobbingopfer aus Jörgs und Helenes Klasse. Der Junge, über dessen Verbleib nichts bekannt war.

Hier war es, das fehlende Stück an Information, die Verbindung zwischen den Geocaches und der Klasse 10b der Realschule Schwarmstedt aus dem Abschlussjahr 1983. Der Junge, dem eine gefühlte Schande widerfahren war. Der Täter hatte eine Spur zu sich gelegt, eine Spur in die Vergangenheit.

»Anna, das Fragezeichen von den Geocaches, du erinnerst dich? Das war nicht zufällig platziert. Da ging es nicht nur um den Wolfsstein. Es kennzeichnet das Wohnhaus von Hans Steppanek, dem einzigen Mann aus Helenes Klasse, von dem die Organisatoren des Klassentreffens keine aktuelle Adresse hatten.«

Anna erinnerte sich – der »Bonus« mit dem Namen »Die Schande«.

»Ich glaube, wir haben unser Phantom gefunden. Es war Hans Steppanek, der die Geocaches gelegt hat.« Carsten Blume reichte seiner Tochter das Blatt Papier mit den Namen.

»Red mal mit Flora«, entgegnete Anna. »Ich habe das Gefühl, eure Erkenntnisse passen gut zusammen. Du suchst ein Phantom namens Hans Steppanek. Und sie hat herausgefunden, dass Fredy Levin über seine Vergangenheit lügt.«

ER - 2013

Schöner denn je, elegant und mit einem freudigen Strahlen im Gesicht. Er starrte sie einen Moment lang an, dann drehte er sich abrupt zur Bar zurück.

So hätte Helene ihn anlachen sollen, an diesem Tag im Wald. Doch das einzige Lachen, das er von ihr bekommen hatte, war ein lautes hämisches Gelächter in einem dreistimmigen Chor mit Vivian und Corinna.

Das Menschengewirr der Teilnehmer des Klassentreffens ließ nach. Das Pochen in seinem Schädel wurde leiser. Es war ihm, als wäre er kurz an einem anderen Ort gewesen, zu einer anderen Zeit. Erst langsam fand er zurück in die Realität. Er kannte diese Augenblicke, wenn eine Erinnerung ihn so gefangen nahm, dass seine Umgebung für ein paar Momente verschwand. Meist tauchte er völlig überhitzt aus dieser vergangenen Welt wieder an die Oberfläche. Schweißperlen liefen in seine Augenbrauen. Schnell griff er zu einer Serviette und tupfte sich die Stirn ab, nahm das Wasserglas und leerte es in einem Zug. Sein Atem beruhigte sich. Das Beben der Hände verschwand.

Die ehemaligen Klassenkameraden schoben sich in einem plappernden Knäuel in ihren reservierten Raum, und es wurde wieder still am Tresen. Der andere Mann, der immer zur Uhr geschaut hatte, war verschwunden. Sicher zu einer Verabredung.

Zurück blieb er, allein mit seinem Aktenkoffer als Tarnung und einem Whiskey, den er geordert hatte, obwohl er ihn gar nicht trinken wollte.

»Möchten Sie was essen?« Die junge Bedienung, die jetzt hinter dem Tresen stand, hatte ihn vorhin an der Rezeption begrüßt.

»Später vielleicht. Ich muss noch etwas an meinen Unterlagen arbeiten.« Er legte einen Stapel beschriebenes Papier vor sich hin. Logiergäste hatten jedes Recht, den Abend an diesem Tresen zu verbringen. Ein Platz, der ihm zustand.

Als er meinte, alle Gäste aus seiner alten Klassen wären eingetroffen, öffnete sich die Tür erneut. Eine einzelne Frau kam herein. Sie sah skeptisch drein und zögerte einen Moment, nachdem sie das Restaurant betreten hatte.

Corinna Stadler, unverkennbar. Wie alt sie aussah! Burschikos war sie schon damals, jetzt trug sie die Haare grau, und selbst für ein Treffen mit alten Freunden hatte sie keinen Hauch Make-up aufgelegt.

Sie waren alle hier, die drei Frauen, die sich vor 30 Jahren gegen ihn verbündet hatten. Wie sie da stand, direkt neben seinem Barhocker, allein, und ihm den Rücken zudrehte. Ein Impuls überkam ihn, die Hände um ihren kurzen Hals zu legen und fest zuzudrücken. Er griff stattdessen zu seinem Whiskey, um durch das Brennen im Hals seinen Körper zu spüren und in die Realität zurückzufinden.

Corinna verschwand hinter der Tür, seine verkrampften Finger lockerten sich.

Es passierte wenig in der nächsten Stunde. Ein paar Männer mit Zigaretten in der Hand, unter denen er den Klassenclown Silvio erkannte, schlenderten an ihm vorbei zur Eingangstür. Sonst sah er niemanden von den Menschen, die ihn zwei Schuljahre lang begleitet hatten. Der Bedienung war aufgefallen, dass er die Raucher musterte.

»Das ist eine ehemalige Schulklasse. Die treffen sich hier nach ewigen Zeiten wieder. Aber jetzt haben wir Ruhe vor denen. Die essen gerade Büfett.«

»Jetzt haben wir Ruhe vor denen« – für die Bedienung stimmte es. Doch er dachte nur daran, dass am Büfett in diesem Moment Helene stand, mit schlanken Fingern Häppchen auf ihren Teller legend.

Dann, eine Stunde später, öffnete sich die Tür, und sie kamen heraus. Erst Vivian, die rief »Ja, hier ist noch ein Tisch frei.« Gleich dahinter traten Corinna und Helene aus dem Veranstaltungsraum. Sie setzten sich an den leeren Tisch, schauten sogar in seine Richtung, um die Bedienung zu rufen.

Sie sahen durch ihn hindurch, beachteten ihn nicht.

Irgendjemand, nicht beachtenswert, das war er für sie.

Sie baten eine Frau vom Nebentisch, ein Foto von ihnen mit dem Handy zu knipsen. Er drehte sich weg, damit sein Gesicht nicht mit auf dem Bild war, das in seine Richtung zeigte.

Sie tuschelten, sie gestikulierten und sie lachten, mal leise, dann schallend und laut. Sie schienen sich an etwas zu erinnern. Er wusste, was es war. Das kalte Getränk, rasch hinuntergestürzt, half nicht mehr, das Brodeln zu unterdrücken.

Die Hitze stieg in ihm auf. Wieder schien die Welt um ihn zu verschwinden, und er sah seine Hände am Hals von Vivian, sah sich Helenes Kopf gegen einen Baum im Wald schlagen, bis sie sich nicht mehr rührte. Seine Wut verwandelte sich dabei in etwas anderes, Neues. Ein Gefühl, das er nicht kannte und das ihn belebte.

»Hallo, hören Sie mich? Alles gut bei Ihnen?«

Die Bedienung riss ihn mit einer Berührung seines Arms zurück aus dieser neu entdeckten Lebendigkeit in die muffige Wärme der vollen Gaststätte.

»Ja, danke, alles in Ordnung. Ich bin nur müde«, hörte er sich nuscheln.

Er griff zu seiner Aktentasche und verließ den Tresen so schnell, dass er den Barhocker neben sich umriss. Kurz schauten sie zu ihm herüber, der mit hochroten Wangen den Hocker wieder aufstellte und in sein Hotelzimmer zurückeilte.

Ein Plan schoss ihm durch den Kopf und nahm Formen an. In seinem kleinen Badezimmer kühlte er das heiße Gesicht mit Wasser, zog sich um und verließ das Hotel durch einen Hinterausgang. Er parkte seinen Mietwagen aus und positionierte sich an der Straße. Er wusste nicht, wo sie heute lebten, nicht einmal, ob sie ihre alten Familiennamen trugen. Doch er würde es herausfinden. Er hatte einen Plan.

Vivian war die erste der drei Frauen, die das Restaurant verließ. Sie sah nicht, dass er sich langsam in Bewegung setzte, um ihr zu folgen. Es fiel ihr nicht auf, dass der Heimweg nach Nienburg von einem anderen Wagen in sicherem Abstand begleitet wurde, einem unauffälligen dunklen Kombi, der zügig geradeaus weiterfuhr, als sie in ihre Einfahrt einbog. Vivian war die Erste. Er hatte Zeit, ihr Leben auszukundschaften, ihr wie ein Schatten zu folgen. In diesen Tagen malte er sich aus, wie es sein würde. Der Moment des Erkennens. Und das Ende. Die Bilder in seinem Kopf ließen das Rauschen in den Ohren und das Pochen an den Schläfen verstummen. Das Leben war leicht und fast beschwingt. Zum ersten Mal seit langer Zeit.

27.

Die Ereignisse überschlugen sich. Es gab Neuigkeiten in Floras Postfach. Nachricht von »FuerDichda@gmx.net«, der Prostituierten aus Kiel.

Schnell klickte sie auf die Mail: »Sehr geehrte Frau Kamphusen! Ja, er ist es. Würden Sie mich bitte auf dem Laufenden halten, was das zu bedeuten hat? Es grüßt Sie Ihre Natalya Büttenhoff«

Flora stutzte. »Ja, er ist es.« Helmut Weitze? Das passte überhaupt nicht mehr zu ihrer Tätertheorie. Dann fiel es ihr ein. Sie hatte versehentlich das gesamte Gruppenfoto im Anhang versandt.

Und auf dem war in der Mitte Helmut Weitze, doch links außen stand Fredy Levin. Hatte sie mit ihrer Mail einen echten Zufallstreffer gelandet?

Rasch klickte sie auf »Antworten«.

»Liebe Frau Büttenhoff, danke für die Rückmeldung. Ich habe noch eine Frage: Meinen Sie den Mann in der

Mitte oder den links? Bitte um schnelle Nachricht, es ist wichtig.«

Carsten Blume klopfte und betrat das Wohnzimmer seiner Enkeltochter.

»Wir kommen der Sache näher, es wird Zeit, dass wir wieder eng abgestimmt arbeiten«, eröffnete er das Gespräch.

»Wir kommen der Sache nicht nur näher, wir haben ihn«, triumphierte Flora.

Einige Minuten später sah sie den Erkenntnisstand etwas realistischer. Anna gesellte sich zu Vater und Tochter, obwohl im Büro des Restaurants Lohnsteuerabrechnungen zu erledigen waren. Sie plädierte für eine kühle Analyse.

»Ich fasse mal zusammen: Die öffentliche Dame aus Kiel sagt, der Mann, der sie immer Helene nennen wollte, ist auf dem Bild. Hans Steppanek hat im Haus mit dem Fragezeichen gewohnt. Und Fredy Levin lügt, was seine Jugendjahre betrifft.«

»Exakt. Und alles drei zusammen kann nur heißen, dass es Fredy war. Fredy ist Hans Steppanek. Das ist so einleuchtend, warum zweifelt ihr noch?« Flora lächelte siegessicher.

»Weil Fredy einfach nicht in das Täterprofil passt. Vielleicht leidet er unter einem Trauma, aber dann geht es eher um den Krebstod seiner Frau.« Anna konnte Floras Theorie nichts abgewinnen, die sie, nur flüchtig betrachtet, für schlüssig hielt. »Für Fredy gibt es doch in Erinnerung nur seine Jutta.«

Carsten Blume nickte. »Was wir jetzt haben, sind Brocken, die sich noch nicht zu einem Ganzen zusammenfügen. Ich gebe zu bedenken, dass auf dem Bild auch andere Männer sind, Markus zum Beispiel.«

Er versuchte, die Informationen auf seine Art zusammenzufügen. »Die beiden Männer in der hinteren Reihe, das sind Bestatter Nolte, den kennt ihr, und Joachim Remmers. Der wohnt in einer elegant umgebauten Scheune von Bauer

Eggers, dem jetzt unser ehemaliger Wald gehört. Ist vor ein paar Jahren hergezogen. Im passenden Alter wären beide.«

Flora stutzte. Den Bestatter Nolte erkannte sie, er hatte Helenes Beerdigung organisiert.

»Und dieser Remmers, den müsste ich doch auch kennen? Wenn der bei Eggers wohnt, war er doch sicher schon mal bei uns im Restaurant?«

»Natürlich, gerade neulich war er bei uns mit einem fremden Ehepaar. Er lädt manchmal Kunden zum Essen ein und braucht dann einen Bewirtungsbeleg. Aber was er für eine Firma hat, weiß ich nicht. Ein sehr zurückhaltender Gast.« Es gehörte zu Annas Stärken, sich an alle Restaurantbesucher zu erinnern.

»Remmers war an dem Abend bei uns, als Katrin Harms zum zweiten Mal in die Gaststube kam. Das weiß ich zufällig noch.«

»Der Bestatter kann nicht Hans Steppanek sein, die Familie bringt schon seit drei Generationen die Einheimischen unter die Erde«, stellte Carsten Blume fest. »Aber Menschen wie diesen Joachim Remmers gibt es in unserer Gegend gar nicht so selten. Sie ziehen ins Dorf, man sieht sie gelegentlich, weiß aber nichts über sie. Theoretisch könnte jeder Mann im passenden Alter Hans Steppanek sein und damit unser Täter.«

Flora starrte auf das Foto. Fünf Männer vom Stammtisch und zwei andere, Remmers und Nolte. Einer der sieben war der Freier von Natalya Büttenhoff.

»Es könnte sein, dass Fredy unter falschem Namen hier lebt und in Wirklichkeit Hans Steppanek ist.« Carsten Blume versuchte, andere Gründe für Levins möglichen Namenswechsel ins Treffen zu führen: »Es kann auch sein, dass er einfach etwas zu verbergen hat, unabhängig von unserem Fall. War da nicht etwas mit dem *Chaos Computer Club*? Da tummelten sich in den Anfangsjahren doch kriminelle Hacker.«

Anna nickte. »Daran hab ich auch schon gedacht. Skrupel scheinen ihm ja fremd zu sein, immerhin verkauft er Nazi-devotionalien nach Übersee.«

Floras Sicherheit schwand. Es konnte sich durch das Foto und Natalya Büttenhoffs Auskunft herausstellen, dass Markus Ernsting doch der Täter war. Und jetzt tauchte der Name eines Mannes auf, der so unscheinbar war, dass sie ihn im Restaurant nie bemerkte. Er war ebenfalls auf dem Foto. Galt es, an diesen Remmers heranzukommen und ihn zu überprüfen?

»Es ist sogar noch möglich, dass dieses gemobbte kleine Hänschen Steppanek mit allem nichts zu tun hat. Wir haben nichts außer einem Fragezeichen vor seinem Haus auf einer Landkarte. Vielleicht wusste der Täter nur vom Mobbing, kannte Steppaneks alten Wohnort und fand, dass er ein guter Platz für das Cacher-Fragezeichen war.« Die Zweifel ihres Großvaters saßen. Carsten und Anna nahmen die schlüssige Theorie auseinander, die Flora so logisch erschien.

»Das Einzige, was wir bald sicher wissen werden, ist, wer in Kiel eine Prostituierte im Wald getroffen hat, die sich von ihm Helene nennen ließ. Und auch das ist für sich genommen kein Beweis. Jeder, der damals von den Mädchen gedemütigt wurde, kann diese Marotte entwickelt haben, ohne später drei Morde zu begehen.«

Carsten kritzelte beim Reden auf einem Zettel herum, zog Linien zwischen Namen, schrieb Stichworte dazu. »Für wahrscheinlich halte ich das allerdings nicht. Ich glaube, wenn wir Steppanek finden, haben wir unseren Täter.«

Hilfe bei der Suche war von Hartmut Ziegler und den lokalen Polizeibehörden nicht zu erwarten. »Die machen den Fall nicht wieder auf. Cold Cases stehen ohnehin hinter aktuellen Fällen zurück. Und kalte Fälle, die als geklärt in den Akten stehen, verschwinden ganz schnell im Archiv.«

»Und was wollen wir nun unternehmen?« Anna war ratlos. »Wirst du wenigstens deine alten Kontakte spielen lassen, um herauszufinden, wo Steppanek damals abgeblieben ist?«

»Exakt das habe ich vor.« Carsten Blume erhob sich. »Und ich muss mir genau überlegen, wen ich danach frage.«

»Wenn der Ziegler so verbohrt ist, die ganzen Ungereimtheiten nicht zu sehen, dann sind wir eben die Cold-Case-Unit vom Aller-Leine-Tal.« Flora buffte ihrem Großvater in die Seite. »Sag an, Herr Ermittlungsleiter, was ist meine nächste Aufgabe?«

ER – 2014

Vivian würde nicht mehr über ihn lachen. In dem Moment, als er sie angesprochen hatte, sah er keine Schuld in ihrem Blick. Offen kam sie auf ihn zu.

»Vivian, bist du das? Vivian Dageförde?«

»Ja, aber ich weiß nicht – kennen wir uns?«

»Aber natürlich! Ich bin Hans, Hänschen Steppanek, wir sind zusammen zur Schule gegangen.«

Vivian war zunächst weiter auf der Stelle gelaufen, um die Muskeln warm zu halten. Dann kam sie langsam näher. Sie musterte ihn prüfend und lachte ungläubig.

»Hans? Echt? Du hast dich ja total verändert! Ich hätte

dich nie erkannt! Freut mich, dich wiederzusehen.« Dieses Lachen! Sie genoss das unvermutete Wiedersehen nicht lange.

Es gab Meldungen in den Zeitungen. Doch die »verschwundene Mutter von zwei Kindern« tauchte nicht wieder auf. Er las die wehleidigen Berichte in den Medien: »Katrin vermisst ihre Mama – wo ist Vivian Harms?« Die Kleine auf dem Foto neben dem Artikel sah aus, als wäre ihr das Lachen für lange Zeit vergangen. Umso besser. Die Finte mit dem Handy im Wald, 100 Meter, bevor die Spur endete, beschäftigte die Ermittler. Die Reporter raunten in ihren Artikeln von der Möglichkeit, dass die Verschwundene freiwillig gegangen sein könnte. Er kostete die Aufregung um Vivians Verschwinden aus, genoss jede Zeile.

Er nahm sich Zeit, einen Plan für die zweite der beiden Frauen zu entwickeln.

Er ließ sein Leben zurück. Er zog um in die Gegend, die einst ein schwarzes Loch in seiner Vergangenheit war. Er wurde nicht mehr in einen Strudel von Gefühlen gezogen, wenn er durch Schwarmstedt fuhr, durch Hodenhagen, Rethem und Ahlden.

Er verkaufte das Haus seiner Eltern mit wenig Bedauern. Das einsame Dasein, zurückgezogen hinter dunklen Vorhängen, am Computer sitzend: Es war vorbei. Er hatte eine Aufgabe. Um sie zu bewältigen, brauchte er ein neues Leben. Mit dem Geld aus dem Hausverkauf war es leicht, sich etwas aufzubauen. Zum ersten Mal seit vielen Jahren lag eine Packung seiner Tabletten ungeöffnet vor ihm und wurde nicht gebraucht. Er dämpfte seine Gefühle nicht mehr, drückte sie nicht mehr weg. Er lebte sie aus. Jeder Tag ein Schritt heraus aus der Enge, die sein Leben verdunkelt hatte.

Corinna Stadler teilte ihre literarischen Vorlieben offensiv mit der Welt. So etwas Schlichtes wie *Facebook* war der Buchhändlerin fremd, und er war dankbar, sich nicht in die Haifischbecken menschlicher Eitelkeiten begeben zu müssen. Sie vernetzte sich bei *XING* mit anderen und beschrieb dort, dass sie ein Faible für skandinavische Literatur besaß. Auf der Website ihrer Buchhandlung erklärte sie, wie sie durch die Bücher von Halldor Laxness den Zugang zu nordischen Werken gefunden hatte. Und sie machte aus ihrer Vorliebe für düstere Skandinavien-Thriller keinen Hehl. Auf dem Blog www.kriminetz.de hatte sie eine begeisterte Rezension zu Pekka Hiltunens *Frau ohne Gesicht* veröffentlicht. Mit diesem Wissen war er gewappnet für den ersten Besuch in *Stadlers Bücherstube* im feinen hannoverschen Stadtteil Kirchrode.

Dass sie ihn nicht erkennen würde, war sicher. Niemand beim Klassentreffen hatte mehr als einen zweiten Blick an ihn verschwendet, obwohl er den ganzen Abend an der Theke des Restaurants gesessen hatte, um sie zu beobachten. Sie, diese ehemaligen Klassenkameraden und -kameradinnen, die ihn wegen seines gerollten »r« in der Aussprache gehänselt hatten, das von seiner Abstammung aus einer kasachischen Aussiedlerfamilie übrig war: Wie verächtlich sie ihn damals ansahen, wenn er wieder einmal die beste Klassenarbeit schrieb. Die Schuljahre in Schwarmstedt waren ein Spießrutenlaufen, lange bevor ihn die drei Mädchen zum Gespött der Klasse machten.

Den kleinen Akzent hatte er sich abtrainiert, und äußerlich erinnerte nichts mehr an den schmächtigen Jungen von damals. Sogar die Haarfarbe war eine andere – doch diese letzte Veränderung hatte er eigens für das Klassentreffen vorgenommen.

Sie würde ihn nicht erkennen, die schlaue Smarty, zumal er jetzt eine Brille trug und die Frisur nochmals geändert hatte. Er steuerte zielstrebig den langen geschwungenen Tresen der Buchhandlung an, hinter dem Corinna etwas in die Computertastatur tippte.

»Hallo, eine Frage: Haben Sie das Buch *Frau ohne Gesicht* von Pekka Hiltunen?«

Corinna Stadlers Augen leuchteten auf. »Aber natürlich«, sagte sie und begleitete ihn zu einem Eckregal, in dem sich alles um die skandinavische Kriminalliteratur drehte. Er sei Geschäftsreisender, der in der Gegend Termine habe, so stellte er sich vor. Und völlig ungefragt berichtete er davon, dass er auf seiner Zugreise nach Hannover ein wenig Krimiliteratur gegoogelt und dabei eine »wunderbare Rezension dieses Buches auf kriminetz.de« gefunden habe.

»Das ist ja ein Ding! Die Rezension habe ich geschrieben«, freute sich die Buchhändlerin. Sein gespieltes Erstaunen über einen solchen Zufall wirkte überzeugend.

Er verließ die Buchhandlung mit zwei weiteren von ihr empfohlenen Büchern. Corinna Stadler war bereit für eine literarische Seelenverwandtschaft.

Es war im Februar 2014, als es ihm gelang, Corinnas Vertrauen zu erschleichen. Vier Monate lang blühte sie in dieser Freundschaft auf, bevor er die Schlinge zuzog.

28.

Carsten Blumes Weg führte ihn zurück zum Haus der »Schande«. Otto Hülsen freute sich auf den Besuch und versprach, im Gedächtnis nach Erinnerungen an die Familie Steppanek zu kramen.

Diesmal fuhr Carsten durch dichten Nebel Richtung Hodenhagen, an einen Außenplatz im Café war nicht mehr zu denken. Schlagartig waren die warmen Tage für dieses Jahr vorbei, und am Morgen hatte er mit Anna die Kübelpflanzen des Gutsparks eingewintert. Der Rücken schmerzte, der Ischiasnerv sandte ein Ziehen bis in seinen rechten Fuß. Die Sitzheizung seines Wagens war ein Segen.

So weit von Otto Hülsen bin ich gar nicht weg, fiel ihm auf, als der alte Mann ihm mit vorsichtigen Schritten und einer Hand an der schmerzenden Hüfte die Tür öffnete. Zeit, wieder in den Ruhestand zurückzukehren. Doch erst, wenn sich der Nebel über den drei Mordfällen gelichtet hatte. Carsten Blume hoffte inständig, dass es bald so weit wäre.

Vorsichtig, um nicht durch eine falsche Drehung die Ischiasbeschwerden zu verstärken, setzte er sich in Otto Hülsens tiefes Sofa.

»Das Wetter sitzt Ihnen auch in den Knochen, was?«

Es freute Carsten Blume, von seinem Gastgeber verstanden zu werden, denn der Familie gegenüber gab er seine Beschwerden ungern zu.

»Sie haben tatsächlich einen Namen auf der Liste, über den ich gern mehr wüsste. Ich hab es ja am Telefon schon gesagt – Steppanek.«

Hülsen goss, wegen eines leichten Zitterns vorsichtshalber beidhändig, Kaffee ein.

»Ach, die Frau Steppanek. Ja, da erinnere ich mich gut.«

Hülsen öffnete ein Kuchenpaket. »Ich hoffe, es ist was für Sie dabei. Ich esse gern mal Kuchen, aber allein macht es wenig Freude.«

Carsten Blume entschied sich für ein Stück Donauwelle und brachte Otto Hülsen, der genüsslich Apfelkuchen mümmelte, wieder in die Spur seines Themas.

»Also die Frau Steppanek, Sie erinnern sich. Auch an den Sohn?«

»Aber ja, das war ein ganz Lieber. Der war so hilfsbereit, hat mich Onkel Otto genannt. Der Vater war ja tot. Im Sommer hat er beim Rasenmähen und im Herbst beim Laubharken geholfen. Hab ihm dann auch mal Geld dafür zugesteckt. Ich glaube, die konnten es brauchen, waren ja noch nicht lange in Deutschland. Aussiedler waren das.«

Das Bild eines fleißigen stillen Jungen, der wenig sprach, weil ihm sein Akzent unangenehm war, ergab sich aus den Schilderungen Otto Hülsens.

»Manchmal hat mir der Junge richtig leid getan. Wenn er ganz verweint mit seinem Fahrrad von der Schule kam, dann hab ich ihm schon mal einen Kakao gemacht, und er ist bei mir in der Wohnung geblieben, bis die Mutter zurückkam. Die sollte nicht merken, wenn sie ihn wieder geärgert hatten in der Schule. Der war klein für sein Alter, sah überhaupt nicht aus wie einer mit 16. So alt war der, als sie weggingen.«

Nachdem die Familie weggezogen war, hatte der Hauswirt leider nie wieder von ihnen gehört.

»Und erinnern Sie sich, wo die Steppaneks hingezogen sind?«

»Irgendwo in den Norden, der neue Mann von der Frau Steppanek war ja Däne. Aber ins Ausland sind sie nicht gegangen. Bloß irgendwo nach Schleswig-Holstein.«

»Die neue Anschrift hat Frau Steppanek Ihnen nicht hinterlassen?« Otto Hülsen überlegte. Dann schüttelte er den Kopf.

»Sollten Sie der Familie vielleicht Post nachschicken?« Carsten Blume gab so schnell nicht auf.

»Nein, die hatten wohl einen Nachsendeantrag. Aber mir fällt noch etwas ein. Der Junge redete damals davon, dass es nur 20 Kilometer zur Ostsee seien und dass er in Eutin auf das Gymnasium wollte. Der war ja richtig schlau. Hat sicher seinen Weg gemacht.«

Carsten Blume trank den letzten Schluck Kaffee und lehnte ein zweites Stück Kuchen ab.

»Ach, tun Sie mir doch den Gefallen. Ich krieg das allein gar nicht alle. Der Apfelkuchen ist wirklich gut.«

Er ließ sich überreden. Draußen war es ohnehin dunkel, und er hatte keine weiteren Pläne für den Tag. Otto Hülsen genoss es, Gesellschaft zu haben. Carsten Blume hoffte, dass er selbst in zehn, 15 Jahren nicht allein in seinem alten Gemäuer sitzen würde.

Ein paar neue Informationen nahm er mit nach Hause. Schleswig-Holstein, 20 Kilometer zur Ostsee, Gymnasium in Eutin. Er hoffte, dass seine ehemaligen Kollegen mehr für ihn hatten, wenn er sie bat, den Wohnsitz von Hans Steppanek zu ermitteln.

ER - 2014

Ein Zufall spielte ihm in die Karten, und Corinna bekam ein Ende, das er ursprünglich gar nicht so vorgesehen hatte. Die Trennung von ihrer Lebensgefährtin war Thema bei den Treffen, die bald regelmäßig stattfanden. Zuerst wusste er gar nicht mit der Tatsache umzugehen, dass Corinna Frauen liebte und offen darüber sprach. In seinem zurückgezogenen Leben ohne Freunde, mit den Eltern als fast einzigem Kontakt, gab es nur das Konzept eines biederen Ehepaares, bestehend aus Mann und Frau. Er hoffte, dass Corinna ihm die Verwirrung nicht anmerkte. Wenn es ihr aufgefallen war, dann sprach sie zumindest nicht darüber.

Sie sahen sich immer häufiger. Er hatte ja oft »beruflich in Hannover zu tun«, aber leider meist erst abends Zeit.

In der Buchhandlung trafen sie sich nicht mehr. Er vermied, sich dem Personal zu zeigen.

Sie redeten über Bücher. Er zwang sich, Romane zu lesen, die ihn langweilten, um Gespräche zu führen, die nur einen Zweck hatten: Einfluss auf Corinna Stadler zu gewinnen.

Bald wurden die Themen persönlich. Die Trennung von der Partnerin setzte ihr zu, sie war tieftraurig über das Ende der Beziehung. Er redete ihr zu, eine Reise zu unternehmen, um sich abzulenken. Nach Norwegen, dort, wo so düstere Romane entstanden. Ein passendes Reiseziel. Sie buchte ein Hotel in den norwegischen Alpen, auf den Spuren von Erik Fosnes Hansen, dessen Buch *Ein Hummerleben* in einer solchen Atmosphäre spielte. Er zwang sich, auch dieses Machwerk zu lesen. Vor ihrem Aufenthalt in den Bergen plante Corinna, einige Tage die Fjorde zu bereisen und dafür einen Mietwagen zu nehmen.

Sie buchte ihren Urlaub für die erste Juliwoche, um in jener Jahreszeit anzukommen, in der es fast die ganze Nacht taghell war. Er redete ihr zu, dass es die beste Zeit sei, um Norwegen kennenzulernen.

»Durch Zufall«, so erzählte er, sei er an jenem Tag wieder in Hannover, an dem die Reise losgehen sollte. »Ich bringe dich zum Bahnhof«, bot er an. Sie freute sich darüber.

Das Haus im Tiergartenviertel, das Corinna seit dem Auszug ihrer Partnerin allein bewohnte, war im Eingangsbereich durch Bewegungsmelderkameras gesichert, um die er sich kümmern würde, wenn alles erledigt war. Er achtete penibel darauf, was er anfasste, bei diesem letzten Besuch in ihrem Haus. Er musste hinterher putzen, eine Arbeit, die ihm schnöde erschien, direkt nach dem erhebenden, beglückenden Moment, den er herbeisehnte. Je weniger Spuren, umso besser.

Das Grundstück war von einer hohen weiß getünchten Mauer umgeben, am Ende von Corinnas Garten führte eine Pforte zur Eilenriede hinaus, dem großen hannoverschen Stadtwald. Eine edle Wohnlage, still und abgeschieden. Niemand würde ihn beobachten.

Sie stellte eine Reisetasche in den Kofferraum seines Mietwagens, er legte die Schlinge um ihren Hals und zog zu.

»Smarty, ich war schon damals in der Schule schlauer als du. Nur ich war schlauer als du«, flüsterte er diesmal. Corinna war kein so leichtes Opfer wie Vivian. Er bekam einen schmerzhaften Tritt an das linke Knie, und sie wand sich lebhaft. Für einen Moment ließ er die Schlinge locker.

»Hans? Ich wollte das nicht …«, krächzte Corinna erkennend, bevor ein kräftiger Ruck ihren Kehlkopf brach und sie röchelnd zusammensackte.

Er fuhr den Wagen mit ihrer Leiche durch das dunkle stille Viertel und parkte am Straßenrand. Dort streifte er Handschuhe über. Dann schlich er mit Corinnas Schlüsselbund an der finsteren Eilenriede entlang und betrat das Grundstück durch die Hinterpforte.

Die Bewegungsmelderkamera über dem Eingang sandte keine Bilder ins Internet. Es war ein altmodisches Model mit SD-Karte, die nur eine begrenzte Menge an Sequenzen filmte, bevor sie anfing, die ersten Aufnahmen wieder zu überschreiben. Er drehte das über dem Hauseingang sitzende Kameraauge hoch genug, um die Straße jenseits der Mauer zu filmen. Jedes vorüberfahrende Auto würde eine neue Sequenz auslösen, so häufig, dass die Kamera längst im Überschreibmodus sein würde, wenn es auffiel, dass Corinna nicht wiederkam. Er kehrte zurück in ihr Haus und schrieb an ihrem Computer kurze Textsequenzen, die wie Abschiedsbriefe im Entwurfsstadium klangen. Er putzte und verließ danach das Haus durch eine Kellertür an der Rückseite. Ungesehen verschwand er unter den hohen Bäumen am Rand der Eilenriede.

Corinnas Selbstmord zu inszenieren, war aufwändig. Er trat ihre Reise an, direkt am nächsten Tag und fast ohne Schlaf. Es war spät, als er schmutzig von der Grabearbeit im Wald in sein eigenes Haus zurückkehrte. Eine lange Zugreise über Hamburg und Göteborg nach Oslo folgte, wo er einen Mietwagen buchte. Corinnas Flugangst hatte ihm in die Karten gespielt. Freiwillig wäre er nie so gereist. Noch einmal fast acht Stunden Strecke hatte er mit dem Auto vor sich, um zum Preikestolen im Lysefjord zu kommen, der prädestiniert war für einen nächtlichen Selbstmord.

Gerädert nach anderthalb Tagen Reise kam er an und hielt sich weiter wach. Er ließ sich mit dem sommerlichen Touristenstrom treiben und fand eine Bank, nahe am Fuß des Stollens, die sich eignete, um Corinnas Tasche und Handy zu deponieren. Weiter hoch auf die Klippe wollte er nachts allein nicht wandern, um sich nicht in Gefahr zu begeben.

Er wartete, bis es stockdunkel war – nur für kurze Zeit. Sein Wagen war zu dieser Zeit der einzige auf dem Parkplatz, er marschierte los. Eine Abschieds-SMS an Corinnas ehemalige Lebensgefährtin war das Letzte, was er auf ihrem Smartphone tippte. Die Nachricht las sich wie eine Selbstmordankündigung. In einem Geschäft für Outdoorbekleidung hatte er kürzlich Aufkleber mit dem Symbol einer Wolfstatze gesehen und gekauft. Sie erinnerten ihn an das Gefühl, das er einige Wochen zuvor am Wolfsstein hatte. Er hatte sich in den Wolf verwandelt. Jetzt platzierte er einen der Sticker auf Corinnas Handtasche. Sein Zeichen, dass der Wolf sie eingeholt hatte und seine Duftmarke setzte. Ein Moment der Stärke war es, die Tatze auf die Lasche zu applizieren.

Übermüdet fuhr er anderthalb Stunden nach Stavanger, wo er übernachtete. Er war so erschöpft, dass er einen weiteren Tag und eine Nacht im Hotel blieb und sich ausschlief. Zu gern wäre er von Oslo aus nach Deutschland zurückgeflogen, doch damit hätte er namentliche Spuren auf seiner Reiseroute hinterlassen. Das Hotel war ein überschaubares Risiko, der Mietwagen auf den Namen seiner alten Firma gebucht. Corinnas Ende hatte ihn geschafft. Smarty, die Schlaue, hatte ein solch kniffliges Finale verdient, das sich nur jemand, der ihr geistig ebenbürtig war, ausdenken und umsetzen konnte.

Es beflügelte ihn für Wochen, in denen sein Kopf sich leicht anfühlte. Es summte schon lange nicht mehr in seinen Ohren, und wenn er ein Rauschen hörte, dann waren es die Blätter der Buche, unter der er sich gern aufhielt. Gemeinsam mit ihnen. Doch sie waren noch nicht vollzählig.

»Bald, Helene, es dauert nicht mehr lange. Dann werden wir alle hier für immer vereint sein.«

Er murmelte es in den Wald hinein und stellte sich vor, sie sehnte den Moment mit derselben Ungeduld herbei wie er.

29.

Die Prostituierte meldete sich nicht zurück. Flora fand online keine Telefonnummer für eine Natalya Büttenhoff in Kiel und Umgebung, sicher ein Pseudonym.

Sie beschloss, eine Frage zu klären, die ihr ein paar Tage zuvor durch den Kopf gegangen war: Wo ging die Jugend im Heidekreis in den 8oern feiern? Hatten sich Fredy und Helene so kennengelernt? Katharina Ostendorf wusste vielleicht mehr. Flora rief sie auf dem Handy an.

»Was denkst du denn? Natürlich konnte man sich auch hier auf dem Land vergnügen. Wir waren oft im *Dolce Vita* in Schwarmstedt, das war eine richtige Disco. Am 1. Mai fuhr jeder nach Düshorn ins *Allerlei*, das war Kult. Ist dann vor zehn Jahren abgebrannt, war aber schon länger dicht.« Katharina Ostendorp geriet ins Schwärmen. »Ich bin ja aus Lindwedel, da waren wir schon Richtung Hannover orientiert. Im *Orly* waren wir oft, das war unter Wertheim am Georgsplatz. Und in der *Rotation*.«

Flora hatte genug gehört, es gab also ausreichend Möglichkeiten für die damalige Jugend, um feiern zu gehen. Doch Katharina Ostendorp ließ sich nicht so schnell stoppen.

»Und dann war da noch ein besonders kurioser Laden. Zu *Francos Disco* nach Welze fuhr man immer nur freitags. Da hatten die Eltern was gegen, war irgendwie etwas verrufen. Ich überlege gerade, was in Walsrode noch so los war …«

»Reicht schon Katharina, danke.« Flora grinste. Ihre Gesprächspartnerin verbrachte die Wochenendnächte in den 8oer-Jahren anscheinend selten zu Hause. Aber eine Disco in Welze? Flora kannte das Dörfchen, das ein ganzes Stück weiter östlich im Neustädter Raum lag, vom Durchfahren. Da gab es doch nur ein paar Straßen? Möglichkeiten, sich am Wochenende irgendwo über den Weg zu laufen waren in den 8oern jedenfalls genug vorhanden – auch für Fredy, um sich in Helene zu verlieben.

»Erinnerst du dich, ob Helene und Fredy auch dabei waren, wenn ihr da wart?«

»Helene war immer und überall dabei und der Star auf jeder Tanzfläche.« Katharina Ostendorp lachte. »So war sie nunmal. Aber Fredy? Nee, sorry, an den erinnere ich mich aus der Jugend gar nicht. Kam der überhaupt von hier?«

Flora bedankte sich und legte auf. Das Telefonat hatte sie nicht weitergebracht.

Beruhigend fand sie, dass ihr Großvater nicht schneller vorankam als sie selbst:

»Das geht oft nicht von einem Tag auf den anderen. Bei Ermittlungen muss man Geduld haben. Wer mit dem Kopf durch die Wand will, macht Fehler.«

Anna ging alles wieder von der analytischen Seite an und fachsimpelte mit ihrem Vater darüber, was in einem Jungen wie Hans Steppanek vorgegangen war, das ihn zum Täter werden ließ.

»Die Wahrscheinlichkeit, dass man ihm diese Verletzungen auf den ersten Blick anmerkt, ist nicht groß. Denkt nicht, dass da jemand mit so einem irren Blick wie Norman Bates durch die Gegend läuft. Menschen entwickeln im Lauf des Lebens Mechanismen, um ihre Verletzungen gut zu verstecken, um das jetzt mal einfach für euch auszudrücken.«

»Das könnte also jeder sein. Ruhig oder temperamentvoll, erfolgreich oder ein Looser. Also auch Fredy.«

Floras Verdacht lag nach wie vor auf dem Antiquar. Sie hatte bei *Google Maps* Eutin und Umgebung aufgerufen und die Nähe zu Malente gefunden. »Da hat Fredy seine Jutta kennengelernt. Und so weit ist Kiel nicht entfernt.«

»Warte mal ab bis morgen, Flora. Ich versuche, eine Adresse zu bekommen.«

Wäre er im aktiven Dienst, er hätte längst auf alle Datenbanken zugegriffen und mehr über Hans Steppanek erfahren. Es gefiel Carsten Blume überhaupt nicht, ehemalige Kollegen anzuzapfen, doch es war unumgänglich. Hartmut Ziegler schied als Informant aus. Der Hauptkommissar vom LKA war längst mit anderen Fällen befasst und würde ihn für einen schrulligen, unterbeschäftigten Pensionär halten, wenn er nachfragte. Bei Hanna Högsen, seiner ehemaligen Innendienstmitarbeiterin, die ihm weiterhin jedes Jahr zum Geburtstag gratulierte, sah er diese Gefahr nicht.

Sie war unkompliziert.

»Klar, Chef, mach ich für Sie.« Hanna Högsen meldete sich nur kurze Zeit später.

»Auf die Schnelle hab ich zwei Adressen für Sie. Eine in Hamburg, da war Hans Steppanek bis 1994 gemeldet, und dann noch eine in Bad Malente, Bruhnskoppeler Weg, das ist im Ortsteil Krummsee. Das war von 1983 bis 1986. Nach 1994 gibt's aber nichts mehr. Der hat sich in Hamburg abgemeldet und nirgendwo anders in Deutschland angemeldet. Soll ich für Sie noch tiefer in die Dateien einsteigen? Das war jetzt nur 'ne ganz oberflächliche Abfrage.« Carsten Blume verneinte, bedankte sich und notierte die beiden Adressen. Tatsächlich Malente.

Dahin war Hans Steppanek mit seiner Mutter und seinem Stiefvater gezogen. Doch warum gab es keine spätere Meldeadresse mehr? Carsten Blume fuhr seinen Laptop hoch. Ob unter diesen beiden Adressen Menschen im Telefonbuch standen? In Hamburg wurde er schnell fündig. Doch die Telefonate verliefen im Sande. Ein Zehnparteienhaus mit Wohnungen, die hauptsächlich von Studenten bewohnt wurden. Nach über 20 Jahren erinnerte sich dort niemand mehr an einen Hans Steppanek.

Malente war die letzte Möglichkeit. An diesem Ort fand er keine Telefonnummer für die gesuchte Adresse. »Früher war das leichter«, ärgerte sich Carsten. Heute ließen sich so viele Leute nicht mehr ins Telefonbuch eintragen.

Bad Malente-Gremsmühlen, das klang nach einem Ausflugsziel. Er googelte und fand einen Ferienhof im Bruhnskoppeler Weg. Die Inhaberin des Hofes mit dem malerischen Namen *Immenhagen* kannte Hans Steppanek nicht, aber sie war bereit, ihm ein Appartement für nur eine Nacht zu vermieten. Außerhalb der Saison war das kein Problem. Carsten Blume packte seine Reisetasche.

ER - 2015

»Ich freue mich so. Endlich wieder das Meer!« Helene war bester Laune. Er holte sie am Kutscherhaus ab. Schon für den nächsten Tag war ihr Flug gebucht.

»Lass uns vorher nochmal zusammen auf Caching-Tour gehen«, schlug er vor.

Sie waren schon lange einig, nicht mit anderen über ihre enge Freundschaft zu sprechen.

»Das gibt nur Gerede«, hatte er gesagt. »Die Leute können sich doch gar nicht vorstellen, dass Männer und Frauen einfach nur Freunde sein können.« Sie stimmte zu, und darum ahnte Friedrich nicht, mit wem sie durch die Wälder zog und »Dosen« suchte.

»Ich bin so froh, dass wir uns kennengelernt haben.« Helene lächelte ihn an, auf diese Art, an die er sich nur zu gut erinnerte. Es war eine Erinnerung, die Jahrzehnte überdauert hatte. So lächelte sie schon damals, den Mund leicht geöffnet, die Augen strahlend. So hätte sie ihn anschauen sollen, an diesem Tag, als sie nicht mit ihm, sondern über ihn lachte.

»Hast du überhaupt schon gepackt?«

»Nö, das mache ich heute Abend«, verkündete Helene unbeschwert.

Umso besser. Corinnas Gepäck loszuwerden, war anstrengend gewesen. Ihre Kleidung hatte er in hannoversche Altkleidercontainer gesteckt. Die Reisetasche und der alte Rollkoffer wurden zerkleinert und nachts bei fremden Leuten in eine Restmülltonne gestopft – weit genug entfernt an einer Durchgangsstraße in der Wedemark. Hätte Helene gepackte Koffer in ihrem Haus zurückgelassen, wäre es schwieriger geworden. Es war, als bereite sie das Finale selbst mit vor.

Der Geocache, den er ansteuerte, hieß »Die Geisterautobahn – Beton im Wald« und führte sie zu den Überbleibseln einer Autobahntrasse, deren Bau im Zweiten Weltkrieg begonnen hatte und nie fertiggestellt wurde.

Er liebte diese *Lost Places*, verlassene Plätze und Gebäude, unfertig, verfallen, so wie sein Leben in den meisten Tagen der Vergangenheit. Er hatte Helene davon erzählt, dass bei der »Geisterautobahn« in den Brelinger Bergen alte Brückenbauten an einer geplanten Trasse überdauert hatten.

Er fuhr weit näher an den Cache heran, als es erlaubt war – auf landwirtschaftlichen Wegen, die an einer Kiesgrube entlangführten. Helene sorgte sich etwas, mit dem Wagen im trockenen Sand festzustecken: »Dann kommen wir heute nicht mehr weg. Zu Fuß dauert das ewig bis zur nächsten größeren Straße.«

»Mach dir darum keine Sorgen.« Er stieg aus und winkte sie zu sich. »Ich weiß, was ich tue.«

Helene spazierte an ihm vorbei und schaute in die Senke neben dem Sandweg. »Richtig schön hier«, rief sie und ließ die Haare im leichten Sommerwind wehen.

»Hast du die Schlagzeile gelesen heute Morgen? Der Wolf ist zurück im Aller-Leine-Tal.« Sie breitete die Arme aus und atmete tief ein.

»Ist das ruhig hier! Allein würde ich nicht so weit in den Wald fahren. Du würdest doch einen Wolf für mich töten, oder?«

Das Letzte, was sie sah, war eine mit Kiefern bestandene Kiesgrube im Sonnenschein. Er trat zu ihr, legte die Schlinge um ihren Hals und zog zu.

Helene Blume war nicht wehrhaft. »Hilfe«, krächzte sie leise und dann seinen Namen. »Hans, ich heiße Hans«, flüsterte er in ihr rechtes Ohr und berührte dabei ihr glänzendes Haar.

❊

Die Nachrichten für Friedrich und zwei Arbeitskolleginnen hatte er längst zusammengeschnitten. Sie hatte von Marokko gesprochen, an dessen Stränden ihre »Seele auftanke«. Helenes helles Geplapper, inhaltslos, oberflächlich, langweilig und immer in derselben Tonhöhe: Er schnitt es zusammen zu kurzen Audiofiles. Wochen vor ihrem Ende hörte er Stunden von Gesprächen durch, um Passagen daraus in Sprachnachrichten zu verwandeln.

Dabei fiel ihm auf, wie wenig Helene zu sagen hatte – und wie viele Worte sie dafür verwendete. Wenn er sie nicht sah, nur hörte, langweilte sie ihn schon nach einigen Minuten. Dann wieder kamen Momente, in denen kurz Wut in ihm aufwallte, wenn sie, amüsiert von den eigenen nebensächlichen Erzählungen, hell auflachte.

Er fing an, Helene zu verachten. Er war froh, die Stimme bald nicht mehr hören zu müssen. Anders war es nur, wenn sie sich trafen. Sobald er sie sah, verschwand alles, was sie sagte, im Reiz ihrer Bewegungen, im Glanz ihres Haares. Dann pochte es wieder an seinen Schläfen.

Nachdem sie ihren Platz bei Vivian und Corinna eingenommen hatte, eröffnete er ihr neues virtuelles Dasein. Er gewöhnte sich daran, einen *Facebook*-Account zu bestücken. Fotos gab es genug. Er lud ein Bild mit Palmen hoch und wunderte sich, dass irgendwelche Menschen es gut fanden. Warum klickten sie dafür auf den Button »gefällt mir«? Es war ein beliebiges Palmenfoto. *Facebook* ängstigte ihn nicht, wenn er in Helenes virtuelles Ich schlüpfte und ein paar Zeilen veröffentlichte. Er verkörperte eine Rolle und verstand mit der Zeit, wie das Spiel der Selbstbestätigung durch die Likes anderer funktionierte. Die Menschen gefielen sich selbst, wenn ihre nebensächlichen kleinen Lebensoffenbarungen positive Bestätigung erhielten.

Er versandte Sprachnachrichten an Helenes Kolleginnen, deren *WhatsApp*-Nummern er in ihrem Handyspeicher fand. »Ich freu mich so auf Marokko. Bis bald.«

Friedrich hatte in den nächsten Tagen das Gefühl, dass er und seine geschiedene Frau sich am Telefon einige Male verpassten. Sie sprach ihm etwas auf den Anrufbeantworter, doch wenn er zurückrief, nahm sie nicht ab. Es war ihm egal. Was hatten sie sich noch zu sagen. Er sah bei *Facebook*, dass sie sich amüsierte. Sie war verreist, ohne sich persönlich zu verabschieden. Und dann kam die Nachricht, die ihn zunächst ratlos zurückließ. »Friedrich, ich komme nicht wieder. Ich wohne jetzt in Marokko und genieße das Leben.«

Friedrich Blume öffnete eine Flasche Wein und starrte aus dem Fenster hinaus auf das dunkle Kutscherhaus.

Die Chefin der Walsroder Boutique fluchte über Helenes Kündigung per Mail.

»Haut die einfach so ab. Naja, das Arbeiten hatte sie eh nicht erfunden.«

Katharina Ostendorp, die Schulkameradin, mit der Helene seit dem Klassentreffen über *Facebook* befreundet war, beneidete sie um den Neuanfang. Noch mal ausbrechen und neu anfangen! Die Postings wirkten so glücklich!

Anna Blume-Kamphusen las die Beiträge ebenfalls und sprach ihren Vater darauf an. »Ich glaube, Helene ist ausgewandert. Hat Onkel Friedrich nichts erzählt?«

Carsten Blume verneinte. »Friedrich ist doch nur noch im Vollrausch, kein Wunder, dass sie abgehauen ist.«

Nur Dora Prenzel blieb ohne Nachricht von ihrem Patenkind, und es grämte sie, im Dorf das Gerücht zu hören, Helene sei ausgewandert. Ohne sich bei ihr abzumelden und eine neue Adresse zu hinterlassen, das war gar nicht ihre Art! »Dörchen« regte sich auf. Da war doch hoffentlich nichts passiert? Immer, wenn sie versuchte, ihr »Lenchen« am Telefon zu erreichen war der Anrufbeantworter dran. Schließlich gab sie es auf, bitter enttäuscht und traurig.

Helene war fort, und es schien niemanden außer ihrer Patentante leidzutun.

30.

»Und warum willst du unbedingt allein fahren? Wir könnten uns doch am Steuer ablösen?« Flora sah es nicht ein, zu
Hause zu hocken und abzuwarten. Ihr Großvater war so
ein Eigenbrötler!

»Ich kombiniere am besten, wenn ich allein ermittle«, insis-
tierte er.

»Sofort, wenn ich etwas in Erfahrung bringen konnte,
bekommst du eine *WhatsApp*«, versprach er. »Und bis dahin
haltet ihr hier einfach die Füße still.«

Anna hatte genug um die Ohren, es störte sie nicht, dass
die Privatermittlungen nur schleppend vorankamen. Flora
aber konnte sich weder auf nebensächliche Geschichten für
den Blog noch auf ihr Studium konzentrieren.

Mit Katrin Harms hatte sie lange nicht gesprochen. Vivians
Tochter ahnte nicht einmal, dass es Zweifel an Markus Ernstings Täterschaft gab. Ein Treffen mit ihr war eine willkom-
mene Ablenkung. Flora rief sie an. Sie hatte zwar versprochen,
niemandem von den Privatermittlungen ihrer Familie zu
erzählen. Doch für Katrin würde sie eine Ausnahme machen.

»Ich komme gern zu euch. Weißt du, es mag komisch klingen, aber ich würde gern noch einmal in den Wald gehen und
dort Blumen ablegen. Kommen wir durch den Zaun?«

»Klar, wir können auch Joe fragen, ob wir offiziell rein
dürfen. Ist sicher kein Problem.«

Flora freute sich auf einen Nachmittag mit Katrin und
verriet ihr kurz vor Ende des Gesprächs die Zweifel an Markus Ernstings Täterschaft.

»Ehrlich, oh. Das ist irgendwie fürchterlich. Ich meine,
es war beruhigend, dass der Täter jetzt auch tot ist. Und

was macht ihr nun?« Katrin Harms stammelte und schwieg dann.

»Lass uns morgen darüber reden.« Flora merkte, dass es ein Fehler war, sie eingeweiht zu haben. Sie ärgerte sich. Für Katrin war es doch schon schwer genug, mit den bisherigen Ereignissen klarzukommen. Zu spät.

*

Die Autofahrt strengte ihn an. Gemütlicher wäre es gewesen, neben seiner Enkeltochter auf dem Beifahrersitz zu hocken. Doch Carsten Blume freute sich über die Ruhe, die er in seiner Unterkunft fand. Er war mitten in den Feldern gelandet, und sein kleines Appartement bot einen Ausblick ins Grüne. Für den nächsten Morgen bestellte er Frühstücksbrötchen. Es fühlte sich fast wie Urlaub an.

Sein erster Spaziergang führte ihn nicht an den lauschigen Krummsee, wie es die Hofinhaberin ihren Feriengästen empfahl. Er wanderte zwar in diese Richtung, doch nur bis zum Haus mit der Nummer 257 – der Wohnadresse von Hans Steppanek, nachdem er aus Hodenhagen weggezogen war. Carsten Blume staunte, als er vor dem Grundstück stand, an dessen Torpfeiler die Nummer in metallenen Lettern prangte. Ein großes Gebäude, mit langer geschwungener Auffahrt und hohen eleganten Fenstern. Ein Schild wies darauf hin, dass ein Wachhund zu den Bewohnern gehörte. Auf sein Klingeln hin surrte die Pforte, und er beschritt den Weg zum Haus über knirschenden weißen Kies. Wer hier wohnte, hatte Geld. War der Stiefvater von Hans Steppanek Mieter oder sogar Hausbesitzer? Eine elegant gekleidete ältere Frau stand in der Tür, ein stattlicher Schäferhund wartete neben ihr.

»Guten Tag, mein Name ist Carsten Blume. Ich suche eine

Familie, die früher in diesem Haus gewohnt hat, und hoffe, Sie können mir weiterhelfen.«

Die Frau musterte ihn skeptisch.

»Wir wohnen hier erst ein paar Jahre. Ich weiß nicht, ob ich Ihnen da helfen kann.«

»Können Sie mir vielleicht sagen, wer die Vorbesitzer des Hauses waren?«

Die Bewohnerin schüttelte zweifelnd den Kopf. »Wir haben das Haus ersteigert. Es gehörte vorher einer Investorenfirma, die hier am Ort viel vorhatte und dann pleite gegangen ist. Die wollten auch das verfallene Hotel oben neu aufbauen. Gehen Sie da mal hin, das ist wirklich schrecklich anzuschauen. Aber die Firma gibt es nicht mehr. Den Namen kann ich Ihnen sagen, wenn Sie einen Moment warten.«

Carsten wurde nicht ins Haus gebeten, die Frau schloss die Tür hinter sich. Es blieb ihm nichts anderes übrig, als in der Auffahrt zu stehen. Er war solch ein Verhalten nicht gewohnt. In seiner aktiven Dienstzeit war es ihm nicht so ergangen. Mit einem kleinen Zettel kam die Hausbewohnerin kurze Zeit später zurück. Darauf stand der Name einer insolventen Firma, eine vermutlich wertlose Information.

Einen Tipp bekam er noch von der skeptischen Dame, die keinen fremden Mann ins Haus ließ.

»Fragen Sie mal bei unseren Nachbarn. Die wohnen hier schon ewig. Sind vorhin vom Hof gefahren. Wahrscheinlich nur einkaufen, die sind abends wohl wieder da.«

Er bedankte sich und nahm nun doch den Weg hinauf zum Krummsee, den er bald links von sich tief unten liegen sah. Der Begriff »Holsteinische Schweiz«, das stellte er schnell fest, kam nicht von ungefähr. Von wegen plattes Land Schleswig-Holstein!

Bald schnaufte er, der Weg führte immer weiter bergauf, fort vom See, hin zum Aussichtspunkt Bungsbergblick, den die Appartementvermieterin empfohlen hatte. Der Ausblick war herrlich. Über weite Felder bis zur höchsten Erhebung des Bundeslandes reichte die Silhouette.

Carsten Blume beschloss weiterzugehen, zu dem kaputten Hotel, das ein »schrecklicher Anblick« war.

Er staunte, was er dort sah – einen *Lost Place*, wie sie heute bei Fotografen und Geocachern in Mode waren. Helene war mit ihrem Geocaching-Partner durch einige solcher Ruinen gestromert.

Den Anblick des verfallenen Hotels fand er nicht schrecklich, sondern auf eine romantische Art unwirklich. Ein Türmchen mit Zinnen ragte auf, umstanden von Gebäuden, die nicht einmal mehr Fensterrahmen hatten und von denen die Dachziegel bröckelten.

War Helene mit Hans Steppanek auf Geocaching-Tour gegangen? Und hatte »Hänschen« an dieser Ruine die Faszination für *Lost Places* kennengelernt?

Carsten spazierte weiter und kam an einem Gebäudekomplex vorbei, an dem ein Schild den Namen »Hof Abendsee« verkündete. Ein junger Mann, der bei Passionsspielen eine erfolgreiche Bewerbung für die Jesus-Rolle abgeben könnte, werkelte in der Einfahrt. Er grüßte freundlich.

Carsten fragte: »*Hof Abendsee* klingt romantisch. Betreiben Sie ökologische Landwirtschaft?«

»Wir üben uns in der alten Schamanenkunst«, erwiderte der langmähnige Mann. »Möchten Sie einmal zu einer unserer Trommel-Performances kommen?«

Carsten schüttelte ungläubig den Kopf. Er verabschiedete sich höflich und kam nach wenigen Metern bergauf zu einer völlig mit Brombeeren überwucherten stillgelegten Bahnstrecke. Ein altes Bahnhofsgebäude direkt daneben war zu Wohnraum umgebaut. Ein Bahnhof hier draußen im Nirgendwo? Und auf der alten Trasse lagen tatsächlich noch

Schienen! Eine aufgegebene Bahnstrecke gab es im Aller-Leine-Tal auch, doch dort war sie schon lange schienenfreier Teil des Aller-Radweges.

Eine erstaunliche Ecke, dieses Krummsee, stellte Carsten fest, bevor er umkehrte. Würde ein wunderlicher junger Mann hier überhaupt auffallen? Eine Dornröschenbahnstrecke, Schamanen, ein verwunschenes altes Hotel – und ein mehrfacher Mörder?

Wenn die Nachbarn ihm nicht weiterhalfen, blieben nur der Weg zum Gymnasium in Eutin und die Hoffnung, dass man ihm dort Einsicht in Unterlagen aus den 80er-Jahren gewährte. Er würde eine stimmige Ausrede benötigen. Das Grundbuchamt war eine weitere Möglichkeit. Oder würde er sogar ohne Informationen nach Haus zurückkehren und doch Hartmut Ziegler einweihen? Für den Mann vom LKA wäre es ein Leichtes, an die entsprechenden Daten zu kommen.

Carsten Blume war am Nachbarhaus der Nummer 257 angekommen und sah, dass im Erdgeschoss Licht brannte. Er klingelte.

*

»Kein Problem. Wenn ich weiß, dass ihr da seid, ist es okay, wenn ihr durch den Zaun geht.« Joe Gade schilderte Flora, wo sie eine eingebaute Holzleiter an der Hinterseite des Wäldchens finden könne. »Ich bin heute mit Arnd auf Jagd, vielleicht komme ich vorher auch noch vorbei.«

Katrin Harms kam verspätet an, die Zeit drängte. Schon kurz nach 17 Uhr wurde es dunkel. Im Dämmerlicht war es ihr zu unheimlich im Wald, vor allem in diesem Wald!

Gemütlicher war es in der Gaststube, denn Anna hatte die Kaminsaison eröffnet.

Katrin Harms war begeistert. »Ist das schön bei euch!«

Doch schnell wechselte das Thema wieder zu den Vorfällen der vergangenen Wochen. »Lass uns darüber im Wald reden«, sagte Flora mit Blick auf Anna leise. Ihre Mutter sollte nicht erfahren, dass sie geplaudert hatte.

Ein Alarmton auf dem Handy signalisierte ihr, dass eine Mail eingegangen war. Das passierte häufig, und jedes Mal in den letzten Tagen hoffte sie, dass die Kieler Prostituierte sich meldete. Diesmal war sie es tatsächlich.

»Hallo, Frau Kamphusen, ja, es ist der links. Sie können mich auch gern anrufen.« Eine Handynummer stand darunter.

Flora sah triumphierend von ihrem *iPhone* auf.

»Mama, halt dich fest. Sie hat Fredy erkannt.«

Anna Blume-Kamphusen reagierte schnell. »Okay, ich informiere Papa.« Sie griff ihrerseits zum Handy, doch ihr Vater war nicht zu erreichen. Eine Textmessage musste erst einmal reichen.

»Und was unternehmen wir nun?«

Flora war wie elektrisiert. Sie hatte es ja vermutet, aber schwarz auf weiß zu lesen, dass sie recht hatte, war etwas anderes.

»Ich sag dir, Mama, er ist der Steppanek.«

Katrin Harms schaute von Flora zu Anna. »Steppanek? Wer ist das? Was ist passiert?«

Anna schüttelte den Kopf. »Das werden Sie erfahren, Frau Harms, aber nicht jetzt.«

»Können wir trotzdem noch die Blumen niederlegen, Flora? Ich würde wirklich gern …«

Anna freute sich auf einen Moment, um ihre Gedanken zu ordnen.

»Geht nur, es muss ja nicht lange dauern. Ich versuche in der Zwischenzeit, Papa zu erreichen.«

Widerstrebend zog sich Flora feste Schuhe an. Ja, sie hatte es versprochen. Doch jetzt war ein Besuch im Wäldchen völlig nebensächlich. Es war wichtig, Katrin auf die Schnelle komplett einzuweihen. Dann würde sie die Notwendigkeit sehen, nur kurz Blumen niederzulegen und rasch zurückzukehren.

»Auf geht's.« Flora eilte los, Katrin im Schlepptau. Als sie hinter dem Wäldchen an den Holzstreben im Zaun ankamen, war Vivians Tochter voll informiert. Ob es zwischen den Bäumen überhaupt noch hell genug war? An diesem trüben Tag wurde es früh dunkel.

Flora stieg über den Zaun und half Katrin herüber, die kürzere Beine hatte und nach einer Holzsprosse hangelte. Es knackte im dunklen Wald bei jedem Schritt. Sie setzte vorsichtig, aber zügig einen Fuß vor den anderen.

»Beeil dich, Katrin.«

»Ich komm ja schon. Hättest du mir nicht sagen können, dass der Zweifel an Ernsting als Mörder so ein Geheimnis ist?«

Flora drehte sich um. Katrin sah schuldbewusst aus. »Wieso, hast du jemandem davon erzählt?«

*

Anna überlegte im Restaurant, mit wem sie über das reden könnte, was sie eben erfahren hatte. Nur Jörg Helberg fiel ihr ein. Carsten vertraute ihm. Michael werkelte in der Küche und verweigerte, an den Ermittlungen teilzuhaben. Ihr Vater war nicht zu erreichen. Jörg war in der Lage, die Informationen mit ihr einzuordnen.

»Versicherungsagentur Helberg.«

»Jörg, ich bin's, Anna. Pass auf. Ich muss dir was Wichtiges sagen.«

»Schieß los, ist es wegen der Mordfälle?«

»Ja, du weißt, dass Carsten glaubt, es war nicht Markus. Du darfst niemandem, wirklich niemandem erzählen, was ich dir jetzt sage. Es ist möglich, dass es Fredy war.«

»Fredy? Der Täter? Du spinnst.«

Anna schilderte die Geschichte der Prostituierten und das, was Flora in Erfahrung gebracht hatte.

»Es ist also wahrscheinlich, dass Fredy hier unter falschem Namen lebt. Könnte er Hans Steppanek sein?«

Mit allem hatte Anna gerechnet, aber nicht damit: Jörg Helberg lachte schallend.

»Na, da seid ihr aber ganz schön auf dem Holzweg. Natürlich konnte Flora keine Levins in Buchholz finden. Fredy hat doch Juttas Namen angenommen bei der Hochzeit. Und Fredy heißt er auch nicht. Aber Alfred ist wirklich kein toller Name. Alfred Knüpper hieß er vor der Hochzeit.«

Anna atmete auf. Fredy war nicht Hans Steppanek. Doch was hatte das für den Fall zu bedeuten?

»Okay, Jörg. Du hast sehr geholfen. Ich muss jetzt Carsten anrufen.« Sie legte auf, ohne sich zu verabschieden.

Alles war wieder offen. Oder doch nicht? Anna versuchte, sich an das Foto zu erinnern, auf dem die Prostituierte angeblich Fredy identifiziert hatte. Wenn er es nicht war, den sie erkannt hatte, wer dann?

31.

Carsten Blume klingelte bei einer Familie Südersen. Diesmal eröffnete er das Gespräch anders.

»Guten Tag, mein Name ist Carsten Blume, Kriminalhauptkommissar im Ruhestand. Ich unterstütze meine Kollegen bei einer Ermittlung und hätte ein paar Fragen zu Ihrem Nachbarhaus.«

Wieder wurde Carsten argwöhnisch gemustert.

»Können Sie sich ausweisen?«

Ein skeptisches Völkchen, diese Menschen in der Holsteinischen Schweiz. Wahrscheinlich war diese feine Wohngegend von Einbrüchen nicht verschont geblieben.

»Ich hab leider nur meinen Personalausweis.« Er nestelte an seinem Portemonnaie herum. Herr Südersen musterte ihn von oben bis unten.

»Naja, wenn Sie im Ruhestand sind, haben Sie wohl keinen Polizeiausweis mehr. Dann sagen Sie doch mal, was Sie wissen wollen.« Hereingebeten wurde Carsten Blume auch hier nicht.

»Es geht um eine Familie, die in den 80er-Jahren bei Ihnen nebenan gewohnt hat, im Haus Nummer 257. Eigentlich suche ich nach einem Hans Steppanek, der hier früher gemeldet war. Ihre Nachbarn sagten, Sie leben schon lange hier …«

Südersen nickte. »Wenn es nur das ist. Eine einfache Frage.«

Und dann erfuhr Carsten Blume den Namen des Mannes, der von seinem Stiefvater adoptiert wurde und das Haus bis 2013 besaß.

✳

»Das ist gar nicht gut.« Flora schüttelte den Kopf. »Warum hast du das gemacht?«

»Naja, es sind doch eure Freunde? Und ich wusste wirklich nicht, dass es so ein Geheimnis ist.«

Katrin hatte soeben gestanden, dass sie auf dem Weg zum Gutshof bei Joe Gade getankt hatte. Dort hatte sie den Tankstellenbesitzer und seinen Jagdgenossen Arnd Vogelsang getroffen und angedeutet, dass sie auf dem Weg zu Flora war – wegen der Neuigkeiten in den Mordfällen.

»Wenn die jetzt Fredy irgendwie vorwarnen, dann hast du's versemmelt.«

Flora stand ratlos im Wald. Ärgerlich kickte sie einen Ast mit dem Fuß beiseite. Wenn der Täter flüchten konnte, weil Katrin geplaudert hatte – nicht auszudenken! Sie griff zu ihrem Smartphone, starrte es einen Moment lang an und steckte es wieder in die Tasche. Die Dunkelheit ergriff Besitz vom Wäldchen. Sie setzte sich in Bewegung, zeigte Katrin mit einem raschen Winken, dass sie es eilig hatten.

»Komm, lass uns schnell den Baum finden und zurückgehen. Ich muss mich mit meiner Mutter beraten.«

Sie waren von der Rückseite des Wäldchens gekommen, wo sich die Leitersprossen befanden, und stellten fest, dass es schwierig war, den Baum von hier aus zu finden.

Im Gutshaus stand Anna reglos in der Gaststube. Es fiel ihr nicht ein. Sie versuchte, sich das Gruppenfoto vor Augen zu führen, das Helmut Weitze in der Mitte, Fredy links außen und Markus rechts außen zeigte. Doch wer stand zwischen Fredy und Helmut?

»Ja, der links.« War damit der Mann direkt links von Helmut Weitze gemeint?

Sie versuchte, ihre Tochter zu erreichen, die mitten in jenem Revier umherlief, in dem Joe und Arnd heute auf Jagd gingen. Das hatte Flora erwähnt.

Hoffentlich war ihr Handy auf laut gestellt. »Komm zurück. Fredy ist nicht Hans Steppanek. Wer steht auf dem Bild links von Weitze?« Die Nachricht war bei *WhatsApp* raus, jetzt wartete Anna darauf, dass zwei gefärbte Haken die Lesebestätigung anzeigten.

In der Ferne hörte Flora Männerstimmen. Das waren sicher Arnd und Joe. Im Notfall konnten sie helfen, im Halbdunkel überhaupt den Rückweg zu finden. Erschreckend, wie finster es um 16.30 Uhr schon im Wald war. Es vibrierte in Floras Jackentasche. Eine Mail oder *WhatsApp*. Sie konzentrierte sich erst mal darauf, nicht hinzufallen. Die Taschenlampenfunktion des Handys war dabei hilfreich.

Katrin stolperte über eine Brombeerranke, schlug lang hin und hielt sich die Rippen.

»Auch das noch. Komm, sei kein Jammerlappen, wir müssen weiter.« Flora rief Katrin, die einige Schritte zurückgeblieben war.

Vom Waldrand her sah sie das Licht einer Lampe, dann hörte sie wieder die Stimmen.

»Geh du zum Anstand da vorne am Maisfeld. Ich nehme den am Wirtschaftsweg.« Es war Joe, der sprach und Arnd fortschickte.

Katrin kam kaum voran, ächzte und schnaufte. Flora nutzte die Zeit, ihre *WhatsApp* abzurufen.

»Shit«, sagte sie nur leise. »Bleib ganz still stehen, Katrin.«

*

Anna erwischte ihren Vater im Appartement, das er soeben wieder erreicht hatte. Sein Plan war, umgehend Hartmut Ziegler zu kontaktieren, dann die Familie.

»Es war nicht Fredy, wir waren da komplett auf dem Holzweg.«

Carsten bestätigte es seiner Tochter sofort.

»Schon klar. Und ich weiß auch, wie Hans Steppanek heute heißt.«

Anna hatte es befürchtet. Der Zweite von links auf dem Gruppenfoto …

»Johannes Gade?« Annas Stimme überschlug sich. »Papa, Flora ist mit Katrin Harms drüben im Wald. Gleich wird es dunkel, und Joe will heute jagen gehen.«

»Ganz ruhig. Du informierst sofort die Polizei, nimm den Notruf. Ich rufe Ziegler an.« Vater und Tochter legten grußlos auf. Doch Anna tat mehr, als nur den Notruf zu wählen.

Sie schnappte sich ihren Mann, der die neue Nachricht mit lautem Fluchen kommentierte.

Flora und Katrin hockten am Boden des Waldes.

»Keinen Mucks, der darf nicht wissen, wo wir sind.«

»Flora, Frau Harms, seid ihr da irgendwo?« Joes Stimme hallte laut zwischen den Bäumen. Er hatte mit seiner großen Stirnlampe in den Wald hinein geleuchtet. »Ich hab euch doch gehört! Kommt besser raus, ihr seht doch gar nichts mehr.«

Sie hörten Holz knacken. Das Geräusch näherte sich. Das gleichmäßige Rascheln von Schritten deutete darauf hin, dass Johannes Gade, der Mörder von Vivian, Helene und Corinna, nach ihnen suchte.

War ihm klar, dass sie es wussten? Trug er eine Drahtschlinge in der Hand? Katrin Harms Zähne klapperten. Flora legte ihr die Finger auf den Mund.

Sie hörte, dass die Schritte sich entfernten. Das Rascheln und Knacken wurde leiser. Ob die Zeit reichte, schnell zu den Leiterstufen im Zaun zu laufen? Der Waldrand hob sich hell vom Dunkel zwischen den Bäumen ab. Doch ob Katrin überhaupt zügig vorankam, war fraglich. Sie hielt sich die linke Rippenseite und atmete keuchend.

Flora entschied sich, in Deckung zu bleiben. Das Geräusch von Schritten war verklungen. Lauerte Joe Gade hinter einem Baum und wartete nur darauf, ihren Aufenthaltsort zu enttarnen? Hatte er überhaupt vor, ihnen etwas anzutun? Immerhin waren sie zu zweit, und er war allein.

»Such Flora, Clea. Lauf, such Flora.«

Die Stimme war leise. Doch das Rennen der Hündin, die sich auf die Suche nach ihr begab, sorgte für eine lauter werdende Tonspur aus Rascheln und Knacken. Clea kam näher.

Laufen? Schreien, um von Arnd gehört zu werden? Er war sicher kein Komplize. Die Hündin würde gleich bei ihnen sein – und anschlagen, wenn sie ihre Aufgabe erledigt hatte.

Katrin wirkte lethargisch und wimmerte leise.

»Ich kann mich gar nicht mehr aufrichten.«

»Kein Wort«, zischte Flora, die bei jedem weiteren Knacken im Wald zusammenzuckte. Sie wischte sich Schweißperlen von der Stirn und überlegte fieberhaft, ob sie es wagen solle, das Handy zu entsperren und den Notruf zu wählen. Doch dadurch würde der Bildschirm hell aufleuchten, keine gute Idee.

Ein letztes rasches Knacken von Zweigen. Clea stand vor ihr, schwanzwedelnd. Schnell streichelte Flora das weiche Fell, um die Jagdhündin abzulenken. Doch die Stille hielt nur wenige Sekunden. Laut kläffte Clea, drehte sich um die eigene Achse und bellte erneut.

»Das war's«, murmelte Flora.

Und dann hörte sie laute Rufe auf dem kleinen Waldweg links von ihnen.

»Flora! Katrin! Wir sind da! Wo seid ihr? Die Polizei ist schon auf dem Weg.«

Es war die Stimme ihres Vaters. Michael Kamphusen rüttelte am Zaun, sie hörten ihn fluchen. Ein Krachen, als ob Holz splitterte.

Clea lief bellend auf den Waldrand zu. Flora ließ Katrin zurück, nachdem sie ihr das *iPhone* mit aktivierter Taschenlampenfunktion in die Hand gedrückt hatte.

»Hier sind wir!«

Flora lief westwärts, auf den Weg zu, und wurde vom Licht der Lampe ihrer Mutter erfasst. Michael hatte mit dem Fuß auf den Zaun eingetreten, bis ein Verbindungsbalken nachgab und einen Durchschlupf ermöglichte. Clea stand bellend vor ihm. Anna lief durch den Wald auf ihre Tochter zu. Und dann hörten sie die Martinshörner nahender Polizeifahrzeuge. Ein Krankenwagen fuhr in den kleinen Seitenweg. Katrin hatte jetzt Schwierigkeiten beim Atmen. Die Rippenverletzung in Kombination mit der Aufregung ließ sie hyperventilieren. Der Sanitäter, der ausstieg und auf die am Waldrand hockende Katrin zukam, war ein bekanntes Gesicht. »Habe ich Sie nicht neulich hier schon mal verarztet?«

Anna ließ sich auf einen Baumstumpf am Wegrand sinken und telefonierte mit ihrem Vater. »Ich weiß nicht, ob sie ihn schon haben. Der Wald ist hell erleuchtet. Die jagen ihn. Ja, es war knapp. Ich breche auch heute Abend noch zusammen, das sag ich dir.«

Arnd Vogelsang war von seinem Jagdplatz aus zu ihnen geeilt und stand völlig verstört schweigend im Tumult, mit Clea, die er am Halsband hielt.

Flora kuschelte sich in den Arm ihres Vaters und weinte hemmungslos.

»Und ich hab euch immer gesagt, lasst das mit dem Fall«, murmelte Michael Kamphusen, dem der linke Fuß brannte.

Als Koch trat er nicht jeden Tag gegen Zaunpfähle. Ein schmerzhaftes Vergnügen.

»Aber wir haben ihn enttarnt, den Aller-Wolf«, bemerkte Flora zwischen zwei Schluchzern. Das Weinen ließ nach, und sie dachte zum ersten Mal wieder an ihren Blog.

»Die Story wird richtig knallen«, schniefte sie, und ihr Vater sah sie entsetzt an:

»Was für eine Familie habe ich mir da eingehandelt?«

32.

Sie fassten Johannes Gade kurz vor dem Wolfsstein. Tief in das Gelände hinein war er gelaufen. Er leugnete nicht und gab zu, dass er im Wald auf der Suche nach den jungen Frauen gewesen war, weil er Katrin Harms Anblick nicht mehr ertrug.

Hartmut Ziegler hatte einen schweren Stand, vor der Presse einzugestehen, dass sein Team den Fall zu schnell zu den Akten gelegt hatte. Flora war mit einem Bericht voller düsterer Details auf www.aller-lei-online.de ein kleines Meisterstück gelungen, in dem ihr Großvater und ihre Mutter Heldenrollen einnahmen.

Sie rehabilitierte das Tier, dem mit dem Begriff »Aller-Wolf« Unrecht getan wurde. »Wölfe stellen für die Menschen unserer Umgebung keine Gefahr dar. Sie weichen uns aus. Nur Menschen töten aus Rache oder Mordlust.«

Mit einem Achselzucken entfernte Flora die Werbung der Tankstelle von der Seite. Es gab ein paar neue Werbekunden, die Banneranzeigen geschaltet hatten. Echte Kunden, die nicht nur aus Gutmütigkeit bei ihr buchten.

Ein paar Tage später war sie zurück an der Uni, ein frei gewordenes Zimmer in ihrer WG bekam auf Floras nachdrückliche Empfehlung Katrin Harms. »Jetzt können wir auch künftig aufeinander aufpassen«, hatte sie lachend gesagt.

Carsten Blume suchte das Weite, denn zu viele Leute verlangten nach einem Gespräch mit ihm. Alte Kollegen riefen an, Presseleute fragten im Restaurant. »Ich muss erst mal wieder runterkommen.« Das funktionierte am besten mit einer neuen privaten Ahnenfahndung. Die Lebensumstände einer jüdischen Urururgroßmutter aus Rendsburg gaben ihm Rätsel auf. Sie war zwar schon lange tot – aber wenigstens in hohem Alter an einer Krankheit gestorben.

Anna fuhr nun einmal pro Woche mit Dora Prenzel zum Supermarkt nach Hodenhagen. Helene hatte sich auf diese Art um die Patentante gekümmert, und ihre Nichte belebte die Tradition neu. Sie bekam dabei das Gefühl, selbst eine Tante zu gewinnen. Es gefiel ihr.

*

Im Restaurant zog langsam der Alltag wieder ein. Jörg Helberg hatte einen Tisch bestellt. Zum ersten Mal seit dem Tod von Markus Ernsting kehrte er zu seiner Gewohnheit zurück, einmal pro Woche im *Rittersaal* ein großes Schnitzel mit Herzoginkartoffeln und Waldpilzen zu genießen.

Anna freute sich über die Tischreservierung. »Kommen Fredy und Arnd mit?«, fragte sie.

»Nein, ich hätte gern einen Tisch für zwei, vielleicht direkt am Fenster zum Park?«

Anna verstand, dass Jörg nach dem, was geschehen war, den alten Stammtisch mied. Die letzten beiden Monate hatten allen zugesetzt.

Es war eine Überraschung, mit wem Jörg Helberg das Restaurant betrat. Er kam nicht mit einem der übrig gebliebenen Stammtischbrüder, sondern mit Katharina Ostendorp, seiner ehemaligen Schulkameradin. Und er strahlte, als er seiner Begleitung galant aus dem Mantel half.

»Weißt du, für mich hat die ganze Geschichte auch etwas Gutes gebracht«, sagte er zu Anna, die an den Tisch kam, um Bestellungen aufzunehmen. »Ich habe Katharina wieder getroffen.«

Er leinte seinen Hund ab. »Isi, komm, leg dich unter den Tisch.« Isegrim trottete an den leeren Stammtisch und legte sich quer davor, mitten in den Gang. Das war seit Jahr und Tag sein Platz, egal, wo Herrchen jetzt saß.

Anna sah, dass Katharina ihre Hand auf die von Jörg gelegt hatte. Der Ortsbrandmeister und seine Neue – darüber würde in der Umgebung sicher bald getratscht. Anna seufzte. »Endlich wieder ein anderes Thema als Mord und Totschlag!«

EPILOG – 2013

Es war laut in der Gaststube. Was Helene, Corinna und Vivian erzählten, vermischte sich mit dem Durcheinander vieler Stimmen. Bis zum Tresen drangen die Gespräche der drei Frauen nicht vor.

»Ich hatte wirklich die Nase voll von euch, als ihr nicht begriffen habt, wie sehr wir dem kleinen Hänschen wehgetan haben.« Corinna Stadler erklärte, warum sie den Kontakt zu ihren Freundinnen gleich nach dem Schulabschluss abgebrochen hatte. Sie sah Helene direkt in die Augen.

»Weißt du eigentlich, dass ich mir diesen blöden Streich für die Jungs nur ausgedacht hab, weil ich damals auch in dich verliebt war und nicht wollte, dass dich einer der Jungs bekommt?«

Helene wurde rot. »Nein, das hab ich natürlich nicht gewusst. Ich meine, ich ahnte ja bis heute nicht, dass du auf Frauen stehst. Hast dich ja nie wieder gemeldet und warst auch nicht beim Treffen zum Zehnjährigen.«

Vivian schwieg. Mitten in den lustigen Abend hinein hatte Corinna sie mit diesem Thema konfrontiert, nachdem ihr aufgefallen war, wie wenig Interesse die Jungen aus der Klasse an einem Gespräch mit ihr hatten. Vivian hatte schon genug daran zu knabbern, dass Corinna keinen Mann, sondern eine Frau hatte!

»Hans war so ein lieber Kerl. Und der hatte es doch schon schwer genug. Wie ihn manche wegen seines Akzents veräppelt haben, heute würde man das Mobbing nennen. Ich wünschte mir, er wäre heute hier, dann würde ich mich ganz persönlich bei ihm entschuldigen.«

»Ach, komm, ich glaube, es hackt. Das waren Kinderstreiche! Das hat der doch längst vergessen.« Vivian schüttelte den Kopf. »So schlau, wie der war, ist er heute sicher erfolgreich und wohlhabend. Hat 'ne schöne Frau und ein großes Haus. Ich glaube, ihr überschätzt unsere Wirkung auf die Männer damals.«

»Was, du meinst, die Männer haben mich alle vergessen und was Besseres gefunden?« Helene spielte Empörung und brachte ihre Freundinnen damit zum Lachen. »Aber im Ernst – ich hoffe auch, dass Hänschen unseren Streich schnell überwunden hat. Corinna, du hast recht. Es war, gerade ihm gegenüber, richtig gemein von uns. Wer weiß, vielleicht wäre sogar einer wie er für mich genau der Richtige gewesen. Mit Männern hab ich wirklich kein Glück gehabt.«

Johannes Gade, geboren als Johannes Steppanek, genannt Hans, verstand an seinem Tresenplatz nicht, was die Frauen sagten. Hätte er nur ihre Worte gehört.

Doch alles, was er hörte, war ihr Lachen, das zu ihm, dem vermeintlichen fremden Geschäftsreisenden, herüberwehte. Ein Lachen, das er nie wieder ertragen wollte.

NACHWORT & DANK

An einer unbebauten Allerschleife zwischen den Dörfern Eilte und Bosse steht in meiner Vorstellung das Domizil der Familie Blume-Kamphusen. Der Gutshof und die Unternehmen der Hauptfiguren sind allerdings meiner Fantasie entsprungen. Joes Tankstelle, Fredys Antiquariat, die Versicherungsagentur Helberg, Weitzes Hofladen und den Walsroder *Kleidertraum* können Sie leider nicht besuchen. Gleiches gilt für Stadlers *Bücherstube* in Hannover.

Fast alles andere gibt es tatsächlich in dem schönen Landstrich, der sich Aller-Leine-Tal nennt, in dem der Himmel weit und die Dichte an Hofläden groß ist. Schöne kleine Dörfer, bestens geeignet, um durch belletristische Todesfälle aus ihrer malerischen Ruhe gerissen zu werden, gibt es in großer Zahl. Und irgendwo da draußen gibt es auch Geocaches, die eigens für dieses Buch gelegt wurden.

Alles, was ich über Krummsee in der Holsteinischen Schweiz, den Ort, an dem sich Carsten Blume gegen Ende des Romans aufhält, geschrieben habe, entspricht der Realität – nur die Schamanen hat mittlerweile ein Investor vertrieben. Wer Lost Places, Hügel, Seen und himmlische Ruhe liebt, wird in Krummsee fündig. Ich habe dort, im Urlaub auf einem Balkon des Hauses *Immenhagen* sitzend, die ersten Sätze für dieses Buch gefunden.

Die Legende des »Würgers vom Lichtenmoor« im Aller-Leine-Tal war eine Inspiration für die Handlung des »Aller-Wolfes«. Der Wolfsstein liegt in einem waldigen Gebiet, das zum Spazierengehen einlädt. Nehmen Sie Brote mit und genießen Sie die Ruhe dort! Wer zu weit entfernt wohnt, kann auf www.aller-lei-online.de eine virtuelle Wanderung mit Flora Kamphusen und Carsten Blume unternehmen. Geben Sie in der Suchmaske des Blogs doch einmal das Kennwort »FlorasRecherchen« ein und lassen Sie sich überraschen, was die Jüngste meines Ermittlerteams Ihnen noch mitteilen möchte.

Die erste literarische Leiche ist die schwerste. Darum danke ich meinen Testleser/-innen Bernd Winter, Susanne Pleuss und Dirk v. Werder, nach deren Urteil ich selbstbewusst genug war, das Manuskript beim Gmeiner-Verlag einzureichen. Dem Verlag und Claudia Senghaas danke ich dafür, meinem Ermittlertrio eine Chance zu geben, und mich auf der spannenden Reise zum ersten Kriminalroman zu begleiten.

Meinem Mann Bernd Winter gilt auch der Dank dafür, mein wirres Gebrabbel über Täter und Opfer während der Entstehungsphase des Buches stoisch nickend zu ertragen … und regelmäßig frischen Kaffee an den Schreibtisch zu bringen!

Bettina Reimann
im Gmeiner-Verlag:

Bloggerin Flora
Kamphusen ermittelt:
1. Fall: Aller-Wolf
ISBN 978-3-8392-0226-5

2. Fall: Spargel-Geheimnis
im Allertal
ISBN 978-3-8392-0509-9

SPANNUNG

GMEINER

WWW.GMEINER-VERLAG.DE
Wir machen's spannend